普及版

筑紫万葉の世界

林田正男 編

雄山閣

遠のみかど ——筑紫万葉——

犬養　孝

筑紫（九州）は、千三百年前、寧楽（奈良）の都からすれば、「海路三十日」のまさに〝天《あま》ざかる夷《ひな》〟であった。同時に、大宰府を中心として〝遠の朝廷《みかど》〟でもあって、唐を中心とする東亜細亜の文化文物は、いっさきに西の、当時の辺陬大宰府に澎湃と打ち寄せ、ひいては中央「大和」の文化文物を最高にみのらせていたのだ。遠くて近い文化東漸の実相ではないか。

聖武天皇の神亀・天平のころ、筑紫の長官、大宰帥として大伴旅人が赴任していた。旅人は赴任匆々に愛妻を失った。そのことが旅人の文芸を生み出させるきっかけとなった。その膝元には筑前国守として山上憶良がいた。万葉の歌壇は一時、筑紫に移ったのではないかと思われるほど、旅人・憶良をめぐって筑紫歌壇が出来たといってもいい位であった。「筑紫万葉の世界」は、万葉集中異色の華であった。

本書は、現在万葉研究の第一線に在る諸君が、最近の研究成果を踏まえて、縦横無尽に説き放ち、説き進め、万葉研究における「筑紫万葉の世界」を、渾然一体として、現にはなばなしく、ここにいきづくが如く感じさせるであろう。

目次

〈執筆者一覧〉（五十音順）（所属は初版当時）

浅野則子（あさの・のりこ）九州帝京短期大学専任講師
安保博史（あぼう・ひろし）九州大谷短期大学助教授
犬養　孝（いぬかい・たかし）大阪大学名誉教授
井村哲夫（いむら・てつお）京都外国語大学教授
遠藤　宏（えんどう・ひろし）成蹊大学教授
大隈和子（おおくま・かずこ）太宰府市教育委員会文化財管理指導員
小野　寛（おの・ひろし）駒沢大学教授
加藤静雄（かとう・しずお）同朋大学教授
清原和義（きよはら・かつよし）武庫川女子大学教授
久保昭雄（くぼ・あきお）熊本商科大学教授
櫻井　満（さくらい・みつる）國學院大学教授
辰巳正明（たつみ・まさあき）大東文化大学教授
田村圓澄（たむら・えんちょう）九州大学名誉教授
鶴　久（つる・ひさし）久留米大学教授
中西　進（なかにし・すすむ）国際日本文化研究センター教授
中村　昭（なかむら・あきら）九州東海大学教授
橋本達雄（はしもと・たつお）専修大学教授
林田正男（はやしだ・まさお）九州産業大学教授
原田貞義（はらだ・さだよし）東北大学教授
東　茂美（ひがし・しげみ）福岡女学院大学助教授
平山城児（ひらやま・じょうじ）立教大学教授
福田俊昭（ふくだ・としあき）大東文化大学教授
政所賢二（まんどころ・けんじ）九州帝京短期大学教授
村山　出（むらやま・いずる）小樽商科大学教授
森　淳司（もり・あつし）日本大学教授
渡瀬昌忠（わたせ・まさただ）実践女子大学教授

〔本文中写真提供・太宰府市企画課〕

筑紫万葉の世界

大宰府・鴻臚館・観世音寺

田村圓澄

一　三重の遺構

大野山は大宰府の官人にとって身近な山であった。山上憶良は、嘆きの想いを大野山の露に託している。標高四一〇メートルの大野山は、現在の四王寺山である。大宰府は大野山の南麓にあった。

西鉄バスの「都府楼前」で下車すると、国の特別史跡「大宰府跡」がひろがり、背後に四王寺山が立っている。南門跡、中門跡を通り、東西に脇殿を置く広場を北に進むと、正面に土壇が見える。正殿跡であり、三重くり出しの見事な礎石が三十数個並んでいる。北には後殿がある。

南面する大宰府は左右対称の朝堂院様式であり、この地上の遺構が、中大兄王（天智大王）によって創建された大宰府であることを、疑う者はなかった。天平二年（七三〇）正月に大宰帥の大伴旅人が、大宰府管内諸国の官人を集めて梅花の宴を開いたのも、延喜元年（九〇一）にこの地に流されて来た菅原道真が、「都府の楼にはわづかに瓦の色を看る観音寺にはただ鐘の声をのみ聴く」と詠んだのも、いま見る都府楼の時代のことであると考えられていた。

しかし昭和四十三年（一九六八）に福岡県教育委員会によって開始された大宰府史跡の発掘調査は、予想外の事実を明らかにした。というのは、地表下七〇センチのところで、地上の都府楼（第Ⅲ期建物）とほぼ同じ規模と様式の遺構（第Ⅱ期建物）の存在が確認されたからである。両者は、礎石の上に建てられた瓦葺の建物であるが、地表下の第Ⅱ期建物は火災に遭っている。

注目されるのは、第Ⅱ期建物と重なる形で、非瓦葺、掘立柱様式の第Ⅰ期建物の遺構が発見されたことである。第Ⅰ期建物は四棟が発掘されたが、その配置は、第Ⅱ期・第Ⅲ期建物の中軸線と無関係である。門の遺構も発見されていない。

『扶桑略記』によれば、天慶四年（九四一）に藤原純友が大宰府を焼いた。第Ⅱ期建物が、この時に焼亡したと考えられ、したがって大宝元年（七〇一）に創建された大宰府は、第Ⅱ期建物と見るべきであろう。大宰府は、浄御原令には規定されず、大宝令の施行によって成立した。初代の大宰帥の石上麻呂の発令は、大宝二年であった。「都府楼」と呼ばれている第Ⅲ期建物の造営が、天慶四年の炎上後であることはいうまでもない。

二　白村江の敗戦と「原大宰府」

唐の高宗は新羅の武烈王に下令し、百済討伐の軍を起こした。斉明六年（六六〇）七月に都の泗沘《しひ》（韓国忠清南道扶餘）が陥落し、百済の義慈王や皇太子隆は俘虜となり、百済は滅亡したが、その悲報が飛鳥板蓋宮《いたぶきのみや》の斉明大王の許にとどいたのは、同年九月であった。続いて、倭国＝日本滞在中の百済王子豊璋を旧百済に迎えて王位に即け、百済の復興を計るため、「乞師請救」すなわち斉明政府に対して軍事援助の要請がなされた。

その年の十二月に斉明大王をはじめとする政府首脳は飛鳥から難波に移り、翌年三月に一行は那津（福岡市）に着いた。五月に筑後川中流域の朝倉（福岡県朝倉郡朝倉町）に遷ったが、七月に斉明大王は朝倉宮で亡くなった。六十八歳であった。中大兄王は称制して政務を執ったが、また斉明大王の遺体を奉じて飛鳥に帰り、百済救援を続行した。

筑紫から百済復興軍あてに衣料・食糧・武器などが送られ、また豊璋も厳戒のうちに送還された。百済戦線に投入された倭国の兵士は三万を越える。百済の旧都の扶餘を流れる錦江の下流域に、百済復興軍の拠点があり、倭国の救援軍もここに集結していた。倭国の水軍は錦江の河口を固めていたが、天智二年（六六三）に唐の水軍と激突し、倭国側は大敗した。白村江の戦いである。百済復興作戦は終止符がうたれた。

倭国側は、朝鮮半島に至る制海権を喪失し、唐・新羅軍の倭国進攻の危機に直面した。天智三年には、対馬・壱岐・

筑紫国などに、沿岸防備の防人と、信号用の烽《のろし》を配備し、また福岡平野と筑後平野が接するネック部に、水城の築造を始めた。すなわち四王寺山の西麓の丘陵と牛頸丘陵に至る一・二キロの間に、高さ一四メートルの土塁が築かれ、土塁の北側（博多湾側）に、幅六〇メートル、深さ四メートルの堀が掘られた。土塁の下にはいくつかの木樋の暗渠を通し、南側から引いた水が堀に注がれるようにした。

国の特別史跡「水城跡」のほかに、上大利《かみおおり》土塁（福岡県大野城市）、大土居《おおどい》土塁（同春日市）、天神山土塁（同上）などの、いわゆる小水城の遺構がある。

天智四年（六六五）には旧百済の亡命高官である憶礼福留《おくらいふくる》・四比福夫《しひふくぶ》が監督となり、大野城と基肄《きい》城（佐賀県三養基郡基山町）の築造が始まった。

大野城は山頂近くに約六・五キロの土塁をめぐらし、谷間の水流部には石塁を設けている。北側および南西側に四つの門の跡があり、また城内の八カ所から七十棟の遺構が発掘されている。

基肄城がある標高四一五メートルの基山は、大宰府の南方七キロのところにあり、三・八キロの土塁と石塁の遺構がある。城内には四十棟の建物があったと推定されている。水城・大野城は北の博多湾方面からの敵の進攻に備え、また基肄城は、南の有明海方面からの敵の進攻に備えて構築されたと考えられる。

都府楼跡に、造営年次を異にする三つの遺構が重なっているが、最下層にある第Ⅰ期建物が、水城・大野城・基肄城の外郭防衛線によって守備されるべき中枢であった、と見ることができるであろう。しかし、防人や烽の配備、また水城・大野城・基肄城の築造について記述する『日本書紀』が、この中枢部について一言もふれていないことに注意される。

非瓦葺、掘立柱様式の第Ⅰ期建物は、軍司令部的な軍衙であったと推定される。しかし名称、職掌、官人組織はいうまでもなく、設置されたことすら文献資料で跡付けることはできない。これを「大宰府」と呼ぶことはできないので、私は「原大宰府」と名付け、第Ⅱ期・第Ⅲ期建物の「大宰府」と区別している。

「原大宰府」と水城、大野城、基肄城はセットであった。白村江の敗戦直後、唐・新羅軍の倭国進攻の危機に直面し、亡命百済貴族の軍事専門家により、対馬・壱岐・筑紫などの防備体制が計画されたと推察される。外郭防衛線の造営工事や防人の任務についた者の中に、倭国に亡命した百済貴族の私有民もいたであろう。

百済救援の倭国側の兵力の中核は、中央・地方の豪族とその私有民であった。「公民」から「兵士」が徴収され、「軍団」が編成される律令制以前の倭国の軍事組織は、氏族軍が主体であった。

一挙に制海権をなくし、異国軍進攻の異常事態に直面した時、倭国の人びとの中で、「国家」の意識が出てきたと思われる。護られるべきは、豪族の「領有地」というよりは、「倭国」の「土地と人」であったからである。そして「国家」の観念がなくては、豪族の「領有地・領有民」を敵の進攻から護ることが困難なことも、人びとによって自覚されてきた。

「原大宰府」成立の歴史的意義に注目しなければならない。

三　筑紫の「饗」と筑紫館

推古十六年（六〇八）に隋《ずい》から帰国する小野妹子に同行して、隋使裴世清《はいせいせい》が来日した。推古政府はこれを機会に、海外の使者を「儀礼」で迎える制度の一環として、筑紫大宰《つくしのたいさい》を筑紫（那津、福岡市）に設置する。『日本書紀』はこれまで、高句麗・百済・新羅の朝鮮半島三国の使者を、「使人」「使者」と呼んでいたが、筑紫大宰の設置以後は、「客」「客人」と呼び、またすべての使者の官位を記している。官位に相当する儀礼によって迎えたからである。来倭する海外の使者は、まず筑紫に来着し、筑紫大宰と接触することに定められた。

難波には六世紀頃から、「饗《あえ》」の式場である「難波大郡」「難波小郡」、また使者の宿泊施設である「三韓館」「高麗館」「難波百済客館堂」などが設置されていた。「饗」は大王から賜わる饗宴である。「饗」は宮廷や難波で行われていたが、しかし筑紫で催されたことはなかった。

天智三年（六六四）、すなわち白村江の戦の翌年に、唐使の郭務悰《かくむそう》が筑紫に来た。郭務悰は筑紫で用務を終え、筑紫から帰国するが、郭務悰のために、筑紫で初めて「饗」がなされた。天智政府から派遣された僧の智祥《ちじょう》が「饗」を主宰した。

天武天皇の時代となり、新羅使の来日が連年のように続く。しかし、ほとんどの新羅使は飛鳥京（倭京《やまとのみやこ》）に行かず、筑紫で用件をすませて帰国したが、天武政府はその都度、筑紫で「饗」をし、その労をねぎらった。天武二年（六七三）に「饗」の場所として「筑紫大郡」の名が見え、持統二年（六八八）には、「筑紫館」が「筑紫大郡」に替った。

興味があるのは、天智朝から筑紫大宰として、栗前《くりくま》（隈）王・河内王の王族や、蘇我赤兄《そがのあかえ》・丹比嶋《たじひのしま》・粟田真人《あわだのまひと》などの高官が任命されていることである。海外の使者の「饗」のために、高官が飛鳥京から筑紫に赴く煩雑さを免れるために、高官をもって筑紫大宰とし、「饗」を主宰させたと考えられる。

「筑紫大郡」は、非瓦葺・掘立柱様式の倭風建築であり、「筑紫館」は、瓦葺・礎石様式の大陸風建築であった。「小郡」は難波・筑紫に設置されていたが、弔喪・告喪などの凶事にかかわる使者の「饗」に、使用されたと考えられる。すなわち「筑紫大郡」は「原大宰府」＝第Ⅰ期建物に対応し、「筑紫館」は「大宰府」＝第Ⅱ期建物に対応していた。

筑紫大郡・筑紫小郡・筑紫館が設置された場所は、福崎丘陵（福岡市中央区平和台）であった。円仁《えんにん》の『入唐求法巡礼行記《にっとうぐほうじゅんれいこうき》』の承和十四年（八四七）九月十七日条に、「博太の西南の熊挙嶋《のこ》の下に到り船を泊す」とある。山東半島の赤山を出航し、十五日目で博多湾に入った円仁便乗の商船は、能古島の岩壁の下に停まって一夜を過ごし、翌十八日に、「鴻臚館の前に到」り、十九日に円仁は、「館に入りて住」まった。鴻臚館がある福崎丘陵の下は浜になっていたことがうかがわれる。

四　「蕃客」と大宰府

持統三年（六八九）九月に石上麻呂《いそのかみのまろ》らを筑紫に遣わし、「新城を監《み》」させたことが『日本書紀』に見える。「新城」は創建時の大宰府＝第Ⅱ期建物であり、このとき造営中であったと考えられる。石上麻呂は、後に初代の大宰帥《だざいのそち》となった。

大宰帥に固有の職掌は、「蕃客・帰化・饗讌」の三つであった。

「蕃客」は「蕃国」の「客」であり、新羅の国王から日本の天皇に遣わされた使者を指す。律令体制の成立により、新羅は、これまでの「国」から「蕃国」として位置づけられた。唐は「隣国」であった。

大きな宴を「饗」、小さな宴を「讌」という。筑紫大宰が主宰してきた「饗」は、大宰府の成立により、大宰帥に引き継がれた。

天武・持統朝の律令国家の成立を転機として、「倭国」の国号は「日本」と改められ、「大王」の名称も、律令国家の主に相応しく「天皇」となった。持統天皇によって初めて出現した都城制の新益京＝藤原宮は、「天皇」が君臨する宮都であった。朝堂院様式で構築された大宰府は、新羅を「蕃国」とし、上陸第一歩の新羅使に、「蕃国」としての「儀礼」を受けさせる。つまり「蕃客」であることを自他ともに認証する官衙であった。

しかし、日本の遣唐使が派遣される「隣国」の唐の皇帝の前で、日本は新羅などと同様、「蕃国」であった。

大宰府が成立した大宝元年（七〇一）以降、藤原京・平城京時代に来日した新羅使は十九回を数えるが、天平六年（七三四）頃から、来日した新羅使が平城京には行かず、大宰府から放還される事態が続く。その理由は新羅使の「無礼」にあった。一方、天平八年（七三六）に新羅に派遣された大使安倍継麻呂も「常礼」を欠くという理由で、指命を果たすことなく放却された。

新羅と日本との関係は険悪の一途を辿る。平城政府の中で新羅征討論が主流となり、天平勝宝八年（七五六）には新羅進攻の基地として、怡土《いと》城（福岡県前原市）の築造が開始された。

注目されるのは、来日した新羅使とのトラブルが続く神護景雲二年（七六八）に、「新羅交関の物」を買うために、左右大臣などに「大宰府の綿」を賜わっていることである。来日する新羅使から新羅物の交易を望む者が増加しており、「この府は人物殷繁にして天下の一都会なり」（『続日本紀』神護景雲三年十月条）と大宰府が自讃したのも、大宰府の機能が、新羅との「交易」に移行しつつあったことを語っている。

日本側が新羅使に期待したのは、元日の朝賀に参列することであった。天皇が大極殿に出御し、庭上の文武百官は威儀を正して拝礼をするが、蕃夷の使者が列座することは、天皇の威光が内外に光被することの証明でもあった。

しかし平城宮の朝賀に新羅使が参列したのは、宝亀十年（七七九）元日の一回だけであった。そしてこれを最後に新羅使の来日に終止符が打たれ、つまり日本と新羅との外交関係は絶たれた。

大宰帥の大伴旅人が、大宰管内諸国の官人を招き、梅花の宴を催した天平二年（七三〇）頃は、二年後に始まる全国的な亢旱と、それと不可分な飢饉の慢性化もなく、また天平七年（七三五）に大宰府から発生した天然痘もなく、大宰少弐小野老が筑紫の地で、「青丹よし　寧楽のみやこは　咲く花の　薫ふが如く　今盛りなり」と詠んだように、大宰府も平城京も、泰平と活気に溢れていた。「蕃客」の新羅使との間にトラブルがないことも、大宰府の官人に謳歌の気分を与えた。ともあれ開創後三十年間が、大宰府の繁栄期であった。

五　「交易」と鴻臚館

新羅との国交が跡絶えた宝亀十年（七七九）以後は、新羅の商人が大宰府に来る。ついで唐の商人が来航する。商人は「蕃国」の儀礼＝規制の枠外にあった。

六世紀末に、倭国最初の伽藍である飛鳥の法興寺（飛鳥寺）が創建されて以後、倭国にとって海外諸国との「交易」は欠くことができなくなった。というのは、寺で焚《た》く香は熱帯地方の所産であったからである。唐の商人が買い付けた天竺（インド）、師子国（スリランカ）、室利仏逝（スマトラ）などの香木が、新羅や唐の商人によって大宰府に運ばれてくる。その他、薬品、書籍、綾錦の織物などが輸入され、米、綿、砂金などと交易された。九世紀以降増大する大宰府貿易である。

交易の場所は筑紫館、すなわち鴻臚館であった。当初は、唐（宋）や新羅（高麗）の商船が大宰府に来着するたびに、平安政府は交易唐物使を大宰府に派遣し、交易にあたらせたが、延喜九年（九〇九）に交易の管理を大宰府に委譲した。鴻臚館は日本で唯一の対外交易の場であり、交易を独占した大宰府の官人の中に、財物を蓄える者も現れた。天慶四年（九四一）に藤原純友が大宰府を襲った目的は、「大宰府累代の財物」を奪うためであった。

律令体制の弛緩にともない、十世紀頃から寺社や貴族が日宋貿易に参入する。大宰府による貿易独占体制は崩壊し、十一世紀末には文献から、筑紫の鴻臚館の名は消滅した。

六　観世音寺――国際的な祈願寺

都府楼跡の東約五〇〇メートルのところに観世音寺がある。中門の左右からのびる回廊は正面の講堂にとりつき、その中に、西に金堂、東に五重塔を配する伽藍配置であった。

観世音寺の創建が、筑紫の朝倉宮でなくなった斉明大王の追善のため、長子の天智大王の誓願にもとづくことは、『続日本紀』和銅二年（七〇九）二月条に載せる元明天皇の詔に明らかである。しかし、そうであるとすれば、なぜ観世音寺を朝倉の地に建立しなかったか、という疑問が残る。大宰府の地は、存命中の斉明大王には縁《ゆかり》がなかった。

延喜五年（九〇五）の勘録にかかる『筑前国観世音寺資財帳』によれば、金堂の中尊は銅鋳の阿弥陀丈六仏像であり、観音・勢至の両菩薩の脇士をともなっていた。中尊の向きにあわせ、金堂が東向きに建てられているのは、阿弥陀仏が西方極楽浄土の仏であるとされているからであろう。浄土教が舒明大王の宮廷に入っていたことは、大唐学問僧の恵《え》隠《おん》を厩坂宮に請じ、『無量寿経』を講説せしめたことによっても知られる。斉明大王の救済の仏として、金堂に阿弥陀仏像が安置されたと思われる。

しかし寺名を「阿弥陀仏寺」とせずに、「観世音寺」としたのは、講堂の中尊として、聖観世音像が安置されていたことにもとづく。『妙法蓮華経』の普門品《ふもんぽん》、すなわち『観世音経』の説くところによれば、観世音（観音）の功徳《くどく》は、火・水・風・刀杖・鬼・枷鎖《かさ》・怨賊の七難を除く。海上の遭難も、異国で出あう怨賊の難も、観音の力を念じ、観音のみ名をひとたび称えることによって、脱することができると説かれる。シルクロードの往還で、人びとの信仰を集めていたのは観音であった。

観世音寺建立の建前は、筑紫ゆかりの斉明大王の追善のためであった。しかし本音は、海を渡って大宰府に来る異国の人びと、また日本から新羅や唐に赴く使者や学問僧などの安穏加護の祈願のためであった。

観世音寺の造営は順調に進まなかった。元明天皇（持統天皇の妹）が、工事促進の詔を大宰府に下し、その子の元正天皇は、沙弥満誓を造観世音寺別当に補任した。

玄昉が造観音寺別当をつとめていた天平十八年（七四六）に、観世音寺は完成した。この年は元明天皇がなくなって二十五年目にあたっていた。

観世音寺境内から出土する創建時の軒平瓦の偏行唐草文様の構成は、天武天皇発願建立の本薬師寺《もとやくしじ》（奈良県橿原市城殿町）や、持統天皇造営の藤原宮（同上橿原市高殿町）の軒平瓦と一致する。

観世音寺は、天智―持統―元明―元正の一族一家によって建立された天皇家の私寺であったが、しかし九百カ寺を越える八世紀の日本の寺の中で、在家者の加護を眼目とする国際的な寺は、筑紫の観世音寺ただひとつであった。

大宰府＝第Ⅱ期建物は、鴻臚館＝筑紫館と観世音寺がセットになっているが、この三者の創建・造営の中心となったのは持統天皇であり、粟田真人がそのブレーンであったと考えられる。

〈**参考文献**〉

田村圓澄『大宰府探求』吉川弘文館、一九九〇年

田村圓澄「遠の朝廷考」（『古代文化』四二巻五号、一九九〇年）

田村圓澄『飛鳥・白鳳仏教史』上・下　吉川弘文館、一九九四年

万葉梅花の宴

中西　進

一　旅人はなぜ梅花の宴を催したか

大伴旅人は天平二年（七三〇）正月十三日に一園の梅を題材とする歌会を開き、合計三十二人による和歌の競詠を催した。『万葉集』巻五にのせる「梅花の歌三十二首并せて序」がそれである（八一五〜五二）。

それでは、旅人はなぜこのような歌会を催そうと考えたのか。

実は右の序は古来、王羲之による「蘭亭集序」をまねたものであることが、契沖の『万葉代匠記』以来指摘されている。私もそのことについて、すでにふれたことがあるが（注1）、まず冒頭の書式がひとしい。

（梅花の序）天平二年正月十三日、萃于帥老之宅、申宴会也。于時、初春令月、気淑風和、……

（蘭亭の序）永和九年歳在癸丑、暮春之初、会于山陰之蘭亭、修禊事也。是日也、天朗気清、恵風和暢、……

これは当時の「序」の書式として正統を目ざしたものであった。しかし書式一般の手本として蘭亭序をまねたのではなく、むしろ積極的にこの内容になぞらえようとした趣がある。というのは、さらに先に、

（梅花の序）忘言一室之裏、……快然自足、……

（蘭亭の序）快然自足、……悟言一室之内、……

ともあるからである。旅人は大いに蘭亭の序を意識していたというべきであろう。

それでは、旅人はなぜ蘭亭の序のまねをしようとしたのか。

王羲之は晋の時代の書家としても有名で、『万葉集』で「てし」(手師)といえば王羲之だったほどだが、彼はまた隠逸思想の持主で、俗悪の世間から離れ、ここ山陰において風雅な隠逸の境地を楽しもうとしていた。蘭亭の詩会―永和九年(三五三)に四十一人の文人が集って曲水の詩宴を催したのも、その内の一つである。

ちなみにいえば、この羲之の曲水の詩宴は万葉人にもよく知られており、旅人の子、家持が、天平勝宝二年(七五〇)、越中で三月三日、

漢人《からひと》も筏《いかだ》浮べて遊ぶとふ今日わが背子花縵《かずら》せよ　(19・四一五三)

とよんだのも、同じ詩宴をさしていたと思われる。山陰は華南、竹の多いところで、現に私が蘭亭を訪れた時も池に太い孟宗竹を組んだ筏が浮かんでいたが、このような習慣は竹の少ない華北ではまず普通ではない。曲水の宴にともなう筏の遊びは文献に出ては来ないが、王羲之たちもそれをしたという伝えが、当時あったのではないか。したがって家持も同じく、二人はそれぞれ王羲之の示した風雅な隠逸を想い浮かべていたと思われる。花を縵として、韻事を行うのである。

そこで羲之は、ここに風雅の趣を述べ、序の最後を「後之賢者、亦将有感於斯文」(後に覧る者もまた、この文に感ずるところあらむ)と結ぶ。つまりわが心境の理解者を後世に求めているのだが、とすると旅人が、当然この「後之覧者」たらんとしたことがわかる。

旅人が蘭亭の序のまねをして序を書いたということは、何も文章を借りたのではなかった。隠逸の心を羲之に合わせようとしたのであり、その暗示が文章の模倣だったのである。

旅人が大宰府へ来たのは、半ば敬遠されたからである。全くの流謫というのではないが、体のよい追放は彼自身十分理解していたところであり、古来「隠流」(しのびながし)といわれるものの一つである。

その時の心境として世俗的に人事を憤ることもあろうが、旅人はそうしない。他の、たとえば日本琴の作品からも知られるように、端然と姿を崩さず、世俗を超越するのが旅人の常であった。

その意味で王羲之は仰ぐべき先人であり、その蘭亭の詩会はまねるにまことにふさわしい韻事であった。旅人が梅

花の歌会を催した理由は、ここにあった。

二　なぜ梅花の宴であったか

そこで問題となるのは、なぜ曲水の宴でなく、梅花の宴かということであろう。

そもそも日本人は桜を愛しつづけてきた。よく、古代人は梅を愛し、平安時代になると嗜好が変わって桜になったなどといわれるが、これは誤りである。

なぜ誤りが通行しているかというと、『万葉集』の桜は四十首に見え、梅は一一八首に見られることを鵜呑みにするからである。早い話、梅花の宴では追和歌を含めて三十六首、後での追和歌が吉田宜に一首（5・八六四）、大伴家持とも池主とも見られる作者の追和歌が六首（17・三九〇一〜六）あり、これだけでも四十三首が一つの場によって作られるのだから、当時の人々の嗜好を考えるなら、これを一として考えるべきだろう。

一方桜は「花」として登場する。先にあげた三月三日の家持の「花縵」も桜だが、桜の四十首の中には、「花」がふくまれない。それを加えると、ずっと数は多くなる。

しかも梅は当時の貴族に愛され、桜は広く一般の人々に愛された形跡がある。したがって古代日本人の花は、やはり桜であって、これは後々まで終始変わらなかった日本人の趣味であった。

さてそこで『万葉集』にこれほど梅が多いのは、万葉が貴族の文学を主とするということであり、旅人が梅花の歌宴を催すというのは、その最たるものなのである。

梅は当時外来性を匂わせた、目新しい花であった。時代が『古今集』まで降るが、その序に見える、

難波津に咲くやこの花冬ごもり今は春べと咲くやこの花

という歌の花は梅で、難波という港町に多い海外からの渡来者たちが、それぞれの家に故郷をしのぶ梅を植えていただろうといわれている。平城京出土の木簡に「那波津」と書かれるものがあり、これは右の歌を書きかけたのではないかと思われる。すると古い時代のもので、久しく口誦されていたものらしい。

この外来性を愛でるというのが、いかにも教養人の旅人らしい趣好で、まさに一般的な桜にそむいて、梅をかくも大量によむことこそが、貴族趣味の最たるものだったのである。

旅人は元来こうした貴族趣味の持主で、奈良のわが家の庭にも梅を植えていたことが知られるが、その旅人が、いま大宰府に来た。

大宰府は難波以上に外国の匂いがみちた町だった。広くいえば日本はつねに海外への門戸としての町をもっていた。中世の堺、近世の長崎がそれだが、対する古代の門戸が大宰府であり、日本文化はこれらを通して新しい血を受容しては成長していった。

平安時代になっても、たとえば小野篁、菅原道真といった大宰府経験者が「白氏文集」という新しい詩をとり入れるといった現象がある（注2）。

そこで旅人はより以上に外来の木である梅に心ひかれたであろう。梅が咲きあふれる園―「ソノ」は特別の庭をいうから、ここは帥公館の庭であろうか、そこで梅をよむという動機は、彼の貴族的な外来趣味にあった。

しかし、理由はもう一つ考えられる。梅がいかに海外の匂いをこめたものではあっても、それだけでは歌会の開催は決定されなかったであろう。

実は中国に「梅花落」という楽府詩の題がある。楽府とは本来宮中の歌を管理する役所のことだが、そこに集められた歌そのものも楽府というようになり、楽府の題材を題として後によまれた詩を楽府詩といった。その中の一つが「梅花落」である。

旅人はこれをまねようとしたのだった。なぜなら「梅花落」は辺境の望郷詩だったからである。辰巳正明氏は「梅花落」についての、

梅花落、春和之候、軍士感物懐帰、故以為歌（梅花落。春和の候、軍士物に感じて帰らんことを懐ふ。故に以ちて歌を為す）

という解説をあげている（注3）。

この軍士を旅人にかえると、それこそが旅人の今の心境である。「梅花落」は北方の人々が笛に合わせて歌ったもので、中国は古来北辺の戦をくり返し、兵士たちは都を離れてそこに赴き、残される子女は、夫や父を想うというパターンがある。「梅花落」はそうした歴史の必然から生まれてきたもので、旅人もこれに深く思いを致したことであろう。「梅花落」の一首をあげると、次のようなものもある。これはすでに創作になる楽府詩だが、

梅嶺花初発　梅嶺に花初めて発《ひら》き
天山雪未開　天山に雪いまだ開《と》けず
雪処疑花満　雪の処、花満つるかと疑ひ
花辺似雪回　花の辺、雪に似て回る
因風入舞袖　風に因って入りて袖に舞ひ
雑粉向妝台　雑粉として妝台に向ふ
匈奴幾万里　匈奴幾万里
春至不知来　春至って来《きた》るをしらず
（楽府詩集巻二四）

という初唐、盧照隣の美しい詩がある。中国の情詩の常として女性の立場に立ち、都の女は梅の咲くのを見て、夫のいる雪まだとけない天山のほとりを想像する。一方夫の見る雪景色の中では花が一面に咲くかと疑われ、反面、自分の見ている梅のまわりには雪のように花びらが散る、という。

散った花びらは風に運ばれて室内にやって来ては袖にまつわり、まるでさまざまな白粉のように化粧台に散りかかる。その中で女は幾万里彼方の匈奴の地にある夫を思い、春は来たのに夫は帰って来ない、と嘆く。

こうした辺境を思う情詩が「梅花落」として歌われるからこそ、旅人は梅花の歌会を催し、辺境の悲しみを分かち合おうとしたのである。

だから梅花の宴では、むしろ散る梅をよむのが、出題にかなっていた。当の旅人自身が、

わが園に梅の散るひさかたの天より雪の流れ来るかも　（5・八二二）

とよむのもそのためで、まるで盧照隣の「花辺似雪回」をまねた感すらあるのは、北辺と「梅花落」との密接な関係からである。

そして、旅人がしきりに辺境を思い浮かべるのは、今自分が都を遠く辺境に配されているという思いからで、先に述べた「隠流」の感と一体の動機が、「梅花落」を選択させたのである。

旅人といっしょにいた憶良は、二人の関係を漢の蘇武と李陵とに擬している。ともに匈奴に捕えられ、武はやがて帰り陵が一人残されたが、その関係に自分たちを擬して、憶良は都に帰る旅人を送っている（5・八七六）（注4）。それと一連の辺境感である。

三　梅の歌はどうよまれたか

さて、このように必然性をもった宴会が梅花の宴だったのだが、そこで歌がどうよまれたであろうか。すでに旅人の歌を見たが、これは見事な「梅花落」の一首であった。それに対して他の三十一首がすべて心を合わせているかというと、必ずしもそうではないが、散ることに言及する歌も、もとより多い。

梅の花今咲ける如散り過ぎずわが家の園にありこせぬかも　小野大夫（5・八一六）
青柳梅との花を折りかざし飲みての後は散りぬともよし　笠　沙弥（5・八二一）
梅の花散らくは何処しかすがにこの城の山に雪は降りつつ　伴氏百代（5・八二三）
梅の花散らまく惜しみわが園の竹の林に鶯鳴くも　阿氏奥島（5・八二四）
梅の花咲きて散りなば桜花継ぎて咲くべくなりにてあらずや　張氏福子（5・八二九）
梅の花散り乱ひたる岡傍には鶯鳴くも春かたまけて　榎氏鉢麿（5・八三八）
春の野に霧り立ち渡り降る雪と人の見るまで梅の花散る　田氏真上（5・八三九）
鶯の声聞くなへに梅の花吾家の園に咲きて散る見ゆ　高氏　老（5・八四一）
わが宿の梅の下枝に遊びつつ鶯鳴くも散らまく惜しみ　高氏海人（5・八四二）

妹が家に雪かも降ると見るまでにここだも乱《まが》ふ梅の花かも　小野氏国堅（5・八四四）

鶯の待ちかてにせし梅が花散らずありこそ思ふ子がため　門氏石足（5・八四五）

これらは、まずは「梅花落」の主題に答えた歌だといえよう。その中でそれぞれ反対してみたり、連想を伸ばしたりしているものである。

そこで注目されるのは右の国堅の一首で、これを北辺の兵士が都へ向かってよんだものとしても、そのまま納得できるであろう。そう思ってみると、この一首は存外に「梅花落」の正当な内容の、よみ込みの上で作られたかもしれないという気がする。そう考えると、なぜわざわざ「妹が家」というのかが、わかるではないか。逆にいえば、なぜ「妹が家」といわなければならないのか、「梅花落」がなければ、なかなか理解がむつかしい。

そして、こういうよみ方が可能ならば、憶良の歌がおもしろい様子を示すこととなる。

春さればまづ咲く宿の花独り見つつや春日暮さむ　（5・八一八）

実はこの下句に二とおりの解釈がある。「や」を単純な疑問とするか強い否定をともなう疑問とするかで、前者とればひとりで一日を暮すことになり、後者だと、それを強く否定して、皆といっしょに見ようという気持ちを言外に示すこととなる。

誤解のないようにまず断っておきたいことは、憶良が偏屈な人間で、折角皆が歌宴を楽しもうとしている時に、ひとりでそっぽを向こうとすることなど、まったくないことである。だから前者ととる時も、その上でのことである。そこでふつうに考えると、強い否定をともなう疑問とすべきだろう。「どうして独りで暮すことなどありえよう。皆といっしょに見たい」という気持である。

ところが、もう一方の気持ちも言外にふくむのではないかという思いが、近年私の中でだんだん強くなっている。つまりこういうことだ。

憶良の一首は、国堅の歌と反対の、都の女の立場の歌とよむこともできる。夫を北辺に送った後、残された女はひとりで「宿の」梅の花を見ながら夫を偲ぶ——先の盧照隣の詩と同じ心境を歌ったものと見ることもできるではないか。

実は私はこの一首の解釈をめぐって、「ダブルサウンドの一首だ」といったことがある(注5)。それは皆で梅を楽しみ交友の歓を尽くそうとする意味で、人間《じんかん》を離れて孤独に隠士として過ごすことをすまいという意味と、この孤閨の意味とであった。

「交友」も憶良たちにとって大きなテーマであり、とくに旅人にとっては大事なのだが、この「や」を、否定をともなう疑問とした解に対して、逆に単純な疑問とした「ひとりで春日を暮すのかなあ」という詠嘆も、女性の立場とした時に、捨てがたいのである。

中国で隠士をよび返すことを「招隠」というが、この「招隠」して「交友」を尽くすことと「孤閨」とは、そのいずれをも、今の私には捨てがたい。

思うにもし旅人が「孤閨」を感じることあれば、それはまことに見事な「梅花落」への反応となろう。いささか妥協的に見られると困るが、「や」がいずれとも見られてきたということは、いかにも表現が曖昧だということであり、そのことは双方のよみを許容することであろうか。「強い否定をともなう疑問」と私はいってきたが、この「強い否定」がどれほど強いかの問題である。

そこに表現の幅を許容するとすれば、憶良の一首は、表面で皆と歓を尽くそうという「交友」の情を示しながら、さり気ない裏面において、おそらく旅人の理解をひそかに求めつつ、「梅花落」のもつ閨怨の趣も潜在させていた、というべきであろう。

実は「交友」というのも、旅人によって初めて意識化された、中国伝来のものであった。梅花の宴の催は、その面でも最新の意識の上で行われたものであり、さらに蘭亭の集会を模し外来の梅を愛で、「梅花落」の趣をよむ点、この行事は当時の文化の最先端をゆくものであった。

四　どうして大宰府で行われたか

それが可能だったのも大宰府が時代をリードする、最新文化の受容地だったからである。「交友」に限ってみても、これのもっと有名な詩は白楽天の「琴詩酒の伴皆我を抛ち、雪月花の時最も君を懐ふ」（寄殷協律）であろうが、この琴も酒も旅人は歌にする。酒を賛える歌などという奇妙な作が旅人にあるのも、そのためである。日本琴を藤原房前に贈って歌を添える。これまた単なる贈り物ではない。

これらに対する「詩」が当面の歌宴である。こうして三十一人の友と詩を分かち合うことによって交友を厚くすることも、旅人の重要な生活様式であり、そこにこの挙となった。「琴詩酒の伴」と白楽天が明言するよりはるか以前に、旅人はこの条件をみたしており、旅人の中国的教養がいかに高かったがしのばれるのだが、さてそれを培うのに力あったものの一つが大宰府であろう。

大宰府赴任は負の面で見られがちだが、その負をむしろ正とする力が、大宰府にはあった。旅人との出会がここにあったというべきだろう。梅花の宴は、その結実の、見事な一つであった。

〈注〉

（1）拙稿「六朝詩と万葉集」（角川書店、拙著『万葉と海彼』、一九九〇年）
（2）拙稿「古代文学と比較文学」（英宝社、中西進・松村昌家編『日本文学と外国文学』、一九九〇年）
（3）辰巳正明『万葉集と中国文学』三五一頁―三七三頁（笠間書院、一九八七年）
（4）拙稿「良陵の間」（明治書院、平川祐弘・鶴田欣也編『日本文学の特質』、一九九一年）
（5）注（1）の拙稿。
（6）拙稿「文人歌の試み」注（1）の拙著所収。

本稿は一九九一年三月十七日「古都大宰府を守る会」の特別講演「万葉梅花の宴」を講演者が書き下したもので、『都府楼』十三号（古都大宰府を守る会、一九九二年）に掲載されましたが、今再録して、林田博士の慶賀に供します。

山上憶良の思想と文学

井村哲夫

一　神と仏と—日常の信仰生活—

俗に言う「祈る神様、仏様」は、万葉の昔から現代にいたるまでおおよそ変わらない、日本の常民の信仰生活の実際である。日本古来の天神地祇や祖先神を祭り、同時に一方で異国渡来の金色の神の前にひざまずくことを、日本人の宗教的無節操として非難する考えがあるとするならば、それはむしろ逆に宗教的偏狭である場合が多いのではないか。わが憶良の信仰生活もまた、敬虔な「敬神・礼仏」の日常であったことをまず証明しよう。

憶良「沈痾《ちんあ》自《じ》哀文《あいぶん》」（巻五）という長い作文の中に、

……況《いは》むや、我胎生《たいしやう》より今日にいたるまでに、自ら修善《しゆぜん》の志有り、曾《かつ》て作悪《さあく》の心無し〈諸悪莫作《しよあくまくさ》、諸善奉行《しよぜんぶぎやう》の教を聞くことを謂ふ〉。所以《このゆゑ》に三宝を礼拝《ゐやびをろが》み、日として勤めざること無く〈毎日《ひごとに》経を誦《よ》み、発露《つみをあらは》して懺悔《く》ゆ〉、百神を敬重《ゐやびたふと》び、夜として欠けたること鮮《な》し〈天地の諸神等を敬拝《ゐやびをろが》むことを謂ふ〉……

（……まして私は、母の胎内から生まれ出て以来今日までというもの、進んで善を行おうと願い、かつて悪事をなそうという心を抱いたことがない〈「諸悪をなすな。諸善をつとめよ」という教えを守っていることを言う〉。そこで毎日仏法僧の三宝を礼拝し、夜毎神々を拝んで一日として怠ったことがない〈毎日、読経し、懺悔し、天地の神々を拝む〉……）

とある。あるいはまた、「古日《ふるひ》」という名の幼い子供を死なせた親の嘆きを歌った「男子《をのこ》名は古日に恋ふる歌」（5・九〇四～六）という作品があって（注1）、その長歌には子供の病気の平癒を祈願して天つ神・国つ神の前にひれふす次のような言葉がある。

……天《あま》つ神　仰ぎ乞ひ祈禱《の》み　国つ神　伏して額《ぬか》づき　「かからずも　かかりも　神のまにまに」と　立ちあざり　我《あれ》乞ひ祈禱《の》めど　しましくも　良けくはなしに……

（……天を仰ぎ、地にひれ伏して、神々に祈りを捧げ、「いかようになりましょうとも、神様におまかせします」と、取り乱し、乞い祈ったが、恢復の萌しも見えず……）

ところが、古日が死んでしまうというと、その葬儀はおそらく仏式で営んだらしくて、反歌では四十九日の追善供養の祈願を歌っている。

稚《わか》ければ　道行き知らじ　幣《まひ》はせむ　黄泉《したへ》の使　負《お》ひて通らせ

（幼くて道を知るまい。礼はします。鬼よ、あの子をおぶってください）

布施《ふせ》置きて　あれは　乞ひ祈禱《の》む　あざむかず　直《ただ》に率《ゐ》行きて　天路《あまぢ》知らしめ

（布施を積んで、お願いします。迷わせず、天国へ一路お連れください）

反歌一は亡児古日の死出の旅路、いわゆる中陰の期間の冥土の旅の無事を祈願する。反歌二は、三宝に布施を捧げ、追善供養を重ね、天国への化生を願う、いわゆる満中陰を期しての祈願である。供養願文ふうに言えば、「伏シテ願ハクハ、三藐三菩提《さんみゃくさんぼだい》ノ仏タチ、亡児古日ヲシテ九泉下《きゅうせんか》ニ迷ワシメズ、直チニ天国ヘ転生《てんしょう》セシメタマヘ」ということである。

二　仏と儒と—思想の立脚点としての世間—

憶良が、仏教と儒教の二大思想をどのように受け止めたかということを証明しよう。次の文章は「俗道は仮に合ひ即ち離れて、去り易く留まり難しといふことを悲しび歎く詩一首」（巻五）の序文である。

竊《ひそ》かに以《おもひ》みれば、釈　慈《しゃくじ》の示教《じけう》は〈釈氏慈氏を謂ふ〉、先に三帰《さんき》〈仏法僧に帰依することを謂ふ〉五戒《ごかい》を開きて法界《ほふかい》を化《おもむ》け〈一に不殺生《ふせっしゃう》、二に不偸盗《ふちゅうたう》、三に不妄語《ふまうご》、四に不飲酒《ふおんじゅ》を謂ふ〉、周　孔《しゅうこう》の垂訓《すいくん》は、前《さき》に三綱《さんかう》〈君臣、父子、夫婦を謂ふ〉、五教《ごけう》を張りて邦国《ほうこく》を済《す》ふ〈父は義、母は慈、兄は友、弟は順、子は孝を謂ふ〉。故に知る、引導は二つなりといへども、得悟《とくご》は惟《ただ》一つなることを。

（こんなことを考える。釈・慈〈釈迦と弥勒のお二人〉の教えは、とくの昔から三帰〈仏法僧の三宝を信頼すること〉と五戒〈殺さぬ、盗まぬ、姦淫せぬ、嘘をつかぬ、酒を飲まぬ〉を諭してこの人間世界を教化し、一方、周公と孔子の教えは、三綱〈君臣、父子、夫婦の正しい関係〉と五教〈父は正しい道理、母は慈愛、年長者は友愛、年下の者は従順、子は孝行をもって他に臨む〉を教えて国家社会を整えようとしている。とすれば、仏教と儒教と二つ、教義こそ異なれ、要諦はただ一つ、すなわちこの人間社会の救済こそ一大事なのだということが、これで判る）

とある。憶良はここで儒教・仏教の両教義を混淆させて論理をもてあそんでいるのではない。憶良は言う、「三帰・五戒」と「三綱・五教」とそれぞれに「引導」は二つ、別の物であると。だが、仏教も儒教も共に救済しようとしている対象は正にこの「法界」（ここは諸法の世界の意。世間とか六道というのに同じ概念）であり「邦国」である。すなわちこの「世間の救済の完成」こそが覚者・聖人共々に目指している「得悟」（真理の実現）にほかならないと言う。憶良はここで儒・仏という二大思想を同時に受け入れているが、それは両教義を混淆させた安易な受容でもなく、知識人の論理の遊びでもなかった。

仏は一大事因縁をもってこの世間に出現したまうのであり（『法華経』）、聖賢もまた……。憶良の論理の出発点、思想・文学の頑強な立脚点が、一大事因縁たる「世間」であることが、ここでも証明できるであろう。

三　礼と楽と―礼・楽兼備の思想―

憶良は神亀・天平の知識人また律令官人の一人として当然儒教思想の保持者であった。そして「礼教」の人であると同義的に「音楽」の人であった。

「惑情《わくじやう》を反《かへ》さしむる歌一首并せて序」という作品がある。父母の侍養を忘れ、妻子を顧みないで、おのれ一人の救済を志す自称「畏俗先生《ゐぞくせんせい》」（注2）なる人物に対してその心得違いを諭す歌という体裁をとっている。

父母《ちちはは》を　見れば尊し　妻子《めこ》見れば　めぐし愛《うつく》し　世間《よのなか》は　かくぞ道理《ことわり》　黐鳥《もちどり》の　かからはしもよ　行方《ゆくへ》知らねば
……(中略)……地《つち》ならば　大君います　この照らす　日月の下は　天雲《あまぐも》の　向伏《むかぶ》す極《きは》み　谷蟆《たにぐく》の　さ渡る極み
聞こし食《を》す　国のまほらぞ……

(……父母を見れば尊い。妻や子はいとし可愛い。世間はそれで当然。とりもちにかかった鳥だ。からみ合って生きてゆきたい。
……(中略)……地上には天子がいまし、日月の照覧のもと、天雲が垂れる果てまで、みそなわす立派な国だ。……)

憶良はその生涯に二度、地方官になった(伯耆守と筑前守)。この歌のように、領民に礼教を説き、生業をすすめる国守としての顔を、憶良はもつ。

その序文に言う、

遺《おく》るに歌を以《もち》てして、その惑《まと》ひを反《かへ》さしめむとす。

この言葉から、憶良はその「歌」を「教化の具」とみなしていることが判る。その歌詞の内容が礼教を教えるものであるだけでなく、その琴を弾じて唱歌する楽音もまた「風《ふう》ヲ移シ俗《ぞく》ヲ易《か》フ」(社会風俗を改善する)意義を持つものなのである(『礼記《らいき》』楽記《がくき》)。憶良が「遺るに歌を以てす」と言った時の「歌」の意義は正しくそのようなものであったと推測される。若い日から憶良が志した遊芸は、礼・楽兼備の新秩序を打ち建てつつあった時代の要請に添うものであった(注3)。

四　道と惑と―惑いの選択―

道教あるいは神仙思想的な理想は、天平の知識人士一般にとって精神生活上のムードの一側面となっていたらしい。憶良がその作文(「沈痾自哀文」)の中に文言を引用して共感を示すなどしている『抱朴子《はうぼくし》』(晋・葛洪《かっこう》著。内篇二〇篇に神仙術、不老不死の法を説く)『帛公略説《はくこうりやくせつ》』(葛洪『神仙伝』に見える帛和《はくわ》の著らしい)などは、平素興味をもって愛読していた書物であったらしい。万葉時代の民間仏教と民間道教とは混然としてははっきり弁別しがたいという事情もあって、先の「惑情を反さしむる歌」の「畏俗先生」というのが、『日本霊異記』(上巻第二八話)に出てくるところの、巌窟に住んで清泉を浴み、天を飛んで鬼神を駆使すること自在という「仏法の験術」修行者のような面影を持っているのもそのためである。憶良の作文にも、山に入って性を養い、不老不死の丹薬を合わせる「道人・方士」を語って共鳴しているところを見れば、実は「畏俗先生」的な処世術にじゅうぶん未練は残しているらしいのであって、その点からはこの歌に造形された「畏俗先生」という背徳の人物像は、実は憶良自身の精神構造の一部の表象であるとも見られるのである。「畏俗先生」なる人物像を設定し、その幻影に向かって「汝が名告らさね」と詰問する憶良の言葉や、その反歌の「ひさかたの天路は遠し……」という言葉の周辺にそこはかとなく漂っている、ある種のペーソスを見逃すべきではない。その悲哀感は憶良のどんな精神的機制からにじみでてくるのであろうか。

……世間は　かくぞ道理　黐鳥の　かからはしもよ　行方知らねば……

「黐鳥」はトリモチにかかった鳥、「貪愛世間」の比喩。「行方知らぬ」という愚の立場は、これを正確に翻訳すれば、「存亡の大期・輪廻転生の理を知らず、不可思議の因縁に繫縛せられている」世間蒼生の立場である（注4）。その立場の自覚に立てば、父母妻子を棄て己れひとりの救済を求めて山沢に亡命する「畏俗先生」もまた「我見《がけん》」の惑い。一方、父母妻子の恩愛のトリモチにからめとられた生活に沈淪するのもまた「黐鳥」の惑い、仏の戒める「貪愛」。畏俗先生の惑いは黐鳥の惑いの裏返しである。いずれもが世間蒼生・群生品類の無明の惑いにほかならない。そして二つの惑いのうち、どちらの惑いを選択すべきか、というのが憶良の思案なのであった。その憶良の選択は「修業《しゅぎやう》得道《とくだう》の聖《ひじり》」でもなく「石木《いはき》より生《な》り出《で》し人」でもなくて、「黐鳥」（＝世間）の立場なのであった。惑いの選択、これが憶良晩年の全作品に漂っている悲哀感のゆえんである。

五　生と死と―生活者の倫理―

「沈痾自哀文」は次の一文で結ばれている。

　鼠《ねずみ》を以《もち》て喩《たと》へと為《せ》り、豈愧《あには》ぢざらむや

この一文に施されている諸注の口語訳は理解に苦しむ。正しくは、

「死人は生きている鼠に及《し》かない」という喩えがあるが、そんなことを言われるようなことになったら（＝死んでしまったら）恥ずかしいことではないか（注5）。

という意味であろう。「有死王楽為生鼠之喩也」（『抱朴子』勤求篇）と言う。死んだ王が、どうぞや生きている鼠になりたいと願う喩えである。たとえ鼠の生命であろうとも、生きている限り、死王の冨や威勢より尊いと言う。死は恥なのであり、生命は鼠の生命ですら貴重なのである。この憶良の生命貴重の考えは、その根底おそらく仏典の「人間性尊貴」の思想に支えられている。「貧窮問答の歌」（八九二）の一節に、次の言葉がある。

わくらばに　人《ひと》とは在《あ》るを　人並《ひとなみ》に　我《あれ》も作《な》れるを

この句を解説して『代匠記』は『四十二章経』の、「仏ノ言ハク、人、悪道ヲ離レテ人ト為ルコトヲ得ルコト難シ」を引く。『大般涅槃経《だいはつねはんぎょう》』にいわゆる「六難《ろくなん》」の説がある。優曇華《うどんげ》の花のように遇い難き六カ条の第五・六に、「人身ハ得難ク、諸根ハ具シ難シ」とある。諸根（五根）とは、人間だけが持っている、最高の真理に到達できる五つの尊い能力（「信《しん》・勤《ごん》・念《ねん》・定《じょう》・慧《え》」）のことである。「貧窮問答の歌」の四句は『涅槃経』のこの言葉を翻案した四句であろう。大乗仏典のうち『法華経』と並んで尊ばれ、釈尊が生涯を傾けた説教とされている『涅槃経』の根本思想の一つに「人間性の尊貴」の思想があると言われている。憶良は数有る仏典の中でもとりわけ『涅槃経』になじんで、その人間尊貴・万人平等の思想の影響を受けていることは確かだと思う（注6）。とすれば、憶良が、たとえ「この世に執着する愚痴なやつ」だとか、「悟り切れない凡夫」だとか冷笑されようと委細構わず、なりふり構わず、あくまでこの世の生への執着を歌った魂胆も判ってくるだろう。それは執着というべきものでもなかった。憶良は綺麗な論理だけをもてあそぶ知識人・学者でもなければ、人を導く宗教者でもなかったのだから。ひとりの人間乃至生活者として、掛替えの無い人生を貴重として生きようという実践的・倫理的な信念を主張し、歌い上げる歌人であったのだから。

六　士と名と―人生の証明としての文学―

天平五年のある一日、病床に呻吟する憶良を、藤原朝臣八束《やつか》の使者河辺朝臣東人《あずまひと》が見舞った。報謝の言葉を述べた

あと、落涙とともに憶良が口吟したという一首、

士《をのこ》やも　空《むな》しかるべき　万代《よろづよ》に　語《かた》り継《つ》ぐべき　名は立てずして

（6・九七八）

名を揚げ、家門を栄えしめ、おおいに宗廟を祭る、儒教的な士君子の思想を歌い上げたものであるという。一方、この歌の「万代に語り継ぐべき名」とは、文学製作上の不朽の名声であろうという考えもある（注7）。ここで詳しく論ずる紙数がないが、両説はかならずしも相対立する考え方ではないであろう。いま一つ考察を加えておこう。「沈痾自哀文」に、魏文帝《ぎのぶんてい》（曹丕《そうひ》）の逸詩「時賢《じけん》ヲ惜シム詩」の二句を引用している。

未《いま》ダ西苑《せいゑん》ノ夜ヲ尽サズ、劇《たちまち》ニ北邙《ほくばう》ノ塵《ちり》ト作《な》ル

その詩は、「肉体は糞壌と化す無常の人生にあって、篇籍の述作こそ唯一不朽の名を成す大業である」という、魏文帝の文学思想を述べた作品であると察せられる（注8）。憶良の目の前に「文章ハ経国ノ大業ニシテ、不朽ノ盛事ナリ」（「典論、論文」）と言う魏文帝の思想があったことがたしかであると思われる。そしてまた憶良の後には、「貴キコト相将ヲ兼ネ、富ハ金銭ヲ余ストイヘドモ、骨ハイマダ土中ニ腐《く》チズシテ、名ハ先ダチテ世上ニ滅《き》エヌ。適《たまたま》後世ニ知ラルルモノハ、唯和歌ノ人ノミ」という『古今集』真名序の言葉もあった。

死の床にある憶良が、限り有る人生の営みの中で唯一文学の製作こそが万代に語り継がれる価値有る業、わが人生の確かな証明であることに思い至っていた、ということが判るであろう。

以上、与えられたテーマ「山上憶良の思想と文学」につき、与えられた紙数の中で、あたふたと述べてみた。私見を述べるに急であって先学諸家の説（注9）をじゅうぶん顧慮できなかったことを謝罪する。およそ一時代を代表するような人間の思想や文学は、一筋縄でとらえることなどできないが、あえて要約して言うならば、憶良の思想は頑強な「世間蒼生」の自己規定に発した実践的な「生活者」の思想であり、憶良の最終的な選択は、人間性を信頼し、生命を極めて尊貴のものとし、限りある人生を大切に生きるという倫理的な意志であった、と言えるであろうか。そして、その限り有る人生の営みの中では、唯一文学の述作こそが人生の証明となり得る価値ある業である、ということ

に想い到ったところで、その七十有余年の生涯を閉じたということである。

〈注〉

（1）古日は憶良の子供であったのか、それとも知人の子供であって、その不幸に際し哀悼の歌を作って贈ったものであるのか、両説あってたがいに譲らないけれども、私は後説に従っている。その根拠は、この作品が四十九日追善供養の願文に似たスタイルをもっていて、古日とその親のために慰藉と祈願の心をこめて作られ、贈られたものであるらしいと観察されるからである（「憶良における漢文・序・歌の全体をどう把握するか」学燈社『国文学』第三五巻五号、一九九〇年）。

（2）「畏俗先生」の名称について一言。万葉集諸本にある「畏」の文字を棄て、唯一紀州本の「倍俗先生」とある文字に従う諸注の校訂の処置はいかがなものか。「畏」は忌み嫌う意の文字である。その例ひとつ、皇極紀元年五月乙亥条「畏忌二児死一、果不レ臨レ喪」。塵俗世間を忌み嫌い、己れひとりの得道を志す思想的立場を表明する名称となろう。

（3）天武天皇が壬申の乱に勝利を収めたのちに策定した政治は「上下ヲ整ヘ和ゲテ動キナク静カニアラシムル」（『続日本紀』天平十五年五月五日条）ことをめざす、礼・楽・刑・政の新秩序の建設であった。礼・楽兼備の王道政治は儒教思想の理想である。天武が目指した「礼・楽」兼備の王道政治を、持統・文武朝が推し進め、元正・聖武朝が継承した。天武・持統朝の音楽振興の波に乗って、万葉史は白鳳万葉の盛期を現出し、元正・聖武朝の音楽振興の波に乗って天平万葉へと豊かに展開したものというふうに、私は考えている（「山上憶良―万葉史上の位置を定める試み―」勉誠社、稲岡耕二編『講座　和歌文学』第三巻「万葉集Ⅱ」、一九九三年）。

（4）「悲歎俗道仮合即離易去難留詩序」（巻五）に次の一文がある。

況《いは》むや、縦《たと》ひ始終《しじゅう》の恒数《こうすう》を覚《さと》るとも、何《いか》にぞ存亡《そんぼう》の大期《だいご》を慮《おもひはか》らむ

（たとえ、初め有れば終り有りという定理はひとまず諒解したとしても、まして、生々世々《しょうじょうせぜ》三界を歴廻《へめぐ》る無始無終の遷変・輪廻《りんね》転生《てんしょう》という観念に至っては、どうして慮ることができようか、それはわれわれ世人の思慮を絶している）

この一文は、憶良晩年の全作品の精神的機制のカナメをなしている言葉であると思われる。「世間蒼生・群生品類」という憶良の頑強な自己規定もまたこの一文に由来すると言えるであろう（「憶良の言葉『存亡ノ大期』又々の説」和泉書院、島津忠夫篇『和歌史の構想』、一九九〇年）。

（5）「以レ鼠為レ喩」はあるいは「鼠ヲ以テ喩ヘラル」と訓むのも良いか。死んでしまってから生ける鼠に及《し》かずと喩えられるという意味。

（6）「人並に我もなれるを」（和泉書院、『赤ら小船』、一九八六年）

(7) この歌の「名」をめぐって憶良の倫理観を考察する詳しい論文として、
中西進「沈痾の歌」(河出書房新社、『山上憶良』、一九七三年)
村山出「憶良の絶唱」(桜楓社、『山上憶良の研究』、一九七六年)
辰巳正明「『士』憶良の論」(笠間書院、『万葉集と中国文学』、一九八七年)
土橋寛『万葉開眼』下九ノ5(日本放送出版協会、一九七八年)
等があり、また文学上の功名と考える説として、
大浜厳比古「巻五について考える—旅人か、憶良か—」(大浜厳比古遺著刊行会『新万葉考』、一九七九年)
伊藤博「万葉歌人の死」(塙書房、『万葉集の歌人と作品』、一九七五年)
拙稿「憶良らの論—その文学の主題と構造」(桜楓社、『憶良と虫麻呂』、一九七三年)
等がある。
(8) 「憶良所引『魏文惜時賢詩』」(和泉書院、『赤ら小船』、一九八六年)
(9) 既述以外にも参考すべき主要著書
土屋文明『旅人と憶良』(創元社、一九四二年)
高木市之助『貧窮問答歌の論』(岩波書店、一九七四年)
土居清民『山上憶良・行路死人歌の文学』(笠間書院、一九七九年)
下田　忠『山上憶良長歌の研究』(桜楓社、一九八一年)
林田正男『万葉集筑紫歌群の研究』(桜楓社、一九八二年)
川口常孝『人麿・憶良と家持の論』(桜楓社、一九九一年)

斉明天皇の筑紫西下と万葉歌

中村　昭

一　斉明天皇の筑紫西下の背景

斉明天皇の筑紫西下は、斉明天皇六年（六六〇）十二月の難波行幸から始まる。その背景には朝鮮半島の緊迫した情勢があった。すなわち、当時、朝鮮半島は、高句麗・新羅・百済の三国に分かれ、唐はそのうちの百済を攻撃目標として新羅と提携、新羅も背後から百済を攻め、腹背から敵を受けた百済は、斉明六年八月、首都を失陥、後、義慈王と太子孝は長安に送られた。

しかし唐の軍が引き上げると、百済残党の兵力は各地に蜂起、日本に滞在していた王子を新王として強力なレジスタンスを展開、しきりに日本に救援を乞うた。

これに対し斉明朝廷は救援を決定、斉明六年十二月二十四日、準備のため難波に下向、翌七年正月六日、大船団は難波を発進、女帝自ら老軀をひっさげて九州娜《な》の津（博多）に向かい、皇太子中大兄皇子以下大海人皇子、額田王等もこれに従った。途中船団は備前大伯《おおく》の津に船泊まりする。

二　大伯皇女の誕生

大海人皇子の妃、大田姫皇女《おおたのひめみこ》はこの時女《ひめみこ》を産む。皇女は海の名を取って大伯と名づけられた。この皇女は、後年、大津皇子の同母姉として、天武天皇（大海人皇子）崩御後の切迫した政治情勢の中で伊勢に下向した弟との別れに、

わが背子を大和へやると小夜ふけて暁《あかとき》露にわが立ち濡れし　（2・一〇五）

二人行けどゆき過ぎ難き秋山をいかにか君がひとり越ゆらむ　（2・一〇六）

と歌って不朽の名を万葉集にとどめることになる。時に六八六年、彼女の誕生から二十五年後のことであった。

三　熟田津寄港

斉明天皇の一行を乗せた船団は、正月十四日伊予の熟田津（愛媛県松山市）に到着した。

額田王の歌

熟田津に船乗りせむと月待てば潮もかなひぬ今は漕ぎ出でな　（1・八）

右、山上憶良大夫の類聚歌林を検《かんが》ふるに曰はく、飛鳥岡本宮に天の下知らしめしし天皇の元年己丑九年丁酉の十二月己巳の朔の壬午、天皇大后、伊予の湯に幸す。後岡本宮に天の下知らしめしし天皇の七年辛酉の春正月丁酉の朔の壬寅、御船西征して始めて海路に就く。庚戌、御船、伊予の熟田津の石湯の行宮に泊つ。天皇、昔日より猶ほし存れる物を御覧《みそなは》し、当時忽ち感愛の情を起す。所以《ゆゑ》に歌詠を製《つく》りて哀傷したまふといへり。すなはち、この歌は天皇の御製そ。ただし、額田王の歌は別に四首あり。

右の額田王の歌は、万葉集中屈指の名作に数えられるものであるが、また、数多くの問題点を含んでいて論議の対象とされてきた歌でもある。森脇一夫「熟田津の月」（注1）にはそれらが簡要に論じられている。私なりに整理して最近の説も加え、そのいくつかを瞥見してみたい。

(1)　この歌が、いつ、どこで、どういう事情のもとに作られたかという作品環境の問題。

(2)　作者の問題。左注は類聚歌林を引用して作者を額田王ではなく斉明天皇であるとしている。

(3)　制作動機の問題。これについては、熟田津停泊中に行われた舟遊びの作とする説と、新羅征討の途次、熟田津に停泊してさらに進発しようとするときの作とする説とがある。

(4)　「月待てば潮もかなひぬ」の意味について。海路の便のため月の明るい夜を待つという説に対して、「満月を待つは即ち満潮を待つことなり」（山田孝雄説）があり、澤瀉久孝の山田説に対する批判もある。

(5)　(1)(4)に関連して、斉明女帝は、いつまで熟田津に滞在し、いつそこを出発したか、この歌はいつ作られたのか、また、書紀の「御船、還りて娜の大津に至る」の「還」をどう解すべきか。

細かくは他にもあるが、主要な問題は右に尽きよう。以下これらを検討したい。

(1)　について

「熟田津に」の「に」を橘守部のように「に向かって」とする解もあったが、「嗚呼見《あみ》の浦に船乗りすらむ」（1・四〇）など集中の「に」の用例はすべて「において」の意と解すべきもので、「に向かって」の意に用いられたものはなく、当然この歌も熟田津での作とするのが通説である（森脇一夫・注2）。

(2)　作者について

額田王とする説と斉明天皇とする説があるが、それらについては諸書を参考にされたい。今日では、「天皇霊になりかわる〝ミコトモチ歌人〟額田王の作」とする説が通説となっているものと考えられるので、中西進、伊藤博両氏の説を引用しておきたい。

（熟田津の）一首の高らかなひびき、全船団に対する意識、結句の命令とも見まごうような強い調子は、一介の女性の作としての不思議さを蔽いえない。これを斉明の立場に立つ王の代作とすると、右の不思議は氷解するし、左注への疑問も解ける。斉明にしろ王にしろ、どちらも作者なのである。　（中西進・注3）

……ここに額田王作歌説、斉明御製説双方が見のがしている重大な問題がある。それは、この歌になぜ万葉のころから作者の異伝が存するかということの秘密をさぐることである。とにかく、万葉原本の方では額田王作とし、類聚歌林の方では斉明天皇の御製としていたということは、この歌の作者に関する異伝が、すでにこの歌の成立のころ、ないしはややそれに後れたころからあったことを示していると見なければならない。本稿は、この異伝こそ、この歌が額田王の代作であったところから生じたものと考える。つまり、この歌の作者は、事実額田王だったのだが、王が斉明天皇の御意に融合し、その立場にたってうたったために、この異伝が生じたものと考える。

……このように、集団的に心が融合し天皇の心に成り代ってことばを発する者は、古代的にいえば、「みこともち」（御言持）ということができよう。

（伊藤博・注4）

(3) 制作動機

(ア) 船遊び説

船乗りと言ふのは、何も実際の出帆ではありません。船御遊《フナギョイフ》と言ってもよいでせうが、宮廷の聖なる行事の一つで、船を水に浮べて行はれる神事なのです。

（折口信夫・注5）

フナノリは船に乗り出航する意にも用ゐられ、用例もあるが、此所は月夜に海上に船を浮べて遊ぶ行事をさして居るのであらう。

（土屋文明・注6）

(イ) 進発説

舟遊び説は、当時の緊迫した国情から見て、あまりに悠長に過ぎはしないか。宮廷の神事であったといっても、そういう事例の確実なものは一つもない。船乗りそれ自体が神事であるというのは、具体的には船に乗って何をしたのか、少しも明らかではない。歌の調べの上からも、行楽の雰囲気や神事の様子が全然見られない。右に関連して熟田津停泊滞留中の事情は、斉明女帝の老衰病弱のため、船旅の疲れを癒し、老残の身を養うためであったろう。療養恢復ののち、筑紫に向かって進発するときの作であろう。

（森脇一夫・注8）

(4) 「月待てば潮もかなひぬ」の意味について

月を待つことは月の満つるを待つことなり。月と潮とは関係深きものにして満月と新月との時に満潮となり、上弦下弦に干潮となるものなれば、満月を待つは即ち満潮を待つことなるなり。これをば海路暗くして便なき故なりといふ説あるは右の航路につきてよく考へぬ失なり。潮の満ちたるを月の出でたるに対して「モ」とよめるなり。

（山田孝雄・注9）

講義の解による時には、その月は瞀の上の月であって、海上を照らす美しい月光は船の面から全然影をかくしてしまう事になる。

（澤瀉久孝・注10）

そもそも古代人の自然観には、暦と月齢や潮位との観念的な区別はないのである。かれらは直接肌で季節を感じ、自分たちの確かな眼で月の満ち欠けや潮の干満をとらえ、切実な生活体験によって、月と潮との関係を知っていたのである。……漫然と「海上の闇を照してさし出る月の光を作者は待ってゐた」のでもなければ、偶然に「潮も満ちた」のでもなかろう。明らかに、その時を待望していたのである。……澤瀉博士は、待つ時間が長ければ「潑溂たる生彩は消されてしまふ」といわれるが、それはまるで反対であろう。待望の時をもつことによって緊張体系は倍加するというのが常識である。おそらく作者は、毎日熟田津の岸べに立って、眼前に夜ごと日ごとに月の満ちくるのを待ち、潮位の高まるのを待っていたのであろう。そして、いよいよその日が到来して、耿々たる月が海原を照らし、満々と潮のみなぎってきたのを見て、いよいよ船を漕ぎいだすべき最適の時機到来と判断し、その心躍りを歌ったものに違いない。（森脇一夫・注11）

森脇説は、師の山田孝雄説を継承、発展させたものであろう。森脇博士は、さらに自説を敷衍して、澤瀉博士は、「月待つ」という説は、集中、月の出を待つという意に用いられた例はあっても、月の満つるを待つという意に用いられた例はない、としておられるが、この歌では月のことだけを歌っているのではない、「月待てば潮もかなひぬ」と、月と潮とを関連させて歌っている、助詞の「も」は、月と潮の両方にかかり、「かなひぬ」は、潮だけではなく、月をも受けている、と述べて、この歌は、満月のころの満潮を待ちうけて、いざ出発というときの充足した心躍りを歌いあげたものであると記し、熟田津に軍船の泊てたのは十四日、その翌日は満月であったから、そのまま進発すれば、ここで月の満つるを待つ必要はなかったろう、ここに停留せざるを得なかった理由は、物資の調達とか、天候を待つとか、いろいろあったであろうが、老女帝の病弱をいたわるための入湯であったと見て、間違いなかろう、としておられる。さらに、熟田津を出航したのは、斉明天皇の七年三月十七日の月明の早暁であったと考えられ、大潮は満月の一日か二日後に起こる現象であるから、これはまったくそのときの条件に合致する、と推定しておられる。森脇説を詳しく紹介したのは、妥当性が高いと考えられるからである。

四　赤人の熟田津の歌をめぐって

山部宿祢赤人の伊予の温泉《ゆ》に至りて作れる歌一首并びに短歌

すめろきの　神の命の　しきませる　国のことごと　湯はしも　さはにあれども　島山の　よろしき国と　こごしかも　伊予の高嶺の　いざにはの　岡に立たして　歌思ひ　辞《こと》思ほしし　み湯の上の　木群を見れば　おみの木も　生ひつぎにけり　なく鳥の　声も変わらず　遠き代に　神さびゆかむ　いでましどころ（3・三二二）

反　歌

ももしきの　大宮人の　飽田津に　船乗りしけむ　年の知らなく（3・三二三）

赤人が道後温泉を訪れた時には、舒明、斉明の来臨のあった舒明十一年（六三九）（注12）から数えて百年近くの年月が経過していたが、右の歌に詠まれた行幸は、前記斉明天皇の一行が熟田津を訪れた斉明七年正月のことと考えてよいであろう。

奥村恒哉氏は以下のように述べておられる（注13）。歌中の「こごしかも伊予の高嶺の射狭庭の岡に立たして」をそのままに解すると、「射狭庭の岡」は「こごしかも伊予の高嶺」の一部分にあるということになる。ところが、実際には、あたりはなだらかな丘陵つづきで、「こごしかも」（けわしい）といえるような山はない。そこで大部分の諸説が、「こごし」の表現があり得た要因を「石槌山」に求めているが、石槌山は道後温泉からは遠くて見えない。その上、「伊予の高嶺の射狭庭の岡」の「の」の理解が苦しくなる。そこで、『私注』のように（注14）、石槌山と無関係に理解せねばならなくなるが、こうすると「こごしかも」をどうすればよいかわからなくなる、と問題提起し、古事記上巻にある「石土毘古神《いはつちひこのかみ》」は石槌山の神の事と考えて誤りなく、石槌山が神代以来の聖域であったことは疑いない。伊予国内の巨石信仰に注目すれば、石槌山に見たてられた巨石が田野の間に数多く見出され、石槌山と比較的近距離にある道後周辺の山々は石槌山と同じものと考えられたのではないか、赤人は道後温泉周辺の山々を見ていたのであるが、同時に石槌山の神を見ているのである、と結論づけておられる。

奥村説よりも先に、尾崎暢殃氏が、『山部赤人の研究』（注15）において、赤人の歌を国見歌の系譜に立つものとして解しておられることに私は注目したい。

……すでに天皇は天つ神の詔命を受け持つ尊貴な存在なるが故に、……高天原将来と信ぜられた呪言を、山や岡などの高きに立って宣れば、ここに天地の気は一新して国土は開闢の古に立ちかえり、国内の庶物は生気を回復して……新しい活動を開始するとされた。……赤人の歌にいう射狭庭の岡のイサニハは、古事記の神功皇后神がかりの条に見える沙庭におなじく、神霊を乞い下す聖なる場所の称であろう。……ここに道後の地より程遠いにかかわらず、わざわざ伊予の高嶺すなわち石槌山を挙げ来ったのには意味があると考えられる。それは、古くその国第一の高山をもって国魂のしずまる所とする考え方のあったことにもとづくものなるべく、もともと、伊予の高嶺に射狭庭の岡としての信仰があった上に、道後温泉近傍のイサニハの岡も、岡本天皇が登り立って国見をされたことによって事実上の沙庭となった処であるから、発想の途上で写象が重なりあってこのような表現を見るにいたったのであろう。……

以上が尾崎氏の主張の要旨であるが、すぐれた御見解であると思われる。関連して二三私見をつけ加えたい。折口信夫は、万葉二番歌の舒明国見歌について、「天の香具山」と香具山だけが「天の」とつけられる呼び方についての説明で、「香具山が国見の場所として、とくに選ばれているのもその聖性による」という趣旨を述べている（注16）。石槌山や射狭庭の岡が「神の降臨する聖地」として考えられていたことは、神体山として著名な三輪山の磐座群の例を出すまでもあるまい。さらに射狭庭の岡は、対半島対策で成功を収めた伝承を持つ神功皇后来臨の地であり、輝かしい対隋外交を行った聖徳太子曽遊の地でもあった。その聖性はじゅうぶんすぎるほどに整っていよう。太子建立と伝えられる碑には、「神井」の語が二度も出て来るほどである（注17）。

もう一つつけ加えたいことは、天皇の国見の政治的性格についてである。天皇の巡幸には、平和時の巡幸もあるが、臨戦態勢のもとでの巡幸もある。後者の場合には、国見の目的は、従来強調されているところの五穀豊穣の予祝、支配の確認、民情視察といったことがらだけではなかったはずである。山川を望視し、神を祭る主目的は、戦勝祈願に

あったと思われる。神武即位前紀戊午年九月の記事は、

天皇、彼の菟田《うだ》の高倉山の嶺《いただき》に陟《のぼ》りて、域《くに》の中を瞻望《おせ》りたまふ。

に続けて、夢に天神が現れて、「天香山《あまのかぐやま》の社の土を取って平瓮《ひらか》八十枚と厳瓮《いつへ》を造って、天神地祇を敬い祭れ。そうすれば敵は降伏するだろう」と告げる。天皇がそれを行おうとしているときに、弟猾《おとうかし》が同様なことを奏上する。そこで弟猾らにその製作を命じ、「丹生の川上に陟《のぼ》りて、用《も》て天神地祇を祭りたまふ」。その結果、八十梟《やそたける》を国見丘に撃って滅ぼすことができたというのである。

仲哀天皇紀八年九月の新羅征討の場合には、神功皇后に神がかりしたにもかかわらず、天皇は、熊襲よりも新羅を服従させよという「神の言《こと》を聞しめして、疑の情《みこころま》有します。便《すなは》ち高き岳《をか》に登りて、遙かに大海を望《おせ》るに曠遠《ひろ》くして国も見えず」というわけで神の言葉に従わず「強ちに熊襲を撃ち」、勝利できずに帰り、翌年二月の崩御となるのである。

山本健吉は、「新しい土地に行って、その土地と土地の名を讃めたたえ、その精霊に臣従を誓約せしめることは、そのまま国覓《くにま》ぎを意味し、国見とはその土地を版図に加えること」であるといっているが（注18）、若干のニュアンスの違いがあるとはいえ、上述のケースでは、国見に伴う祭りは、「国覓ぎ」のために行われているといってよかろう。

要するに、天皇の国見は、臨戦態勢のもとにあっては、戦勝祈願のために行われているといってよいであろう。斉明天皇一行のケースも、戦勝祈願がその重要な一つの要素ではなかったろうか（中世において、多くの連歌の興行が、病気平癒と戦勝祈願のために神社に捧げられていることが思い合わされる）。詳述する紙幅はないが、それでこそわざわざ「寄り道」（還をそう解する）をしても寄港する意味があったのではなかろうか。

さらには、

わたつみの豊旗雲に入日さし今夜の月夜《つくよ》さやけかりこそ　（1・一五）

は、額田王の作と考えられているが、近年、斉明天皇西下の際の祝勝の予兆の歌とされている。そうであればさらにいっそう斉明天皇一行の国見には、戦勝祈願の性格が強かったであろうと思われる。赤人もそういう面を踏まえて、

「境界領域」である神の降臨する「聖地」の過去、現在、未来にわたる「神々しさ」をたたえ、祝福したのであろう。「今は漕ぎ出でな」と詠まれた背景には、百済救援へのあらゆる面からの万全の準備に対する充足感もあったのではなかろうか。

五　朝倉の橘の広庭

娜の津に下った一行は、三月筑前磐瀬の宮着、五月筑前国朝倉橘の広庭の宮に大本営を置く。ここは現在の福岡県朝倉郡朝倉町の長安寺集落にある朝倉神社を中心にした一帯の地であるとされる。どうしてこんな辺鄙な地を選んだかについては、林田正男氏『万葉の歌　九州』（注19）に譲ることにする。

しかしながら、斉明天皇は、七年七月二十四日崩御、中大兄皇子はその殯宮を今日の朝倉町恵蘇八幡宮の裏山に営み、天皇の喪が難波に還り着いたのは十月二十四日であった。

新古今集は朝倉で作られたという中大兄皇子の伝承歌一首を伝えている。

朝倉や木丸殿《きのまろどの》にわがをれば名のりをしつゝ行くはたが子ぞ（注20）

〈注〉

（1）『語文』一一一〇頁（日本大学文理学部国文学科、昭和四九年三月号）
（2）（1）に同じ。
（3）中西進『万葉集の比較文学的研究』上、一三七頁（桜楓社、一九六三年一月）
（4）伊藤博『万葉集の歌人と作品』上、一五五―一五六頁（塙書房、一九七五年四月）
（5）折口信夫「額田女王」『折口信夫全集』第九巻、四四四―四六〇頁（中央公論社、一九八四年二月）
（6）土屋文明『萬葉集私注』一、二九頁（筑摩書房、一九七六年三月）
（7）（1）に同じ。
（8）（1）に同じ。
（9）山田孝雄『萬葉集講義』巻第一、六八―七三頁（寶文館、一九三八年一月）

(10) 澤瀉久孝『萬葉古徑』一、一三五—一四二頁（中央公論社、一九七九年四月）
(11)（1）に同じ。
(12) 日本書紀の記述による。
(13)『国語国文』四八—五四頁（京都大学文学部国語国文学研究室、昭和五五年二月号）
(14)『萬葉集私注』二、九九頁
(15) 尾崎暢殃『山部赤人の研究』一〇二—一一〇頁（明治書院、一九七七年八月）
(16)『折口信夫全集』九巻、一六四頁〔この要約の言葉は、稲岡耕二『万葉集』三三頁（尚学図書、一九八〇年四月）による。〕
(17) 伊予国風土記逸文
(18) 山本健吉『柿本人麻呂』一一五—一一六頁（河出書房新社、一九九〇年十一月）
(19) 林田正男『万葉の歌 11 九州』一三六—一三九頁（保育社、一九八六年四月）
(20) 久保田淳『新古今和歌集全評釈』第七巻、巻第十七雑歌中、一六八七番歌（講談社、一九七七年八月）

〈補注〉「境界領域」については、拙稿「境界領域の思想と万葉歌(1)」（『国文学　言語と文芸』第一〇九号、一九—四一頁（桜楓社、一九九三年四月）を参照されたい。

万葉集筑紫歌壇

林田正男

万葉集筑紫歌壇という言葉は、近代の短歌結社の呼称を便宜的に踏襲したもので、『万葉集』の中にそういう名称があるわけではない。しかし、伊藤博《はく》（注1）のいうように、歌壇を和歌を契機として結ばれた専門歌人（官人）およびそのグループの一つの生活圏という程度に解し、それを『万葉集』にあてはめて考えた場合、万葉集筑紫歌壇という呼称も誤りではないと考えられる。誤りでないばかりか、かかる意味での歌壇が上代和歌史の上に誕生したのは大伴旅人・山上憶良らの筑紫に関する万葉第三期の歌群においてであった。それは作品数、内容からいっても、万葉集筑紫歌壇と称するに足るものである。

筑紫歌壇の中心人物は、神亀末年から天平初年にかけて、大宰帥として筑紫にあった大伴旅人である。同じ頃筑前国守として大宰府に山上憶良がいた。この両者の邂逅とその旺盛な作歌活動こそが筑紫歌壇の形成をみる原動力となった。高官の歌人大伴旅人を中心に筑紫で送迎の宴を含めた多くの歌の集いが行われ、多数の歌作を残している。天平二年正月十三日に、帥大伴旅人の官邸で催された梅花の宴（5・八一五～五二）は、筑紫歌壇を代表する歌作の宴である（本書「万葉梅花宴」参照）。

筑紫に関連する万葉歌は「大宰府圏の歌」「筑紫歌群」などと呼ばれているが、厳密にいえばその示す範囲はやや異なる。大宰府圏というのは、大宰府が統轄する九国三島（多褹《たね》が島を含む）の歌という意であり、筑紫歌群も広義の筑紫であれば大宰府圏と同じ意となる。筑紫を筑前・筑後という狭義の意とすれば筑紫歌壇とほぼ同じ範囲のものとなる。

ここで言う筑紫歌壇とは具体的には、帥大伴旅人を中心とし、山上憶良・沙弥満誓・小野老・葛井大成・大伴百代・麻田陽春・大弐紀卿（紀朝臣男人）・少監土氏百村（土師宿祢百村）・大伴坂上郎女など旅人周辺の人びと（梅花宴の三十二名の作者達のように主に官人）の歌を指している。

広義の筑紫歌群には前掲以外にも巻九や巻七・十・十一・十二の作者未詳歌の中に筑紫の地名が詠みこまれた歌がある。さらに巻十五の遣新羅使歌群の筑紫の地で詠んだ歌。巻十六の筑前志賀・豊前・豊後の白水郎歌。巻十七の大伴旅人の傔従等の歌などを挙げることが出来る。

歌数は筑紫で詠まれたと認定できるものをA群として巻別一覧表として示した（51頁）。B群（参考歌）として、都や筑紫以外の地で詠まれた歌（地名などを含む）。および筑紫に向う時の歌などを挙げた。A群は、合計歌数三二〇首、長歌一一首、旋頭歌四首、短歌三〇五首となる。B群は、合計歌数五七首、長歌三首、短歌五四首となる。ABをあわせると巻十四の東歌（二三八首）防人歌（九八首）の数より多くなる。さらに筑紫歌群には長歌も多く、また長い漢序や左注および書簡文も含まれている。作者は右に若干の人名を挙げたが、計六十一名ほどである。筑紫歌群に歌作はないが、題詞・左注に名のみえる人物は十九名、合計八十名の人物が関係を持つ。

前に挙げた大伴旅人・紀男人・麻田陽春はともに『懐風藻』の作者であり、さらに紀男人・山上憶良・土師百村はともに東宮に侍講した経験を有している。筑紫歌壇を形成する人物は多士済々であるが、ここではそのいちいちについては割愛する。だが総じていえることは、当時の中国や韓国の文化に通じていた人が大宰府の役職に任じられることが多かったようである。ちなみに筑紫歌群に関連する人物のうち十二名ほどの渡来系の人を挙げることが出来る。それは大宰府が九国三島を管轄するとともに、蕃客、帰化、饗讌をつかさどる役を有していたことにも関係がある。

旅人や憶良が中国文学に造詣が深いことは、契沖の『代匠記』以来しばしば指摘されている。近時では小島憲之、中西進（注2）などに詳しい研究がある。中西進は、旅人と憶良の文学が中国の六朝風であることを説き、さらに都府文学の形成者達について、

その集団が神亀天平の交に挙って作品を歌う事によって、いわゆる筑紫歌壇は出来上ったのであるが、なお人麿

からの伝統は、避けることなくここにも流れ込んでいるのであり、その伝統をうけながら人麿の後二・三十年、長屋王を中心とする中央詩界の形成の後に現われたこの文学圏は、歌そのものの構成・用語・用字そして着想・思想に、あるいは情趣のあり方そのものに、蘭熟した新文学の様相を示していた。

と説く。私は旅人を中心とした筑紫歌群の歌を「帥老《そちのおきな》派」の文学と呼んでいる（注3）。では新文学といわれる帥老派の文学とはどのようなものであったかをみることにする。

大伴旅人は帥赴任後まもなく大宰府で正妻の大伴郎女を亡くした。巻三の挽歌の部立の中に旅人の亡妻挽歌八首を載せている。そのうちの一首

愛《うつく》しき　人のまきてし　しきたへの　我が手枕を　まく人あらめや　（3・四三八）

この歌は神亀五年の作で、左注に「別れ去《い》にて数旬を経て作る歌」とある。「愛しき」は弱小の者に対するいたわりの気持ちを表す語である。手枕を交わす妻のいない悲しみが、今後も長く続くであろうことを嘆じている。さらに巻五の冒頭には次の歌を載せている。

大宰帥大伴卿、凶問に報ふる歌一首

禍故重畳し」、凶問累集す」。永く崩心の悲しびを懐《むだ》き」、独り断腸の涙を流す」。ただし両君の大き助けに依りて」、傾ける命をわづかに継ぐのみ」。筆の言を尽くさぬは、古に今に嘆く所なり。

世の中は　空しきものと　知る時し　いよよますます　悲しかりけり　（5・七九三）

右の前文（原漢文）は書簡文である。短歌はカ・シの万葉仮名に変字法があり、同字を使用することを嫌う旅人の用字癖がみられる。

書簡文の「凶問」は凶事の知らせ、問は聞の意。「禍故重畳し」は不幸な出来ごとが重なること。ここは旅人の妻大伴郎女の死をはじめ親しい人たちの不幸な出来ごとを指すとみられる。「両君」は誰々をさすか不明。

短歌の「世間は空し」は仏教語の世間虚仮《せけんこけ》（この世は仮の世でむなしいものだ）による。この仏教思想の無常の観念は、今まで旅人は単に知識として知っていた。しかしそれが現実に妻を失ったなまなましい体験により、それをつ

くづく思い知らされたのである。「知る時し」の「し」の強意の助詞の使用は実体験として知ったことを強調し、その現実の認識が「いよよますます　悲しかりけり」という嘆きの声調としてにじみ出たのである。六十四歳の老長官大伴旅人は沈痛な悲しみをかみしめて「悲しかりけり」と歌を結んでいる。窪田空穂（注4）は、「亡妻を悲しむ歌で、これ程の気品を持ったものは稀れである」と述べ、旅人の人柄と歌才を高く評価している。

この序文（書簡文）＋和歌という漢倭混淆の新しい文芸作品は、旅人のこの報凶問歌をもって嚆矢とする。ただし、伊藤博（注5）が指摘するように、この形式の先蹤は旅人の七十余首の万葉歌のなかの唯一の長歌である吉野讃歌（3・三一五～一六）にある。

暮春の月、吉野の離宮《とつみや》に幸す時、中納言大伴卿、勅《みことのり》を奉《うけたま》はりて作る歌一首并せて短歌、未だ奏上を経ぬ歌

み吉野の吉野の宮は」山からし貴くあらし」水《かは》からしさやけくあらし」天地と長く久しく」万代《よろづよ》に変はらずあらむ」行幸《いでまし》の宮」　（3・三一五）

昔見し　象の小川を　今見れば　いよよさやけく　なりにけるかも　（3・三一六）

である。この長歌が漢籍ふうな歌であることは、諸注釈書も説く。長歌の山・水は『論語』（雍也）の「楽レ水、楽レ山」を踏まえた表現。「万代に変はらずあらむ」は聖武天皇即位の宣命に基づくという（注6）。伊藤博は、報凶問歌の短歌と吉野讃歌の反歌とが声調を一にすること。さらに同じ第四句に「いよよ」という同一の語が使用されていること。つぎに吉野讃歌の長歌を五七―五七と呼吸をとって読み下すと大きく六句となり、報凶問歌の前文と気脈がまったく一致すること。これらにより報凶問歌の漢倭混淆の新様式は吉野讃歌（長歌は序文にあたる）を介在させ、それを進展させたものとみるべきであると説く。吉野讃歌を母体として胚胎された漢倭混淆の新文芸は報凶問歌を経て、やがて筑紫歌壇員の共有するところとなる。

梅花宴は筑紫歌壇を代表する作品群である。天平二年正月十三日（太陽暦二月八日）大宰帥大伴旅人の官邸において盛大に催された。集まる人々は、帥大伴旅人をはじめ大弐以下府の官人二十一名（笠沙弥を含む）。管内である九国三島の諸国からは、筑前国守山上憶良をはじめ国司等十一名、計三十二名が名を連ねている。

これだけ多数の人々による歌の集団は万葉をはじめ、上代の文献においては他に例をみない。中央の文芸的制約から離れて、大陸渡来の梅樹を遠の朝廷《みかど》の官邸でめでつつ風流に遊ぶという文芸活動は、文学史の面からみても貴重な資料となる。しかも、その序は正格の漢文によるいわゆる四六駢儷体を用いた美文である。漢文序を有する作品群は、筑紫歌壇以前の『万葉集』には類例を見ない。この漢倭混淆の新文学の形成は、大宰府という地理的位相ともかかわっている。当時大宰府は、世界最高の文化を誇った唐朝に向かって開かれた我が国の海外文化文物輸入の門戸であった。海外交通の要衝であったから奈良の都を遙かに離れた「天離《あまざか》る鄙《ひな》」の地であるとはいえ、大陸の文化文物はすべて大宰府に陸揚げされ、そしておもむろに都に向かうのである。大宰府が「遠の朝廷《みかど》」と呼ばれ「於保美古止毛知乃司《おほみこともちのつかさ》」（倭名鈔）と称されるのも、かかる理由によるものである。つまり大宰府は漢倭混淆の新文学を醸成させる国際的文化的な環境を有していた。その大宰府を母体にして、旅人・憶良などの知識人によって筑紫歌壇は生成されたのである。

梅花の宴の序文の作者については、旅人・憶良・某官人の作というように説も多い。仮に序文をまとめたのは旅人配下の書記などであったにしろ、「よろしく園梅を賦して、いささかに短詠を成すべし」は、宴の主人旅人が「庭の梅を題として、ともかく短歌をつくりたまえ」と列席の諸人《もろびと》に呼びかける体裁をとり、これに応じて各歌は詠物歌として歌作されている。つまり序文は旅人作として、諸人に機能しているのである。

旅人の報凶問歌が漢倭混淆の新文学であることは前に述べたが、一方の山上憶良はどのように反応したか。伊藤博（注7）は、

憶良は、旅人から報凶問歌を披露されてその新しさに目を奪われた。まるでいきどおるように歌心をふるいおこした憶良は、報凶問歌に和して、漢倭混合の長大な連作を詠んだ。併行して、「惑情を反さしむる歌」（八〇〇～一）以下、報凶問歌と同じ様式の作品（ただし憶良の倭歌はすべて長歌）をも、つぎつぎに詠んだ。旅人また、この憶良作に刺戟されて讃酒歌や松浦河の歌など新風の作を物した。いわゆる筑紫歌壇の形成である。

と説く。同旨の見方をする研究者は多い。村山出（注8）は、

書簡と歌は「両君」を含む人々に示された。憶良は旅人の妻の急逝《きゅうせい》と旅人の孤独に心を痛めていたが、歌に触れ

て、その人柄のように鷹揚《おうよう》に、しかも深い悲哀をしみじみと表現しているのに驚嘆し、強い感銘を受けたのであった。その後人生の意味を大きく変えるような衝撃的な出合いをこそ邂逅《かいこう》と言うなら、憶良にとって、その妻の死を介してであるが、旅人との出合いはまさにそれであった。

と述べる。旅人の報凶問歌に対して、憶良が創作意欲をかきたてられたことは確かである。憶良は悼亡詩と「日本挽歌」の長歌（5・七九四）と反歌五首（七九五〜九九）を旅人の気持になりかわり作成し、それを旅人に献呈した。内一首を示す。

大野山　霧立ち渡る　我が嘆く　息嘯《おきそ》の風に　霧立ち渡る　（5・七九九）

右の歌の「息嘯《おきそ》」は、息《おき》＋嘯《そ》の約。オキは呼吸で息《いき》のこと。ソはウソブクのソに同じ。人の嘆きの息で起こる風の意。上代には嘆息《ためいき》が霧になるように考えられていた。巻十二・三〇三四、巻十五・三六一五など類例が多い。

君が行く　海辺の宿に　霧立たば　我が立ち嘆く　息と知りませ　（15・三五八〇）

この歌は遣新羅使と妻との贈答歌の一首である。この妻の歌は、「あなたのいらっしゃる海辺の宿に霧が立つことがあるでしょう。そのときは、その霧はわたしが家で嘆いているためいきと思ってくださいね」と夫の旅先の宿を思いやる歌で、しみじみとした情愛のこもったよい歌である。これも霧を嘆きの息とみた一例である。

前の歌は第二句を第五句で繰りかえしている。この形式は記紀の歌謡に例が多い。万葉でも初期の歌にその例が多いが、ここはその手法によって詠んでいる。語句の繰りかえしと二句切の手法を用いることにより、古調と重量感をもたせている。この歌に対して、やや誇張した表現とか想像の歌であるとみるむきもある。しかし梅雨の季節（この歌の詠まれた季節）などに、実際に霧が全山に立ちわたり、移動している大野山の様を見ると、この歌の真意が実感としてわいてくる。これは風土に息づく万葉歌の一例ということができる。

憶良は長い哀悼文と漢詩、日本挽歌（長歌と反歌五首）という長大な一連の作品を旅人に奉った。これは旅人より報凶問歌の現実を認識した人間的な嘆きの歌文を披露され、それに強い感銘と感動を覚え一連の作品を創作し旅人に献呈したのである。これも漢倭混淆の新文学といえる。

日本挽歌の連作を旅人に献上した憶良は、おそらくその足で筑前の管内である嘉摩《かま》郡に国守としての任務である国内の巡行に出かけたと思われる。嘉摩郡は現在の福岡県山田市と嘉穂郡の北部。郡家は稲築町の鴨生《かもお》のあたりという。ここで憶良は「惑へる情を反さしむる歌」（5・八〇〇〜一）と序。「子等を思ふ歌」（八〇二〜三）と序。「世の中の住み難きことを哀しぶる歌」（八〇四〜五）と序を選定した。漢序と長歌、反歌よりなる力作三編を嘉摩三部作と呼んでいる。この三部作は仏教的儒教的な理《ことわり》を基底におき、世間《よのなか》の情苦、愛苦、労苦を主題とし、世間に生きる人間の愛憎を追求した特異な作品群である。

さて、紙面の都合もありいちいちの作品に触れることが出来ないが、三部作の最後の作の長歌（八〇四）は、世間の術《すべ》なきものは年月は流るるごとし……と歌い起し……たまきはる命惜しけどせむ術もなし。と歌を結んでいる。

その反歌は、

常磐《ときは》なす　かくしもがもと　思へども　世の理《こと》なれば　留《とど》みかねつも　（5・八〇五）

と詠じている。常磐のように人間は不変でありたいと思うが（情）、老や死は人の世の定め（理）、であるから留めようにも留められない、と反歌で述べる。長歌では、むろんこの命は惜しいけれどもどうしようもない、と説く。それは「情」と「理」の相剋、「世間は空し」に対するあらがいとして「術《すべ》なし」ということが仏教思想を基底として示されているのである。

前に旅人が着任後間もなく愛妻を亡くした時の「報凶問歌」が憶良の日本挽歌や嘉摩三部作の歌作の契機となったと述べた。しかし、その着想・形式は旅人に学んだが、その主題は憶良が自己の命題として選んだものである。

憶良の歌作には「世間」九例、「世」六例を用い、題詞、序文、漢文を含めると、二十余を数えるという。しかも巻五前半部はほとんど一字一音式の万葉仮名で表記されているが、そのなかにあって憶良の「世間」は意味をもった字としてきわだった表記がなされている。これはなんらかの表記意識が働いた結果とみなければならない。一言でいえば、これは「世間」がいかに強く憶良の関心事となっていたかを示すものである。しかも憶良はそれを「世間とは何か」という問いかけの型で用いている（五首）。これは憶良が、世間とはいかなるものか、人間はいかに生くべきかということを真摯《しんし》に思索した跡を示すものである。その契機となったのは、くりかえすが旅人の報凶問歌の「世間は空し」にあり、これらの作は互いに有機的関連性をもっているといえる。憶良の文学は自己の思考を詩賦に託して上司に開陳する、中国の述志の文学の系統を引くといわれる。三部作の最後に「神亀五年七月二十一日に、嘉摩郡にて撰定す。筑前国守山上憶良」とあるのは、かつて脱稿していた歌文に推敲をくわえ、決定稿とし上司の大伴旅人に献呈するために記されたものである。

憶良には「すべ(術)、なし」の用例が十一例ある。彼の代表作といわれる「貧窮問答歌」(5・八九二)の結びは、「かくばかり術なきものか世間の道」とある。ここにも情と理の相剋とその二律背反が「すべなし」の観念をもって述べられている。

以上に憶良の作品について述べたが、彼の作は儒仏思想を基底として、世間、人間の生きかたを真摯に追求し、そして、生・老・病・貧・死や妻子に対する愛など特異な作品を生みだした。その重要な契機となったのが、旅人の妻の死と旅人の報凶問歌であった。

一方、同じく中国の述志の文学の系統を引く旅人の作品について、中西進(注9)は、六朝から唐にかけての文人・詩客の漢詩と比較考察された。そして、彼の作品の琴・詩・酒・雪・月・花などの歌材を取り上げて、旅人の歌は男性文人との風雅を語り合える交友の詩であったとされる。そしてこの述志の具と心得る中国詩の機能を、和歌によって果たそうとし、徹底的に詩の立場を和歌にもち込んだと説く。この考察は、旅人の作品を凝視し追究した従うべき論と考える。

さて、紙面の都合もあり、結論を端的に述べる。遠の朝廷といわれる大宰府の地で旅人・憶良は、共に中国文学の述志の文学の系統につながる漢倭混淆の新文学を生成した。両者の主題・歌材は異なるが、大宰府という地理的位相とその文化が彼等の創作に寄与するところ大であった。この知識人である両者を得ることによって、和歌の抒情の世界に以前には類を見ない漢倭混淆の新文学を作り出したのである。この筑紫歌壇の特異な新文学は、上代文学に類例がないものであり、文学史の上でも高く評価さるべきである。

万葉集筑紫歌群の巻別一覧（A）

○印は長歌　△印は旋頭歌、番号は旧国歌大観番号

巻	歌番号	首数	表記
巻三	245 246 247 248 278 311 328 329 330 331 332 333 334 335 336 337 338 339 340 341 342 343 344 345 346 347 348 349 350 351 381 391 392 393 417 418 419 438 439 440	四〇首	表意文字を主とし、字音仮名を主とする表音文字を併用。
巻四	549 550 551 552 553 554 555 557 558 559 560 561 562 563 564 566 567 568 569 570 571 572 573 576 578 709	二六首	表意文字を主とし、字音仮名を主とする表音文字を併用。
巻五	793 794○ 795 796 797 798 799 800○ 801 802○ 803 804○ 805 806 807 708 809 810 811 812 813○ 814 815 816 817 818 819 820 821 822 823 824 825 826 827 828 829 830 831 832 833 834 835 836 837 838 839 840 841 842 843 844 845 846 847 848 849 850 851 852 853 854 855 856 857 858 859 860 861 862 863 864 865 866 867 868 869 870 871 872 873 874 875 876 877 878 879 880 881 882 883 884 885 886○ 887 888 889 890 891	九九首	一字一音の仮名書。まれに表音文字を使用。
巻六	955 956 957 958 959 960 961 962 963○ 964 965 966 967 968 984 1003	一六首	表意文字・表音文字を併用。
巻七	1230 1231 1232 1244 1245 1246 1279△ 1393	八首	表意文字を主とし、表音文字を併用、作者未詳。
巻八	1472 1473 1520○ 1521 1522 1523 1524 1525 1526 1530 1531 1541 1542 1610△ 1639 1640	一六首	表意文字・表音文字を併用。
巻九	1710 1767 1768 1769 1778 1779	六首	表意文字・表音文字を併用。
巻十	1930 2197 2341	三首	表意文字を主に表音文字を併用。戯書も見られる。作者未詳。巻十一・二七四二左注に石川君子とある。
巻十一	2622 2674 2742	三首	（同上）
巻十二	3130 3155 3165 3170 3177 3191 3206 3215 3216 3217 3218 3219 3220	一三首	（同上）
巻十五	3644 3645 3646 3647 3648 3649 3650 3651△ 3652 3653 3654 3655 3656 3657 3658 3659 3660 3661 3662△ 3663 3664 3665 3666 3667 3668 3669 3670 3671 3672 3673 3674 3675 3676 3677 3678 3679 3680 3681 3682 3683 3684 3685 3686 3687 3688○ 3689 3690 3691○ 3692 3693 3694○ 3695 3696 3697 3698 3699 3700 3701 3702 3703 3704 3705 3706 3707 3708 3709 3710 3711 3712 3713 3714 3715 3716 3717	七四首	主として一字一音の仮名書。
巻十六	3860 3861 3862 3863 3864 3865 3866 3867 3868 3869 3876 3877	一二首	表意文字・表音文字を併用。
巻十七	3890 3891 3892 3893	四首	主として一字一音の仮名書。

合計歌数　三二〇首、長歌一一首、旋頭歌四首、短歌三〇五首

51頁表の歌群では旅人と憶良を中心とした巻五の九九首（長い漢序や左注および書簡文なども含む）と巻十五の遣新羅使の歌群七四首が、他巻に比して断然に多いことが知られる。筑紫歌と認められるAの歌群三二〇首の巻別一覧であるが、巻一・二・十八・十九・二十にはAの歌は載せない。

次にBの参考歌として挙げた歌を示す。

参考歌（B）

巻一　8　62
巻三　303　304　394
巻四　492　493　494　495　509○　510　565　574　575　621
巻五　892　893
巻六　971　972　973　974
巻七　1143
巻八　1474　1537　1538
巻九　1766　1772
巻十　1931
巻十一　2496　2497
巻十二　3173
巻十三　3333○
巻十四　3427　3475　3516
巻十五　3634
巻十七　3896　3897　3898
巻二十　4321　4331○　4332　4333　4340　4359　4372○　4374　4419　4422　4428　4465○　4466　4467

合計歌数　五七首、長歌三首、短歌五四首

〔初出『都府楼』十三号（財団法人古都大宰府を守る会、一九九二年）〕

〈注〉

（1）伊藤博『万葉集の表現と方法・上』四二頁（塙書房、一九七五年）
（2）小島憲之『上代日本文学と中国文学・中』（塙書房、一九六四年）
中西進『万葉集の比較文学的研究』（桜楓社、一九六三年）
（3）林田正男『万葉の歌―人と風土 11 九州』一五四頁（保育社、一九八六年）
（4）窪田空穂『万葉集評釈』窪田空穂全集一五巻、二二頁（角川書店、一九六六年）
（5）伊藤博『万葉集の歌人と作品・下』一一二―一一七頁（塙書房、一九七五年）
（6）清水克彦『万葉論集』一四〇―五六頁（桜楓社、一九七〇年）
（7）前掲書（5）一二八―一二九頁
（8）村山出『憂愁と苦悩―大伴旅人・山上憶良』八七頁（新典社、一九八三年）
（9）中西進『万葉と海彼』六四―九四頁（角川書店、一九九〇年）

報凶問歌と日本挽歌

村山　出

一　雑詩的な歌風

奈良時代の文化もまさに最盛期を迎えようとする頃。聖武天皇の登場した神亀《じんき》から天平初にかけて、宮廷では詩が重んじられていく状況にあったが、歌もさかんになり、伝統のうえに新しい創造が試みられた。そのいちじるしいあらわれは、「情詩」的な歌風と、その対極をなす「雑詩」的な歌風とに認められよう。政治・倫理・文化など諸方面の、真・善・美を体現した模範と考えられる天子の存在する宮廷が、「風流《みやび》」（宮廷風）の実現される場であるとされ、宮廷の文雅が憧憬のまとになった（注1）。

宮廷詞人はもちろん、貴族・官人たちにも「みやび」は新しい歌の指標となったが、それを濃くいろどったのが「情詩」（恋愛詩）的な歌風である。中国文学の『文選《もんぜん》』の情詩・情賦や『玉台新詠《ぎょくだいしんえい》』の情詩などの影響が認められるもので、宮廷詞人の笠金村《かさのかなむら》や山部赤人《やまべのあかひと》が歌に恋の情緒を表現したのをはじめ、多くの歌人の歌を特色づけることになった。「風流」が宮廷（都）を中心としたのに対して、地方（鄙）を中心にさかんになったのが「雑詩」的な歌風である。とくに「遠《とお》の朝廷《みかど》」大宰府《だざいふ》を舞台に、この歌風を推進する主軸となったのが大伴旅人《おおとものたびと》と山上憶良《やまのうえのおくら》であった。

『万葉集』の巻五には、旅人と憶良の詩文や歌を中心に独特な文学の世界がくりひろげられているが、巻の標目には「雑歌《ぞうか》」とある。だが、内容的には挽歌・相聞《そうもん》に類する作品も収められていて、それまでの「雑歌」が宮廷中心の諸儀礼・宴・行旅など由緒ある歌をさしていたのとは異なる。これは井村哲夫・辰巳正明両氏が指摘されたように、中国文学の「雑詩」との関連で理解しなければならないであろう（注2）。万葉歌人が大きな影響をうけた『文選』は、「雑詩」を標目とする巻二十九・三十に、別離・望郷・無常・衰老・貧賤・生死・隠棲などによる悲哀・憂愁・思慕・寂寥を内容とする詩を収めている。「雑詩」とは人生的な主題について感懐を述べた文学であった。『万葉集』の巻五の内容はこれに近く、標目の「雑歌」は「雑詩」的な歌の意味で、和歌による「雑詩」の集を意図した、新しい文学創造への意欲を反映したものであった。

新文学への出発を象徴するように、巻五の巻頭をかざるのが大伴旅人の「報凶問歌」で、これに山上憶良の悼亡詩《とうぼうし》と「日本挽歌」がつづく。本稿ではこれらの作品を見ていくが、便宜的に作品ごとにわけて取り上げていくことにしたい。

二　旅人の嘆き

憶良は神亀三年（七二六）頃に筑前国の守として赴任していた。一方、中納言の旅人は大宰の帥《そち》を兼任することになり、妻をつれて筑前国の大宰府に着任したのは二年ほど後のことである。この時の帥の兼任は、左遷を意味するようなものでなく、九州南部に対する律令支配という内政問題と、新羅《しらぎ》との外交関係によるものであろう。だが、まもなく旅人は大きな不幸に見舞われてしまう。

神亀五年戊辰《つちのえたつ》に、大宰帥大伴卿《まえつきみ》の妻大伴郎女《おおとものいらつめ》、病に遇《あ》ひて長逝《ちょうせい》す。その時に、勅使式部大輔《しきぶのだいふ》石上《いそのかみ》朝臣《あそみ》堅魚《かつお》を大宰府に遣《つか》はして、喪《も》を弔《とぶら》ひ并《あわ》せて物を賜ふ。　（8・一四七二左注）

と記されるように妻を病に失い、その喪にあたって都から勅使が弔問に訪れたことも知られる。この時に勅使の石上堅魚と旅人が交わした歌（8・一四七二）や、旅人が折にふれては作った亡妻挽歌（3・四三八〜四〇、四四六〜五三）も残されているが、巻五の最初にすえられたのがつぎの歌である。

大宰帥大伴卿、凶問《きょうもん》に報《こた》ふる歌一首

禍故《かこ》重畳し、凶問累集す。永《ひたぶる》に崩心《ほうしん》の悲しびを懐《むだ》き、独《もは》ら断腸の泣《なみた》を流す。ただ、両君の大助によりて、傾命わづかに継げらくのみ。筆の言を尽さぬは、古今嘆くところ。

世間は空しきものと知る時しいよよますますかなしかりけり　（5・七九三）

神亀五年六月二十三日

題詞に見られる「凶問」は、契沖の『万葉代匠記』以来勅使の弔問の意味に考えられてきたが、そうとすると歌の日付が勅使の帰京した時期よりひと月あまりも遅いことになってふさわしくない（注3）。井上通泰氏が『万葉集雑攷』で凶事の知らせと解釈されたのが妥当であろう（注4）。また「凶問」が実例からみて遠来の凶報であることも指摘されており（注5）、序文の「禍故重畳し、凶問累集す」は、妻の死以外にも遠来の訃報がかさなったことを意味する。これに該当する人物として、旅人の同母弟の大伴宿奈麻呂《すくなまろ》（異母妹の坂上郎女の夫）や、田形皇女（坂上郎女の最初の夫穂積皇子《ほずみのみこ》の妹）が推定されている（注6）。そうすると、「永に崩心の悲しびを懐き、独ら断腸の泣を流す」とは、ひとり亡き妻に対する悲嘆ばかりではないことになろう。

旅人は妻大伴郎女の死にかさねて、大伴氏一族にゆかりのある人びとの悲報も受けて傷心の極にあったと考えられる。その意味で、この歌は旅人の族長としての意識がおもてに出て、石上堅魚との贈答歌や亡妻挽歌とは異質のものになっているといわなければならないであろう。また「両君の大助」とあるが、誰と特定できないものの、着任早々の喪事に旅人のかたわらで助力し、心の支えとなった大宰府の配下がいたことは想像にかたくない。序文に注記した「筆の言を尽さぬは、古今嘆くところ」とは、自分の心情の複雑さや深さを率直に出せぬもどかしさを意味するが、旅人は立場上一途に妻だけを悼み偲ぶこともできないという嘆きであろう。そのような私的な嘆きは別に折々に歌い出されて、亡妻挽歌の連作（3・四三八〜四〇、四四六〜五三）となるのである。

さて、歌の上三句の「世間は空しきものと知る時し」とは、世間虚仮《こけ》、諸法皆空など仏教に説かれることわりを深く知ったことを強調している。衝撃的で辛い経験をとおして知識を深く体得したと言うのである。妻や一族のゆかりの死など「禍故重畳、凶問累集」することによって、世間の「空」を知ったと言う。無常の「常なし」ではなく、万葉歌としては最も早い例となる「空し」と表現したところに、旅人の「空」への理解がうかがわれる。「無常」は自然人生など万物の移ろう姿に実感される。その現象は依存や因果の関係において存在するものである。現象という存在は認めるが、現象には実体がない、と説くのが仏教の「空」である。人は「無常」という時、変転することは認めながらも現象に執着する。「空」という時は、現象の実体の虚無に目を向ける。現象への執着から離れることをめざすのが「空」の思想であるはずだが、旅人は世間という現象の虚《むな》しさを嘆いている。妻や一族ゆかりの人びとの死によって、現実（現象）のはかなさ、虚しさに本当に気づいたというのである。

旅人はそう認識することによって「いよよますますかなしかりけり」と述懐する。「かなし」は悲哀の「悲し」であるが、それにはわかちがたく愛着の「愛《かな》し」もまつわっている。旅人の歌は、現実の虚しさに悲哀を感じた、その心情は現実に対する惻惻《そくそく》とした感傷である。その嘆きの中心は妻の死に対する悲哀にあり、亡き妻への恋慕にあろうが、その心はこの歌にじかに表れていない。一般的な世の中の虚しさにともなう感傷の表現となっているところに、一族の長らしい自己抑制があるというべきであろう。

三　憶良の呼応

旅人の歌についで憶良の亡妻哀悼の詩（悼亡詩）と「日本挽歌」が収められている。憶良の作品群は大伴郎女の死を悼んで旅人の歌に呼応したものか、別個に憶良が自分の妻の死を悲しんだものなのかが問題となるが、いまは作品の表現のなかに探ることにしよう。

旅人の歌には漢文序があったが、憶良は作品を漢文序をもつ詩と歌で構成している。これも旅人に対する呼応と思われるが、まず長大な序文をともなう詩を見ることにしたい。

けだし聞く、四生《ししょう》の起滅は夢の皆空しきがごとく、三界の漂流《ひょうる》は還《わ》の息《とど》まらぬがごとし。このゆゑに、維摩《ゆいま》大士《だいじ》も方丈に在りて染疾《せんしつ》の患《うれ》へを懐《むだ》くことあり、釈迦《しゃか》能仁《のうにん》も双林に坐《ざ》して泥洹《ないおん》の苦しびを免るることなし、と。故に知りぬ、二聖の至極すらに力負《りきふ》の尋ね至ることを払ふことあたはず、三千世界に誰かよく黒闇の捜《たず》ね来ることを逃れむ、といふことを。二鼠《じそ》競《きほ》ひ走りて、度目《ともく》の鳥旦《あした》に飛ぶ、四蛇《しだ》争《いそ》ひ侵《おか》して、過隙《かげき》の駒夕《ゆうへ》に走る。ああ痛きかも。紅顔は三従《さんしょう》とともに長逝す、素質は四徳とともに永滅す。何ぞ図らむ、偕老《かいろう》は要期《ようご》に違《たが》ひ、独飛して半路に生かむとは。蘭室には屛風《へいふう》いたづらに張り、断腸の哀しびいよいよ痛し、枕頭《しんとう》には明鏡空しく懸《か》かり、染筠《せんいん》の涙いよよ落つ。泉門ひとたび掩《と》ざされて、また見るに由なし。ああ哀しきかも。

愛河の波浪はすでにして滅ぶ
苦海《くがい》の煩悩も結ぼほるることなし
従来この穢土《えど》を厭離《えんり》す
本願《ねが》はくは生をその浄刹《じょうせつ》に託《よ》せむ

序文は「けだし聞く」から「ああ痛きかも」までが前段である。まず生あるものはすべてはかなく虚しいという諸法皆空と、衆生は煩悩と業によって三界六道に生死をくり返し無限の流転をつづけるという輪廻《りんね》転生《てんしょう》の教理をあげる。この真理の前には維摩・釈迦の二聖も例外でなく、病と死に苦しむ無常は避けられず、まして三千世界の衆生は一人として死から逃れることはできないと述べる。無常の迅速なこと、昼夜の時は競いめぐり、身体は侵されつづけて人生はまたたくまに終わる、と嘆きの言葉で結ぶ。

この段は、旅人の歌の「世間は空しきもの」に呼応させているといってよいであろう。存在という現象には永却不変の実体がないと仏教に説く「空」を、旅人が存在は虚しいと感傷的にとらえて「かなし」と表現したのに対して、憶良は「空」についての認識を詳しく述べて旅人に対応している。それ以上に、憶良は「空」の虚しさよりも、「無常」に強く関心を示すことで旅人との違いを見せている。不変の実体をもたないといわれる現象は、現象相互の関係、因縁とか因果などの関係において存在するという仏説は、あまり適当な例ではないかも知れないが、テープに録画されたドラマにたとえてみることもできようか。ドラマのなかに生きる一人ひとりに幾多の哀歓があり、感動的な人生があっても、その人生はあくまでも展開される現象の過程にある。それが存在というものであって、それ以外に存在の実体を求めることはできない。そしてこのドラマの展開の姿が無常である。だがそのドラマの経過を生きる一人ひとりにとっては、無常のなかにこそ自分にとって唯一の人生の現実がある、ということになる。憶良はかけがえのない人生の現実を確かめるように無常にこだわる。憶良は序文のなかで、維摩大士は染疾を患え、釈迦能仁も泥洹に苦しんだと述べた。二聖者が悟りを開き、悟りの境地と観じた病と死を、苦悩とみたのも凡俗の憶良が嘆かずにおれない無常のなかにとらえたからであろう。憶良は嘆きつつも、くり返し人生の姿を追い、人間の生きる意味（意義・価値）を求めるのである。無常の現実に目をこらし、苦悩する存在に心を寄せ、その思いを詩歌に表現する。旅人の歌に呼応し、その後の自分の文学の主題を明確にしたという点でも、この序文の述作は憶良にとって重要な意義をもっていたはずである。

「紅顔は三従とともに長逝す」から「ああ哀しきかも」までが後段で、婦人の美貌の「紅顔」も白い肌の「素質」も、婦人が身につけていた「三従」「四徳」の徳とともに滅び去ったと、その容姿とともにつつましくすぐれた人柄を哀惜し、偕老同穴の約束もむなしく取り残されて余生を孤独に過ごすことになったわが身を嘆き、寝室に残る屏風や枕辺の鏡など妻の遺愛の品じなに目をとめては断腸の思いに涙を流し、黄泉《よみ》の入口が閉ざされては二度と逢うことのできぬ悲しみにくれると結ぶ。

蘭室には屏風いたづらに張り、断腸の哀しびいよいよ痛し、枕頭には明鏡空しく懸かり、染筠の涙いよよ落つ。

の表現は、旅人の歌の序文の、

永に崩心の悲しびを懐き、独ら断腸の泣を流す。

をふまえていることはつとに伊藤博氏が指摘されたとおりであろう（注7）。さらに言えば、旅人が自己抑制的に用いた表現をふまえながら、憶良は妻に先立たれた夫の愛別離苦の嘆きの表現に転じている。旅人が世間虚仮に対する悲哀の表現のなかに秘めた亡妻への哀悼思慕の思いを、憶良はこの後段でおもてに引き出したといえるであろう。憶良は前段で旅人の歌における世間空の表現に対応させつつ無常に言いおよんだが、後段では、旅人が自序の結びに書き加えた「筆の言を尽さぬは、古今嘆くところ」にこめた心情を思い、序文の詞句をふまえつつ、亡妻哀慕の情を表現した。憶良の序文は明らかに旅人の亡妻を意識している。

これにつぐ詩の初句は序文の内容をうけ、尽きない煩悩を意味する「愛河」は妻との愛の喩として「愛河の波浪はすでにして滅ぶ」で妻の死をあらわし、第二句の「苦海の煩悩も結ぼほることなし」で現世の悩みが凝ることなく、妻の死によって悩みが尽きるというものではないと、わが苦悩のゆくえも念じながら、亡き妻の冥福追善を願うのが第三・四句の「従来この穢土を厭離す　本願はくは生をその浄刹に託せむ」であろう。この句の表現は追善供養の願文や写経の跋語に常套的なものであり、自分の浄土往生よりも亡き人の冥福佑助を願うのが当時の大勢と見るべきもののようで、この詩は夫が亡妻の冥福を願うものと理解すべきであろう。

序文や詩に見られる語句や表現などが、墓誌・造像記・写経跋文や追善供養の願文など仏教文に共通するものが多いことを指摘されたのは中西進・芳賀紀雄両氏である（注8）。だが、岡内弘子氏はこの哀悼詩や序文は願文や斎文などとまったく同じ形式をとるものではなく、憶良はそうした仏教文を範としながらある程度自由に綴ったのであろうから、『文選』の誄や哀策文なども念頭にあったと考えておられるのもうなずける（注9）。

このように旅人の序文・歌に呼応しながら、憶良が仏教色の強い序文や亡妻の冥福佑助を願う仏教文にきわめて近い性格の詩を作ったのは、やはり旅人の亡妻の追善供養を意識していたからと考えられる。

四　「夫」の嘆き

悼亡詩にあわせて成ったのが長歌と反歌五首である。

日本挽歌

大君の　遠の朝廷と　しらぬひ　筑紫の国に　泣く子なす　慕ひ来まして　息だにも　いまだ休めず　年月も
いまだあらねば　心ゆも　思はぬ間に　うち靡き　臥《こ》やしぬれ　言はむすべ　為《せ》むすべ知らに　石木《いわき》をも　問ひ
放《さ》け知らず　家ならば　かたちはあらむを　恨めしき　妹《いも》の命《みこと》の　我をばも　いかにせよとか　にほ鳥の　ふた
り並び居　語らひし　心背《そむ》きて　家離《ざか》りいます　（5・七九四）

反　歌

家に行きていかにか我がせむ枕付く妻屋《つまや》寂《さぶ》しく思ほゆべしも　（5・七九五）

はしきよしかくのみからに慕ひ来し妹が心のすべもすべなさ　（5・七九六）
悔《くや》しかもかく知らませばあをによし国内《くぬち》ことごと見せましものを　（5・七九七）
妹が見し楝《あうち》の花は散りぬべし我が泣く涙《なみた》いまだ干《ひ》なくに　（5・七九八）
大野山霧立ちわたる我が嘆くおきその風に霧立ちわたる　（5・七九九）
神亀五年七月二十一日　筑前国守山上憶良上

「日本挽歌」とあるのは、悼亡詩と序が詩文という中国風の表現形式をとったのに対する題詞で、人麻呂以来の伝統的な挽歌の発想形式によろうとした意図を示している。この長歌の内容は亡妻哀悼にしぼられている。その表現は、人麻呂の亡妻哀悼歌としての軽の妻挽歌（2・二〇七〜九、二一〇〜一二）や配偶者に先立たれた夫婦の嘆きを主題とした泊瀬部《はつせべ》皇女・忍坂部《おさかべ》皇子献呈挽歌（2・一九四〜九五）、明日香皇女殯宮《ひんきゅう》挽歌（2・一九六〜九八）に共通に見られる表現をふまえて、生前の夫婦の愛と、一転して死別による悲嘆思慕を表現している。

「うち靡き　臥やしぬれ」までが前段で、妻がまるで駄々をこねて泣く子のように夫につれ添って都から下向して長旅の疲れをいやす間もあらばこそ、思いがけなく病のために帰らぬ人となったと述べる。「うち靡き　臥やしぬれ」は死ぬことを婉曲にいった敬避《けいひ》表現である。ここまでの、妻の夫への愛慕の深さを示す「泣く子なす　慕ひ来まして」という行為が、結果としては不幸にも急な死に結びついたという叙事的な表現は、夫の嘆きの深さを強調するものであろうが、その不幸な逆説的表現に、憶良の人生の不条理を見る目が働いていることも見逃せない。「空」よりも「無常」の面で現実に強い関心をもつ憶良は、現実を現象の継起や因果において考えずにはおれなかったからであろう。

「言はむすべ　為むすべ知らに」は挽歌に常用される文句で、悲しい事実に対して以下に嘆きの口説きが述べられている。ここからは後段である。「石木をも　問ひ放け知らず」とは、憶良自身がすでに

天翔《あまがけ》りあり通ひつつ見らめども人こそ知らね松は知るらむ　（2・一四五）

と、霊魂は樹木と交流がありながら、それを人間は知ることができないと自然との交流を断たれた嘆きを表現しており、ここでも自然の石木に妻のありかを尋ねるすべもないと一層嘆きを深めているのである。旅人が亡妻挽歌群のなかでも

磯《いそ》の上に根延《ねば》ふむろの木見し人をいづらと問はば語り告げむか　（3・四四八）

と表現した嘆きに通じる。「家ならば　かたちはあらむを」の「家」が奈良の家であることは伊藤博氏の言われるとおりであろう（注10）。妻が慕って筑紫に来ることがなければ息災であったろうに、だが現実は偕老同穴の約束に背き「家」を離れて黄泉路に旅立ってしまったという悔恨の嘆きを表現する。この後段は、前段の妻の死に至る経緯の叙事的な表現にそって、心情的な表現をくり返している。つまり、「泣く子なす　慕ひ来まして」も深い悔恨の心で顧みて言えば「家ならば　かたちはあらむを」ということであり、「心ゆも　思はぬ間に　うち靡き　臥やしぬれ」も「にほ鳥の　ふたり並び居　語らひし　心背きて　家離りいます」という怨嗟にある。これは、長歌の前段に述べた「無常」の姿を後段で「愛別離苦」の悲嘆でとらえなおした表現である。このような長歌の構成は、漢語的な表現とか具体的な状況描写に相違があることを措いて言えば、悼亡詩の序文で前段には「無常」を述べ、後段に「愛別離苦」の嘆きを表現したのと同じ構造をもっている。この事実は悼亡詩と「日本挽歌」が連作であることを示しているであろう。

反歌は五首あるが、第一首の「家に行きて」の「家」は、異郷の筑紫にあって、やがて帰るはずの故郷奈良の家をさすであろう。長歌の後段の嘆きは「家」をめぐって「家ならば　かたちはあらむを」「心背きて　家離りいます」と表現されており、反歌の第一は長歌の主旨をくり返して「家」について歌われる必然性があった。予測のなかで「家離りいます」妻が自分に独り居のわびしさを感じさせるであろうことを思って嘆くのである。旅人の亡妻挽歌（3・四四〇）が故郷奈良の家を意識しつつ亡妻を思慕し、孤独のわが身を嘆く発想と同じである。

第二首はまるで死ぬために自分を慕って来たような妻の愛情をどう受けとめたらよいのか。ほめるべきか、恨むべきか、不条理に対する深い嘆きである。

第三首は、「あをによし国内」の解釈をめぐって見解が対立するが、「あをによし」は「奈良」の枕詞であるから、故郷奈良にいる間に国内をことごとく見せて、国霊を身につけて加護を願うのであったという後悔の気持ちにとっておきたい（注11）。かえらぬ繰り言ではあるが、顧みてなぜ妻に恙ないように手立てを講じなかったのかという自責の思いであろう。このように心情として、第一首は予測のなかに孤独を思い、第二首は亡妻の心に対する現在の心境を述べ、第三首は過去を顧みての悔恨の情を吐露している。

第四首の意味は、妻の遺愛の楝の花（せんだんの花）は筑紫よりも花期の遅い奈良でも散るに違いないと、自分の嘆きは尽きないのに、時のうつろいに、自分の心とは別に妻を偲ぶよすがまでも失われていこうとしている現実を嘆くのである。

第五首の大野山は大城山・城の山とも呼ばれ、大宰府の背後に見られる。現在の四王寺山一帯をさすようである。この山麓に大伴坂上郎女が埋葬されたと考えられ、そうであれば大野山は亡き妻を偲ぶ山であり、その山を包んでいる霧は妻を慕うわが嘆きのあらわれと表現するのも自然であろう。「おきそ」はためいきで、息のあらわれる様子が「霧」と表現される場合が多いが、万葉歌では離別の場で嘆きの息吹が相手を慰撫する力をもつものとして表現される。ここは妻に対する哀惜思慕の嘆きが霧となって大野山を包み、妻の霊を慰め鎮めるという意味をこめているであろう。第四首と第五首は、前の三首が直接妻にかかわる嘆きを述べたのに対して、亡き妻を偲び慰めようとする心情が見られ、時間を隔てて作られたようである。悼亡詩と「日本挽歌」を揃えて、旅人に献呈しようとする最後のまとめの時に付け加えたものであるかも知れない。

憶良の悼亡詩と「日本挽歌」はいずれも妻に先立たれた夫の立場で創作されたものであろう。悼亡詩の序文は旅人の歌や序文に呼応して、仏教の教説の受けとめかたの違いを示しながらも、亡妻哀悼を文学的に表現したものであり、詩は仏教文の常套句を用い、旅人の亡妻供養にふさわしい表現で結んでいる。そのような礼を尽くし、創作であるという了解のうえに、憶良はふみこんで夫の立場での嘆きを表現したのである。

五　めぐりあい

憶良の作品について、たとえば「日本挽歌」の「妹」は憶良自身の妻で、筑紫で死去したのではないかという説もあるが、作品のなかの「妹」をそう読み取るほかには大伴郎女の場合のような傍証がない。それほど憶良の表現は当事者になりきっていてまぎれやすい。だが、見てきたように、表現の内容を具体的に検討すると、憶良の悼亡詩と「日本挽歌」は旅人の「報凶問歌」によく呼応している。そのうえで、「空」から「無常」への関心、「世間」の嘆きから「亡妻」の嘆きへと発展的に創作していることが確かめられる。

「日本挽歌」の「妹」は旅人の妻であると考えてよいが、では死去したのはいつか、旅人は妻の死後いったん帰京したのではないか、憶良の作品の左注に「神亀五年七月二十一日」とあるのはどのような意味の日付か、「筑前国守山上憶良上る」とは誰に対してのものか、など多くの問題がある。これらについては、旧来の諸説を詳しく紹介された脇山七郎氏の労作があり、また最近の研究の諸成果を検討された井村哲夫氏の説には従うべき点が多く、参照していただければと思う（注12）。

ただ、ここでは左注に触れておきたい。旅人の歌の左注に「六月二十三日」とあり、憶良の左注は「七月二十一日」と記す。この間の二十八日が七の倍数であることから、伊藤博氏はいずれも忌斎の某七日との関係を想定されたが（注13）、井村氏は七日ごとの供養は四十九日をかぎりとすること、また憶良の作品の左注「七月二十一日」を最後の四十九日とすれば旅人の妻の死は六月二日となり、勅使の弔問下向の時期とも合わないことになると反論され、「七月二十一日」を大伴郎女の百日供養の日と想定された。これは別に佐藤美知子氏が詳しい論証によって、大伴郎女の死は神亀五年の三月末から四月初の頃と考えられ、「六月二十三日」は亡妻に対する三カ月の服喪あけに近い頃と推定されたところとも符合するのであって（注14）、井村氏の説が妥当であると思われる。

憶良は、旅人が大宰府に着任するや妻を病にうばわれたのを見て深い同情を禁じえなかったであろう。時に旅人は六十四歳、憶良は六十九歳の年長であった。老齢になって妻に先立たれることの重さ、それも客死であればなおのこと辛く、さらに一族ゆかりの訃報がかさなったとすれば、それに耐えている老師の姿は見るにしのびないものがあったに違いない。憶良自身もこの五年後に記す「沈痾《ちんあ》自《じ》哀文《あいぶん》」によると十余年前から宿痾（リュウマチのたぐいらしい）に悩む身であったが、それでも生きていることに絶大な価値を認めて長生を望み、それが叶わないならばせめて生涯無病息災であることに至福を見出そうとしている。そのような憶良にとって、病に枉殺《おうさつ》されることは最大の不幸であった。憶良の長生を願う歌（5・九〇三）は筑前国に赴任する前に見られるから、大伴郎女の死に深い衝撃を受けて、こうした思いをいっそう強めたであろう。そして旅人の「報凶問歌」に触れて、漢文序と歌の配合によって、歌だけでは考えられない表現の可能性が開かれることを示唆され、憶良は独自の文学の世界を切り開くことになる。

人生に大きな転機を与える出会いこそが「めぐりあい」であるとすれば、憶良にとって大伴郎女を失った旅人との出会いこそが「めぐりあい」であった。

〈注〉

(1) 橋重孝「奈良時代の『風流』について―政治思想から文芸理念へ―」(『古代文化』一九九二年一月)
(2) 井村哲夫『万葉集全注　巻第五』五―六頁(有斐閣、一九八四年)
(3) 辰巳正明「憶良に於ける詩の形成―『雑歌』と『雑詩』―」(『古代文学』第二一号、一九八二年三月)
(4) 佐藤美知子「万葉集巻五の論―旅人の妻の死をめぐって―」(『国語国文』第四八九号、一九七五年五月)、「『万葉集』巻五の冒頭部について―旅人・憶良の歌文―」(『大谷女子大国文』第五号、一九七五年五月)
(5) 井上通泰『万葉集雑攷』(明治書院、一九三二年)
(6) 小島憲之『上代日本文学と中国文学　中』第五篇第二章「万葉集名義考」七四五―七頁(塙書房、一九六四年)
(7) 佐藤美知子「『万葉集』巻五の冒頭部について―旅人・憶良の歌文―」(『大谷女子大国文』第五号、一九七五年五月)
(8) 橋本達雄「坂上郎女のこと一二」(『国文学科報』一九七四年三月)、佐藤美知子、前掲論文(5)
(9) 伊藤博『万葉集の歌人と作品　下』第八章第二節「学士の歌」(塙書房、一九七六年)
(10) 中西進「悼亡詩」二〇七―一五頁(河出書房新社、『山上憶良』、一九七三年)
(11) 芳賀紀雄「憶良の挽歌詩」(『女子大国文』第八三号、一九七八年六月)
(12) 岡内弘子「山上憶良『亡妻哀悼歌』」(『群馬県立女子大学紀要』第五号、一九八五年三月)
(13) 伊藤博『万葉集の表現と方法　下』第八章第二節「家と旅」一三一―二頁(塙書房、一九七六年)
(14) 伊藤博、(10)に同じ。なかで阪下圭八氏の「見る」ことの魂振りによる解釈を紹介しておられる。
(15) 脇山七郎『万葉集巻五新釈』九―四一頁(国書刊行会、一九七四年)
(16) 井村哲夫「報凶問歌と日本挽歌」(和泉書院、『赤ら小船　万葉作家作品論』、一九八六年)
(17) 伊藤博、前掲書(7)一二九頁
(18) 佐藤美知子、前掲論文(3)

嘉摩三部作

東　茂美

一

神亀五年（七二八）七月二十一日、悼亡詩文と「日本挽歌」（5・七九四～九九）を大伴旅人に献呈した憶良は、嘉摩郡で「惑《まと》へる情《こころ》を反《かへ》さしむる歌」「子等を思ふ歌」「世間《よのなか》の住み難《かた》きことを哀《かな》しぶる歌」（八〇〇～五）を一括「選定」している。これらを惑・愛・無常を主題とした三部作とされるのは中西進氏である（注1）。また村山出氏は、悼亡詩文と「日本挽歌」が死苦とそれに随伴する愛別離苦を、そして嘉摩三作が生苦の諸相をそれぞれ形象化し、呼応しあう両群が生死の諸苦相を表現して「円環的であり」、憶良文学の基本的な思想構造をなすと述べられている（注2）。三作はあくまでも「選定」されたものであり、それぞれの作歌時期は明らかではない。三部作の第三作にあたる「哀世間難住歌」には、他の二作とは異なり都合三カ所の注記があり、注記が一作に偏るところからみて、三部作とする「選定」前に憶良はこれを作っていたと考えられる。稲岡耕二氏は初案はかつて旅人のもとに「上」られていて、やや遅れて憶良はこれらを推敲し手元でまとめ「選定」と記したものとされている（注3）。さらに林田正男氏は、その作歌時期を「報凶問歌」（七九三）左注の六月二十三日から七月二十日までの間であると想定されている（注4）。もちろん他の二作にしても、嘉摩郡で詠われたという確証はどこにもなく、神亀五年七月二十一日までの某日に作られた歌稿があったものと思われるから、嘉摩三部作で憶良の詩心を見ようとするなら、現行の三作が「選定」された時点で考えるしかあるまい。ただ、いま少し第三作の注記にこだわると、この偏頗な注記は「哀世間難住歌」に対して憶良のよせた、なみなみならぬ関心を語っているように思われる。

天平五年（七三三）六月三日に作られた「老いたる身に病を重ね、年を経て辛苦《たしな》み、まだ児等を思ふ歌七首」の第六反歌（九〇三）として、「倭文《しつ》たまき数にもあらぬ身にはあれど千年《ちとせ》にもがと思ほゆるかも」の歌が載せられている。これに注して「去《い》にし神亀二年に作る。ただし類を以ての故に更に茲《ここ》に載す」という。但書きによると、年月をさかのぼる八年前の一作を併せたことになるが、短歌を併載し注を記したのが後人のさかしらであったとは考えられず、題詞に「歌七首」と記されているところからみても、井村哲夫氏の説かれるように、最初から反歌として憶良が添えたのだろう（注5）。

かりにこの神亀二年の歌に注目してみると、神亀五年の「哀世間難住歌」の反歌

常磐《ときは》なすかくしもがもと思へども世《よ》の理《こと》なれば留《とど》みかねつも　（5・八〇五）

そして、天平五年の「水沫《みなわ》なすもろき命も栲縄《たくなは》の千尋にもがと願ひ暮らしつ」の歌と通低していく、〈いのち〉への熱い思いがうかがえる。「もが」（もがも）は願望の助詞であり、『集』にあって取りたてて論うほどの例語ではなく、むしろ常套表現でもある。五十余例の多くは、

雪の色を奪ひて咲ける梅の花今盛りなり見む人もがも　（5・八五〇）

玉藻刈る海人《あま》娘子《をとめ》ども見に行かむ舟梶《ふねかぢ》もがも波高くとも　（6・九三六）

めづらしき人を我家《わぎへ》に住吉《すみのえ》の岸の黄土《はにふ》を見むよしもがも　（7・一一四六）

などのように、あるいはまた憶良自身が七夕の雅宴において「……さ丹塗りの　小舟《をぶね》もがも　玉巻きの　ま櫂《かい》もがも　朝なぎに　いかき渡り　夕潮に　い漕ぎ渡り……あまた夜も　寝《い》ねてしかも」（8・一五二〇）とうたうように、「もが」（もがも）の原因なり希求のむかう主たる目的がうたわれているのが、一般であるといってよい。しかし、〈いのち〉をうたう憶良の歌にはそれがない。長生への激しい願望のみが剝出しのままうたわれている。これは飽くなき〈生〉への意思であって、おそらくそうした生きていこうとする執ねきまでの意思は、八年の年月を経て齢七十を越えた天平五年の某日まで、なんら変わることはなかったように思われる。そして嘉摩三部作の歌々も、このような地平から

たち現れてくるのである。

今生を歩み続けてきた＜わたし＞の前途は、＜死＞という逃れがたい事実によって完璧にとざされている。それを観念ではなく実感として感じはじめた時、しばしば人は老いたという。そして、人はやや狼狽し、

……よち子らと　手携《てたづさ》はりて　遊びけむ　時の盛りを　留みかね　過ぐし遣《や》りつれ……ますらをの　男さびすと
剣《つるぎ》大刀《たち》　腰に取り佩《は》き　さつ弓を　手握《たにぎ》り持ちて　赤駒に　倭文鞍《しつくら》うち置き　這ひ乗りて　遊びあるきし……
ま玉手の　玉手さし交《か》へ　さ寝し夜の　いくだもあらねば　手束杖《たづかづゑ》　腰にたがねて　か行けば　人に厭《いと》はえ　かく行けば　人に憎まえ　老《お》よし男《を》は　かくのみならし……
（5・八〇四）

と「哀世間難住歌」にうたうように、過往を懐しみ現実の老醜にあらがいながら、やがて＜生きる＞ために生きていくのだろう。「手束杖　腰にたがねて　か行けば」「かく行けば」とは老いた男の行動だが、老いてもなおとどまることでなく「行く」ことをもって、憶良は老男のすがたをとらえている。別に述べもしたが、「臥《こ》い伏」（「熊凝のためにその志を述ぶる歌に敬みて和する」八八六）す姿は＜死＞に脅かされるそれであり、「立たむと欲」し「杖に倚りて歩」（「沈痾自哀文」八九六左）むこと、つまり大地を両の足で踏みしめることこそ、憶良にとって＜生＞の象《かたち》であった（注6）。たとえ「人に厭はえ」「人に憎まえ」ようとも「行く」のが、生きるという証しなのである。「俗道の仮合即離《けがふそくり》し、去り易く留め難きことを悲しび嘆く詩」の序文で、内典に学びながら「死を若《も》し欲《ねが》はずは、生まれぬに如《し》かず」と綴っているが、すでに生まれ落ちてしまい、母の胎内へ回帰することはかなわないから、生まれ落ちてすぐに死にむかって歩み続けているのが、＜わたし＞であるといってもよい。そうであれば、＜いのち＞の限りにおののきながら現実の＜苦＞そのものを生き、それでいて長生を願うのは、まぎれもなく人生の逆説としかいいようがないだろう。＜わたし＞はありふれた世間のしがらみに繋縛されながら、この限られた＜いのち＞を生きていくのである。憶良も、そうした＜わたし＞のひとりであったし、なにより憶良は文人であり詩人であった。

二

「令反惑情歌」の序文には「亡命山沢」のことばがみられ、この表現はしばしば引用されるように「賊盗律」に「即《も》し命《みやう》に亡《に》げ山沢《せんたく》にして追喚《ついくわん》に従はずは、謀叛《むほん》を以て論せよ。其れ将吏に抗《こば》ひ拒《こば》へらば、已に上道せるを以て論せよ」と見えることばである。「亡命山沢」は国家に対する謀叛であり、官吏の「追喚」の命にしたがわなければその罪は絞刑、抵抗すればその罪は斬刑に値したらしい。にもかかわらず、亡命はあとを絶たず、『続紀』養老元年（七一七）十一月の詔勅には「……山沢に亡命し兵器を挟蔵して百日まで首《まを》さざるは、罪を復すること初の如くせむ……」と録している。また「修行得道」のことばは、たとえば同年五月十七日の詔勅に「率土の百姓、四方に浮浪して課役を規避し、遂に王臣に仕へて或は資人を望み、或は得度を求め……郷里に帰らず」と見えている。この時代「僧尼令」の条文は無視され、重なる苛斂誅求に疲弊した百姓は、官度（国郡の司の許可）のない私度となり、またあやしげな薬餌（神仙になるための薬）を練る道士となって、浮浪していた。

　このような世相に対して「戸令」によれば「凡そ戸逃走《でうそう》せらば、五保《ごほう》をして追ひ訪《とぶら》はしめよ。三周までに獲ずは、帳除け。其れ地は公に還せ。還さざらむ間、五保及び三等以上の親《しん》、均分して佃《つく》り食《は》め。租調《そでう》は代りて輸《いだ》せ……」と、浮浪を断ち戸籍の保全につとめるのが、国守の一職責であった。つとに『私注』は「戸令」の「敦く五経を喩し……」に創作の契機をもとめているが、嘉摩の三作に「筑前国守」と署名した（ただし巻五の他作と同様に姓の「臣」はない）憶良に、その立場からくる百姓の教導というモチーフがあったろうことは否めない。けれども、作品として実を結ぶのは、そのような外在する諸事象につき動かされたからではなく、今日多くの先学の説く憶良の内面、たとえば、村山氏が論じられるように「苦悩した知識人としての生き方が深く関与して」（注7）いると考えるべきだろう。作品の全容をたどるかぎり、「よく令格の旨意を體して、其の部内巡行の任務を果さうとして居る態度」（『私注』）と解するには、その教導の弁は衝迫する精悍さを欠く。倍俗先生の想いと行為を「惑ひ」としながら、一方ではそれを「意気」と形容してしまっている。ましてや倍俗先生を「亡命山沢」の民であると断言せずに、助辞「蓋」をともなう推量表現とするあたり、あるいは歌の「然にあらじか」という聞き手に選択をゆだねる表現など、なおさらである。序の「三綱を指示《およびさ》し、五教を更《あらた》め開《と》き、遣るに歌を以てし、その惑ひを反さしむ」というのが、作歌の直接的な目的であるなら、その説諭にはどうみても教導の鋭い冴えが見られない。

さて、ここで登場してくるのは「塵俗」にあっても「意気」を青雲の上に馳せ、念頭には「修行得道」しかない、自称倍俗先生なる人物である。巷にその身を沈めながら、家族という世間をかたちづくる最小単位の係累からさえ身を解き放ち、己のが「意気」にしたがって生きる〈わたし〉であった。だが、憶良の呼びかけるこの倍俗先生は、尽くすべき父母への侍養を自覚していないのでも、注ぐべき妻子への厚情を忘れているのでもない。むしろ逆に、父母妻子への恩愛をじゅうぶんに知りながら、あえてそれを却けるほどの、熱い想いにとらわれていたように読める。倍俗先生は、憶良が仮構したもうひとりの〈わたし〉であるというのが一般だが、そのありさまは、

父母を　見れば尊《たふと》し　妻子《めこ》見れば　めぐし愛《うつく》し　世間《よのなか》は　かくぞことわり　もち鳥の　かからはしもよ　行くへ
しらねば　うけ沓を　脱《ぬ》き棄《つ》るごとく　踏み脱きて　行くちふ人　　（5・八〇〇）

である。憶良は、家族の敬愛を「かくぞことわり」であるとしている。この「かく」は直接的には上四句をうけており、「ぞ」をともなって、敬愛を自存の状態として提示するのだろうが、逆にいえば、それは世間という限りで〈ことわり〉であることを述べているとも考えてよいだろう。そして、この〈ことわり〉を譬喩していえば「もち鳥のかからはし」ものなのである。「もち鳥」は鳥黐にかかった鳥であり、鳥黐の表現が、『仏本行集経』（空声勧厭品《くうせいかんえんぼん》）の「処々の五欲は自ら纏縛すること、猶ほ飛鳥の羅網《あみ》を犯す如く、亦猟師の黐膠《とりもち》を布《し》くが如し」など、内典に依っているのは既に指摘されているところであって、敬愛のことごとくが五欲（五感とこの身のはたらきにより齎《もたら》される欲望）に発することを思えば、〈ことわり〉は倍俗先生という〈わたし〉を、徹底して世間に絡めとるだろう。このような在世間の〈かからはし〉を基本にし、それを理論の高みまで、つまり憶良が教導する「三綱五教」としたのが、かの儒教であったことは言うまでもない。「かからはしもよ」は、詠嘆の助詞「もよ」をともなった「かかる」の形容詞形。近年の注釈の多くは、この「もよ」を願望の意としている。「三綱五教」を全面にすえて、敬愛の必定を訴えているとみるなら

それでもよいが、しかし「もち鳥」を前掲のような内典による表現であると見、また「沈痾自哀文」の「翼折れたる鳥の如く……」（八九六左）や「貧窮問答歌」（八九二、九三）の「……飛び立ちかねつ鳥にしあらねば」などをあわせ考えると、「わずらわしいことよ」（『全訳注』）とするのが、穏当だろう。

この〈かからはし〉が、あくまで世間という限りを越えて及ぶものでないのを、憶良は認めざるを得なかったようである。だから、そうでありながら「かくぞことわり」と説くのなら、実は「行くへ知らねば」は教導のうちに決してもちだしてはならない表現であるはずである。これは、この世間にあって〈わたし〉に絡んでいる関係、つまり家族の関係が、今生を終えて巡行する来世にどのようになるかを測りがたいという、いわゆる輪廻から発想されたことばだろう。もしそうなら、儒教による教導はこのような定理を導入した途端、そこで綻びてしまう類のものでしかなかった。儒教でもって諭すなら〈死〉そのものも含め、いわゆる後生には触れてはならないからである。

憶良の心底に輪廻への想いが巣くう時、実は「世間は　かくぞことわり」という〈わたし〉と倍俗先生という〈わたし〉とは、対話する二者としての関係を帯びてくるのだろう。倍俗先生は台詞を持たないシテであり、憶良は台詞を持っているワキであるとするのは『全注』だが、この輪廻を持ち込んでくる時、つまり儒仏二教の思想を併存させようとする時、歌の上では黙して語らぬ、それでいながら憶良をゆさぶってやまなかったろう倍俗先生の台詞が、われわれにも聞き取ることのできる、もうひとりの〈わたし〉のことばとして、にわかに響いてくるように思われる。かりに、海彼の三教（儒教・仏教・道教）論争から諸論の言をかりて、「修行得道」をめざす倍俗先生に語らせてみよう（注8）。

序の「脱屣《だつし》よりも軽《いるかせ》にし」、歌の「うけ沓を　脱き棄るごとく　踏み脱きて　行く」は、おそらく「釈駁論」（『弘明集』釈道恒）のそれによったものと思われる。倍俗先生は、次のように述べるだろう。

夫れ慈親婉孌は、有心《うしん》の滞る所、而も沙門は之を遺つること脱屣の如し。名位財色は、世情の重んずる所、而も沙門は之を視ること秕糠の如し。人の去る能はざる所を忍ぶと謂つ可し。斯れ乃ち標尚の雅趣、弘道の勝事なり。然るを蔑然と云ふ、豈に妙賞の謂に非ざらんや……

「慈親婉孌」は「父母を　見れば尊し　妻子見れば　めぐし愛し」にひとしい。「名位財色」の「名位」は名誉と地位である。「汝が名告らさね」の「名」は儒教にいう立名をふまえて表現されているものだろうが、ここでいう「名位」もそれと同じ意味で用いられている。しかし言いたてられていることがらは、憶良の弁と対立している。いや、正確には対立しているというより、憶良の弁のことごとくを包摂しているといったほうが、あたっているだろう。家族を敬愛するのは凡庸な〈情〉の発露に過ぎないし、立名を重んじるのも然り。こうした低次元の凡情を、靴を脱ぎ棄てるように（粃や糠を軽視して顧みないように）、遠ざけているのが倍俗先生である。なぜなら「意気」は崇高な境地を求めようとするものであり、その行いは「道」を弘めようとする勝れた行いだからである。

　もちろん敬愛を忘れているわけではない。「夫れ道俗に晦明の殊有り、内外に語黙の別有り。宗廟祀を享くるに至りては皇考を禘祫す。然らば則ち孝敬の至、世加ふる莫し」（恵通「顧道士の夷夏論を駁す」）であって、在世間の敬愛には限りがあるけれども、出世間の「修行得道」は「上は歴劫親属に逮《およ》び、下は一切蒼生に至る。斯の孝慈の弘大なるが若きんば、愚瞽の測る所には非ざる」（同上）敬愛をもたらすというのである。「世間の　すべなきものは　年月は　流るるごとし」（「哀世間難住歌」）であり、「行くへ知ら」ぬ輪廻の中にすえてみると、世間の敬孝や情愛などは軽塵のようなものに過ぎず、上は父母を越えて累劫の親族を供養し、下は妻子のみならず一切万民を慈しむに至る「修行得道」こそが、敬愛の最たるものではなかろうか。倍俗先生という〈わたし〉は、憶良にそう答えるだろう。

　しかし倍俗先生が「身体は猶し塵俗《ちんぞく》の中《うち》にあ」るのは事実であり、この大地は「天雲の　向伏す極み　たにぐくのさ渡る極み　（大君の）聞《き》こし食《を》す　国のまほら」なのである。この王土で「汝がまにまに」してよいはずはない。憶良のうったえるところは、広義的にみると「君は臣の綱たり」という教導の台詞だろうか。こうした憶良の口吻に似た内容を口にする者が別にいる。

　国に入りては、国を破る者にして、誑言偽を説き、興造費無く、百姓を苦剋して、国をして空しく、民をして窮せしむ。国を助けずんば、生人滅損せん。況や人蚕せずして衣《き》、田せずして食はば、国滅し人絶たん。此れに由りて失と為す。日用損費、繊毫の益無し。

右は「滅惑論」（劉勰）引用の「三破論」の一部である。これを著した某氏は、人が養蚕をせずに衣類を求め田を耕すこともなく食らうこと、つまり「業《なり》」（生業）である農桑なしに生きていく果ては、亡国と人そのものの滅びにつながると述べている。ましてや、ここは王土であって、「汝がまにまに」ふるまってよいはずはない。

倍俗先生は再び語るだろう。「夫れ弘道は之れ益世なり。物日に用ふる有れども而も知られず……誠に目前考課の功無けれども、名教の外、実に冥益有り……周孔の教は、理は形器に尽き、至法の極は神明を兼練す」（道恒「釈駁論」）と。そしてまた語るだろう。「能く溺俗を沈流より拯《すく》ひ、幽根を重劫より抜き、遠く三乗の津を通じ、広く天人の路を開く。……亦已に皇極に協契し、生民を在宥す。是の故に、内、天属の重きに乖きて、而も其の孝に違はず。外、奉主の恭を闕《か》きて、而も其の敬を失はず」（慧遠「沙門王者を敬せざるの論」）。はっきりと目で確かめられるような功績はないが、周孔の教えはその道理が外形的なものに尽きており、その道理ではけっして至りつき得ぬ場所で、大いに益するものが実際にある。輪廻し流転して沈淪する惑溺から数多を拯《すく》いあげ、過去世からの宿業を絶たしめて、遠く三乗による救いの道を開くことができるからである。「修行得道」の恩沢は、家族など周辺はいうまでもなく天涯までも及ぼうから、「（大君の）聞こし食す」治政の根本の道と究極では一致するだろう。だから、形のうえで父母の恩愛にそむいても不孝にはならないし、「大君」に対する恭敬を欠いても、不敬にはあたらない。家族への敬愛はこの世間にかぎった貪愛《とんあい》であり、王土における従順も世間にかぎったものにすぎず、「修行得道」が世間を越えた地平にむかって尋求する徳行である。憶良が倍俗先生の「意気」に対して「惑ひ」ときめつける行為こそ、実は逆に「惑ひ」にあたるだろうと語るのである。沈黙しているシテ（倍俗先生）が語るとすれば、憶良の側の〈情〉こそ、問い糾されなければならないことになろう。考えてみると、「国のまほら」が〈苦〉の充ち満ちた暗澹たるところであってよいはずはないではないか。この矛盾を憶良が意識し抱え込んでいるかぎり、倍俗先生への弁が教導のちからをもつことはありえない。ひとを規矩準縄でただそうとする儒教のあり方をはるかに超えたところから、倍俗先生はこの〈苦〉の世間を凝視し続けているからである。

反歌に、

ひさかたの天路《あまぢ》は遠しなほなほに家に帰りて業《なり》をしまさに　（5・八〇一）

とうたっている。この「なほなほに」は「あらがわずに」とも「おとなしく」とも解されている。つまり、憶良は倍俗先生の自生的な〈情〉にうったえるのであって、世間の〈ことわり〉による説諭ではない。しかしこの〈情〉こそが、実は「哀世間難住歌」の序でいう八大辛苦のひとつ、五陰盛《ごおんじょう》苦に他ならないのを、すでに自覚していたはずである。そうした憶良に、倍俗先生は「修行得道」によって「慈親の重恩を割き、房櫳の歓愛を棄て……十力《じふりき》を勤求《ごんぐ》し、無上に超登」し、そして「蒼生を万劫に済ふ」(「釈三破論」釈僧順)と語るだろう。倍俗先生の前に、「ひさかたの天路は遠」くはない。

このようにみると世間と出世間と、ふたつの次元を異にした〈ことわり〉の対峙のなかで、自ずから憶良の弁は閉塞を強いられることになるだろう。逼塞しようとする現実、だからこそ憶良は、常凡な世間のしがらみに絡めとられながらも〈いのち〉を生きていく〈わたし〉、大地に立っている〈わたし〉の眼差しを信頼しようとする。「見れば」尊い、「見れば」「めぐし愛し」い家族が見えるではないかと。〈見る〉というはっきりと確かめられる所為、この〈わたし〉をけっして離れることのない所為からの確信を、である。倍俗先生という人物が絶えず語りかけてくる厭離世間のことばを耳底にし、その対話のうちから憶良の詩心は揺らぎたってくるのである。

三

〈わたし〉の〈いのち〉が失われたその後も、現世には〈わたし〉でありながら〈わたし〉でない者が生きていく。歳月を重ね世代を重ねて生き継がれていく〈わたし〉、〈わたし〉という身がある(あった)がゆえに、ここから生じ世間に生み落とされた者、それが〈こども〉という存在だろう。「思子等歌」では、このような〈こども〉をうたう。

序文において「至極の大聖すらに、尚し子を愛しびたまふ心あり。況や世間の蒼生、誰か子を愛しびざらめや」と綴る。この表現は、しばしば指摘されているように、一瞥すると詭弁とも論理のすりかえとも見える。同じ序文の「衆生を等しく思ふこと、羅睺羅の如し」とは、『涅槃経』（寿命品）に見える「衆生を憐愍《れんみん》し、衆生を覆護《ふご》し、等しく衆生を視たまふこと、羅睺羅の如し」に出典を求めたものであり（注9）、これは衆生に対する法愛の極致（慈悲）を父母の愛をもって譬えたのだから、羅睺羅を愛するというのは方便にすぎない。したがって、釈迦が〈こども〉を愛したとするのでは、もっとも初歩的な教理の誤謬を犯していることになるだろう。だが、憶良が絶えず見つめていた世間の側に注目してみると、やはり論理のすりかえをしたのでも、歪曲したのでもなかったようである。釈迦もまた、父母の和合によって太子として生まれ、嫁した妻を愛し、紛れもなく羅睺羅を愛児として慈しんだのであった（注10）。

そうであれば大聖釈尊は、淫欲和合と子への愛欲に沈淪する蒼生と、何も異なるところはない。同『涅槃経』（如来性品）で、大迦葉が次のように問うのは、如来の最も信任を得、入滅の後に遺法を継ぎ三蔵の結集をなした上首ともいわれる立場からの真摯な発問だけに、われわれの胸をうつ。

　仏の言《みこと》に曰へるが如し、「我已に久しく煩悩の大海《だいかい》を度す」と。若《も》し仏、已に煩悩の海を度しなば、何に縁りてか、復《また》耶輸陀羅《やしゅだら》と共に羅睺羅を生ずる。是の因縁を以て、当に知るべし、如来の未だ煩悩諸結の大海を度したまはざるを。唯願はくは如来、其の因縁を説きたまへ。　（如来性品）

仏陀がもし父母の愛欲和合によって生まれ、家族を棄てて苦行し大悟したのではなく、無量劫の彼方にあって煩悩の大海を度していたというのなら、羅睺羅を生ましめたのはおかしいではないか、いやそればかりか、父母の間に生まれ嬰児として慈しまれた以降の、あなたの生涯の出来事のことごとくが不合理ではないか……。これが迦葉の問うところである。ところが釈迦は次のように説いている。いまは羅睺羅に関わる部分だけを引用しよう。

　世間の法に随順《ずゐじゅん》せんと欲するが為の故に、是の如きの相を示すなり……我、久しく世間の淫欲を離る。……羅睺羅は、是仏の子と言ふべからず、何を以ての故に。我往昔《わうしゃく》、無量劫の中に於いて、已に欲有を離る。是の故に如来を名けて、常住にして変易《へんやく》有ること無しと曰ふ。

前後の文脈をおぎないかいつまんで言えば、釈迦は羅睺羅を生ましめたことを否定せず、ただ如来常住を衆多に説くための方便として、「世間法」（世法）に随順してなしたひとつの仮の事象であるという。羅睺羅を〈こども〉としたことばかりではない。父母の間に生誕したのも、妻帯したのも、菩提樹の下で苦行したのも、いま涅槃に入ろうとしているのさえ、すべてが神通変化の一示現として見せているものであって、「世間法」に随順した仮の事象に過ぎないというのである。如来常住という境地は、すでに「煩悩の大海を度した」彼岸であり、〈こども〉の出現は蒼生を度脱せんがための方便であり示現。けれども、憶良は考えたであろう。たとえそれが神通変化による方便にしても、この世間、なにより〈わたし〉の生きている、この世間の限りにおいてみるなら、釈迦もまた女人を愛し羅睺羅をもうけて慈しんだことにかわりはなく、在世間の愛執のかたちとして〈こども〉羅睺羅を生ましめ、そして愛したことに何の偽りがあろう。ましてや、苦海に浮き沈みしている世間の蒼生で、〈こども〉を愛さない者があろうか、と。

　いくたびも輪廻をくりかえし、今生にまた〈生〉をうけた〈わたし〉に、その輪廻と絡むように生まれてきたこの〈こども〉は、いったい何処から来たのだろう。このような果てしないふたつの輪廻の糸の縺《もつ》れを、憶良は長歌で「いづくより　来たりしものそ」とうたっている。それは家族という宿縁へのまなざしと解してよいだろう。瓜を食うと〈こども〉を思い、栗を食うとなおさらに〈こども〉を思うという。〈食う〉という行為は、蒼生にとって生理欲に根ざす行為であって、おおよそ見ていて美しいものでも、愛しさを覚えるものでもない。憶良はこうした生理欲にことよせつつ、〈こども〉を歌の中に呼び起こしている。そして、それればかりではない。別稿で述べたように、この瓜や栗がこどもが嗜好するものであるという従来の解釈は、じゅうぶんではない。瓜と栗は宜子祥の習俗から歌に取り込まれたものだったようで、親と子との重なる輪廻の始発、つまり受胎と誕生の風景をありありと呼び起こすものであった（注11）。〈こども〉は愛欲の彼岸からやってくるのである。

　それにしても、寝ようとする憶良に〈こども〉が面影としてちらつくのを、「まなかひに　もとなかかり」るというが、どのような状態なのだろうか。『集』では「面影にして見ゆ」（笠女郎、3・三九六）、「面影に見えつつ」（大伴家持、8・一六三〇）、「面影にもとな見えつつ」（坂上郎女、19・四二二〇）なども、想い人がうたい手の前にたち現れる（笠女郎の場合は面影にすら家持が現れないという恨み歌だが）のをうたっている。とはいえ、憶良の表現はこのような歌とはすこし隔たりがある。坂上郎女も「もとな」（いたずらに、やたらに）とうたうが、やはり「見えつつ」で承けている。ところが、憶良にとって〈こども〉の面影は、見えるのではなく「かかる」という。それは神の憑依などとひとしく、〈わたし〉の意思の如何《いかん》によらないのであり、夜となく昼となく依り憑いてくる。しかも、最も刺戟を嫌う「まなかひ」にたち現れてくるのである。この「かかる」が、第一作の「かからはし」と同じ始原をもつことばであることに、留意しておいてよいだろう。

　銀も金も玉もなにせむに勝れる宝子に及《し》かめやも　（5・八〇三）

長歌では、「思ほゆ」「偲《しぬ》はゆ」などの自発表現や「安眠しなさぬ」といった被使役の表現、それに〈こども〉を主体とする「来たりし」「まなかひにかか」るといった表現をとって、〈こども〉という存在を前にする親など、所詮は受け身でしかあり得ないことをうたっている。しかしながら、反歌では一転して「なにせむ」「及かめやも」と、親の確かな意思を間投詞をともないながらうたっていて、それはまるで世間にある〈わたし〉の意思の確たる表明のようにも読める。とはいえ、あり余る金・銀・宝玉を持つ者ならともかくも、逆にこうした財と無縁の衆庶にしてみると、これはいささか大仰な対比表現であって、その大仰さゆえに歌は可笑性をはらみ、読み手の破顔をさそいさえする。そうした意味では、かつて『私注』がポスター用の作としたのも、ゆえなしとはいえまい。金にも銀にも縁がなく、ただあるとすれば愛欲和合の結果として生じた〈こども〉のみ。そして、その存在の摩訶不思議。井村氏によれば、こうした歌々は琴歌として奏でられうたわれたものであるという（注12）。もしそうなら、因果によって生まれ落ちてきた〈こども〉との一期一会の縺《もつ》れ・家族との一期一会の縺れを噛みしめるような詠嘆と哀韻とが、意外に明るい琴瑟のしらべの深奥に、響いていたのではないか。

四

「娘子《をとめ》らが　娘子さびすと　韓玉《からたま》を　手本《たもと》に巻《ま》かし」の表現は、『琴歌譜』（短埴安振《みじかはにやすぶり》）や『本朝月令』（五節舞）に類似表現を求めることができるが、おそらくは「哀世間難住歌」の成立した頃に喧伝されていた歌謡であろう。娘子たちは舶来の腕輪をして「よち子らと　手携はりて　遊」ぶという。時の盛りに女同士で群れつつ遊び、時の盛りを浮遊する。これに呼応するように、憶良は「ますらをの　男さびすと　剣大刀　腰に取り佩《は》き……遊びあるきし」を一対の表現として用意している。時の盛り人は〈遊び〉暮らすことによって盛り人であった。しかし、それぞれの時の盛りは「蜷《みな》の腸《わた》　か黒き髪に　何時《いつ》の間《ま》か　霜の降りけむ　紅《くれなゐ》の　面《おもて》の上に　いづくゆか　皺が来りし」「人に厭はえ……人に憎まえ」といった老醜によって、ことごとく塗り潰されていく。歌の主題が無常であるというのはしばしば説かれるとおりだが、この主題のみ顕在させるものなら、冒頭の「世間の　すべなきものは　年月は　流るるごとし　とり続き　追ひ来るものは　百種《ももくさ》に　せめ寄り来る」と末尾の「たまきはる　命惜しけど　せむすべもなし」のみで、じゅうぶんこと足りるだろう。そうでなく、時の盛りをうたいあげていったのは、「何時の間か」「いづくゆか」依り憑いてくる〈老い〉と呼ばれるものの不思議さ、その実感があったからに他ならない。〈老い〉が依り憑いてくるのは、〈情〉（渇愛）をいだくがゆえにたち現れる〈こども〉の面影に似て、それ自体がなにより〈生〉の証しでもあった。

世間と〈わたし〉をみつめ、〈わたし〉との縺れによって生じたもうひとつの世代（こども）をみつめ、そして生きているがゆえに〈老い〉、生まれやがて老い衰えていくがゆえに実は〈生きている〉ともいえる〈わたし〉、かかえ込むこの解決のない矛盾律をみつめながら、憶良は三部作の「撰定」に着手したのだろう。その営為のうちで、神亀五年七月の今まさに生きている憶良という〈わたし〉、前世、前々世いやそれ以前からの輪廻によって形《からだ》と神《こころ》を得て生きている〈わたし〉という存在を、憶良は確かなものとして感じていたように思われる。第三作の反歌「……かくしもがも」の「かく」（「し」）は強調）を、憶良は具体的にうたおうとはしていないが、たんなる嗟嘆であったはずはない。ここには頑なといえるほどの〈生〉への意思があったように思われる。

〈注〉

（1）中西進「嘉摩三部作」（河出書房新社、『山上憶良』、一九七三年）

（2）村山出「惑情を反さしむる歌」（有斐閣、『万葉集を学ぶ』第4集、一九七八年）、他。

（3）稲岡耕二「巻五の論」（塙書房、『万葉表記論』、一九七六年）

(4) 林田正男「世間の住み難きことを哀しぶる歌」注(2)と同書。
(5) 井村哲夫「倭文手纏の歌」(桜楓社、『憶良と虫麻呂』、一九七三年)
(6) 拙稿「病との対峙——『沈痾自哀文』論Ⅱ」(『福岡女学院大学紀要』第2号)で述べた。
(7) 村山、注(2)の論に同じ。
(8) 拙稿「惑情の理——六朝仏教と山上憶良」(『国語と国文学』昭和61年11月号)で詳しく述べた。以下、引用は『国訳一』(護教部)による。
(9) 井村「思子等歌の論」注(5)と同書、あるいは『全注』(巻五)当該歌「考」。
(10) このあたりは拙稿「渇愛——憶良『思子等歌一首并序』について」(『文学・語学』第108号)参照。引用は、『国訳一』(印度撰述部)による。
(11) 拙稿「『子等を思ふ歌』と宣子祥」(『上代文学』第67号)
(12) 井村哲夫「歌儛駱驛」(和泉書院、『赤ら小船』、一九八六年)

筑前志賀白水郎歌

渡瀬昌忠

一　題詞と左注

万葉集巻十六は、その現存最古の写本「尼崎本」によると、「有㆓由縁㆒并雑歌」（由縁ある、并せて雑歌）と題されており、その「雑歌」（注1）の部の、地方民謡を集めたところに、九州地方（西海道）の最初として、

筑前国志賀白水郎歌十首　（16・三八六〇〜六九）

がある。「筑前の国の志賀《しか》の海人《あま》が謡っている歌十首」の意である（注2）。その次の題詞「豊前国白水郎歌一首」（三八七六）「豊後国白水郎歌一首」（三八七七）の「白水郎歌」が「海人が謡っている歌」の意であるのと同じなのである。

ただし、右の十首には、次の左注がある。もと漢文であるが書き下し文で示す。

㈠　右は、神亀年中に、大宰府、筑前の国宗像《むなかた》の郡の百姓、宗形部《ノ》津麻呂を差《さ》して、対馬《つしま》に粮《かて》を送る舶《ふね》の柁師《かぢとり》に宛《あ》つ。

㈡　時に、津麻呂、滓屋《かすや》の郡志賀の村の白水郎《あま》荒雄が許《もと》に詣《いた》りて、語りて曰はく、「僕《あれ》小事有り、若疑《けだし》許さじか」といふ。荒雄答へて曰はく、「走《われ》、郡を異にすれども、船を同じくすること日久し。志《こころざし》は、兄弟《はらから》よりも篤《あつ》く、死に殉《したが》ふにあり。豈《あに》また辞《いな》びめや」といふ。津麻呂曰はく、「府官《つかさ》、僕《あれ》を差して、対馬に粮を送る船の柁師に宛てしも、容歯衰へ老いて、海路に堪《あ》へず。故《ことさら》に来りて祇候す。願はくは相替ることを垂れよ」といふ。

㈢　ここに、荒雄、許諾《うべな》ひて、遂にその事に従ひ、肥前の国松浦の県の美禰良久《みねらく》の埼より舶《ふね》を発《い》だし、直《ただ》に対馬を

さして海を渡る。登時《すなはち》、忽《たちま》ちに天暗冥《くら》く、暴風は雨を交《まじ》へ、竟《つひ》に順風無く、海中に沈み没《い》りぬ。

㈣　これによりて、妻子《めこら》等、犢《うしのこ》の慕《した》ひに勝《あ》へずして、この歌を裁作《つく》る。或は云はく、筑前の国の守《かみ》山上憶良臣《ノ》、妻子が傷《いた》みを悲感《かなし》び、志を述べて此の歌を作るといふ。

これは、十首の作品の背景を万葉集自身が語る文章であるから、右の題詞とともに、注意深く読む必要がある。全体は㈠㈡㈢㈣四段落から成る。㈠は、神亀年中（七二四〜七二八）に、大宰府が、筑前の宗像郡の住人、宗形部津麻呂を対馬への送粮船の船頭に指名した、という公的事実を述べる。㈡は、その津麻呂が、「府官《つかさ》」の指名した対馬送粮船の船長の任務を、老衰で果たせないので、私的に替わってくれるよう、西隣の滓屋郡の志賀島《しかのしま》（福岡市東区）の海人の荒雄に依頼した様子を直接話法を用いて表現する。その中で、荒雄は津麻呂に対して、住む郡は異なっても同じ船に乗って久しく働いてきた仲だから、志は兄弟以上に篤く殉死もいとわない、どんな願いでも聞き入れよう、と言ったことを述べる。荒雄は自ら進んで友情に殉じようとするのである。㈢は、荒雄が、津麻呂の願いを許諾し、肥前の松浦のミネラクの崎（長崎県南松浦郡福江島の三井楽《みいらく》町）から発船し、暴風雨にあって沈没した（遺体は発見されていない）ことを述べる。㈣は、そこで、残された妻子らが、荒雄を慕ってこの歌を作った、あるいは、筑前の国守の山上憶良さんが、妻子の悲しみに同情してこの歌を作られたとも言う、と結ぶ。

各段落の主語は、㈠大宰府、㈡津麻呂、㈢荒雄、㈣妻子ら（あるいは憶良）と明確に転じ、内容も、㈠公的事実、㈡私的事情、㈢遭難事故、㈣作歌者を述べる。このような左注の四段構成は、万葉集中の天平初期の大宰府関係の歌の記録にいくつか見られ、諸国の風土記などの地名起源説話にも見えて、土着の語りの型《パターン》を骨組みとしてもっとともに、その文学的な潤色から見て、天平の初めころの大宰府関係者の手が加わっていると考えられる（注3）。㈠段落の「百姓」の語は、万葉集では他に家持歌の題詞中に一例（18・四一二二題）のみだが、諸国の風土記には多く、たとえば豊後国風土記の海部郡に「此の郡の百姓は、みな、海辺の白水郎なり」のように用いられる。また㈣段落の最後に「或云」と付記された作者異伝の、氏名の後に「臣」と記す敬称は憶良以外の官人（万葉集編纂にかかわった者か）の筆であることを示すが、「筑前国守山上憶良」は神亀五年および天平三年の憶良の自署にのみ見えるもので、そのころの憶良の自署を基に書かれた可能性はある（注4）。左注の筆者は憶良・家持に近い大宰府関係者であろう。歌そのものは、内容から見ても、最終的に憶良の手に成るものであり、歌の背景となった事件は、左注にしるされたとおりだったのであろう。

㈠㈡㈢にしるされた神亀年中の対馬への送粮船の遭難は、神亀元年（七二四）のことであったと推定されている（注5）。異論もあるが（注6）、天平二年（七三〇）・三年のころ筑前の国守であった山上憶良にとって、六、七年前のこの遭難事件は当国の現在に続く重大な関心事として想起されたはずである。憶良は左注にしるされたとおりの管轄下の荒雄の遭難事件を知っており、その荒雄に残された妻子らの立場に立って、海人たちに謡われるように作歌したものと思われる。

なお、三代実録の貞観十八年（八七六）正月の条に、香椎廟宮で毎年春・秋の祭日に「志賀嶋白水郎」の男女十人ずつが「風俗楽」を奏したことが見え、その衣装が宝亀十一年（七八〇）に造られたものとされていて、奈良時代に志賀の海人の風俗楽が香椎廟宮の祭日に奏せられた事実がある。その香椎廟宮は神亀元年（七二四）造営と伝えられ、神功皇后を祭神とし、万葉集によれば神亀五年（七二八）十一月に、大伴旅人ら大宰府の官人等によって「奉拝」された（6・九五七〜五九）。

香椎廟宮の祭祀には、その祭神神功皇后の新羅征討に志賀の海神が神功皇后の御船の「挾杪《かぢとり》」（船頭）となり、また志賀の海人の名草《なぐさ》という者が活躍したという内容の神話・伝説や歌謡が志賀白水郎の風俗楽として実修・上演されたのであろう（注7）。それは志賀白水郎集団の伝承する、朝廷に対する公的で積極的で祝福されるべき貢献を語る風俗楽であったろう。しかし、その内容は残念ながら文献に残っていない。

その志賀の白水郎（海人）たちが謡っている歌々——「大君の遠の朝廷」にとっては、いわば負《マイナス》の、私的で消極的で悲しむべき、志賀の海人の荒雄という船頭の遭難物語と残された妻子らの立場の歌々が、万葉集の「志賀白水郎歌十首」であり、その制作に直接かかわったのが、志賀の海人の風俗楽演奏にも、その生活にも、直接の責任をもっていた筑前の国守、山上憶良だったのである。そして、万葉集は、いわゆる「十五巻本」の付録の付録たる「雑歌」（注8）に、その「十首」を、かろうじて記しとどめてくれたのである。以下にその内容を見ていこう。

二　最初の四首（A群）

十首の歌の最初は、現万葉集巻十六諸本の本文では、次のように並んでいる。

(1)大君の遣《つかは》さなくに情進《さかしら》に行きし荒雄ら沖に袖振る　（16・三八六〇）
(2)荒雄らを来むか来じかと飯《いひ》盛りて門《かど》に出で立ち待てど来まさず　（16・三八六一）
(3)志賀《しか》の山いたくな伐《き》りそ荒雄らがよすかの山と見つつ偲《しの》はむ　（16・三八六二）
(4)荒雄らが行きにし日より志賀の海人《あま》の大浦田沼《たぬ》はさぶしくもあるか　（16・三八六三）

右の四首に続く(5)（三八六四）と(6)（三八六五）とは、(1)と(2)との変奏曲ともいうべき歌い替えだから、ひとまず右の四首（A群）で区切れる形になっている。

(1)の「大君の遣さなくに情進に行きし荒雄ら」とは、左注㈠㈡㈢に述べられているところで、大宰府から自分が指名されたわけではないのに、同じ船に乗って働いた者同士の友情に基づいて自発的に、対馬への送粮船の船頭の任務を引き受けて、島を漕ぎ出して行った荒雄をいう。これは客観的で公的な物言いではあるが、一首には、その荒雄を見送った者の思いもこめられている（注9）。大宰府の「府官」の指名ではないのに、ということを「大君の遣さなくに」というのは、大宰府は「大君の遠の朝廷」（3・三〇四、人麻呂。5・七九四、憶良）だからであった。これは官人のことばでもありうるが、荒雄を見送った志賀の海人自身のことばでないとも言えない。なぜなら、東国の防人たちが、

大君の命恐みうつくしけ真子が手離《はな》り島伝ひ行く　（20・四四一四、武蔵国秩父郡の大伴小歳）

と歌う、ちょうどそのように、大宰府の官命によったのならば、志賀の海人たちも「大君の命《みこと》恐《かしこ》み行きし荒雄ら」と言ったはずだったからである。そして、もし荒雄が「大君の命恐み行」ったのであったら、「死にも生きも君がまにまと思ひつつ」ある女性が、

……大君の命恐み　天離る夷《ひな》治めにと　朝鳥の朝立ちしつつ　群鳥の群立ち行かば　留り居て吾れは恋ひむな　見ず久にあらば　（9・一七八五、神亀五年八月、金村之歌中出）

と歌うように、荒雄の妻も、やむをえず、「恋ひ」こがれつつも夫の無事の帰還を待つほかはなかったであろう。だが、そうではなく「大君の遣さなくに情進に行きし荒雄ら」であったゆえに、残された者たちの思いは単純ではない。

(1)の結句の「沖に袖振る」は、「漕ぎ出していった荒雄が沖で別れの袖振りをしている（いた）」の意である。

難波の大伴の御津から船出した防人たちも次のように歌う。

白波の寄そる浜辺に別れなばいともすべなみ八たび袖振る　（20・四三七九、下野国足利郡の上丁、大舎人部祢麻呂）

難波門《と》を漕ぎ出《で》て見れば神さぶる生駒高嶺に雲ぞたなびく　（四三八〇、梁田郡の上丁、大田部三成）

船出をした「白波の寄そる浜辺に」対して、「別れ」をしてしまうまでは、くり返し「袖振る」のであり、船出した陸地のシンボルである「生駒高嶺」を「見」続けようとする。その「生駒高嶺」を見納める時が、最後の「別れ」なのである。

大和を家郷とする柿本人麻呂は、難波津を出て、明石海峡での「別れ」を思いやり、

ともしびの明石大門に入らむ日や漕ぎ別れなむ家のあたり見ず　（3・二五四）

と歌う。「明石大門」で「別れ」をする日までは、おそらく「八たび袖振」りつつ、「家のあたり」を見続ける。しかし、その最後の「別れ」を終えてしまうと、生駒・葛城の連峰は見えなくなる。だから人麻呂は、西下しつつ、

名ぐはしき稲見の海の沖つ波千重に隠りぬ大和島根は　（3・三〇三）

と嘆き、また東上して明石海峡まで来ては、

天離る夷《ひな》の長道ゆ恋ひ来れば明石の門《と》より大和島見ゆ　（3・二五五）

と、葛城・生駒の連峰を見て無事の帰還を実感する。「一本」の異伝に「家門のあたり見ゆ」とあるのは、「大和島」が家郷のシンボルだったからである。

左注(三)によると、志賀島の荒雄は、ひとまず西方の肥前の国、五島列島の南端福江島のミネラクの崎へ向かって出発した（注10）。そして、荒雄は家郷の志賀島（そこに住む妻子や仲間の海人たち）に向かって「沖」で「袖振」りつつ、西へ漕ぎ出して行き、「志賀の山」を見納める瀬戸で最後の別れをしたのであろう。(1)の歌の「沖に袖振る」は、そのさまを歌うのである。この「沖」を「他界」と解するのはよろしくない。右にあげた人麻呂の「沖つ波」（3・三〇三）

の「沖」である。だから後⑸には「波に袖振る」ともなりうるのである。また、結びの動詞の基本形「振る」は、現在、荒雄が袖を振っている、というだけではなく、過去に袖を振っていたさまでもあり、これからもそれが見え続ける、というのであろう。⑴の歌は、客観的に荒雄の出発を叙事しつつ、そのようにして「行きし荒雄ら」に対する、残された者たちの複雑でやり場のない無念な思いと思慕とをこめて表現しているのである。

⑵の歌は、⑴の「沖に袖振」りつつ「行きし荒雄ら」を受けて、その「荒雄らを来むか来じかと飯盛りて門に出で立ち待」つ妻を描写しつつ、「待てど来まさず」と夫の帰りを待ちわびる妻の思いを抒情して結ぶ。旅に出た夫が「別れ」の「袖振」りをするのは、妻のいる「門」に向かってであった（2・一三一～三四など）。そして、やむをえぬ舟旅に「行く」夫が帰って「来」るのを妻は「待つ」。天平八年（七三六）の遣新羅使は、

大君の命恐み大船の行きのまにまに宿りするかも（15・三六四四、雪宅麻呂）

吾妹子《わぎもこ》は早も来ぬかと待つらむを沖にや住まむ家つかずして（15・三六四五）

と歌い交わしている。「行きし」荒雄の場合は「大君の命恐み」ではなく「大君の遣さなくに情進に」であったが、それゆえに、妻の「待てど来まさず」の嘆きはいっそう複雑で深いのである。

なお、「待てど来まさず（ぬ）」の句は、死者に対する挽歌にも（3・四一八）、生者を待つ恋歌にも（13・三二七七、三二八〇、三二八一）用いられるから、この歌を葬送の歌と断ずることはできない。「飯盛りて」も、葬送または魂祭りの儀礼とも、生者の帰還を祈願する呪術とも解されるから、この歌を葬礼歌と決めつけることはできないのである。

⑴⑵の二首は、このように対応する一組のやりとりの歌であった。⑶は、⑵に続けて、⑴に対応するように歌い継がれた、待つ者の側の新たな一首である。難波津から西下して行く人麻呂や防人たちの見納めて行った「大和島」「生駒高嶺」が彼らの帰還する時にも最初に見る山であったように、⑴の「沖に袖振」りつつ行った荒雄が見納めたはずの「志賀の山」は、彼が帰還する時にも最初に見るはずの山であった。その荒雄を見送り待つ者（妻）にとって、その山々はまさに「荒雄らがよすかの山」にほかならない。

⑶は、生者にも死者にも、離別している者に思いをはせ、偲ぶ表現の、次のような類型を踏まえて作られている。

池の辺の小槻が下の細竹《しの》な苅りそね　それをだに君が形見に見つつ偲はむ

（7・一二七六、人麻呂歌集非略体旋頭歌、二十三首中の第五首）

高円の野辺の秋芽子《はぎ》な散りそね君が形見に見つつ偲《しぬ》はむ

（2・二三三、霊亀元年九月、志貴親王薨時作歌「或本歌」二首中の第一首）

右の二首の結句「見つつ偲はむ」の「偲ふ」対象は、いずれも「君」と呼ばれる男性であり、この場合「形見」はほとんど「よすか」に等しい（どちらも死者にも生者にも用いる）。そして、いずれも他者への禁止の表現を前半に伴っている点において共通し、共に(3)の歌に通じつつ(3)に先立つ。やや遅れては、狭野弟上娘子の「右四首、娘子臨レ別作歌」と題する四首中の第三首に、

わが背子しけだし罷らば白妙の袖を振らさね見つつ偲はむ

（15・三七二五）

があって、配流されて「道の長手」を「行く」（三七二四）男性の「袖振り」と女性の「見つつ偲はむ」の思いとが直結されていて、(1)の「行」く荒雄の「袖振る」を受けた(3)の「見つつ偲はむ」が残された女性（妻）の立場のものであることを傍証する。

(4)は、(2)「待てど来まさず」(3)「見つつ偲はむ」と歌う妻の立場の歌二首を経て、(1)の「行きし荒雄ら」の時点にさかのぼり、「荒雄らが行きにし日より」と回想する。そして、それ以来、荒雄のいない「志賀の海人の」住む「大浦田沼」は、と客観的に地名（小字名）をあげて海人の集落を提示し、大きく「さぶしくもあるか」と詠嘆する。これは単に荒雄の妻のみの立場ではない。「志賀の海人」以外の第三者の目を通しつつ、しかも志賀の海人の生活集団内部の、荒雄に残された者全体としてのさびしさを詠じている。(2)「待てど来まさず」や(3)「見つつ偲はむ」と同様に、(4)の「さぶし」の語も、死者にも（5・七九五、憶良）、生者にも（5・八七八、憶良）用いるから、(1)〜(4)は、生死を直接には限定せぬ、帰らぬ荒雄への思いの表現なのである。

しかも、(1)(2)(3)(4)の四首（A群）はすべて「荒雄ら」の語を有している。(2)(3)は妻の立場の歌ではあるが、それさえ、夫を対称で「わが背子」とも「君」とも呼ばず、客観的に「荒雄ら」という。それは、左注にしるされたような志賀

の海人の荒雄の発船遭難事件を題材とし、「行きし」荒雄に残された者たちの「待ち」「偲ひ」「寂し」む嘆きを第三者が表現したものだからである。

三　尼崎本朱注或本の四首（B群）

尼崎本の⑶の朱書頭注に「本に云はく、或本、已下三首上に在り云云といふ」とあり、⑶の歌を⑹の歌の次に移す記号がしるされている。これによれば、尼崎本の書写された時、そのもとの本に、「或本」では⑷⑸⑹⑶の順に並んでいることが示されていた（注11）。尼崎本の書写者自身が直接「或本」を見て注しているわけではなく、その「或本」がいかなる書物であったかは、今日知る由もない。が、尼崎本の書写されるよりも以前に存在した古い書物に、⑷⑸⑹⑶の順に並んだ四首（⑴⑵の二首および⑺以下の四首は尼崎本本文および諸本と同じであったか）が存在したことだけは確実である。それは次の四首（B群）である。⑷⑶はA群と重複するので④③で示す。

④荒雄らが行きにし日より志賀の海人《あま》の大浦田沼《たぬ》はさぶしくもあるか　（16・三八六三）
⑸官《つかさ》こそさしても遣《や》らめ情出《さかしら》に行きし荒雄ら波に袖振る　（16・三八六四）
⑹荒雄らは妻子《めこ》が産業《なり》をば思はずろ年の八歳《やとせ》を待てど来まさず　（16・三八六五）
③志賀の山いたくな伐りそ荒雄らがよすかの山と見つつ偲はむ　（16・三八六二）

A群の第四首⑷が、そのままB群の第一首④となる。A群の終曲がB群の序曲となるのである。したがってB群の現時点は、A群の終わった時点から始まり、それ以後となる。④はB群の第一首として客観的な叙述で歌い始める。続く⑸⑹は、A群⑴⑵の変奏曲である。第二首⑸は、④の「荒雄らが行きにし日」の時点にさかのぼって、荒雄の出発の事情を述べるが、左注の㈠に「大宰府」「津麻呂を差して」とあり、㈡に「府官、僕を差して」云々とあった事実に即するように、「官こそさしても遣らめ（ど）情出に行きし荒雄ら」と、理知的・具体的に叙述し、「波に袖振る」と過去の「沖」での別れの袖振りを視覚的に回想する。「沖つ波」（3・三〇三など）による連想であろう。第三首⑹は「荒雄らは妻子が産業をば思はずろ」と訴える。それは妻子の立場に立っての訴えではあるが、第三者による表現である。「荒雄らは妻子が」は全き客観であり、「産業《なり》」は憶良の用語（5・八〇一）である。そして「年の八歳を待てど来まさず」と長い年月の経過を嘆く。「八歳」は実数ではないにしても、それに近い多年である。

第四首③はA群の第三首⑶の再利用である。B群の第一首④の「荒雄らが行きにし日より」の「志賀の海人」の「さぶし」さに始まり第三首⑹の「年の八歳を待てど来まさず」という妻子の嘆きに終わる三首を受けて、長い歳月を待ち続けた者たちが、もはや待つことの空しさを感じつつも、荒雄が見つつ行き、帰って来る時にはまず見るはずの「志賀の山」を、将来にわたって「見つつ」荒雄を「偲はむ」と誓って締めくくる。

この「見つつ偲はむ」の句については、「万葉集において終末歌に用いられる傾向を強くもっていた」と言われている（注12）。常にそうであるわけでは決してないが、その傾向を否定することはできない。少なくともB群において③の「見つつ偲はむ」は終末歌なのである。

人麻呂の「死時」の「妻依羅娘子作歌二首」に、

今日今日と吾が待つ君は石川の貝に交りてありと言はずやも　（2・二二四）
直《ただ》のあひはあひかつましじ石川に雲立ち渡れ見つつ偲はむ　（2・二二五）

とあるのは、第一首に「今日今日と吾が待つ君」の帰らぬことを歌ったのを受けて、第二首を「見つつ偲はむ」と結ぶ点において、B群の第三首⑹に「年の八年を待てど来まさず」と荒雄の帰らぬことを歌ったのを受けて、第四首③を「見つつ偲はむ」と結ぶのと共通する。また、巻十「冬相聞」冒頭の人麻呂歌集略体歌の二首が、

降る雪の虚空《そら》に消《け》ぬべく恋ふれどもあふよし無しに月ぞ経にける　（10・二三三三）
あわ雪は千重に降り敷け恋ひしくの日《け》永き我《あれ》は見つつ偲はむ　（10・二三三四）

第一首に「あふよし無しに月ぞ経にける」と恋人と逢う日を待ち続けることを歌った後に、第二首を「見つつ偲はむ」と結んで、さらに恋人を偲んで行こうと歌うのも、⑹③二首の並び方に似ている。尼崎本朱注の示す「或本」の四首のうち、後半二首⑹③は、死者にせよ生者にせよ、愛する者の帰りを待つ者が、長年待ち続ける一首と、存在を命じた対象を「見つつ偲はむ」と歌い結ぶ一首とによって、相手を思う心を表現する二首の類型に則《のっと》っている。つまりは、

④⑸⑹③（B群）四首は、この順序でまとまった歌群でありえたのであり、A群四首を受けて、さらにそれ以後の、荒雄を待ち続ける妻たちの嘆きと思慕とを歌いあげた、新たな四首による歌群だったのである。

万葉集巻十六の現存最古の写本である尼崎本の朱注が伝える古い「或本」は、このB群四首の歌群の存在を示していたのである。

尼崎本の本文をはじめとする現存諸本の⑸⑹二首は、そのB群四首からA群に重複する③④を省略したものにほかならない（注13）。

四　最後の四首（C群）

最後の四首（C群）は次のように展開する。

⑺沖つ鳥鴨とふ船の還り来ば也良《やら》の崎守早く告げこそ　（16・三八六六）

⑻沖つ鳥鴨とふ舟は也良の崎廻《た》みて漕ぎ来と聞えこぬかも　（16・三八六七）

⑼沖行くや赤ら小船につと遣らばけだし人見て解披《ひら》き見むかも　（16・三八六八）

⑽大船に小船引きそへかづくとも志賀の荒雄に潜きあはめやも　（16・三八六九）

B群の終曲の歌③の「志賀の山」は、荒雄の船が帰還する時に最初に見るはずの山であった。C群の第一首⑺はそれを受けるかのように、荒雄の「船の還り来ば」と仮定することから歌い始める。

C群が、⑺と⑻、⑼と⑽の二首ずつ二対の組合せから成っていることは、誰の目にも明らかであろう。前半二首⑺⑻がともに第一・二句に据える「沖つ鳥鴨とふ船」の「鴨」は船の名である。「韓国の虎とふ神」（16・三八八五）の「虎」が神（畏怖すべき猛獣）の名であるのと同類である。鴨という名の船とは、どのような船であろうか。中西進氏は『鴨とふ船』は鴨を船に見立てたものではないか」と言われるが（注14）、荒雄が「鴨に姿をかえ」たのならば、「廻みて漕ぎ来」るのではなく有間皇子の霊のように「鳥翔成《あまがけり》」（2・一四五、憶良）来るであろう。しかし、荒雄の乗る「船」が「沖つ鳥鴨とふ」名をもつと歌われると（左注には船名はしるされない）、それは、荒雄がすでに、記紀のヒコホホデミの

「沖つ鳥鴨着《づ(ど)》く島」と同様の海のかなたの他界に着いた霊的存在となっていることを思わせずにはいない。

しかもなお、荒雄の死はまだ歌の上では確認されていない。荒雄の帰還を待つ者は、⑺では、その「鴨とふ船」が還って来たら早く告げておくれと現実の「也良の崎」（博多湾入口に近い残島《のこのしま》の北端）の防人に強く希望する。しかし、⑻では、その舟が「也良の崎」を廻って漕ぎ帰って来ると知らせて来ないかなあ、と弱々しい願望で嘆かねばならない。⑺⑻は、現実の荒雄の生還を待つ者の、気強き者と気弱き者との唱和のように見える。

⑺⑻の「鴨とふ船」が荒雄の漕いで帰還して来るはずの船であったのに対して、⑼⑽の「小船」は荒雄を尋ねて行く船である。⑼の「沖行くや赤ら小船」については、井村哲夫氏が（注15）、「赤ら小船」とは、散文的な官船ではなく、「赤くて綺麗な、親しい気持ちで呼びかけた小船」で、今日の、漁船に引かれて沖へ行く盆の精霊船の文化史的な元型「志賀の海人の魂祭りの船」ではないかと言われる。しかし、その船に「つと遣らばけだし人見て解披《ひら》き見むかも」と歌う表現からすると、「つと」は生者への贈り物であるから（注16）、それを受け取って「ひらき見る」生者「人」＝荒雄を一度は想定してみたことになる。しかも⑼は「つと遣らば」と自分の行為を仮定して、推量し疑い詠嘆するのだから、「解披《ひら》き見むかも」は力弱い想像でしかない。その「赤ら小船」の行き着く他界には、生者荒雄はいるはずがなく、⑽の、たとい「大船に小船引きそへ」て海中に「潜」き求めても「志賀の荒雄に潜きあはめやも」（あえはしない）という深く大きな絶望で、C歌群が閉じられるのである。荒雄の遭難死は、ここに、歌の表現として確認されることになる。

A・B両群が、すべて「荒雄ら」の語を有していたのに対して、C群はすべて、A・B両群にはなかった「船」の語を有している。その「船」は海のかなたの荒雄と志賀の海人とをつなぐ役割をもつものとして登場している。そして、その海のかなたは、すでに他界（異郷）の色彩を濃厚に帯びている。A・B群では「荒雄ら」は「沖」「波」のかなたへ「行き」はしたが、その死はまだ確認されておらず、妻子らは「荒雄ら」を「年の八歳」を待ち続け、思慕し続ける。しかし、C群は「志賀の荒雄」⑽が生還せず、他界の霊的存在となってしまったことを認めるに到るのである。歌群による叙事は、明らかに〈A群→B群→C群〉と進行する。この配列順序は決して無意味ではないのである。

「十首」の左注は、荒雄の船が海中に沈没したことは書いているが、その葬送儀礼の歌であるとは言っていない。残された妻子らが還らぬ夫や父を待って思慕し、憶良がその妻子の悲しみを歌にしたのだと言うのみである。そして題詞は「筑前の国の志賀の海人たちが謡う歌十首」の意であった。そうして、右に見た「十首」（十二首のうち重複二首）の内容は、その妻子らの思慕と悲しみとを第三者たる官人憶良が表現し、志賀の海人が謡う荒雄鎮魂の歌たらしめようとしたものと見るにふさわしい。太宰府関係者の手になるらしい左注が、最後に「或云」として、「筑前国守山上憶良臣」が「妻子之傷」を「悲感」して「述レ志而作二此歌一」ったとするのは、信じてよさそうである。この歌群の立場上の歌い手は、志賀の海人の荒雄に残された妻子らであり、歌群の作り手は筑前の国守の山上憶良であり、その謡い手は筑前の国の志賀の海人たちなのであった。

〈注〉

（1）諸本に「有由縁雑歌」とあるが、「由縁ナキ歌」もあるから「并」の字を脱したのであろうと契沖代匠記（初）の説いていたのが正しかったことを、尼崎本は立証した。尼崎本「雑歌」の意味については、拙稿「雑歌とその性格」（和歌文学講座2『万葉集Ⅰ』、勉誠社、一九九二年九月）に触れた。

（2）中西進「志賀白水郎歌」（『万葉集研究　第一集』、塙書房、一九七二年四月、『山上憶良』所収）
渡瀬昌忠「山上憶良—志賀白水郎歌の周辺—」（古代文学会編『万葉の歌人たち』、武蔵野書院、一九七四年十一月）

（3）（4）（2）の渡瀬の論。

（5）林田正男「筑前国志賀白水郎歌序説—制作年次考—」（『文学・語学』第五五号、一九七〇年三月、『万葉集筑紫歌の論』所収）

（6）井村哲夫「赤ら小船—志賀白水郎歌私注—」（森脇一夫教授古稀記念論文集『万葉の発想』、桜楓社、一九七七年五月、『赤ら小船—万葉作家作品論—』所収）

（7）渡瀬昌忠「香椎廟宮—志賀白水郎と旅人・憶良—」（関西大学『国文学』第五二号、一九七五年九月）
同「志賀白水郎の風俗楽と憶良—文学以前—」（『上代文学』第三七号、一九七六年四月）

（8）（1）の拙稿。

（9）歌群の第一首は客観的に詠じる傾向がある。歌群の第一首が、対詠的な歌でも客観的な表現で始めることは、人麻呂歌集の七夕歌群に例がある（拙稿「人麻呂歌集非略体歌七夕歌群」『万葉』第一四六号、一九九三年四月）

(10) 福江島の西北端にあるミネラクの崎は、肥前国風土記（松浦郡値嘉郷）によれば、遣唐使船の西を指して出発する港であった。筑前より対馬への常識的なルートからは大きく西へ外れるが、今回の対馬送粮船は、何かの事情があって、ミネラクの崎で船団を整えて発船し、海流に乗って東北の対馬島に到ろうとしたのであろう。「黒潮からわかれて五島を通る対馬海流を巧みに利用すれば案外順調にゆけるコースでもある」（犬養孝『万葉の旅（下）』、社会思想社、一九六四年十月）。

(11) 尼崎本の朱注に示された「或本」の配列順序については、澤瀉久孝「志賀白水郎歌十首」（『万葉』第一八号、一九五六年一月）の説くところが正しいので、それに対する反対意見として武田全註釈の説をあげる人もあるが、(3)の歌の移動を示す記号を誤りとする旧版『万葉集全註釈　十三』（改造社、一九五〇年八月）の説は、新版『増訂万葉集全註釈　十一』（角川書店、一九五七年四月）では、澤瀉論文に従って改められた。したがって武田全註釈説は結論的には澤瀉説に等しいのである。そして、(3)の歌を(6)の歌の次に移す記号を認めるならば、当然、(3)の歌の頭の「已下三首」は、次の(4)の歌以下三首の意となり、「上に在り」とは、(3)の歌の上（前）にある、の意となる。「已下」が、次の歌（次行）以下をさす例は、類聚古集にもあり（注13の拙稿「志賀白水郎歌群」）、「本に云はく、或本」とは異なるが尼崎本朱注にもある（坂本信幸「志賀白水郎歌十首の尼崎本書き入れについて」奈良女子大学文学部『研究年報』第三四号、一九九一年三月）。すなわち尼崎本の三八一五番歌の左注の最後の行「彼歌報送以顕改適之縁」の頭に「已下雑哥歟」と朱書し、さらに次の行に「穂積親王御哥一首」と朱書するのが、それである。おそらく「或本」では(3)の歌の平仮名別提訓はなく、(3)の歌（一行）の次行に(4)の歌が書かれていて、「已下」は、その(4)以下を指したのであろう。

(12) 井手至「筑前国志賀白水郎歌十首の構造」（『万葉集研究　第十一集』、塙書房、一九八三年一月）。

(13) B群④(5)(6)③の四首の歌群については、（2）の中西論文、渡瀬昌忠「志賀白水郎歌群—二つの現形の成立—」（臼田甚五郎博士還暦記念『日本文学の伝統と歴史』、桜楓社、一九七〇年一月）、同「志賀白水郎歌の場—歌群の構造論として—」（『万葉』第八七号、一九七〇年三月）、中西進「山上憶良—志賀白水郎歌十首の再検討—」（犬養孝編、尾崎暢殃博士古稀記念『万葉歌人論』、明治書院、一九八七年三月）など参照願いたい。

(14) （13）の中西進「山上憶良—志賀白水郎歌十首の再検討—」。

(15) （6）の井村哲夫「赤ら小船—志賀白水郎歌私注—」。

(16) 西表宏「山上憶良の問題点—白水郎の歌・三八六八番歌の周辺—」（香蘭女子短大『研究紀要』三三、一九九一年一月）に、万葉集の「つと」の「対象者は現存するものに限られて」いることを指摘する。琉歌などの「つと」を含めて、「不明の者、死者に対しては『つと』という語は、用いられないのである（憶良の用法はすでに誤りを犯している）」と述べられているが、憶良は「つと遣らば」と仮定して生者のごとくに表現するのだから、「誤り」とは言えまい。

神功皇后伝承と万葉歌

原田貞義

はじめに

筑前国怡土《いと》郡深江村子負《こふ》の原の海に臨める丘の上に二つの石あり。大きなるは長さ一尺二寸六分、囲《かく》み一尺八寸六分、重さ十八斤五両、小さきは長さ一尺一寸、囲み一尺八寸、重さ十六斤十両。並《とも》に皆楕円《まろ》く、状鶏子《かたちとりのこ》のごとし。その美好《うるは》しきこと、勝《あ》げて論《あげつら》ふべからず。所謂《いはゆる》径尺の璧《たま》是なり。或はいふ、この二つの石は肥前国彼杵郡平敷の石なり。占に当たりて取ると。深江の駅家を去ること二十里ばかり、路の頭《ほとり》に近く在り。公私の往来に馬を下りて跪《き》拝《はい》せずといふことなし。古老相伝《あひつた》へて曰く、「往者《いにしへ》、息長足日女命《おきながたらしひめのみこと》、新羅の国を征討したまひし時に、この両つの石を用《も》ちて、御袖の中に挿著《さしはさ》みて、鎮懐《しづめ》と為《な》したまふ。実はこれ御裳の中なり。所以に行人《たびびと》この石を敬ひ拝む」といふ。乃ち歌を作りて曰く

かけまくは　あやに恐《かしこ》し　足日姫《たらしひめ》　神の命《みこと》　韓国《からくに》を　向《む》け平らげて　み心を　鎮めたまふと　い取らして　斎《いは》ひたまひし　真玉《またま》なす　二つの石を　世の人に　示したまひて　万代《よろづよ》に　言ひ継ぐがねと　海《わた》の底　沖つ深江の　海上《うなかみ》の　子負《こふ》の原に　み手づから　置かしたまひて　神ながら　神さびいます　奇《く》しみ魂《たま》　今の現《をつつ》に　尊きろかむ　（5・八一三）

天地《あめつち》のともに久しく言ひ継げとこの奇しみ魂敷かしけらしも　（5・八一四）

神功皇后、息長足日女命伝説にまつわる鎮懐石を歌った作である。万葉集巻五に収録されたこの歌の作者について

は、これまで大伴旅人と山上憶良の両説があった。だが現在は仮名の用字法や歌風、就中その作品成立の経緯などから見て、憶良であるということでほぼ一致を見ている。憶良が旅人から、その直前に配された房前との贈答歌を示されたのに応えてこれを制作したと思われること（注1）や旅人がこの『鎮懐石歌』に応えるに、同じ神功伝承を持つ鮎釣りの行事に因んだ「遊於松浦河歌」をもってしていること（注2）などから見て異論はなかろう。

ここでは憶良や旅人が、なぜこうした神功皇后伝承を取り上げ、彼らはその伝承を歌材にして何を歌おうとしたのかということについて考えてみたい。そこでまず、そもそも神功皇后伝承とはいかなるものであったのか簡単に見てゆこう。

一　神功皇后伝承

神功皇后、オキナガタラシヒメにまつわる伝承は、『古事記』、『日本書紀』をはじめ、『続日本紀』、『肥前風土記』、『豊後風土記』などに記録されている。また、『釈日本紀』や『太宰管内志』所引の諸国の逸文風土記などを見ると、その伝承は、東は常陸から畿内の摂津、播磨、土佐などに至るまで広く伝播していたことが知られる。中でも最も大きな紙幅を当てて語るのは記紀であるが、その両書の記載内容にもかなりの違いが見られる。今それらの伝承を総合し、その輪郭を記すと以下のようになる。

仲哀天皇の皇后、息長足日女命は、開化天皇の祖孫である気長宿禰と葛城高額姫との間に生まれた。夫の仲哀が熊襲を討とうとして筑紫に下った時、皇后は神がかりして、西方にある宝の国を天皇に帰せようという託宣を下す。仲哀はその神託を信じなかったために急死する。その後、代わりに皇后の胎内にあった子（後の応神天皇）にそれを与えようという神託を再度得て、皇后は自ら軍船を率いて渡海し、新羅と百済の二国を服属させて帰国した。凱旋後、皇后は皇子を出産し、新羅遠征に用いた鎮懐石を祀ったりなどして大和への帰途につく。

時に、大和では応神の異母兄である香坂・忍熊の二皇子が弟に臣従することを不服として叛乱を企て母子を葬り去ろうとするが、建内宿禰の策謀によって鎮圧された。その後、皇子は太子となり、建内宿禰に伴われて近江若狭等を経て角鹿の気比大神を詣でる。『古事記』では、その後皇后が二人のために待酒を醸み、酒楽の歌を献じるところで終わるのだが、『日本書紀』では、皇后に百歳の齢を与え、摂政として主に朝鮮半島経営に当たらせている。

このように神功皇后伝説は、大きく分けると熊襲征討から新羅や百済を服属させる話、遠征後の皇子誕生と皇位継承を巡る争い、そして事後譚としての気比大神詣でと酒楽歌伝承という三段から構成されている。

神功紀は、こうした伝説に添えて「百済記」や「百済本記」といった異国の史書の記事も併録し、いかにもそれが歴史的事実であるかのごとき体裁を施しているのも一つの特色である。またそこでは、鬼道につかえ倭国の兵乱を鎮めたと『魏志倭人伝』に記す巫女王卑弥呼と、この神を帰せる皇后とを重ね合わせようと意図しているのではないかとさえ思われる。

また記紀中にあって、神功伝承が異彩を放っているのは、第一に皇后の治績を史実として語るにしては、その内容が極めて神奇的で霊異的であること。第二に、それをなし遂げた神功が自在に神域に出入することのできる巫女的な性格を備えていたことである。

伝承がこのように奇抜で起伏に富み、それ故に豊麗な想像世界に駆り立てられるせいであろうか、神功皇后を巡っては、早く記紀が一つの像をうち立てて以来、中世、近世、さらには近・現代と夥しい数の論考が著されている。無論、現代にあっては無稽な挿話の積み重ねによって構築された神功伝承を、そのまま歴史的事実であると見做す者はいない。ただ史実との関連で言えば、神功の実在・非実在はともかく、こうした伝承の背後には、石上神社所蔵の七支刀の銘文や高句麗王碑文などから見て、四世紀後半における日本と朝鮮との交渉の何らかの投影があると指摘する説は早くからあった（注3）。

二　記紀編纂と神功皇后伝承

こうした多面的な性格を有する神功皇后伝承の中にあって、その核心をなすのは三韓平定であり、とりわけ新羅を藩国化したという点にあることは言うまでもない。神功伝承をこれほど多くの紙幅を費やして記紀に挿入したそもそもの目的が、新羅の服属を史実として語る点にあったのだから当然とも言えよう。もっと果断に言えば、記紀編纂の大きな目的の一つがそこにあったともいえるのである。

それは記紀の編纂が、白村江における大敗北からようよう立ち直り、国家再建に向けて制度や機構を新しく整えてゆく機運の中で企てられたということとも無縁でもないし、その後の対新羅関係の険悪化とも無関係でもあるまい。そうした国家的な事業としての史書編纂に合わせるようにして、筑紫にあっては香椎廟や、一地方神に過ぎなかった八幡社を鎮護国家の神宮として昇格させてゆく（注4）。その一方では、在地の多くの伝承や伝説をかき集め、そうした年中行事や祭祀、果ては道端の名もない祀神や石ころ一つに至るまで、慌ただしく神功のレッテルを貼りつけ、時には伝承の衣装を纏わせていったものであろうか。

前掲の憶良が歌材とした「鎮懐石」などもそうした伝承の一つであったに相違ない。彼はその鎮懐石とそれに纏わる伝承を、ちょうどドキュメンタリー作家の手法で彼の見たまま聞いたまま、しかもそれが「正統」という刻印の押された由緒ある伝承であることを示すために、伝承者の姓名まで記し伝えている。ちなみに、それが説を伝える者の正統な有り方であり、また私情や私懐を排したそうした手法が、伝承の「真実性」を強く保証するということを、記録者憶良は十分に認識していたはずである。その憶良は、大和歌の中では一転してタラシヒメの奇し御霊を高らかに賛美し、「言ひ継げ語り継げ」と高詠する。そうすることによって彼も国家的な「歴史」創造の一翼を担ってもいたわけである。

伝承が作られてゆく背景には、こうした時代の要請はあったにせよ、伝承そのものは全く根も葉もないものではなかった。例えば、「鎮懐石」伝承などは、その基盤として民間で広く祀られていた求子神である女媧伝説があって、それが卵生伝説と結合して卵状明顆を求めさせるといった在地の人々の信仰があったからこそ、神功伝説との結合が容易だったのである（注5）。その他にも、オキナガタラシヒメ伝承の背後に九州や西日本一帯で語られていたオホタラシヒメ伝承が存在したことなども指摘されている（注6）。

また、この神功伝承の一方の核ともいうべき応神の出生譚は、神武天皇の豊玉姫伝説と同型、海の彼方より渡来した女神が初代王を出産するという漂着母子神の神話を基盤にするものであろう（注7）。そしてまた、行事としては、そうした始祖神話を定着させたと目される天皇の即位儀礼としての八十八島祭の投影なども見られるかもしれない（注8）。その復活と新王誕生の祭式を司る母神としての巫女に、我々は神功の似姿を見ることもできるからである。神異性・霊異性を深々と湛えた神功皇后の新羅征討伝説は、こうした様々な神話や伝承を加上粉飾して造形されたものであって、決して一人の人物の治積を伝えたものであるとは言えまい。また、この説話が近江地方に本貫を持つ息長氏や和邇氏などと強い紐帯を持つことなどから、彼の氏族伝承が史書への登載に深く関わっていると見る説もある。ともあれ、こうした民間信仰や伝承が史実として定着してゆく過程には、憶良のように説を聞きしままに伝えてゆく者を幾人も必要としたことだけは確かであろう。

三　伝奇的な神功皇后伝承

神功皇后伝承の時代的・政治的な要請はともかく、記紀や風土記の語る神功説話の多くは、その縄縛から自在にはみ出して明るくおおらかでファンタスティックでさえある。それが彼女の巫女的な性格と結びついて、記紀の中でも一種独特の雰囲気を醸しだしているのである。たとえば、豊浦津で皇后が海に酒を注いで鯛を獲る話（仲哀記）や神の託宣を受ける話、身に翼を持つ羽白熊鷲なる男を討つ話（摂政前紀）、そして

　夏四月の壬寅の朔甲辰に、北《きたのかた》、火前国《ひのみちのくに》の松浦県に到りて、玉島里の小河の側《ほとり》に進食《みをし》す。是に皇后、針を勾《ま》げて鉤《ち》を為《つく》り、粒《いひぼ》を取りて餌《ゑ》と為し、裳の縷《いと》を抽《ぬ》き取りて緡《つりいと》と為して、河の中の石の上に登りて、鉤を投げて祈《うけ》ひて曰はく、「朕《われ》、西《にしのかた》、財《たから》の国を求めむと欲す。もし事成すこと有らば、河の魚《いを》鉤飲《く》へ」とのたまふ。因《よ》りて、竿《さほ》を挙げて、乃ち細鱗魚《あゆ》を獲つ。時に皇后の曰はく「希見《めずら》しき物なり」とのたまふ。故、時人《ときのひと》、其處《そこ》を号《なづ》けて梅豆邏国《めづらのくに》と曰《い》ふ。今、松浦と謂ふは訛《よこなば》れるなり。是を以て、その国の女人四月の上旬に当る毎に、鉤を以て河中に投げて、年魚《あゆ》を捕ること今も絶えず（同）

と記された鮎釣り伝承、また新羅への渡海の際には、大小の魚が船を負って助けたなどといったお伽話じみた説話

(同)などがそれである。

これらを見ると記紀の中で付加潤色され、肥大化してゆく神功の新羅侵攻伝承や王権の外交伝説とは別に、もっと素朴に、また様々に形を変えてタラシヒメの伝説は筑紫地方をはじめとして、瀬戸内や播磨国あたりまで広く語り継がれていたらしい。

憶良から「鎮懐石歌」を示された旅人は、そうした多くの神功伝承の中からファンタスティックな伝説の一つである松浦県の玉島河における鮎釣りの行事に因んで歌文を制作している。

その作にも序があり、略述すれば以下のような次第で歌が交わされたという。

自らを下官と称する自分が松浦の県、玉島の淵の辺りを通りかかると、たまたま鮎を釣る乙女たちに出会った。その容姿の美しさはたぐうべきものがなく、柳の眉や桃色の頬といったらまるで神仙の乙女たちのようであった。そこで、私が乙女たちに住まいの在り処を尋ねると、乙女たちは笑って「自分たちは貧しい漁夫の子であり、里も家もありません。ただ、生来水に親しみ遊ぶ魚を羨み、山に登っては雲や霞を眺めて楽しむのが好きなだけです。今日たまたま貴方とお会いしたからには、これから後は偕老の契りを結びましょう」と応える。自分は「お言葉有り難く承りました」と応えたものの、日は早くも西山に傾き、馬は私の帰路を急がせる。そこで自分の思いを述べて歌を送った。それが以下の贈答歌である。

漁《あさ》りする海人《あま》の子どもと人は言えど見るに知らえぬうまひとの子と　(5・八五三)

答ふる詩に曰く

玉島のこの川上に家はあれど君をやさしみ顕《あら》はさずありき　(5・八五四)

この創作的歌文は二首の贈答歌に加え、さらに蓬客等と娘等との贈答歌が続く。

蓬客の更に贈る歌三首

松浦川川の瀬光り鮎釣ると立たせる妹《いも》が裳《も》の裾濡れぬ　(5・八五五)

松浦なる玉島川に鮎釣ると立たせる子等が家路《いへち》知らずも　(5・八五六)

遠《とほ》つ人松浦の川に若鮎《わかゆ》釣る妹が手本《たもと》を我こそまかめ　（5・八五七）

娘等の更に報ふる歌三首

若鮎釣る松浦の川の川波の並にし思はば我恋ひめやも　（5・八五八）
春されば我家《わぎへ》の里の川門《かはと》には鮎子《あゆこ》さ走る君待ちかてに　（5・八五九）
松浦川七瀬《ななせ》の淀《よど》は淀むとも我は淀まず君をし待たむ　（5・八六〇）

これら八首に加え、末尾には「帥老」と注記する「後人追和の詩三首」が付せられており、そこでは鮎を釣る乙女らに会えなかった悔しさを歌われている。そのためこの歌の作者を巡って幾多の議論があったが、今は序と贈答二首を大伴旅人、蓬客等と娘等の作は旅人周囲の官人等の作とするのが通説となっている。後人の三首については異論もあるが、注記を「帥老宅」の誤りとし、憶良と解すれば、その後の巻五の歌文の配列など全ての問題は解決する（注9）。

ともあれ、この一連の歌は前掲の『日本書紀』の外にも、筑紫や筑前などの風土記に記された皇后の鮎釣り伝承と、それに由来するという玉島川で行われていた四月の行事に取材して作られたものであって、彼はそれを『遊仙窟』や『文選』の「洛神の賦」などの修辞を借りて神仙譚風に脚色したものであることは周知のことである。

もっとも先の鎮懐石伝承などと違って、こちらの鮎釣りの年中行事は、いかなる因縁を持ち、どんな習俗に根をおくものであるか皆目不明である。いかなる釣り名人でも鮎を飯粒で釣ることは叶わない。いや餌では容易に釣れぬために古来鵜川を立てたり、小網を渡したり、後世には蚊針や友釣といった芸術的とも言うべき技法が生まれたのである。その謂われ不明と言ったところが、伝説の伝説たる所以でもあろうか。日本最初の女性アングラーの栄誉を担った神功ではあるが、それが年中行事となっているというのがどうも腑に落ちない所でもある。

おわりに

この旅人の「遊於松浦河歌」を披見した憶良は、その後自邸に戻ってから、早速「五臓の鬱結」を開陳する書簡を

認め旅人に贈っている。その書簡の中でも彼は、松浦佐用姫に因む領巾麾伝承と併せて、神功皇后の「みたたしの石」に纏わる

　足日姫神の命の魚《な》釣らすとみ立たしせりし石を誰《たれ》見き　（5・八六九）

と詠じて隣国肥前の国松浦の地遊覧を上司に懇請している。むろん、旅人はそれを承諾したのであろう。それが憶良の書簡に続けて載せる旅人の領巾振りの嶺の歌文である。

かように旅人と憶良は互いに、神功伝承を含む在地の伝説伝承に取材して歌を贈答しているのだが、憶良が国家的な要請をうけて皇后の霊異、クシミタマを歌ったのに対し、同じ伝承に取材しながら旅人は、鮎を釣る乙女らとの交歓の様を、一種幻学趣味的ではあるが、文選や遊仙窟を駆使して一遍の物語に仕立てる。この辺りにも、二人の歌人の性格の違いを際立たせて興味深く思われる。

〈注〉

（1）大浜嚴比古「巻五について考へる」（『万葉学論叢』、一九六六年）は、旅人の制作した海彼の故事小説（日本琴贈答歌）に対して、憶良が海此の記紀に伝わる伝説をふまえて作歌したと見ている。それも肯うべきだが、同時に琴と言えば、憶良は直ちに仲哀天皇と神功皇后の琴による神託を想起したからでもあろう。

（2）拙稿「『詠鎮懐石歌』から憶良の『七夕歌』まで」（『万葉』八一号、一九七三年）

（3）神功皇后と四世紀後半の新羅との交渉をはじめ神功皇后観の推移変遷については、所功「現代における神功皇后観―研究文献の要約―」（皇学館大学出版部、神功皇后論文集刊行会編『神功皇后』）が詳しく紹介している。

（4）神功皇后伝説の形成と筑紫の諸神社との関連については、塚口義信「香椎廟の創建年代について」（創元社、『神功皇后伝説の研究』）を参照。

（5）中西進「鎮懐石伝説」（桜楓社、『万葉集の比較文学的研究』、一九六三年）

（6）前掲書（4）塚口義信「大帯日売考」。

（7）小池肇子「鎮懐石伝承の周辺」（『叙説』一号、一九七七年）

（8）坂下圭八「神功皇后伝説の形成―八十島祭との関連について―」（『文学』三八巻四号、一九六九年）

（9）拙稿「『遊於松浦河歌』から「領巾麾嶺歌」まで」（『上代文学会報』三号、一九六七年）

帥老派の文学 ——松浦川に遊ぶ——

林田正男

一

天平二年（七三〇）初夏のころ、大宰帥《そち》大伴旅人ら一行（5・八五五題「蓬客等」、八六二の「人皆の見らむ松浦の」）は肥前国松浦県《あがた》の松浦川のほとりを遊覧した。そして松浦川遊覧を下地においた虚構の文芸である漢倭《かんわ》混淆《こんこう》の新様式（本書「万葉集筑紫歌壇」参照）の一連の歌作をものした。万葉にでる松浦川は現在の佐賀県東松浦郡の玉島川をいい、今の松浦川とはちがう。東松浦郡七山村浮岳の南方から、藤川、鮎返りという集落の勢いの激しい流れを経て、南山の玉島神社をすぎ浜崎で唐津湾にそそぐ。

この一連の新様式の文芸作品は、漢文の序と短歌群の贈答歌よりなる。

松浦川に遊ぶ序

余《やつかれ》、暫《たまさか》に松浦の県《あがた》に往きて逍遙し、聊《いささ》かに玉島の潭《ふち》に臨みて遊覧せしに、忽ちに魚《うを》を釣る女子《をとめら》等に値《あ》ひぬ。花の容《かほ》双《なら》びなく、光《て》りたる儀《すがた》匹《たぐひ》なし。柳の葉を眉《まよ》の中《うち》に開き、桃の花を頰《つら》の上に発《ひら》く。意気雲を凌ぎ、風流《みやび》世に絶《すぐ》れたり。僕《やつかれ》問ひて曰く、「誰《た》が郷《さと》誰《た》が家の児らそ。けだし神仙ならむか」といふ。娘《をとめら》等皆咲《ゑ》み答へて曰く「児等《われら》は漁夫《あま》の舎《いへ》の児、草の庵《いほ》の微《いや》しき者《ひと》なり。郷《さと》もなく家もなし、何そ称《あ》げ云ふに足らむ。ただし性《さが》水に便《なら》ひ、また心山を楽しぶ。あるときには洛浦《らくほ》に臨みて徒《いたづら》に玉魚を羨《とも》しび、あるときには巫峡《ぶかふ》に臥して空しく煙霞を望む。今邂逅《たまさか》に貴客《うまひと》に相遇《あ》ひぬ。感応に勝《あ》へず、輙《すなは》ち欸曲《くわんきょく》を陳《の》ぶ。今より後《のち》に豈偕老《あにかいらう》にあらざるべけむ」といふ。
下官対《やつかれこた》へて曰く、「唯《を》々《を》、敬《つつし》みて芳命を奉《うけたまは》る」といふ。時に、日は山の西に落ち、驪馬《りばい》去なむとす。遂に懐抱《くわいほう》
を申《の》べ、因《よ》りて詠歌を贈りて曰く、

(1)あさりする　漁夫《あま》の子どもと　人は言へど　見るに知らえぬ　貴人《うまひと》の子と　（5・八五三）

答ふる詩《うた》に曰く

(2)玉島の　この川上に　家はあれど　君をやさしみ　顕はさずありき　（5・八五四）

蓬客《ほうかく》等《ら》の更に贈る歌三首

(3)松浦川《まつらがは》　川の瀬光り　鮎釣ると　立たせる妹が　裳の裾濡れぬ　（5・八五五）

(4)松浦なる　玉島川に　鮎釣ると　立たせる児らが　家道《いへぢ》知らずも　（5・八五六）

(5)遠つ人　松浦の川に　若鮎《わかゆ》釣る　妹《いも》が手《た》本《もと》を　我こそまかめ　（5・八五七）

娘等《をとめら》の更に報《こた》ふる歌三首

(6)若鮎《わかゆ》釣る　松浦の川の　川なみの　並《なみ》にし思《も》はば　我恋ひめやも　（5・八五八）

(7)春されば　我家《わぎへ》の里の　川門《かはと》には　鮎子《あゆこ》さ走る　君待ちがてに　（5・八五九）

(8)松浦川　七瀬の淀は　淀むとも　我は淀まず　君をし待たむ　（5・八六〇）

後の人の追和する詩三首　帥老《そちのおきな》

(9)松浦川　川の瀬速み　紅《くれなゐ》の　裳の裾濡れて　鮎か釣るらむ　（5・八六一）

(10)人皆の　見らむ松浦の　玉島を　見ずてや我は　恋ひつつ居らむ　（5・八六二）

(11)松浦川　玉島の浦に　若鮎《わかゆ》釣る　妹らを見らむ　人のともしさ　（5・八六三）

右の漢序および一連の歌は、『文選』の情賦群の神仙の物語や中国の大衆小説である張文成の『遊仙窟』などに学び、それを模倣しながら、玉島遊覧を下地においた虚構の作である。

序文の「魚を釣る女子等に値ひぬ」は神功皇后の故事をふまえたもの。『肥前国風土記』には神功皇后が、新羅征討の途次この地で、戦勝の成否を占って、皇后が自分の裳の糸で鮎を釣り上げたと伝える。『神功前紀』には、皇后が四月上旬にこの地で鮎を釣った故事をふまえ、それ以後そのころになると、娘子たちは鮎を釣るのが習わしとなり今に絶えないとある。この土地の風俗行事では娘子たちは往時をしのばせる装束をし鮎を釣ったものと思われる。これを目《ま》のあたりにした作者は、中国文学的な仙女との出逢いの幻想に誘いこまれ、この一連の作をつくる契機となったか。

序文および一連の作と漢籍との関連については、契沖の『代匠記』以来しばしば説かれている。諸注も多く触れているが、近くは古沢未知男、小島憲之（注1）などに詳しい論がある。日本古典文学全集本(2)では、「花の容《かほ》双びなく……」の以下四句の対句は、娘子の美しい容姿を形容した中国的表現。美しい眉や頬をそれぞれ柳や桃の花にたとえることは『遊仙窟』の「眉間ニ月出デテ夜ヲ争フガ疑《ごと》ク、頬上ニ花開キテ春ヲ闘《いそ》フニ似タリ」「眉上ニハ冬天ニ柳ヲ出ダシ、頬中ニハ旱地ニ蓮ヲ生ズ」や「翠柳眉ノ色ヲ開キ、紅桃瞼ノ新タナルヲ乱ル」などに学んだものであろうと説く。さらに「僕問ひて曰く……」以下、『遊仙窟』の初めの、主人公である「僕」と女子との問答の条「余《やつかれ》乃チ問ヒテ曰ク、承聞クニ此処ニ神仙窟宅有リト……」や「女子答ヘテ曰ク、児家《われ》ハ堂舎賤陋ニシテ……」、「余問ヒテ曰ク、此ハ誰《た》家ガ舎ソ」などを念頭においた表現と述べる。

「やつかれ」は謙譲の自称。ヤツコ・アレ、奴我の約。「性水に便ひ、また心山を楽しぶ」は『論語』雍也《ようや》篇の「知者ハ水ヲ楽シビ、仁者ハ山ヲ楽シブ」による。大伴旅人にも彼の唯一の長歌である吉野離宮讃歌（3・三一五）に「山からし　貴《たふと》くあらし　水《かは》からし　さやけくあらし」の「山」「水」という同じ典拠を踏まえた作がある。「洛浦《らくほ》」『文選』洛神賦に見える川の名。ここは玉島川をあてた。「巫峡《ぶかふ》」中国の巫山という名の神仙峡。「驪《り》馬」純黒毛の馬。主人公の乗る馬。

序文の大意は、「私はたまたま松浦の地をさすらい、しばし名勝玉島川の潭《ふち》で風光を愛《め》でながら逍遙していると、思いがけずも魚を釣る娘子《をとめ》たちに出逢った。その花の顔《かんばせ》は並ぶものがなく、光り輝くばかりの姿は比べるものもないほど美しかった……」そこで私は「どこの里のどなたの娘ごですか。もしや仙女《せんにょ》ではありませんか」と尋ねた。娘子は仙女であることをにおわせながら、さらに主人公と娘子とのやりとりが続き、やがて両者は偕老《かいらう》（結婚）の約束を結ぶことになる。しかし「折しも、日は山の西に落ちかかり、黒駒は帰りを急いでいる。私はついにたまらなくなって、私の心のうちを歌に託して次のように言い贈った」という。

右の序文の作者については、古く賀茂真淵の『万葉考』、上田秋成『楢の杣』、鹿持雅澄『万葉集古義』などが憶良作とした。近くは土屋文明『万葉集私注』が憶良説をとっている。前に挙げた古典全集本は、憶良の代作（実質作者）説をとる。一方、旅人作とみる説は、澤瀉久孝『万葉集注釈』をはじめ近時の諸注釈書や諸論考は旅人作とみる説が有力である。また某官人説などもあるが、今そのいちいちについては、割愛する（注2）。

次に⑴～⑾の歌についてみることにする。⑴は主人公が娘子に贈った歌。「子ども」は序文に「女子等」とあり、ドモは複数を表すか。「見るに知らえぬ　貴人《うまひと》の子と」「貴人」は高貴な身分の人。ここは一目見てわかりました、良家の子女であるということが。序文の「けだし神仙ならむか」に通じる表現である。それに娘子が答えたのが⑵の歌である。「答詩曰」とあるが、これは序文と対応するように歌を中国風に「詩」といったもの。「君をやさしみ　顕はさずありき」あなたが高貴な方のようですから、あなたに対して恥ずかしく思って家を明かしませんでした。当時、家や名を明かすことは男性の申し出を受け入れたことを意味した。巻一の巻頭歌（一）に「家聞かな　名告《の》らさね」とある。次に挙げる歌はその間の事情をよく示している。

紫《むらさき》は　灰さすものそ　海石榴市《つばきち》の　八十《やそ》の衢《ちまた》に　逢へる子や誰　（12・三一〇一）
たらちねの　母が呼ぶ名を　申さめど　道行く人を　誰れと知りてか　（12・三一〇二）
隼人《はやひと》の　名に負ふ夜声　いちしろく　我が名は告《の》りつ　妻と頼ませ　（11・二四九七）

前の二首は一組の問答歌である。「紫」は紫草の根から紫色の染料を採り、その紫染には椿の灰汁《あく》を用いた。上二句は海石榴市《つばきち》（椿市）を起こす同音の序。ツバキチはツバキイチの約。海石榴市は奈良県桜井市金屋付近。現在も椿市の観音という所がある。「八十の衢」は諸方へ道が別れた辻。その八十の衢で出逢ったあなたは、どこの誰ですか、の意。女性の名を問う男性の求婚歌。それに答えたのが次の女歌。母の呼ぶ本名を教えてあげたいけれども、道の行きずりに逢ったばかりでどこの誰とも知らないので（名を明かせない）の意。気をもたせながら問歌《というた》の求婚をことわった歌。海石榴市は古くから歌垣が行われた所で、この歌は歌垣でうたわれた歌かという。

三首目の歌は「いちしろく」を起こす序。隼人の一部を大和に移住させ宮廷の警備にあたらせた。大化以後は、儀式や行事などに際して、吠声《はいせい》を発するだけの役となったという。上二句は序。隼人の音に聞こえた夜声、その大きな声のようにはっきりと、私の名は申しました。この上は、私を妻として頼みにして下さい、の意。

(3)の題詞の「蓬客等《ほうかくら》」は蓬《よもぎ》の実が風に吹かれて飛ぶさまをたとえた。旅人《たびびと》（主人公）の意。「等」類聚古集以外ほとんどの古写本に「蓬客等」とある。複数の意とみるべきである。三首はさすらう旅人の立場で歌いつがれている。「裳の裾濡れぬ」は女性の官能的動的な美をあらわす表現としてよく用いられる（7・一二七四、8・一七一〇、15・三六六一）。

(4)の「遠つ人」遠くから来る人を待つ意で松浦の「松」にかかる枕詞。「家道知らずも」は家を尋ねて行く道がわからなくて残念です（教えてほしい）。

(5)は若鮎を釣るあなたの手を、私はぜひとも枕にしたいのです（いかがであろうか）、と本心を打ち明けて、さらに切りこんだ歌。

(6)の「川波」はナミと同音を利用して並（通りいっぺん）を導く序（上三句）。実景から得た序を巧みに使用し、娘子が恋心の深いことを表している。

(7)の「川戸」は川の渡し場。「鮎子　さ走る」「子」は愛称。サは接頭語。若鮎が勢いよく泳いでいること。この歌語は鮎の生き生きとした新鮮な感じをよく表現していて、作者の感性が感じられる（注3）。

(8)「七瀬の淀」は数多くの瀬ごとにできた淀み。前歌の「鮎」でなくここは自分が「待つ」と積極的な態度をあらわしている。娘子は蓬客（旅人）の求めにやんわりと応じたのである。

これで、一応物語は完結する。松浦川を逍遙する旅人《たびびと》が松浦川で鮎を釣る娘子（貴人《うまひと》の子）に心をひかれ、歌を贈答し、終に結婚しようとまでにいたる両者の抒情を詠じている。貴族（貴客《うまひと》）らしき旅人《たびびと》と赤裳の裾をなびかせた仙女をにおわせる松浦の美女。背景は仙境に見立てられる景勝の地松浦川の七瀬の淀、これはまるで幻想をはらむ歌劇の世界ではないか。

二

「後の人の追和する詩三首　帥老」(9)～(11)の三首は、松浦逍遙に参加できなかった人が後で追和した形の歌。「追和」と「帥老」については後に触れることにし、まず歌群の対応についてみることにする。渡瀬昌忠（注4）は、この歌群は対座して唱和されたものと考え、次のような対応があると説く。(イ)波紋形の対応。(ロ)流水形の対応。

(イ)
八五五
八五六
八五七
八五八
八五九
八六〇

(ロ)
八五五
八五六
八五七
八六一
八六二
八六三

(ハ)
八五五
八五六
八五七
八五八
八五九
八六〇

右の(イ)(ロ)は対座した人びとが唱和し対応するように歌いつがれたという興味深い指摘である。

(ハ)は筆者の説で、このような対応も考えられる。(1)と(2)が対応することは「答ふる詩」とあることから明らかであるが、蓬客等の三首と娘等の三首にも対応がある。つまり(3)は、輝くばかりの女性美を述べて男の関心の深さを示す。これを承けて(6)は、松浦川、鮎を詠み込んで、並以上に恋しているという。(4)は家を訪れたいといい、これを承けて(7)は、鮎もあなたのお出を待ちあぐんでいますという。(5)は、あなたの手枕がしたいと、積極的に本心を打ち明ける。これを承けて(8)は、私はためらわずにただ一筋にあなたをお待ちします、というかなり強い恋情表現がなされる。

さて、序と一連の歌の作者については、契沖以来、今日に到るまでいろいろと考察されてきた（諸説については注2参照）。稲岡耕二（注5）はこれらの諸説を詳しく検討し、次のように結論している。

序文（大伴旅人）

八五三・八五四（大伴旅人）
蓬客等更贈歌三首（別人）
娘等更報歌三首（別人）
後人追和之詩三首（山上憶良）

という風に旅人の発案による大宰官人たちのすさびであったと説く。原田貞義（注6）も稲岡説と同じく、後人追和三首は憶良作とみる。「帥老」については、何人かの不用意な注記であると説く。一方、「帥老」の注記のあることから井村哲夫（注7）、新潮日本古典集成本などは後人追和三首を旅人とする。米内幹夫（注8）は、序と五首までを旅人、娘等を別人、後人追和三首を旅人とする考えである。

序文と(1)(2)の歌は土屋文明『万葉集私注』以外の大方は旅人作と認めている。しかし、その他は未だ決定的ではないといえる。ただ井村哲夫の次の発言は留意すべきである（注9）。

かように、巻五編纂過程の推定や用字法上の問題、個々の歌の表現の問題など種々からんで、一編の作者推定論争は錯綜のきわみである。ただもっとも有力と思われる用字法上の考察も、原作者の用字法と二次的な記録者のそれとが混在し得ることも一方で考慮に入れておかねばなるまい。また本文に厳とある「帥老」の注記はよほどの理由がなくては削り去るべきではないと思う。

と説く。「帥老」の注記にしたがえば後人追和三首は旅人の作となる。すると全部が旅人作かもしくは後人追和三首だけが旅人の作となる。『私注』に代表される憶良創作説にとっては「帥老」の注記は他の部分を旅人以外の作と見る有力な証となる。そこで「帥老」は後人の誤記、土井光知『古代伝説と文学』。「帥老」と「梅花の歌」序の「帥老」に呼応させて自ら記したのも風流のすさびである（注10）。日本古典文学全集本は、旅人以外の人（憶良か）が後で加えた注。しかし、全体を旅人作とみる場合には、この「帥老」も虚構かともみられる、と説く。後人の誤記、風流のすさび、虚構、何人かの不用意な注記などといってもつかみどころがない推定となる。そしてこれらはいかにも苦しい解釈といわざるを得ない。梅花の歌の序に呼応させたとみても「員外故郷を思ふ歌」「後に追和する梅の歌」ともども作者は旅人とみる説が有力であるのに注記がないという疑問は残る。というより事情はいっそう錯綜するだけである。まずここでは三首追和歌（詩）をみることにする。

(9)「紅の　裳の裾濡れて　鮎か釣るらむ」娘子たちは紅の裳の裾をあでやかに濡らしながら、鮎を釣っていることであろうか、と推定している。(10)「見ずてや我れは　恋ひつつ居らむ」（人皆が見たであろう松浦の玉島を）見ずにわたしはこんなに恋しく思いつづけることか。とヤ…ムをもちいて詠嘆的疑問を示している。

(11)「若鮎釣る　妹らを見らむ　人の羨《とも》しさ」（松浦川の玉島の浦で）若鮎を釣る美しい娘子たちを見ている人たちがうらやましい。このように三首とも歌の趣は松浦逍遥に行けなかったことに対する羨望を示し、また推量の助動詞「らむ」を多用している。(9)は紅の裳の裾を濡らして鮎を釣る豊麗《ほうれい》な娘子たちを推定し、(10)では、その娘子たちを見たくて恋い焦《こが》れるほどであるといい、(11)では、その娘子たちを見た人たちがうらやましい、と述べる。古典集成本の注および前掲図表の(ロ)の対応のように、蓬客等歌三首を承けて和しているとみる。つまり(3)→(9)、(4)→(10)、(5)→(11)となる。しかも(3)→(11)には漸層的詠法が見られる。この歌の披露された宴の趣向のさまを示唆している。

この「松浦川の歌」が披露された場について、井村哲夫（注11）は、

> 宴の趣向であれば、当然弾琴唱歌されたものと思われ、歌い手には遊行女婦児島《うかれめこじま》（6・九六六左注他）のたぐいに事欠かない。八五五以下に「蓬客等」、八五八以下に「娘等」とあるのも、演出面では複数の「歌男」「歌女」のコーラスであったことを示しているものではないか。「追和」三首の下注「帥老」もまた、当日、後人の立場でこの三首を誦詠した者が宴の主人の旅人卿であったことのメモではなかったろうか。一編は、序文の趣意の朗読のあと、蓬客と仙女の役割の本方《もとかた》、末方《すえかた》こもごもの唱和があり、追和して演出者であり宴の主人である旅人自らの弾き歌いというような一幕のエンターテインメントであったようである。

と述べる。宴席での披露の際に諸人の掛合いや作歌の協力者が居たことは認められよう。古典集成本は「帥老」に注して、旅人をさした尊称で、八五三〜六三の一連が旅人ほか諸人の共作であることを示すために、資料保管の段階で憶良が注したものか。とし、追和歌は旅人とみる。

『万葉集』では大伴旅人はどのように表記されているか。中納言大伴卿（3・三一五題）、大宰帥大伴卿（3・三三八題など）、帥大伴卿（3・三三一題など）、大納言大伴卿（3・四五四題など）大納言卿（4・五七九題）、大伴淡等（5・八〇六）主人（5・八二二）などと記されている。このうち自記もしくは自記かと思われるものは、淡等と梅花宴の主人だけである。

梅花宴（5・八一五〜四六）の序文には「帥老之宅」、巻六・九六二の左注「饗二干帥家一」、巻八・一五二二左注「帥家作」巻八・一五二六左注「帥家集會」と記す。しかし、いずれも「宅」「家」とその行事の行われた場所を示すものである。したがって、松浦川の追和歌の場合も追和された場所を示すものと解される。つまり「之宅」「之家」などの文字が脱したものとみるべきである。一連の作の主人公は「蓬客等」と「娘等」である。ここでは意識的に作者を韜晦《とうかい》しようとしているのに個人の名を示す「帥老」の注記があるのは何といっても不審である。ここは「帥老之宅」「帥老之家」などのように注記してあったとみるべきである。万葉には「某宅」「某家」「某館」などと表記した宴席などの歌は多くある（注12）。

「帥老」の注記が「之宅」「之家」などが脱したものであれば、帥老の邸宅で宴が開かれ、その時に追和されたのが三首の歌となる。何も憶良に必要以上に拘泥《こうでい》しなくてもよい。旅人のもとには傔従等（17・三八九〇〜九九）、資人余明軍（3・四五四〜五八）などもいた。筆者は作者について、今は次のように考える。

漢序と八五三、八五四（大伴旅人）
蓬客等更贈歌三首（松浦逍遙に参加した別人）
娘等更報歌三首（松浦逍遙に参加した別人）
後人追和之詩三首（参加出来なかった別人）

という風に旅人の主催する雅宴で披露されたとみる。それは旅人を中心とした大宰府官人の諸人の共作で、前に示した(イ)(ロ)(ハ)の形の対応によって誦詠されたと考えられる。松浦逍遙に参加するしないは別にしても少なくとも形式的には右のような様式をとる宴席歌である。それは井村説にしたがえば、琴に合わせて誦詠されたことになる。この歌物語は詠み継がれることによって進展し恋が成就する。さらに追和することによって、仙女とのロマンの世界を人びとは享受したのである。

右によれば、この歌群の作者に憶良は含まないことになる。憶良は天平二年七月十一日に書簡と三首の歌を旅人に謹上している。その書簡には、

憶良が、誠惶《せいくわう》頓首、謹んで申し上げます。

憶良が聞きましたところでは、中国では、昔から諸侯をはじめ郡県の長官たるものは、ともに法典の定めに従って管内を巡行し、その風俗を観察したということであります。それにつけても、私は心中に思うことはあれこれとございますが、それを口に出して申し上げることは至難と思われます。それで、謹んで三首の拙《つたな》い歌を詠んで、これによって心中のもやもやしたものを払い除けたいと思います。その歌は次のとおりでございます。（原漢文、大意）

とある。原文に「五蔵の鬱結《うっけつ》を写《のぞ》かむと欲《おも》ふ」とある。詩歌は人間の鬱情を払う具であるという認識は、中国の詩論によるものである。

松浦《まつら》県《がた》　佐用姫の児が　領巾《ひれ》振りし　山の名のみや　聞きつつ居らむ　（5・八六七）
足日《たらし》女《ひめ》　神の命の　魚《な》釣らすと　み立たしせりし　石を誰見き一に云ふ「鮎釣ると」　（5・八六九）
百日《ももか》しも　行かぬ松浦道《ぢ》　今日行きて　明日は来なむを　何か障れる　（5・八七〇）
天平二年七月十一日、筑前国守山上憶良謹みて上《たてまつ》る

一首目の「麻都良我多」を「潟」と訓む説があるが『古義』の説により「県」とした。松浦川に遊ぶ序に「松浦の県に往きて」とあるのに照応する。「領巾」は、女子が装飾として肩にかけた細長い布。呪力があるとされ、これを振れば念願がかなうとされた。二首目の「足日女」は息長足女命《おきながたらしひめのみこと》、神功皇后のこと。『神功前記』に皇后が玉島川の石の上で鮎を釣り新羅遠征の成否を占ったとある。松浦川に遊ぶ序の「玉島の潭に臨みて遊覧するに、忽ちに魚を釣る

女子等に値ひぬ」は、その故事を踏まえている。この二首では具体的に佐用姫、足日女の命とその地にまつわる故事を挙げて詠じている。憶良には、神功皇后にちなんだ鎮懐石《ちんかいせき》の歌(5・八一三～一四)もあり、神功伝説には強い関心があった。「み立たしせりし　石を誰見き」と垂綸石《すいりん》(石の上から釣糸を水に垂れて魚を釣ること)にまで言及し、一度見たいという気持を強く述べている。

三首目の「何か障れる」について、井村哲夫(注13)は「小旅行にも出られぬ健康上の不如意を訴えているらしい」と推定しているが、そのような何らかの事情により同行出来なかったものとみられる。松浦川の一連の作を『私注』は憶良作と主張する。しかし『代匠記』に「三首ノ歌、何レモ憶良ハ終ニ松浦河ヲモ領巾麾山ヲモ見ラレサルコト明ナリ」にしたがうべきである。

松浦川の一連の歌物語と梅花宴の歌群は、天平二年四月六日付の書簡とともに都の吉田連宜に送られている。そのことは吉田宜の返書と歌四首(5・八六四～六六)によって知られる。その返書に、「辺城に羈旅し、古旧を懐ひて志を傷ましめ、年矢《ねんし》停まらず、平生を憶ひて涙を落すがごとくに至りては……」とある。都を遠く離れた辺城(大宰府)にさすらい、在りし日を懐かしんでは心を傷め、年月は去って帰らず、若き日を偲んでは涙を落とす、と仰せになっていますが、の意。「古旧」昔、また昔の人。『全註釈』にいうように、旅人の妻の死なども含むと考えられる。

員外、故郷を思ふ歌両首

㈠我が盛り　いたくくたちぬ　雲に飛ぶ　薬食むとも　またをちめやも　(5・八四七)
㈡雲に飛ぶ　薬食むよは　都見ば　いやしき我が身　またをちぬべし　(5・八四八)

右の歌は梅花の宴の歌群の次に載せる歌である。おおむね旅人の作品だといわれている。集成本は右の歌の㈡に注して「右二首は、梅花三十二首、次の追和四首、続く松浦川の作ともども、都の吉田宜《きちだのよろし》に贈られた」。したがうべきと思うが、㈠～㈡はその時に添えたか。㈠㈡の「雲に飛ぶ」は、飲めば天空を自在に飛行することができ、さらに長寿を全うするという仙薬『抱朴子』金丹篇など。「をつ」は若返る意の上二段動詞。㈠㈡は歎老と望京の哀傷である。ここで「雲に飛ぶ薬」に触れるのは、歌を示す相手は吉田宜であり、彼は医家であり、方士であることを意識してのこと（注14）と思われる。宜は医者で方士『家伝下』としても著名であった。方士は神仙の術を修めた人であるので、二首のような趣の歌を添えたのである。今まで筆者は長い間、梅花の歌群にどうしてこのような趣の歌を添えたのか不審に思っていた。歌を示す相手が医者であり方士であることにより、その不審も解消した。

筑紫で詠んだ旅人の望郷歌は他にもある。巻三・三三二〜三五、巻六・九六〇、巻八・一六三九などである。旅人の望郷歌は、老いの嘆きと重なるものもあるが、世俗的感情というより致仕して田園に帰ることを願う中国詩人の文学の系統を引く。望郷の対象が吉野の山川や明日香、香具山などであることがそれを示す。

前に挙げた吉田宜の書簡には次のようにも記している。

梅苑のすばらしい宴席で、多くのすぐれた方々が歌を詠まれ、また松浦川の美しい淵で仙女との贈答の作は、それぞれ孔子とその門弟たちとが講壇でおのおの志を述べた作にも劣らず、また曹植《そうしょく》が洛川《らくせん》で神女に逢った篇かと思われるほどです。むさぼり読んだり吟じたりして、心から感謝し喜んでおります。（原漢文）

旅人を中心とした大宰府の官人（歌人）達のことを孔子とその門弟になぞらえている。やや誇張した表現であるが、諸人の文藻を讃えたものである。私は旅人を中心とした大宰府での諸人（官人）の作を「帥老派《そちのおきな》」の文学と呼称している。

三

筑紫での旅人を中心とする宴席での歌と解されるものは、第一に梅花宴の歌群（5・八一五〜四六）を挙げることが出来る。次に松浦川に遊ぶ歌群（八五三〜六三）、松浦佐用歌群（八七一〜七五）以上は漢序を有し、梅花宴の歌は個人名がある。また蘆城駅家（4・五六八〜七一餞宴）、同（五四九〜五一餞宴）、同（8・一五三〇〜三一歓宴か）、七夕の宴（8・一五二三〜二六、天平元年七月、二年七月帥家）、帥家に饗す（6・九六二）、憶良宴を罷る歌（3・三三七）などの作がある。以上の場合に帥旅人が出席していたか不明のものもあるが、ほぼ旅人が中心となった宴である。

右の宴席で歌を詠じた人びと、およびその他の所で歌を残した旅人周辺の大宰府官人（満誓、遊行女婦児島なども含む）たちの文藻を「帥老派」の文学と称したのである。その特色については、本書「万葉集筑紫歌壇」で述べたので詳しくは触れないが、序文（書簡文も含む）＋和歌（追和歌等も含む）という漢倭混淆の新しい文芸作品を作り出している。しかもそれが諸人の共作という特色を有する。

松浦川の一連の作について中西進（注15）は、漢序と和歌は対応するところはあるが、そこには和歌と漢文との相違を示し、対応は事柄におけるだけで、けっして並列的ではないとする。指摘の通りだと思う。しかし、次のことに留意したい。

漢序は『遊仙窟』や『文選』の情賦群などに出典を依存し、故事に身を寄せている。故に叙事的であり、具体的抒情は欠如している。一方、短歌群は神功伝説を踏まえ、ないしは柘枝《つみのえ》伝説などに暗示を受けて、抒情的で情と景に大きくかかわっている。これは叙事（漢序）と抒情（和歌）が合体した新文芸作品であること。

漢序（他の書簡文や長い左注なども含めて）で詳しく叙事的に事柄を述べ、和歌で個の抒情を詠じ、更に贈る歌、追和歌（佐用姫歌群も含む）と漸層的に詠じられる。それも諸人の共作（梅花宴の歌群も含む）によってなされ、諸人に享受されているところに新味がある。このような形式内容をもつ作品群は新しい万葉の文学であるといえる。

憶良もその有力なメンバーである。彼の場合、漢序、長歌、短歌の形式を多くとる。憶良の作品は、儒仏思想に基づき倫理的、現実的、写実的な作風を示す。同じ中国文学の影響下にある旅人とは対照的である。しかし、漢倭混淆の帥老派の述志の文学であることに変わりはない。彼の作の左注に「上」「謹上」などとあることはそのことをよく示している。

漢倭混淆の帥老派の文学は、帥大伴旅人を中心に、おもに旅人周辺の官人らにより、筑紫の地で生成された。やがて旅人が大納言となり帰京し、まもなく憶良も帰京することによって終息する。

〔追　記〕

本稿脱稿ののち、神野志隆光氏の「松浦河に遊ぶ歌」追和三首の趣向（『万葉集研究』第十四集）に接した。氏は、集中の「追和」の例（一二例）を検証し、蓬客と娘子とのロマンと、留まった側の羨望と、追和の転換によって作品空間の多元的な広がりのなかに風流の仮構はつくり成されるというべきではないか。追和の特異な趣向は、このような点から眺めらるべきだ。……「松浦河に遊ぶ歌」は、ひとつの作品として、目新しい組み合せを意識的に志向したのである。追和三首が留守歌をもって加わったことの狙いはそこにあるに外ならない。追和三首は、作品を新しいかたちで成りたたせる意欲的な試みであったということができる。

と説く。追和三首を含めたところで完成された作品群として捉えねばならない、という氏の説により、本稿の論述が完全性を保つことになる。

〈注〉

（1）古沢未知男『漢詩文引用より見た万葉集の研究』一四三―六五頁（桜楓社、一九七二年）
小島憲之『上代日本文学と中国文学・中』一〇二七―五六頁（塙書房、一九六四年）

（2）真下厚、廣岡義隆「口訳付山上憶良全歌集」（桜楓社、中西進編『山上憶良―人と作品―』二六六―七五頁。林田正男編『校注万葉集筑紫篇』二一九―二二頁（新典社、一九八八年）、両者に諸説一覧表、無署名歌帰属表あり。

（3）五味智英『万葉集の作家と作品』四二一―二三頁（岩波書店、一九八二年）

（4）渡瀬昌忠「柿本人麻呂における贈答歌」（『美夫君志』第一二号、一九七〇年）

（5）稲岡耕二「松浦河に遊ぶ序と歌の形成」（有斐閣、伊藤博・稲岡耕二編『万葉集を学ぶ』第四集、一九七八年）
稲岡耕二『万葉集表記論』三四三―六四頁（塙書房、一九七六年）

（6）原田貞義「『遊於松浦河歌』から『領巾麾嶺歌』まで」（『北大古代文学会報』一五号、一九六七年。後に有精堂、日本文学研究資料叢書『万葉集・I』所収、一九六九年）

（7）井村哲夫『万葉集全注』巻第五、一二六―四〇頁（有斐閣、一九八四年）

（8）米内幹夫「『松浦河に遊ぶ歌』―試論―作者の問題を中心に―」（笠間書院、『万葉集論攷・I』、一九七九年、後に翰林書房『大伴旅人論』一〇六―二九頁所収、一九九三年）

（9）前掲書（7）一四〇頁。

（10）村山出『―憂愁と苦悩―大伴旅人・山上憶良』一六八頁（新典社、一九八三年）

(11) 前掲書(7)一三八頁。
(12) 川口常孝「奈良朝歌人住宅地考」(塙書房、五味智英・小島憲之編『万葉集研究』第六集、一九七七年。後に同氏の『人麿・憶良と家持の論』所収、一九九一年)
(13) 前掲書(7)一五三頁。
(14) 前掲書(7)一二二頁。(10)一六〇頁。
(15) 中西進『万葉集原論』二七六—八一頁(桜楓社一九七六年)。(6)も同趣のことを説く。

大伴旅人と吉田宜

中村　昭

一　吉田氏の出自

新撰姓氏録（左京皇別下）によれば、吉田連（キチタと読むのが正しいと考えられる）は、孝昭天皇の皇子、天帯彦国押《あめたらしひこくにおし》人命《ひとのみこと》の四世の孫、彦国葺命《ひこくにぶくのみこと》の子孫であるが、崇神天皇の御代、彦国葺命の孫《ひこ》、塩乗津《しほたりつ》彦命《ひこのみこと》の時、任那国の奏請に基づき勅命によって朝鮮半島の三己汶《こもん》（上己汶・中己汶・下己汶）の地に移住、その地の宰《みこともち》となった。吉田《きちた》の吉《きち》は宰の意の古代朝鮮語に基づくという。後、従五位下知須等は奈良の京、田村里河に居住、聖武天皇神亀元年（七二四）、吉田連の姓を賜ったというのがその大略である（注1）。続日本後紀承和四年六月己未の条は、宜の孫、書主等の賜姓記事で、始祖塩垂《ママ》津は大倭人であったが、国命に従い三己汶の地に移住した。その地が遂に百済に隷したので、八世の孫、達率吉大尚（宜の父）、弟少尚等はあいついで来朝した。世々医術を伝え、兼ねて文芸に通じ、子孫は奈良の京田村の里を家としたので姓を吉田連と賜ったと記している（注2）。更に文徳実録嘉祥三年十一月己卯の条には、同じく書主の卒伝を記し、祖正五位上図書頭兼内薬正相模介吉田宜、父内薬正正五位下古麻呂が並びに侍医として累代供奉し、宜等は兼ねて儒道に長じ、門徒が録されている旨が述べられている（注3）。塩垂津彦の三己汶移住までの記事については、伝説、伝承の域を出ないであろうが、確実と思われる吉大尚以降について他の資料も補って系図を作れば次のようになる。

達率　　吉田連　　　　　　興世朝臣
┌吉大尚┬宜——古麻呂——書主
└少尚　└知須

宜の父吉大尚は百済からの渡来人であった。達率は百済の官名である。大友皇子が二十三歳で皇太子となり、広く学士を求めた時、沙宅紹明・塔本春初・許率母・木素貴子らとともに皇子の賓客となった（懐風藻・書紀）。天智十年正月、これらの人々に位を授けた時、小山上を授けられた。書紀には「薬を解《し》る」と記されている。上記の諸資料から吉田氏は医を業として朝廷に仕え、儒学・文芸に通じた渡来人の家系であったことが知られる。

宜の弟と思われる知須について、続日本紀神亀元年五月辛未の条の賜姓記事は、「従五位上吉宜。従五位下吉智首並びに吉田連」と記している。知須は智首とも書かれたのであろう。養老三年正月、従五位下に昇叙。懐風藻には、「従五位下出雲介吉智首一首。年六十八」として「五言　七夕　一首」が載せられている（注4）。彼もまた一族の名を恥ずかしめない教養の人であったのであろう。

二　宜の経歴

では、宜自身の経歴はどのようなものであったのだろうか。続紀等の資料に基づくと次のようなものになる。宜の出生の年は不明であるが、初め僧となって恵俊と称した。文武四年（七〇〇）八月、その芸（医学と解せられる）を用いるため還俗させられ、姓を吉、名を宜と賜り、務広肆を授けられた。和銅七年正月、正六位下から従五位下に叙せられたが、この時、山上憶良もともに叙爵している。養老五年正月二十七日の詔「文人武士は国家の重んずる所、医卜方術は古今これを崇ぶ。宜しく百僚の内学業に優遊し、師範たるに堪ふる者を擢んでて特に賞賜を加へて後生を勧励すべし」に該当して、「医術従五位上吉宜」の名が記されている（注5）。天平二年三月二十七日、「陰陽医術及び七曜頒暦等の類は国家の要道、廃闕するを得ざれ。ただ諸の博士を見るに年歯衰老して若し教授せざれば恐らくは業を絶するを致さん」という趣旨のもとに「弟子を取りて将に業を習はしめよ」と教授する博士の中に宜の名も見えている

（注6）。同年五月十二日図書頭、同九年九月正五位下、同十年閏七月典薬頭。以上が宜の主要な経歴である。

中西進氏は、

卒年七十才が何時であるかは不明だが、和銅七年正月の従五位下叙が憶良と同時であり、還俗が文武四年八月、典薬頭が天平十年七月なので、憶良よりやや若く、若干遅くまで活躍があったのではないかと見られる。文武四年から天平十年までは三十九年間である。かりにこの天平十年から七十年を逆算すると天智八年の出生となる。その生涯の間、近江朝に生れ、人麿の新しい歌とともに成長し、憶良と雁行して長王、旅人という文化貴族に親近しているのである。

と記しておられる（注7）。宜の文学を考える上で重要な指摘であろう。

三　吉田氏の出自をめぐる二、三の問題

前述のように姓氏録には、宜の先祖塩垂津彦が朝鮮半島三己汶の地に移住したと記され、続後紀には、その地が後に百済に隷したとある。

塩垂津彦の移住は伝説、伝承の域を出ないことがらであろうが、三己汶の地は蟾津江流域の今日の南原付近であり、古く伽耶諸国のうちの一つに属し、最近の韓国考古学の発展とともに古代日本との関連が注目されている地域である。

古代における朝鮮半島からの渡来人と日本文化との関連はいまさら喋々するまでもないことであるが、それらの渡来人の中には、その先祖を日本に持ち、朝鮮半島に移住・居住し、後、再び日本に帰ってきた、いわば、「復帰渡来人」といったグループの人々がいたのではないか、そして吉田氏などもその一氏族ではなかったか、ということが考えられる。

すでに『三国志』魏書・東夷伝の弁韓・辰韓の記事はよく知られている。「国は鉄を出だし韓・濊・倭みな従って取り、諸の市買にはみな鉄を用ふ」という鉄をめぐるＡＤ三世紀当時の情況が一方において文献上認められ、他方、伽

耶諸国、日本の遺跡において、それらの鉄素材が発掘されているのである（注8）。先頃、東京国立博物館で開催された「伽耶文化展」（注9）のカタログで、武田幸男氏は、伽耶諸国の鉄に触れられ、伽耶成立後の五世紀のころには玉田、大成洞、福泉洞の諸遺跡で鋳造斧形品あるいは鉄鋌が大量に発見された、そして倭人はみずから製鉄できるようになった六世紀あたりまでは、その素材を伽耶地域に求めつづけたと述べられ、倭国の政治的・文化的発展に果たした伽耶の鉄の意義ははかりしれない、と記しておられる（注10）。この時代、日本が単に伽耶諸国の文化からの影響を受けただけでなく、日本の文化の影響を受けた遺物も、また、伽耶遺跡において出土しているのである。吉田宜の始祖が移住したという己汶の地は、前述のように今日の南原付近であり、その付近には、今回の展示にも発掘品のいくつかが陳列されていた月山里《げつざんり》古墳群がある。武田氏はまた、蟾津江流域は地勢的におのずから一区画をなすが、南原の月山里の遺跡には大伽耶の要素が強くみられること、六世紀になるとそれまで勢力圏に収めてきた蟾津江流域の諸国、己汶・帯沙《たさ》（河東）の帰属をめぐって大伽耶が百済や倭と抗争し、あるいは新羅と結んだり離れたりしたことを指摘しておられる（注11）。

大伴金村が継体、安閑、宣化、欽明に仕え、朝鮮問題の処理に当たり、三男の狭手彦《さでひこ》もまた任那を救い、百済を助けたことはよく知られている。金村が大連として外交問題の処理に当たったのであれば、当然ながら半島の各地に情報網を持っていたと考えられる。その場合、新羅と百済の圧力を受けている伽耶諸国にそれらが設けられたであろうことは想像に難くない。吉氏の祖先なども一つであったかもしれない。大伴氏は、歴代、半島と深いつながりを持ちつづけてきたと考えられる（新羅の尼理願などもその一つのケースだったのであろう）。大伴氏が豪族として成長する過程で、良質の鉄を大量に獲得することは武具・馬具・農耕具の確保に欠かせなかったろうし、武人官僚、外交官僚となって後もそれは変わらなかったであろう。大伴の御津の地の領有がいつかは明確でないが、鉄をはじめとする大陸の財物や文化、情報を輸入する上でこの地の領有は大いに貢献したと考えられる（官港以外の港もあったろう）。

吉田氏は、渡来後のある時期から、「奈良の京、田村の里」を家としていた（続後紀）。田村里は現在の奈良市尼ケ辻町一帯の地とされているが、万葉集巻八・一四四九、一五〇六、一六二二、一六六二には「田村」の文字が見え、巻四・七五六〜五九の左注には、「右田村大嬢と坂上大嬢と并にこれ右大弁大伴宿奈麻呂卿の女なり。卿は田村の里に居り、号を田村大嬢と曰へり」の記述がある。吉田氏と大伴宿奈麻呂とは同じ里に居住していたのである。私はそこに大伴氏と吉田氏との深い関係を推測してみたい。朝鮮半島を介して両氏の関係は数代を経て結ばれたものではなかったか。もちろん、これには詳しい実証が必要であるが、伽耶遺跡においては文字資料も発掘されており、伽耶諸国と日本との関係の解明も急速に進みつつある。朝鮮半島に移住したという伝承を持ち、後、再び日本に渡来した「復帰渡来人」のグループの存在も、将来単なる伝承以上のものとなる可能性もあると考えられる。

四　宜の漢詩

懐風藻には長王宅で新羅の客を送別した詩と吉野従駕の詩の二首が宜の漢詩として収録されている（注13）。第一首について。毛詩・文選に用いられている語や左伝等の中国の故事をふまえての表現が多用されていることは諸注に指摘されているが、中西進氏は、

……対は結句以外の六句で最も普遍的なもの、その中で「西」「南」、「人」「驂」、「一」「万」と対偶の発字を連ねる。しかし、三、四句は宜独自のもので、ここに宜の文章力がある。

と評しておられる（注14）。

第二首の従駕詩についても、中西氏は、その独自性を指摘され、

故事を絶っている個性的なものである。地名を折り込んだ、或いは折り込んだと思われる「三舟の谷」「八石の洲」「夢の渕」なども他にはない。（同）

と従駕応詔詩としては個性的であることを特徴づけておられる。さらに、その対偶表現が、

神　勝　雲―霞　黄　桂
居　地　巻―開　葉　白
深―寂　三―八　初―早

亦——復　舟——石　送——迎
静——幽　谷——洲　夏——秋

と完璧であることを宜の造詣の深さであるとしておられる（注15）。

「八石」の解について、小島憲之氏は、地名説をとる諸注の他に、

　三という数の対比として八を点出したかも知れない。

の解を示され、

　更に一案を示せば、抱朴子（論仙篇。奈良朝頃に伝来）の八石を連想して用いたかも知れない。八石は仙人服食の品（朱砂、雄黄、空青、硫黄、雲母、戎塩、硝石、雌黄）をいい、神仙伝に淮南王八公の一人が八石をねって竜に乗り雲に登った記事も残る。

と注しておられる（注16）。

「八石」についての私見を述べれば、この詩は、吉野従駕の詩であり、吉野が当時の文人によって神仙境として考えられていたことは懐風藻や万葉集に見られるところであるが、更には吉野付近に丹が多く産出し、「丹生都比賣神社」（丹を扱う部族の神）が各地に祀られるなど丹砂（朱砂・辰砂・光明砂ともいう。硫化水銀のこと）の産地として知られていた（注17）ことを考えあわせると、「仙人服食の品」の解をとりたい。丹砂はいうまでもなく「仙薬の上」として知られる煉丹術における最重要物質である。この詩には、「神居」（神仙の住居）、雲・霞・桂（いずれも仙人に関係の深い語）等神仙思想に基づいた表現がきわめて多い。「八石」もその一つとして解したいと思うのである。「遺響千年流」についても、小島氏は「林注は仙人の話の伝わる意とする」という説をも示しておられるが、私見としては、この解をとりたいところである。万葉集巻五所収の宜の書簡にも「松喬を千齢に追ひたまはんことを」の句がある。前述のように、宜の儒学、医学の造詣については諸書に伝えるところであるが、彼の神仙思想——更には道教についての知識が並一とおりのものでなかったことは、『家伝　下』に、

　方士として名有り

と記されていることによってもわかる（注18）。「方士」とは、「方術の士」であり、方術とは祠竈《しそう》、穀道《こくどう》、却老《きゃくろう》の術や金丹と呼ばれる不老不死の仙薬を調合する術である。そして、儒学と医術と方術とは微妙に重なり合う。「八石」は仙薬の原料と解したい。それが方士宜にふさわしい解であろう。この詩は、当時流行の神仙思想をベースに置いて、吉野離宮を神仙の居に見立て、聖寿の千秋をことほいだものであろう。

もう一言すれば、宜の弟智首の漢詩「七夕」にも、「菊風」「桂月」「仙車」「神駕」等牽牛織女の神話に神仙思想が色濃く投影されている。当時の流行とはいえ、やはり、吉一族の家学の一露頂を示しているものといえよう。当時の神仙思想は一面では不老不死、不老長寿の仙薬と密接に結びつき、その中心には吉氏のような渡来人の医学を業とする人々がいたのではあるまいか。

五　宜の書簡と歌

万葉集巻五には天平二年七月十日付の宜の書簡と四首の歌が載せられている。この書簡には宛名が記してないので、その相手について憶良に宛てたとする説と旅人に宛てたとする説の二説がある。憶良説をとるのは古義や私注であり、旅人に宛てたとするのは、代匠記、全注釈、注釈等である。

私注の考え方は次のとおりである。私注は巻五全体が憶良の手記であるとする前提に立って論を進める。宜の書簡も憶良宛とする。旅人の房前宛書簡に大伴旅人謹状とあるのよりも略式であり、旅人宛とするには粗略すぎる、しかもそれらには脇付まで保存されているのに、これにそれがないのは、巻五を憶良手記と見、この書簡を憶良宛と見なければ説明困難である、というのがその主張である。

これに対して、脇山七郎「萬葉集巻五新釈」は、次に述べる契沖指摘の八六八〜七〇番歌の存在をはじめとして、敬語の問題や「辺城」の解釈等々から私注の説を詳しく批判して旅人説を展開している（注19）。

契沖は『萬葉代匠記精撰本』の中で旅人宛とする根拠を六つ挙げているが、そのうち最も重要なものはその五番めである（注20）。

下ノ憶良ノ書并歌ハ、帥卿ノ典法ニ依テ部下ヲ巡察セラルヽニ贈ラル。書尾ニ天平二年七月十一日トカヽレタルニ、三首ノ歌、何レモ憶良ハ終ニ松浦河ヲモ領巾麾山ヲモ見ラレサルコト明ナリ。是五ツ。

その歌というのは次の三首である。

松浦潟佐用姫の児が領巾《ひれ》振りし山の名のみや聞きつつ居《を》らむ　（5・八六八）
足日女《たらしひめ》神の命《みこと》の魚《な》釣らすとみ立たしせりし石を誰見き　（5・八六九）
百日しも行かぬ松浦道今日行きて明日は来なむを何か障《さや》れる　（5・八七〇）

さて、この問題には宜の書簡の前にある「松浦河に遊ぶ序及び贈答歌」が関連してくる。井村哲夫氏の文が簡にして要を得ているので引用させていただく（注21）。

この一篇（稿者注・松浦河に遊ぶ序ならびに歌）は梅花宴三十二首などと共に、都の吉田宜《きちだのよろし》にあてて四月六日付で送られたものだが、同時に在筑紫の人々にも披露されたようで、その松浦遊行をうらやむ山上憶良の歌三首（八六八～七〇）がある。その憶良歌には「七月十一日謹上」とあって、憶良は七月八日の旅人邸の七夕宴に出席（8・一五二六注）しているから、その七夕宴の席上で松浦川の作品を知ったのであろうと、全注釈が推測したのが当っていよう。それまで旅人が披露を隠していたのではない。この六月から閏六月へかけて、旅人は脚瘡を病み、一時は死を覚悟したような状態だったのである。だから七月八日の宴は全快祝いをかねてのもので、さぞさんざめいた宴であったにちがいない。

この後、井村氏は、一編を宴席の風流な趣向として構想し、十一首をアレンジして演出したのは旅人であろう、序文は演出者旅人の作文であろう、という説を展開しておられる。

宜の書簡について中西進氏は、当時の文雅が、名だたる漢籍の引用によって舞文する事にあったという特性を一つ鮮明に見せる、という指摘をされて、懐風藻の詩の方がむしろ個性的なものをもっていた、それがここにはないが、その後の四首の歌で「個性的な詩」という線への歩みよりが示されていると述べておられる（注22）。

八六四番歌（注23）について、中西氏は、「―ずは―ましを」という恋の常套句を踏みながら、この歌には化身の思想があり、神仙説話には神女・化身という要素が大きな位置を占めており、宜という作家や次の歌などのとる立場からいえば、この一首はやはり神仙譚的化身の思想に出ると考えるべきであり、旅人への思慕が恋の常套句によって表現されていると説かれる。鋭い指摘であろう。

八六五番歌（注24）について、中西氏は、いっそう神仙的であると指摘され、「少女を常世の国の天少女に見立てているのであり、旅人の作の方には、たかだか『良人の子』としかいっていないのであるから、序を併せて全体の雰囲気が遊仙窟に代表されるような神仙譚系のものたる事を逸早く察知したというべきである」と述べておられる（注25）。

こう見てくると、宜の漢詩や歌はその発想の源を神仙思想に得ているということができよう。それはもちろん当時の流行であろうが、むしろその流行を作り出すセンターの側にあって漢詩や歌を作っていたといえるであろう。そしてそれは、彼の神仙思想や方士の術に対する深い造詣に根ざしているのであり、更には大陸仕込みの父大尚から伝えられた家学によるところ大なるものがあるのではなかろうか。

八六六番歌（注26）の「はろはろ」について中西氏は、この語が皇極紀三年の童謡にあるほか、集中の用例では巻十二と二十とで、古語であり、八六七番歌（注27）の「君が行き」も、先の「ずは―ましを」を用いた盤姫皇后と類同のものを用い、この句は他に例をもたず、意識なくしては現れないものであろうと指摘して、宜には古典の知識があり、古語復活の中でかかる語を使用したのではないかと述べておられる（注28）。私見を加えれば、宜には、「先祖がえり」の意識があったのではないだろうか。前述のように、始祖が天皇家に発する「大倭人」であったという伝承が、史実ではなく単なる伝承であったとしても、父の日本渡来という大きなきっかけによって、その意識は彼の心の中で大きく成長していったと思われる。儒教は一面においては「祖先の祀り」の教えであり、祖先を祀るということは、祖先に大きなプライドを持つ、ということでもある。その儒教を家学とした彼が、「大倭人」であった祖先の国に住んで、日本の古典に深い関心を持ったのは自然のなりゆきであったろう。私は彼の歌の中に「復帰渡来人」の一つの典型を見るのである。ちなみに吉氏は、宜の孫書主の代に「朝臣」に列せられている。彼の遺志の一つが実現されたのであろうか。

〈注〉

(1) 佐伯有清『新撰姓氏録の研究』考証篇第二　二五―三六頁（吉川弘文館、一九九一年）

(2) 『続日本後紀』六七頁（吉川弘文館、一九七六年）

(3) 『日本文徳天皇実録』二一―二二頁（吉川弘文館、一九八一年）

(4)
冉冉逝不レ留　時節忽驚レ秋
菊風披二夕霧一　桂月照二蘭洲一
仙車渡二鵲橋一　神駕越二清流一
天庭陳二相喜一　華閣釈二離愁一
河横天欲レ曙　更歎後期悠

『日本古典文学大系本　懐風藻』一二一頁（岩波書店、一九七三年）

(5) いずれも続紀。『続日本紀　前篇』七、五四、八四頁（吉川弘文館、一九七二年）

(6) 『続紀』一二二頁。

(7) 『万葉集の比較文学的研究　中』三六八頁（桜楓社、一九七二年）

(8) 原文「国出レ鉄、韓濊倭皆従取レ之。諸市買皆用レ鉄。如二中国用一レ銭」。『二十五史　三国志集解　巻三十、魏書・烏丸鮮卑東夷伝』七二五頁（台湾　芸文印書館印行　出版年次記載なし）

(9) 一九九二年六月三十日～八月九日開催。

(10) 『伽耶文化展』二〇頁（朝日新聞社、一九九二年）

(11) 前掲書一八頁。

(12) 「任那」については日韓両国で種々論議があるが、「任那日本府」の性格については将来の研究にゆだねたい。

(13) 五言　秋日於二長王宅一宴二新羅客一　一首
西使言帰日　南登餞送秋　人随二蜀星遠一
驂帯二断雲浮一　一去殊二郷国一　万里絶二風牛一
未レ尽二新知趣一　還作飛乖愁
五言　従二駕吉野宮一　一首

神居深亦静　　勝地寂復幽　　雲巻三舟谷
霞開八石洲　　葉黄初送レ夏　　桂白早迎レ秋
今日夢渕上　　遺響千年流

(14)　前掲書、三六九頁。
(15)　前掲書、三六九頁。
(16)　前掲『懐風藻』補注、四六四頁。
(17)　『古代日本人の心と信仰』所収、和田萃「日本古代の道教」参照（学生社、一九八三年）
(18)　『寧楽遺文』下、八八六頁（東京堂出版、一九七五年）
(19)　同書、一九〇―二一〇頁（国書刊行会、一九七四年）
(20)　『契沖全集』第三巻、八二頁（岩波書店、一九八四年）
(21)　『萬葉集全注　巻第五』一三八頁（有斐閣、一九八四年）
(22)　前掲書、三七〇―三七一頁。
(23)　後れ居て長恋せずはみ園生の梅の花にもならましものを
(24)　君を待つ松浦の浦の娘子《をとめ》らは常世《とこよ》の国の海人《あま》娘子《をとめ》かも
(25)　前掲書、三七一頁。
(26)　はろはろに思ほゆるかも白雲の千重に隔てる筑紫の国は
(27)　君が行き日《け》長くなりぬ奈良路なる山斎《しま》の木立も神さびにけり
(28)　前掲書、三七二頁。
〈補注〉　巻五の編纂について一言すれば、最終編纂者は家持であると私は考えている。古日歌にその証がある。拙稿「万葉集の三表記におけるノの表記について」（『東洋文化研究所紀要　第十一輯』所収、一九九一年）を参照されたい。

松浦佐用姫

東　茂美

一

松浦佐用姫をうたう歌は、『万葉集』に次のように見える。

①　憶良、誠惶《せいくわう》頓首《とんしゅ》、謹みて啓す。憶良聞く、方岳《はうがく》諸侯と都《と》督《とく》刺《し》史《し》とは、並《とも》に典法《てんぱふ》に依りて、部下を巡行し、その風俗を察《み》ると。意内に端《はし》多く、口外に出だすこと難し。謹みて三首の鄙　歌《いやしきうた》を以て、五蔵《ござう》の欝　結《むすぼほり》を写《のぞ》かむと欲《おも》ふ。その歌に曰く（のうちの一首）

松浦《まつら》潟《がた》佐欲比売《さよひめ》の児《こ》が領巾《ひれ》振《ふ》りし山の名のみや聞きつつ居《を》らむ　（5・八六八）

②　大伴《おほともの》　佐提比古郎《さてひこのいらつこ》　子、特《ひと》り朝命を被《かがふ》り、使ひを藩国《はんこく》に奉はる。艤棹《ふなよそひ》して言《ここ》に帰《ゆ》き、稍《やくやく》　に蒼波《さうは》に赴《おもぶ》く。妾《をみなめ》松浦〈佐用嬪面〉この別れの易《やす》きことを嗟《なげ》き、その会《あ》ひの難《かた》きことを嘆く。即《すなは》ち高き山の嶺《みね》に登り、遙《はろ》かに離《さ》り去《ゆ》く船を望み、悵《ちゃう》　然《ぜん》に肝《きも》を断《た》ち、黯然《あんぜん》に魂《たま》を銷《け》つ。遂に領巾を脱《ぬ》きて麾《ふ》る。傍《かたはら》　の者《ひと》、涕《なみだ》を流さずといふことなし。因りてこの山を号《なづ》けて、領巾《ひれ》麾嶺《ふるみね》と曰ふ。乃《すなは》ち歌を作りて曰く

遠《とほ》つ人松浦佐用比米《さよひめ》夫恋《つまごひ》に領巾振りしより負《お》へる山の名　（5・八七一）

後《のち》の人の追和《ついわ》

③山の名と言ひ継げとかも佐用比売《さよひめ》がこの山の上《へ》に領巾を振りけむ　（5・八七二）

最後《いとのち》の人の追和《ついわ》

④万代《よろづよ》に語り継《つ》げとしこの岳《たけ》に領巾振りけらし松浦佐用嬪面《さよひめ》　（5・八七三）

最々後《いといとのち》の人の追和二首

⑤海原《うなはら》の沖行く舟を帰れとか領巾振らしけむ松浦佐欲比売《さよひめ》　（5・八七四）

⑥行く舟を振り留みかねいかばかり恋《こほ》しくありけむ松浦佐欲比売《さよひめ》　（5・八七五）

三島王《みしまのおほきみ》、後に松浦佐用嬪面の歌に追和する歌一首

⑦音に聞き目にはいまだ見ず佐容比売《さよひめ》が領巾振りきとふ君松浦山《きみまつらやま》　（5・八八三）

しばしば指摘されているように、②に記された序の後日譚めいたものが、『肥前国風土記』（鏡渡り・褶振の峯）にある。一譚は、狭手彦が「容貌美麗《かほきらきら》」しい篠原村の弟日姫子《おとひひめこ》を娉《つまど》い婚《まぐわい》をなしたものの、別れの時となり弟日姫子は悲しみ涕泣して河を渉るが、そのおりに贈られていた鏡の緒が絶えて水中に沈んだという地名起源。また一譚は、狭手彦と別れて後、狭手彦によく似た男が弟日姫子を夜な夜な妻訪い、暁早くに帰っていくその男の素性に不審を抱いた弟日姫子がひそかに「績麻《うみを》」をつなぎ、従女をともなって行方をさぐるという三輪山型の伝承である。「績麻」をたどっていった弟日姫子は、沼のほとりで蛇の頭の人に会う。その人が語っていうには「篠原の弟姫の子ぞ　さ一夜《ひとゆ》も率寝《ゐね》てむ時《しだ》や　家にくださむ」。これは一般に解されているように、この山を中心として行われていた嬥歌会《かがい》の謡がとりこまれたものだろう。弟日姫子の従女が一族に助けを求めて走ったが、蛇の姿も弟日姫子の姿もかき消え、人の屍が残されていたというのである。続けて、家人がその弟日姫子の墓を造り現在にいたっていると語っている。

いま詳しくは述べないが、弟日姫子が鏡を携えていること、蛇に見初められた姫が大姫《おおひめ》でなく、神との結婚の資格を有する弟姫であること、姫が従女を連れていること、大伴狭手彦との唱和がなく、蛇頭の人との唱和が中心であること（ただし、『風土記』では弟日姫子の歌は欠落している）などを考えると、褶振峯に関わる弟日姫子譚のもっとも深奥には、実は訪れる神（蛇）を招《お》くための褶振りと異類婚があるように思われる。たとえば、須勢理毘売は「褶」を持っていて、それを与えられた夫大穴牟遅は、須佐能男によって蛇の室に寝かせられたが、事なきを得ている（『古事記』神代、大穴牟遅の根国訪問譚）。この場合の蛇は災禍であって「褶」はそれを祓う呪具だが、依り憑かせるか逆に祓い清めて遠

ざけるかは、まさに呪具の両義性である。弟日姫子の身に装う「褶」は、村立ての始原ともなる神（蛇）を憑依させる呪具であったのだろう。なにより、首のうしろから肩に左右に懸け長く垂らした「褶」は、蛇身のシンボルそのものでもある。佐用姫の原像は神（蛇）を招き神婚（異類婚）をなした、身に蛇をまとう巫女と考えたほうが、伝承がどこまでも「褶」にこだわって山の地名起源としている事由がわかりやすい。それに大伴狭手彦という貴種流離の伝承がかぶさり、本来は神との神婚であったはずの蛇との交わりが邪なものとされ、『日本霊異記』（中巻第八話・十二話・四十一話）などに見られるような、蛇に犯されるまがまがしい志怪譚にまで変容したのだろう（注1）。哀艶な別離の伝承が生まれるのと蛇神が落魄するのとは同時であり、『万葉集』ではもっぱら〈望夫〉の悲話として詠まれている。

二

蛇との神婚を起源とする伝承が後退し弟日姫子の呼称も佐用姫となり、やがて都から訪れた貴種狭手彦との恋愛そして別離の伝承、つまり〈望夫〉をテーマとする伝承へと変わっていったのが、いったいいつの頃からかは分からない。おそらく、旅人や憶良らが話題にする頃には、『風土記』とは別の伝承として存在していたのだろう。とはいえ、神婚伝承の揺曳が見られぬわけでもない。他ならぬ佐用姫の名がそれである。その土地を代表する女人は一般称としてしばしば地名を冠して称されるが、佐用姫はこれとはやや異なるらしい。サヨはたぶん「佐夜ふけて」（一〇五）、「佐夜は明けこの夜は明けぬ」（三三一〇）、「狭《さ》夜中に」（六一八）、「佐宵中《さよなか》と」（一七〇一）、「……瑳用迺虚《さよどこ》を並べむ君は　畏《かしこ》きろかも」（『日本書紀』仁徳）あるいは「佐用婆比《さよばひ》にあり立たし　婚ひにあり通はせ……」（『古事記』神代）と同様のサヨだろう。サはそれぞれ夜、夜中、夜床、婚いの接頭語でほとんど実質的に意味ないものとされているが、岩崎良子氏によれば原性質としてのサは霊威の充足した状態をいうのであって（注2）、サヨヒメとは霊威の充溢した夜に共寝をする（この淵源をたどればいうまでもなく神婚）ヒメというのが原義であったに他ならない。今日ほとんど言及されることはないが、サヨヒメという呼称は神婚を始原とした嬥歌会のめくるめく共寝を呼び起こす。そのような呼称なのである。このセクシャルな響きは、旅人や憶良そして周辺の官人たちに、じゅうぶん理解されていたと考えてよいだろうから、〈別離〉はただ単なる物理的な隔絶ではなく、真から睦みあった肉体的なよりどころをいまや喪失しようとする、おんな佐用姫の悲しみとして、感じとられていたはずである。しかし旅人らは、古来の土着伝承そのままを文苑のテーマとしたわけではなかった。

①は「憶良、誠惶頓首、謹みて啓す」と書かれた憶良の書状にある歌である。「方岳」は堯・舜の時代におかれていたという東岳（泰山《たいざん》）・南岳（衡山《こうざん》）・西岳（華山《かざん》）・北岳（恒山《こうざん》）の四岳に関する諸事項をつかさどる長官。「諸侯」は周代の諸国の君主。「都督」は魏晋時代の官名でここでは大宰帥を、「刺史」は漢唐時代の官名でここでは大宰府管内の国守を、それぞれ中国風に表現したものだろう。『全注』はこうした表現は大袈裟であり、親しい仲での揶揄まじりの気分、少々おどけて書かれたものと想像しているが、それにしても、中国風に書きたててみようとするのはなぜだろう。もう少し憶良のいうところを聞いてみよう。「典法」は法令格式。戸令に「凡そ国の守は、年毎に一たび属郡を巡行して風俗を観《み》、百年を問ひ……」とあって、その国守としての職掌からか、それとも悪化していた持病からか松浦の地に赴くことがなかったという。そこであれこれの物思いを「鄙歌」をもって「写」こうというのであった。「写五蔵之欝結」が中国詩学の意識のもとにあるのは、つとに市村宏氏の指摘されているとおりで（注3）、憶良の文芸意識は、たとえば『詩品』（「上品」序）の引く「詩は以て興すべく、以て観るべく、以て群《つど》うべく、以て怨むべし」（『論語』陽貨篇）などに則っていたことになるだろう。「五蔵の欝結を写」こうとして（やるせない物思いの発散は「怨」）うたった「鄙歌」を旅人のもとに贈ろうとする憶良は、ただしく文人としての交わりを志向していたのである。

憶良が「聞きつつ居らむ」という領巾麾の峯とここを舞台とした佐用姫の悲話は、どうやら都人の知るところでもあったらしい。取りあげる順序が逆になるが、⑦の追和歌がそれを語っている。この歌の作者三島王は舎人親王（天武天皇皇子）の子、淳仁天皇の弟であるものの、養老七年に無位から従四位下に叙せられたことが知られるだけで、①～⑥と関係はわからず、ちょうどこの歌をもって巻五の歌巻の前半がまとめられていることから、たとえば橋本達雄氏は、大伴家持が巻五を現在見るような一巻にまとめる時に増補した一首ではないかと説かれている（注4）。つまり⑦の歌は直接には旅人らの文苑との関わりをもたず、歌資料に興味を喚起され、都にも知られていた伝承を話材としながらうたわれたものとおぼしい。ただし「後に追和する」の題詞は、憶良らの歌を先行としそれに追って和したということだろう。それもこの歌は、吉野川遊覧の「音に聞き目にはいまだ見ぬ吉野川六田《むつた》の淀を今日見つるかも」（7・一一〇五）をふまえ、また「君松浦山」と松浦遊覧歌の「遠つ人松浦の川」（八五七）、「君待ちがてに」（八五九）、「君をし待たむ」（八六〇）、「君を待つ松浦の浦の」（八六五）などの表現に通いあうところから、松浦遊覧の歌群も掌中にしたうえでの作歌だったと思われる。

②〜⑥の歌の献呈者は、後の「敢《あ》へて私《わたくし》の懐《おもひ》を布《の》ぶる歌三首」の左注に見える「天平二年十二月六日、筑前国司山上憶良謹上」の範囲がこの一連にまで及ぶものとして、憶良であるという理解が一般である。もちろん憶良が謹上したとはいえ、②〜⑥のいずれも作者名を記してはおらず、すべてが献呈した憶良ひとりの手になるという確証はない。作者をめぐる諸注諸説は一致をみず、たとえば五首ともに旅人作とする立場（『全注釈』）から憶良作とする立場（注5）までいくつかの説があり、序の作者も旅人・憶良・別人某と意見が分かれている。諸歌のうち⑤⑥は謹呈者の憶良の作という点は今日もっとも穏当な見解とされているので、②③④の歌を承けた憶良が序をととのえて一連の歌群とし、十二月六日に「献上」したという考えが成り立つ。ところが巻五にみられる無題詩や嘉摩三部作あるいは熊凝の歌の序などに見られるような、憶良らしい特色をもっていない。序の表現に憶良の特色が見えないことをもって作者を憶良ではないと断言もできないが、序そのものは「松浦縣に遊ぶ序」を旅人作とするなら、これもまた旅人的とでもいえそうである。ましてや、②の歌がこの序と元来一組のものであったとすれば、②の歌の作者は憶良である（注6）というより旅人とみたほうが良いようで、それなら序と②の歌は旅人の制作ということになるわけである。ところが、②が旅人作であるというのにも疑問が残る。もし稲岡耕二氏のいわれるように、第一首目にあたる②が序と共に提示され、それに③④の歌が追和されたとすれば（注7）、この②③④は序にいう佐用姫の慟哭に焦点を絞ってうたっておらず、かえって憶良の⑤⑥にそれがうたわれているという矛盾が生じてしまうからである。ついでにいえば、従来〈佐用姫〉の表記に注目して論じられてきたが、①（これは明らかに憶良作）では「佐欲比売」、②では「佐用比米」、③では「佐用比売」、④では「佐用嬪面」、⑤⑥では「佐欲比売」、⑦では「佐用嬪面」（題詞）「佐容比売」（歌）と表記

しており、序の注と同じなのは④⑦の歌にかぎられてくる。とすれば序に「佐用嬪面」の注を書き足したのは④の作者となるだろう。しかし原文「妾也松浦」ではどうみても不自然さが拭えないし、もし「妾也松浦」だけであったとしたら、②③でサヨヒメと詠むことに合点がいかなくなる。やはり序の原文にもサヨヒメ（どのような表記かはわからないが）が記されていたと考えるべきだろう。

　いささか煩雑になったが煩雑ついでに、②③④には〈追和〉という情況を反映した同時性があるのに憶良作⑤⑥にはそれがなく、両者の間には大きな距離があるという中西進氏の指摘される問題（注8）にも触れておこう。それは先に述べたように、序文の内容が②③④の歌を飛び越えて、憶良の二首とだけ共通する部分が多いことと同じ疑問でもある。序では「艤棹言帰、稍赴蒼波」「遙望離去之船」とつづりながら、沖へと漕ぎ出ていった船に注目するのは⑤と⑥の憶良の歌だけである。序文と②を旅人作とみなすなら（注9）、地名起源よりも、憶良⑤⑥のように佐用姫の離別悲話に関心を抱くのが、よほど旅人的ではないだろうか。松浦遊覧歌が「時に、日は山の西に落ち、驪馬《りばい》去なむとす。遂に懐抱《くわいはう》を申《の》べ……」と、仙媛との別離の時から唱和が始まっているのを合わせ考えておいてよいだろう。それでは、序は憶良作か。この詮索はすでに述べてきたように、堂々めぐりになりかねないのである。

　②〜⑥の歌群は、作者名をあえて記さないで「追和」を重ね、意識的に作者を韜晦することによって、文苑の歌となっている。もちろん、一首一首の歌は確かに誰かがうたったものだろうが、ここでは作者という〈自己〉は文苑の背後にしりぞき、あるとすれば旅人を中心とする貴族官人たちの集まり、つまり文苑の一綱目としての〈自己〉でしかないだろう。一連の歌群となっているものを腑わけし作者を究明しようとすると、どこかに亦あらたな疑問をはらんでしまうという惧れをぬぐえないのである。次に述べる一案から、②〜⑥の歌はすでに『全注』のいうように、旅人上京の餞宴で一同にうたわれたものとみるのがよい。そして、序の作者を二者選択ふうにあえて選るとするなら、憶良というよりは旅人の作であると思われるが、第一首目の歌②と序との関係からみて、実は序の部分だけがまず文苑の衆前にあったと考えている。

三

すこし視点を転じてみよう。七月十一日に謹上された歌①からうかがえるように、松浦遊覧に参加しなかったはずの憶良の姿勢が、⑤⑥の歌では異なっていることに気づかれる。「海原の沖行く舟を」のヲは一般に「……に向かって」「……に対して」と解されているから、船に向かって帰れと領巾を振った佐用姫の意となるが、つとに諏訪嘉子氏にヲが間投助詞であるという説もあり（注10）、そうであれば、「船よ」の意となる。「海原の沖行く船よ、帰れ」は他ならぬ佐用姫自身の慟哭であり、佐用姫の哀切なことばをそのままうたい込めたということなのである。また「いかばかり」は、いうまでもなく断腸の思いで遙か遠ざかっていく船を望んだ佐用姫の悲しみを慮っての表現だろうが、これも聞き及んでいた佐用姫伝承をうたったにしては、あまりにも臨場性がせりだしている。ましてや、憶良の歌⑤⑥だけを二首として見るのでなく②③④からの流れのうえで見ればなおさらで、③は「この山の上に」であり④は「この岳に」であり、あたかも憶良をふくむ作者某人らが、松浦逍遙の実踏にあってうたっているような趣向をうかがわせる。②でまず山の名の由縁がうたわれる。そして③ではその山の名を「言ひ継げ」、④では「万代に語り継げ」と享ける。この「言ひ継ぐ」「語り継ぐ」という表現は、山部赤人の「語り継ぎ言ひ継ぎ行かむ富士の高嶺は」（3・三一七）と同じく〈讃〉である。ただし、そうした領巾麾嶺への〈讃〉にとどまらず、⑤では転じて遙か韓の国へとつづく海原がうたわれ、さらに威風堂々たる仕様も遠のき、やがて点となって蒼波の彼方へ消えていく軍船へと焦点がしぼられている。「船よ帰れ」とは、残された佐用姫の魂のゆらぎから生まれでた願望の叫びである。しかしながら、その願望はかなわない。当然、次いで茫洋としてひろがる海原を眼下にして佇む佐用姫の姿に、衆目は転じ集まることになるだろう。

これらの歌が披瀝された餞別の宴を、具体的に想定してみよう。『全注』は先の松浦遊覧歌群が「男女複数の歌い手を用意して交々に弾琴唱歌されたもの」であると解し、この②〜⑥もまた「送別の宴での管弦の趣向」があるとしている。もちろんに弾琴唱歌したという記事はどこにもないが、旅人らが中国風の文人・詩客の交わりを志向したのは確実であって（注11）、たとえば旅人が「梧桐日本琴」（5・八一〇～一二）をうたい、また「讃酒歌」（3・三三八～五〇）をうたうように、詩文・酒・琴鼓そして談論が、その交わりに欠くべからざる要素であったことを考えると（注12）、餞宴の席に琴があった蓋然性は高い。ましてや、これらの歌のテーマ〈望夫〉は餞宴での唱和に相応しくもあったろう。直接的に関連する話題ではないが、中唐の元稹（微之）が浙東にあった頃、この地の妓女劉採春は羅嗊曲《らこうきょく》の歌をよく唄い、これを聞く者で涙しない者はなかったという（『唐詩紀事』巻三七）。微之が採春に贈った詩に「……更有悩人腸断処、選詞能唱望夫歌」（「贈劉採春」『全唐詩』巻四二三）とある。楽曲羅嗊曲は即ち望夫歌、夫を旅立たせた妻の愛別離の歌なのである。無論、上述することがらは時代をくだる中唐のものでしかないが、〈望夫〉石の悲話ははやくに『幽明録』（宋、劉義慶）などにあるから、悲話の伝承と共にそれぞれ各地に楽曲があったろうことは難くない。望夫歌とは別離の悲しみの楽曲。憶良はそうした望夫歌の楽曲になぞらえ、自ら琴をつま弾き⑤⑥の二首をうたって、送別の宴をしめくくったのかもしれない。

　さらに憶良の①と⑤⑥のうたう姿勢の違い、序と②との距離、②～⑥という歌の臨場性について考えると、こうした歌には存外よりどころとなる書画があったのではないかという想像をさそう。くり返してきたように、旅人や憶良らを成員とする文苑は、詩文（倭歌）・酒・琴鼓・談論を媒材として、交友の情を尽くすことをもっぱらとするものであった。そうなら彼らの文苑にどうしても欠くことのできない、もうひとつの要素である書画が話題にのぼらなかったとは考えにくい。旅人や憶良が文芸として大いに享受した六朝時代からいえば、顧愷之《こがいし》は言を俟つまでもなく、ひとりだけ例をあげておくと、「酒賛」をつづり博学で談論をなし（『世説新語』雅量篇）、琴・巧芸そして文学に秀でた戴《たい》逵《き》は、古人・山水を描くことに巧みであった。彼は范宣のために「南都賦」（後漢、張衡、『文選』巻四）を描き、范宣を感嘆させている（『歴代名画記』巻五）。時代はくだるが重ねていうなら、憶良がかって遣唐使の一員として長安にあった時代は、この都では則天武后様式の画法が開花した時代であり、さまざまな山水がそして今日われわれが永泰公主（七〇一年没）唐墓壁画などに見ることのできるような羅衣《うすぎぬ》に身をつつむ窈窕たる麗人が、数多く描かれていたはずである。松浦遊覧のおりに旅人が描いた（画工に描かせた）山水あるいは麗人佐用姫の図が餞宴に披露され、それに付されていたのが現行の序（原資料）となった由来譚の書ではないか。そうした山水・麗人図をめぐって唱詠されたゆえに自ずと臨場性にとんだ一群の歌が、憶良や官人某らによってうたわれたのではないか。

この送別の宴をもって、旅人を中心とする筑紫の文苑は終焉をむかえる。弾琴唱歌と談論、山水・麗人図とその〈望夫〉悲話、そして酒。文人・詩客の交わりの終幕に相応しい一日の宴がもうけられたように思われる。

四

「万代に語り継げ」とうたわれたこの佐用姫の〈望夫〉悲話は、たとえば次のようにうたい継がれていくのである。

天の河今朝の舟ぢにをしへばやまつらさよ姫おふす山の名　（『挙白集』巻二、秋歌）

この歌は「冷泉為景朝臣家にて七夕七十首講ぜられりし中の十首」の一首で、題は「七夕領巾」だから、本筋は牽牛と織女の悲恋をうたったものだが、別れ行く想夫への恋情は佐用姫も織女も同じだろう。木下勝俊（長嘯子）の歌は京都大原に隠棲している頃の詠作と思われ、松浦遊覧でうたわれた歌ではない。しかしながら、憶良のように音に聞き目にすることなく、佐用姫の〈望夫〉譚に感興をおぼえたのでもなかった。征明の役のために築城された名護屋本陣へ向かう木下勝俊は、途中の宿舎唐津茶屋あたりから領巾麾の峯を仰ぎ見ていたろうからである。

後世いつの頃からだろうか、佐用姫は中国湖北省武昌の地ほかに点在する望夫石と同様に、帰らぬ夫を待ちながら石になったと伝えられている（注13）。

〈注〉

（1）このあたりは、拙稿「玉潭遊覧す」（『長崎県立大学論集』第17巻1号）で触れた。
（2）岩崎良子「さ寝考」（『上代文学』第50号）
（3）市村宏「山上憶良の歌論」（桜楓社、『万葉集新論』、一九七二年）
（4）橋本達雄「万葉集巻五の筆録者について」（『国文学研究』第26号）
（5）吉井巌「サヨヒメ誕生」（『万葉』第76号）。なお、吉井氏は『集』の佐用姫の伝承を憶良の創作であるとされているが、まったくの創作ならば文苑で話材とする価値がなくなってしまうだろう。地方に残るこうしたある種の〈志怪譚〉への関心も、中国風文苑の特徴としておさえておくべきである。

（6）たとえば木下正俊「蓬客と松浦姫」『全集』補論、井村哲夫『全注』など。

（7）稲岡耕二「巻五の論」（塙書房、『万葉表記論』、一九七六年）

（8）中西進「松浦追和歌」（河出書房新社、『山上憶良』、一九七三年）

（9）稲岡、前掲論文。芳賀紀雄「天平二年十二月六日謹上歌」（『万葉集を学ぶ』第4集）など。

（10）諏訪嘉子「万葉集における助詞『を』」（『万葉』第13号）

（11）中西進「文人歌の試み」（角川書店、『万葉と海彼』、一九九〇年）など。

（12）こうした文苑とは、一見して縁のなさそうな仏教色の濃い憶良の詩文・倭歌も、もちろん彼の資性によるところが大きいが、実は文苑で交わされた談論がその遠因になっている（拙稿「六朝仏教からみた憶良歌の位置」『上代文学』第54号）。

（13）後世の〈望夫〉悲話については、吉田修作「伝承の〈筑紫をとめ〉―松浦佐用姫」（『福岡女学院大学紀要』第2号）に詳しい。

坂上郎女の筑紫下向

浅野則子

はじめに

今もかも大城《おほき》の山にほととぎす鳴きとよむらむ我なけれども　（8・一四七四）

大伴坂上郎女は、奈良の都にもどってから右のようなうたをうたっている。大城山は、大宰府政庁の背後にそびえる山であり、彼女は、日に何度となく目にし、また、季節ともなれば、大城山で鳴くほととぎすの声が耳に届いたことであろう。うたっている今、奈良の都にいる郎女にとって、かつて滞在した「大宰府」は、「大城山」となってうたの中に再現されている。

都で「大宰府」をなつかしむうたをつくる〈うたのおんな〉郎女は、その「大宰府」にいた時は、どのようなうたをつくっていたのだろうか。都以外の地である「大宰府」と〈うたのおんな〉との関わりを考えていきたい。

一

万葉集は「冬十一月に、大伴坂上郎女、帥《そち》の家を発《た》ちて道に上り……」（注1）という題詞をもつうたをのせている。坂上郎女が、天平二年（七三〇）、兄である旅人に先立って帰京したというのである。この点から明らかに大伴家の女性である坂上郎女の「大宰府」滞在は証明されているのであるが、万葉集中、〈うたのおんな〉としての郎女は「大宰府」では華やかに活躍しないようである。

「大宰府」では、たとえば「天平二年正月十三日、萃于帥老之宅、申宴會也……」という漢文ではじまる序をもつ

「梅花歌卅二首」(5・八一五～四六)に代表されるような中国風の文芸を基盤としてもつ新しい文芸が花ひらいていた。そこでは官人であると同時に、うたい手であった旅人、憶良たちによって新しい文芸空間の共有のもとにうたがつくられていったのである。しかしながら、ここに新しい文芸の共有者としての坂上郎女の名を見出すことはできない。小野寺静子氏は、「大宰府」での郎女を「『家刀自』的な役割を荷負って下向」しつつも「その地位と役目を発揮できなかったようである」(注2)とされ、公的と思われる官人たちの宴に名を連ねていないことを「大宰府がすでに大陸文化を直接受けるという長い歴史を持」ったためであり、「日本的巫女、家刀自的存在を認めない、男中心の様式が強く出ていたことによるもの」と理由を求められる。うたをうたうおんな―〈うたのおんな〉―としてあらわれなかったことを実態的に「大宰府」というものの性格によるためとされているのであろう。たしかに、「大宰府」は都の伝統とは異なった、大陸風の「かたち」をつくっていたものと思われる。けれども、そのような実態を超えて、〈うたのおんな〉としてのうた表現の中に、おとこたちとは違ったうたのありかたを求めてみることはできないだろうか。

郎女の名のもとに残されている滞在中のものと思われるうたは、次のようなものである(注3)。

大伴坂上郎女の歌二首

黒髪に白髪交じり老ゆるまでかかる恋にはいまだあはなくに
山菅の実成らぬことを我に寄そり言はれし君は誰とか寝《ぬ》らむ　(4・五六三～六四)

これらのうたの理解のためには、すぐ前におかれている大伴百代のうたもみなければならないだろう。

大宰大監大伴百代の恋の歌四首

事もなく生き来しものを老いなみにかかる恋にも我はあへるかも
恋ひ死なむ後は何せむ生ける日のためこそ妹を見まく欲りすれ
思はぬを思ふと言はば大野なる三笠の杜の神し知らさむ
暇なく人の眉根をいたづらに掻かしめつつも逢はぬ妹かも　(4・五五九～六二)

百代のうたの一首目の「老いなみ」と郎女の「黒髪に白髪交じり」とに「老い」がうたわれていることから、これらの関わりが問題となる。はやくは「百代の持ちかけた求愛が郎女に物の見事に拒絶された」（注4）とみる尾山篤二郎氏のように実態としての二人の恋の贈答をよむ見方もあったものの（注5）、久米常民氏が、両者が同じことをうたうだけで「贈答としての受け答え」になっていないことをあげて、題詠的であるとされ（注6）、さらに伊藤博氏が、百代の題詞にみられる「恋歌」について、万葉集中の例を検討されて「恋歌」とは「恋」をテーマとする「虚構」のうたであると論じられているように（注7）、二人のうたは「老い」をテーマとするうたであるとするのが一般である。百代がうたいだした「老いなみ」と同じテーマでうたいだしたものが郎女の先のうたであると理解してよいだろう。

「黒髪に白髪交り」と〈うたのおんな〉はうたう。かつて黒く美しかった髪は白くなろうとしていると。そして「老い」た今まで、このような恋には出合わなかったと、恋の辛さを訴えるのである。さらに二首目は、不実な恋の相手の訪れない理由を、自分以外のおんなと共寝しているからだと嘆く。こうしてうたのみをとり出してみた場合、老いたおんなが、自らのもとを訪れないおとこを誘《いざな》う恋うたといえるであろう。この表現を『全注』は「実際の年令より老いつかれていた」（注8）とよまれるが実態はおいて、郎女のうたはおんなの立場から、恋の相手を求めるうたであったということをまずはおさえておきたい。ところでおんなが〈老いる〉とは、「大宰府」といううたの環境のもとでこの二人の間でのみ交わされた特殊なうたのテーマなのだろうか。

集中例をひろうと、たとえば、次のようなおんながあらわれてくる。

(1)神さぶと否《いな》にはあらず秋草の結びし紐を解くは悲しも　（8・一六一二）
(2)神さぶと否にはあらずはたやはたかくして後にさぶしけむかも　（4・七六二）
(3)古りにし嫗にしてやかくばかり恋に沈まむ手童のごと　（2・一二九）

(1)のうたでは、新しいおとこに対して、かつて結ばれていたおとこが結んだ紐を解くことが悲しいとうたい、(2)のうたは、後に心がさびしくなるからとおとこに訴えるが、おんなが、おとこを拒否する理由が「神さぶ」であることに注意したい。そして、(3)のうたでは恋に沈むのは「手童」であるはずなのに、そうではない—本来は恋に沈まない—嫗が、苦しい恋をしているとうたいかけている。うたのおんなと〈老い〉については、旧稿でふれたので（注9）、ここでは必要な限りを繰り返すならば、おんなにとって〈老い〉とは、恋をすべきではない状態という前提となるのである。だから、そこからおとこへの訴えは〈一対〉となるべき相手との前に恋ができない状態をつくりつつ、自らのもとに求めるということになろう。〈うたのおんな〉として恋から疎外され、〈一対〉となることができない状態からなお、おとこへむかうといううたの表現は、おとこにとって、〈一対〉を求められつつも、その根拠がないという、きわめて不安定なものとなるはずである。〈うたのおんな〉の〈老い〉とはおとこにとっての、恋のあるべき状態を根底からゆるがせつつ引きよせようとする表現ということになるであろう。今、問題としているうたについて、このように、うたの力―効力―を考えてみた時、先にあげたおんなたちのうたと同じものをもち得ているといってよいはずである（注10）。

郎女のうたをみる限り、実際は三十を少しこえたころであったと思われる彼女の姿（注11）があらわれないのと同じく、「都」からはるか遠い「大宰府」といううたの環境もみることができない。そこにあるのは〈老い〉をうたうおんなのみである。同じテーマをうたった百代が「思はぬを思ふと言はば大野なる三笠の杜の神し知らさむ」と、自らの思いの深さを「大宰府」周縁の神（注12）をもちだすことにより、うたの共通理解を「大宰府」という土地に求めようとしたのに対して、郎女はまったく、具象的な環境、物景をうたわず、共通理解をただ、〈うたのおんな〉の表現の中にのみ求めている。百代と郎女は、同じように恋における〈老い〉によって、相手を求めようとしつつ、「大宰府」といううたの環境への関わり方には、異なるものがあったといってよいだろう。郎女のうたは、おんなのうたの表現の伝統という共通理解のみにうたの力を求めるものであり、「都」でうたわれたとおぼしきおんなたちの〈老い〉のうたと、うたの環境という点においては、なにも変わることがないのである。つまり、「大宰府」のうたとしての個別性はもちえていないというべきではないだろうか。

二

西の地「大宰府」は、「大君の遠《とお》の朝廷《みかど》」とうたわれる。「都」から下る官人たちにとって「大宰府」と他の土地は、はっきりと区別されたのであり、観念の上では「都」に準じるとされたのである。そのように「都ではない土地―鄙―」でありつつ、決して他の土地とは同じではないという特殊性が「大宰府」の文芸をつくり上げたことは、すでに説かれているとおりである(注13)。〈うたのおんな〉郎女にとって特殊性をあらわしえなかった「大宰府」というたの環境は、律令制のもとで官人でありつつ、うたい手であったおとこたちに多くを与えてきたと思われるが、恋の世界には、どのように関わるのであろうか。

たとえば、後世、うたの重要なテーマとなる「七夕」も憶良によって、次のようにうたわれる。

秋風の吹きにし日よりいつしかと我が待ち恋ひし君そ来ませる
(8・一五二三)

〈うたのおんな〉は、おとこの訪れを待っていた。そして待つというかたちで、おとこを求め続けた結果、おとこはやってきたという。こうして〈うたのおんな〉が、おとこを誘《いざな》ううたであるものの、この〈うたのおんな〉は、「織女」という中国の伝説のおんな以外ではない。郎女のうたのように、うたい手の実態と重なるあやうさはなく、うたは、背後に「七夕伝説」という確かな内容をもった世界をひろげている。憶良のこのうたは、題詞によると「天平元年七月七日の夜に、憶良、天の川を仰ぎ観る」(一に云はく、帥の家にして作る、といふ)となり、七夕の宴のうたである。「七夕伝説」は、後世では、織女と牽牛の一年に一度の逢瀬を「年の恋」としてわが身と比べたり、重ねることによって相手を求めるのであるが、万葉集中では「七夕伝説」の表現は、いまだ独立して、相手を求めるためのうたの力となるものはそう多くなくほとんどは、織女と牽牛の伝説歌の域を出ていない(注14)。このようなうたが、宴としてうたわれたのも、従来のうたの伝統のみでなく、中国風の文芸を共有しえた「大宰府」という文苑の特質の一つであろう。

また、「松浦河に遊ぶ」という序をもつうたうたも恋の表現がみられるものである。「序」によれば、うたい手は「暫く松浦の県に往きて逍遙し、聊かに玉島の潭に臨みて遊覧せしに、忽ちに魚を釣る女子ら」と会ったという。「蓬客」と自らをいううたい手は会った娘たちにうたう(注15)。

松浦川川の瀬光り鮎釣ると立たせる妹が裳の裾濡れぬ
松浦なる玉島川に鮎釣ると立たせる児らが家道知らずも

遠つ人松浦の川に若鮎釣る妹が手本を我こそまかめ　（5・八五五～五七）

すると娘はそれにこたえてみせる。

若鮎釣る松浦の川の川なみのなみにし思はば我恋ひめやも
春されば我家の里の川門には鮎子さ走る君待ちがてに
松浦川七瀬の淀は淀むともわれは淀まず君をし待たむ　（5・八五八～六〇）

「蓬客」は娘の「裳の裾」が濡れる姿に心ひかれ、ぜひ家を知りたいという。そして、彼のつのる思いは、「妹が手本」を巻きたいと共寝の希求へとつながっていくように、このうたの表現は、おとこが恋の相手としておんなを求めていくものにほかならない。一方、娘たちも一首目で「恋ひめやも」と深い思いをうたい〈一対〉を作ってみせて、二首目では「鮎」を出しつつもそれが「待つ」としておとこを自らのもとへとひきよせる。三首目のうたに至っては、はっきり「君をし待たむ」として恋うたのおんなの立場をとるのである（注16）。おんなが「待つ」とは、恋うたにおいておとこをわがもとに誘《いざな》うために、すでに〈恋の場〉をつくりあげておくという呪縛表現といってよいだろう（注17）。このように、うたの表現は、恋うたの伝統の中にあるものであるが、「蓬客」が娘にひかれた理由はうたには詳しくうたわれず、「序」で「花の容《かほ》双《なら》びなく、光《て》りたる儀《すがた》匹《たぐい》なし……」ためであると表現されるのみであることをみると、うた表現がうたそのものの共通理解によるものであっても、うたの背景は、うたには詳しく表現しえていない漢文で表現された世界があるといえよう。松浦川ぞいの地を「仙境」とみるうた世界そのものが、「遊仙窟」の影響をうけていることは、すでに論じられている通りで、うたそのもののみではなりたちえない、中国文学の共通理解に支えられた恋うたといってもよいものなのである（注18）。

このようにおとことおんなの恋うたでありつつも、郎女のうたと文芸の質は、明らかに異なっているのである。官人であるおとこたちが作り、享受した恋うたは、「大宰府」といううたの環境に支えられていたのであり、「都ではないところ―鄙―」でありつつも、「遠《とお》の朝廷《みかど》」としてあった「大宰府」のみでうたいえたうたといえよう（ちょうど、都に対する「鄙」の地、「吉野」がそうであったように）。坂上郎女といううたい手個人の意識の底には、この文苑で刺激された「大宰府」の特殊性があったかもしれない。けれども、うたでみる限り、〈うたのおんな〉郎女に「大宰府」の文苑は影をおとしていないのである。郎女のうたには、官人であるおとこたちとは別の姿勢があったというべきであろう。

三

天離《あまざか》る鄙に五年《いつとせ》住まひつつ都のてぶり忘らえにけり　（5・八八〇）

憶良は「大宰府」を「都のてぶり（風俗《てぶり》）」を忘れる「鄙」であるとうたった。中国風の進んだ文芸をとりいれた文苑のあるところ——官人である彼らには、大陸に近く、文芸の先端を取り入れうるところ「大宰府」——。けれども文苑の構成者であると同時に官人である彼らには、「都」に対して「てぶりをわすれさせる鄙」でしかなかったのである（注19）。律令制度に取り込められ、頂点に「大君」としての天皇を頂く彼らにとって、天皇が存在する国の中心たる「都」と、それ以外の場所である「鄙」は、あらかじめ観念によってとらえられ、「都」以外のどこの土地に行こうとも常に抱かれていたものと思われる。たとえ「鄙」でどのような物景があろうとも、その物景は、あくまで「鄙」として目にはいり、彼らのうたに作られた。「都」に住むべき官人たちにとって、「遠《とお》の朝廷《みかど》」——「大宰府」も「都」に対峙する場所としてとらえられていたのであった。

官人である〈うたのおとこ〉と同様、〈うたのおんな〉郎女もまた、うたの意識の上では都に住むべき人間であったはずであることが彼女が、万葉集中に残した次のようなうたからみることができる。

故郷の飛鳥はあれどあをによし奈良の飛鳥を見らくし良しも　（6・九九二）

郎女は、「故郷の飛鳥はあれど」と、かつて都であり、すばらしい土地であったはずの「飛鳥」の地の価値をうたいつつも、「奈良の飛鳥をみらくしよしも」とうたいおえる。中西進氏がこのうたを「みらくしよしも」から、「里ぼめ」のうたとされるように（注20）、彼女にとっては、今の都の中の「飛鳥」がすぐれた土地であり、また、そうあり続けてほしいと願う土地でもあった。こううたうのは「奈良の飛鳥」をふくむ「奈良」のうたの中での価値を認めることが前提であることはいうまでもないであろう。彼女にとってもやはり住むべき場所は奈良の都であり、うたうべきも

「都としての奈良」であったのである。

自らを都でうたうべきとする彼女は、都にふさわしい〈うたのおんな〉であることを求めてみせる。

あしひきの山にし居れば風流《みやび》なみ我がするわざをとがめたまふな　（4・七二一）

「天皇に献ける歌一首　大伴坂上郎女、佐保の宅にして作れり」という題詞をもつうたである。天皇に献歌するなかに「風流──みやび」とうたうことに注意したい。彼女は、うたの中で、「自らの『わざ』をとがめないでほしい」とうたうが、とがめられる理由が「みやびなみ」、つまり、みやびではないというのである。郎女のこのうたの目的は「みやび」そのものであり、うたの中で、みやびを意識し、自らがみやびでありつつ対する相手が彼女には「天皇」であったということになろう。〈うたのおんな〉郎女にとっては、みやびであるところ、つまり、都風であるところは、天皇の存在するところであったといってもよいのではないだろうか。

この関係をとらえるために「天皇に献れる歌」という題詞をもつもう一組のうたをみてみたい。

にほ鳥の潜《かつ》く池水心あらば君に我が恋ふる心示さね

外に居て恋ひつつあらずは君が家の池に住むとふ鴨にあらましを　（4・七二五～二六）

題詞が天皇への献歌でありつつも、うたの表現をみてみると、そこには、官人であるおとこたちがうたった「大君」としての天皇はいない。うたの中にはただ〈うたのおんな〉が自らの恋の相手として求める「おとこ」がいるのみなのである。一首目では〈うたのおんな〉が、遠くから思いをよせ、その思いが相手であるおとこがみている「池」の水にあらわれてほしいとうたう。池という「非日常」の空間に招きいれるのも、二首目で鴨という〈一対〉の鳥となりたいとうたって、自らを〈一対〉の相手とすることを強く求め、呪縛するのも、〈うたのおんな〉として、あくまでも相手を〈うたのおとこ〉とするからこそ、うたの効力が発揮しうるのである（注21）。〈うたのおんな〉の立場から恋うたの表現をとることで、「天皇」をおとことすることが郎女のうたのあり方といってよいのではないだろうか。こうして〈うたのおんな〉が、恋の相手として求めるもっとも望ましいおとこが、みやびであるべき都の中心にいるはずのおとことなっていくといえよう。都でうたう彼女にとってのみやび意識のあらわれであり、この時、〈うたのおんな〉は、「みやびを」に対する「みやびめ」となる。まさに恋うたこそが〈うたのおんな〉の都のうたなのである。

このように、「都の中心」に存在すべきものが天皇であったとしつつも、〈うたのおんな〉が、あくまでも、身分上の関係を消し去り、ただ、おとことおんなの関わりのみに、うたの力を求めるのに対して、官人であるおとこたちには、律令制の頂点としての政治的存在の天皇が、うたの表現世界まで関わっていたのであろう。この意識のちがいが、うたのちがいとなって、官人であるおとこと郎女の前にあらわれたのである。だからこそ、天皇が存在するにふさわしい「都」も異なっていた。おとこたちが、律令制のもとでとらえた「都」と、それ以外のところ—「鄙」—というとらえ方は、恋うたをうたう〈うたのおんな〉郎女の意識にはなく、彼女の中の、都意識による限りどこでもうたううたは都のうたであったのではなかろうか（注22）。彼女が「都」を求める時には、「都」はうたの中にどこまでも広がっていく。「都」の広い裾野のある「部分」であったのが〈うたのおんな〉にとっての「大宰府」であったのである。おとこたちが「大宰府」で、「都」以外のものをとらえた時、「大宰府」は「鄙」の姿をあらわし、「都し思ほゆ」とうたわせる。けれども〈うたのおんな〉郎女は、うたにおいては、かたくななまでに、「大宰府」とその環境を見ようとしない。「都」と似ている位置関係をもつ背後の山、都風の朱塗りの建築物のなかで、彼女は「都を恋う」とうたう原因ともなる物景すらもうたわなかった。官人であるおとこたちのうた意識の中に入り込むこと、同化することを、自らのうたううたそのもののあり方から拒否していたのではなかったのだろうか。

郎女の帰京後のうたの多さや、うたの巧みさからみて「大宰府」でのうたのありかたを官人であるうたのおとこたちの中に求めようとするものもある。土居光知氏は「後追和梅歌四首」（5・八四九〜五二）を、各一首ずつ旅人に親しい女性たちの連作とされ（注23）、そのうちの「梅の花夢に語らくみやびたる花と我思ふ酒に浮べこそ」（5・八五二）を、後に彼女がうたった「酒杯に梅の花浮かべ思ふどち飲みての後は散りぬともよし」（8・一六五六）を根拠として、郎女の作ではないかとされる。山本健吉氏もまた、土居氏の論をうけ「この種の郎女の作品が、もっといくらでも有ったはずである」（注24）と論じられる。二人の論について「断定をくだすには慎重でなければならない」（注25）とされながらも、東茂美氏は「郎女の作であるという可能性を払拭できない八五二にせよ坂上郎女の一六五六にせよ、ともにそれらの歌のなす文芸の質（言語空間）は、梅花の宴三十二首のなしたそれと相通するものであることを留意して然るべきである」と述べられる。実態的には彼女は、大伴一族の女性という立場上、官人であるおとこたちに近いところにいたであろう。それゆえに、おとこの文芸をもわがものとすることができたであろうと想像することは難くない。けれども、実態として文苑に参加しうる可能性があったこと、「大宰府」の新しい文芸の影響をうけうる位置にいたことと、おとこたちと同じ質のうたを残すことは、わけて考えなくてはならないだろう。

坂上郎女の「大宰府」下向については、旅人の妻であった大伴郎女の死に伴うものであったため、たとえば武田祐吉氏のように実態的な「後妻」説（注26）と、亡き大伴郎女の女性としての「立場」の代行という説（注27）がある。この立場をさらに厳密にみてみると、日常的な世話・養育（注28）、一族の「妻」（家刀自）としての役割（注29）、祭祀的なもの（注30）となるであろう。今、理由について、簡単に決定は下せないが、彼女は、大伴家の女性として、その存在を大伴郎女亡きあとの「大宰府」に求められていたことは、確かなことといってもよいであろう。けれどもうたでみる限り〈うたのおんな〉としての郎女は「大宰府」という特殊な地において、求められたわけでもなく、また、自ら「大宰府」の文芸にそまることもなかった。彼女にとっては、「大宰府」も「都」のうたをうたうところにすぎなかった。恋うたのみをうたう〈うたのおんな〉郎女は、かたくなまでに「都のおんな」であったのである。

結びにかえて

坂上郎女は、「大宰府」という、うたにとっての個別的な土地に存在しつつも、決してそれをうたにすることはなかった。彼女のうたには、滞在中「大宰府」の物景は像として結ばれなかったのである。「大宰府」は、恋うたをうたう「都のおんな」にとっては、特殊な物景としては、とらえられていないといってもよいであろう。郎女は「都」にもどってはじめて「大宰府」をうたい、うたの中での「大宰府」は「大城山」に象徴されているが、その物景は〈うたのおんな〉が「都」でうたう「なにしかもここだく恋ふるほととぎす鳴く声聞けば恋こそ増され」（8・一四七五）という「霍公鳥の歌一首」と同じように「ほととぎす」によって思いおこされるものとしてうたわれたにすぎなかった。

彼女の「大城山」は、うたの中では、「都」の山となにも変わることがないといっても過言ではないだろう。「都」と重なる物景、「都」と対峙することなく「都」のかなたへと続いて広がるところこそが、〈うたのおんな〉郎女にとっての「大宰府」であった。

坂上郎女は、その生涯のうちの数年を、物理的に「都」から遠い地「大宰府」ですごした。その土地の特殊性は、実態として大伴家の女性にあたえるものが多かったかもしれない。けれども「都のおんな」であり続けた〈うたのおんな〉には、うた表現としてはあらわれなかった。それは、後に「都」の中で、「都」の物景から思い出された、「都」と続く景としてのみうたわれる地にすぎなかった。

〈注〉

（1）万葉集の題詞は以下のように続いている。「……筑前国《つくしみちのくに》の宗像郡《むなかたのこほり》の名を名児山《なごやま》といふを越ゆる時に作る歌一首」また、うたは左のようなものである。

大汝《おほなむち》　少彦名《すくなひこな》の　神こそば　名付けそめけめ　名のみを　名児《なご》山と負《お》ひて　我《あ》が恋の　千重の一重も　慰めなくに

（6・九六三）

（2）「大伴坂上郎女」（有精堂、『万葉集講座』、一九七一年）

（3）巻四の歌は年代順に配列されているとするのが通説である。この郎女のうた五六三、四番は、神亀五年（七二八）のもの（五四九～五一）と天平二年（七三〇）のうた（五六六）のうたの間にあることから、彼女の帰京（天平二年十一月）以前の作と考えることが可能である。

（4）「大伴ノ坂上ノ郎女考」（平凡社、『大伴家持の研究』、一九五六年）

（5）他には、若山喜志子「大伴坂上郎女」（春陽堂、『万葉集講座』、一九三三年）、川田順「大伴家持」（平凡社、『万葉集大成』、一九五六年）。

（6）「大伴坂上郎女の生涯と文学」（桜楓社、『万葉集の文学論的研究』、一九七〇年）

（7）「天平の女歌人」（塙書房、『萬葉集の歌人と作品 下』、一九七五年）、また、小野寛氏も百代の題詞から「明らかにこの歌が宴席などにおける一種の題詠であることを思わせる」とされる（「大伴坂上郎女論―大宰府下向と大伴宿禰百代と―」『国語国文論集』第五号、一九七六年）。

（8）木下正俊『萬葉集全注』巻四（有斐閣、一九八三年）

（9）拙稿「恋情の行方―大伴坂上郎女　四二二〇番歌について―」（『武蔵野女子大学紀要』二十五号、一九九〇年）、「枕と我はいざ二人寝む―坂上郎女六五二番歌の〈おんな〉を読む―」（『日本女子大学紀要　文学部』第三九号、一九九〇年）。

（10）東茂美氏は、このうたを考えるうえで、うたの表現における「老女」を「はじかれた存在」とされ、おんなが、うたの中であえて自らを「老女」とするのは、おとこに対して「〈対〉相関の希求を煽り、男にとってのもうひとつの〈対〉の場までも己れの射程に取り込めてしまう」ことになると論じられている（「老女の懸想―大伴坂上郎女歌の論―」『長崎県立国際経済大学論集』第二十一巻二号、一九八七年）。

（11）通説に従うと大宝元年（七〇一）頃となるため、このころ三十歳をこえたくらいの年齢となる。

（12）「三笠の杜」とは、大宰府政庁北西にあたる場所にあったとされるものであり、御笠の地名の由来は『日本書紀』の神功紀で皇后の御笠が風に吹きとんで落ちたと記されていることによる。林田正男氏は「万葉時代にも著名な森であり、大宰府の官人等もそれを知っていたから、大伴百代が『御笠の杜』と詠んだのである」とされる（保育社、『万葉の歌』11九州、一九八六年）。

（13）高木市之助「天ざかるひな」（岩波書店、『古文芸の論』、一九五三年）、林田正男「『天ざかる夷歌』の論」（桜楓社、『万葉集筑紫歌の論』、一九八三年）、中西進「万葉の都と鄙」（角川書店、『万葉の時代と風土』一九八〇年）。

（14）このあたりは拙稿「恋うたにみる〈七夕〉享受―ひと夜の逢瀬をめぐって―」（『国文目白』三十号、一九九〇年）でふれている。

（15）このうたの前には次のようなうたが交わされている。

あさりする漁夫の子どもと人は言へど見るに知らえぬうまひとの子と　（5・八五三）

玉島のこの川上に家はあれど君をやさしみ表さずありき　（5・八五四）

（16）古典集成では、この八五九番のうたについての頭注に「前歌（稿者注　八五八）に対しては『恋ふ』から『待つ』への展開がある」とされる。

（17）拙稿「待つことの呼びよせるもの」（古代土曜会、『近江荒都歌論集』、一九八六年）、「『姫百合』考―坂上郎女一五〇〇番歌を考える―」（『国文目白』二十六号、一九八七年）。

（18）小島憲之「万葉集の表現」（塙書房、『上代文学と中国文学』中、一九六四年）、古沢未知男『『遊於松浦河』と『遊仙窟』並に『洛神・高唐賦』』（桜楓社、『漢詩文引用よりみた万葉集の研究』、一九六八年）、稲岡耕二、「松浦河に遊ぶ序と歌の形成」（有斐閣、『万葉集を学ぶ』第四集、一九七八年）、中西進「松浦追和歌」（河出書房新社、『山上憶良』、一九七三年）、斎藤英喜「『遊於松浦河序』の分析」(『研究と資料』第7輯、一九八二年)、東茂美「玉潭遊覧す―万葉集松浦仙媛歌について―」(『長崎県立国際経済大学論集』第一七巻第一号、一九八三年)。

(19)「都」と「鄙」の二重性については、東茂美氏が論じられている(「大伴坂上郎女の名児山の歌」『日本文学』三十五巻十二号、一九八六年)。

(20)「奈良の街」(保育社、『万葉の歌』2奈良、一九八七年)

(21)このあたりは拙稿「池によせる情―坂上郎女　七二五番歌をめぐって―」(『国文目白』二十七号、一九八七年)で詳述した。

(22)郎女にとっての「都」と「都以外の地」におけるうたについては別稿を用意している。

(23)『万葉集』巻五について」(岩波書店、『土居光知著作集』第二巻、一九七七年)

(24)「大伴坂上郎女の位置」(筑摩書房、『詩の自覚の歴史―遠き世の詩人たち―』、一九八三年)

(25)「『怨恨歌』論」(『調査と研究』第十六巻第一号、一九八五年)

(26)「大伴家の人々」(博文館、『上代国文学の研究』、一九二一年)、屋敷頼雄「大伴坂上郎女」(春陽堂、『万葉集講座』第一巻、一九三三年)

(27)実態的な「後妻」ではないものを大伴家の女としての「立場」と考えた。

(28)福田良輔「万葉作者『今城王』考」(『国語国文』第二巻第十号、一九三二年)、若山喜志子「大伴坂上郎女」(春陽堂、『万葉集講座』第一巻、一九三三年)、五島美代子「大伴坂上郎女」(創元社、『万葉集講座』第四巻、一九五三年)、高藤武馬『万葉女人像』(シープ社、一九五〇年)、五味保義「大伴坂上郎女」(平凡社、『万葉集大成』第十巻、一九五四年)、久米常民「大伴坂上郎女の生涯と文学」(桜楓社、『万葉集の文学論的研究』、一九七〇年)、林田正男『万葉集筑紫歌の論』(桜楓社、一九八三年)、小野寺静子『大伴坂上郎女』(翰林書房、一九九三年)。

(29)尾山篤二郎注(4)に同じ。賀古明「家持圏初期の歌風の特色―大伴坂上郎女の歌　その時と場」(風間書房、『万葉集新論』、一九六五年)、青木生子「大伴坂上郎女」(弘文堂、『上古の歌人』日本歌人講座第一巻、一九六八年)。

(30)山本健吉「大伴家持」(筑摩書房、『日本詩人選』5、一九八一年)。針原孝之氏もすでに坂上郎女の下向理由についての諸説を「⑴旅人の後妻となるため⑵旅人や幼少の家持ちの世話をするため⑶大伴一族の『妻の座』をつとめるため⑷『厳媛』的存在として大伴氏の最高巫女をつとめるため」と分類される。「坂上郎女」(雄山閣、『万葉集歌人事典』、一九八二年)・「坂上郎女と佐保」(雄山閣、『万葉の風土と歌人』、一九九一年)そして、針原氏はその中で「どれが正解であるかわからない」とされつつも坂上郎女の一族の立場が「厳媛・巫女」という説を支持されているため、下向理由も「祭祀的なもの」という説をふまえているものと思われる。

書殿での送別歌

福田俊昭

『万葉集』巻五に次の歌群がある。

書殿餞酒日倭歌四首（書殿《しょでん》にて餞酒《せんしゅ》する日の倭　歌《やまとうた》四首）

天飛《あまと》ぶや　鳥にもがもや　都まで　送りまをして　飛び帰るもの　（5・八七六）
人もねの　うらぶれ居《を》るに　龍田山《たつたやま》　み馬近付《まちかづ》かば　忘《わす》らしなむか　（5・八七七）
言ひつつも　後《のち》こそ知《し》らめ　とのしくも　さぶしけめやも　君いまさずして　（5・八七八）
万代《よろづよ》に　いましたまひて　天《あめ》の下《した》　奏《まを》したまはね　朝廷去《みかどさ》らずて　（5・八七九）

敢布私懐歌三首（敢《あ》へて私《わたくし》の懐《おもひ》を布《の》ぶる歌三首）

天離《あまざか》る　鄙《ひな》に五年《いつとせ》　住まひつつ　都のてぶり　忘《わす》らえにけり　（5・八八〇）
かくのみや　息《いき》づき居《を》らむ　あらたまの　来経《きへ》行く年《とし》の　限《かぎ》り知らずて　（5・八八一）
我《あ》が主《ぬし》の　み霊賜《たまたま》ひて　春さらば　奈良の都に　召上《めさ》げたまはね　（5・八八二）

天平二年十二月六日筑前國司山上憶良謹上（天平二年十二月六日に筑前国司山上憶良《つくしのみちのくにのかみやまのうへのおくら》謹《つつし》みて上《たてまつ》る）

この一連の歌は神亀《じんき》三年（七二六）頃から天平二年（七三〇）頃まで筑前国守であった山上憶良（六六〇—七三三？）が、当時大宰府《だざいふ》の長官で、大納言《だいなごん》となって帰京する大伴旅人《おおとものたびと》（六六五—七三一）に贈った歌である。この一連の歌を収録する『万葉集』の巻五はほかの巻に較《くら》べて中国文学の影響を強く受けた作品が多く、漢語の頻度数《ひんどすう》も高い。右の歌題の「書殿」の語もその一端で、全巻を通してここだけにみえるものである。そういう点からも巻五は特異な巻といえよう。この一連の歌は内容もさることながら、興味をそそられるのはこれらの歌が書殿という特殊な場所で詠《よ》まれたことにある。ここでは憶良がなぜ書殿で餞酒（送別の酒宴）を行い、歌を詠んだのか、書殿の実体を解明し、また「倭歌」の語の表記についても言及し、その背景を述べてみよう。

一

まず一連の歌が詠まれた舞台の書殿について考えてみよう。「書殿」は文字の上から書物に関係のある建物であるということは想像できる。そこでこれまでに、官館の書院である（注1）とか、憶良の私邸の書院〈フミドノ〉である（注2）とか、憶良の私邸の書院〈表座敷〉である（注3）とか、旅人の私邸の図書室〈図書館〉である（注4）とか、都督府の図書館である（注5）とか、学業院の学問所である（注6）とか、人の尊称である（注7）とかという解釈がされてきた。これは憶良より以前に「書殿」の語が使用された例がないためで、依然としてその実体は不明である。使用例がないということになれば、憶良が初めて使用したということになる。しかし、このことは必ずしも憶良が「書殿」という語を造ったということを意味するものではない。とくに一連の七首を収録する『万葉集』の巻五には中国文学の影響を強く受けている憶良の作品が多く収められていることを考えると、この「書殿」の語も中国文学に典拠を求めることができるかもしれない。

そこで中国の文献にみえる「書殿」の語を調査してみたが、「書殿」の語の使用例は極めて少ない。唐の白居易の「酬集賢劉郎中対月見寄、兼懐元浙東（集賢《しゅうけん》の劉郎中《りゅうろうちゅう》の月に対して寄せられ、兼ねて元浙東《げんせっとう》を懐《おも》ふに酬《こた》ふ）」の六句目に「光深書殿裏（光は深し書殿の裏《うち》）」とあり、同じく劉禹《りゅうう》錫《しゃく》の「早秋集賢院即事（早秋の集賢院即事《そくじ》）」の九句目に「蕙草香書殿（蕙草《けいそう》書殿に香《かんば》し）」など他に二例をみるが、これらは憶良より後世に作られたものである。憶良より以前に作られたものを挙げてみると、唐の玄宗の「集賢書院成、送張説上集賢学士賜宴、得珍字（集賢書院成り、張説《ちょうえつ》が集賢学士に上《のぼ》るを送りて宴《えん》を賜《たま》ひ、珍《ちん》の字を得《う》）」の第一句目に「廣学開書殿（学を広めて書殿を開く）」とあり、また同じ時に同じ場所で作った陸堅《りくけん》の「奉和聖製送張説上集賢学士賜宴得今字（聖製の張説が集賢学士に上るを送りて宴を賜ふに奉和《ほうわ》す、今《きん》の字を得)」の第九句目に「書殿榮光満（書殿に栄光満ち）」とある。この二詩にみえる「書殿」は詩題からみて集賢書院、すなわち集賢殿書院であることがわかる。以上は詩句にみえる用例であるが、憶良が歌題に「書殿」と表記したように、詩題に表記している例もある。それは唐の徐安貞《じょあんてい》が作った「書殿賜宴、應制（書殿にて宴を賜ふ、応制）」と題する詩である。その内容は、

校文常近日　文を校《くら》べて常に近《した》しみ
賜宴忽升天。　宴を賜わりて忽《たちま》ち天に升《のぼ》る
酒正傳杯至　酒正《しゅせい》は杯《さかづき》を伝へて至り
饔人捧案前。　饔人《ようじん》は案《ぜん》を捧《ささ》げて前《すす》む
玉階鳴溜水　玉階《ぎょくかい》は溜水《りゅうすい》に鳴り
清閣引歸煙。　清閣《せいかく》は帰煙《きえん》を引く
共惜芸香暮　共《とも》に惜《おし》まむ　芸香《うんこう》の暮《くれ》
春風幾萬年。　春風　幾《いく》万年ぞ

（全唐詩本による）

となっている。「校文（文章を校正すること）」や「清閣（清らかなたかどの）」の語から「書殿」の概観を多少知ることはできるが、まだ実体が浮かんでこない。ところが、前出の徐安貞の詩と同じ時に同じ場所で作ったと思われる詩がある。それは王湾《おうわん》の「麗正殿賜宴。同勒天前煙年四韻、應制（麗正殿《りせいでん》にて宴を賜ふ。同《とも》に天・前・煙・年の四韻《しいん》を勒《ろく》す、応制）」と題する詩である。その内容は、

金殿忝陪賢　金殿に賢に陪《はべ》るを忝《かたじけな》くし
瓊羞忽降天。　瓊羞《けいしゅう》は忽《たちま》ち天より降《くだ》る
鼎羅仙掖裏　鼎《かなえ》は仙掖《せんえき》の裏《なか》に羅《つら》なり
觴拜瑣闈前。　觴《さかづき》は瑣闈《さい》の前に拝《いただ》く
院逼青霄路　院《にわ》は青霄《あおぞら》の路《みち》に逼《せま》り

廚和紫禁煙。　廚《くりや》は紫禁《しきん》の煙《かすみ》に和《やわら》ぐ
酒酣空忭舞。　酒酣《たけなわ》にして空《むな》しく忭《よろこ》び舞ふ
何以答昌年。　何《なに》を以《もっ》て昌《さかん》なる年に答へむ

（全唐詩本による）

となっている。この詩と前の徐氏の詩とは詩題が異なっているのになぜ同時同詠の作であるかというと、王湾の詩は詩題に韻字と韻字の配列が「天・前・煙・年」と規定されている。一方、徐氏の詩の詩題には押韻の韻字が規定されていないが、詩の押韻の韻字が「天・前・煙・年」となっており、王湾の詩の韻字と配列まで同じである。これは両詩が同一条件のもとで作られたことを意味する。したがって、徐氏の詩題の「書殿」は王湾の詩題にみえる「麗正殿」（麗正殿書院）と同じであることになる。

以上のことから詩句にみえる「書殿」は集賢殿書院を指し、詩題にみえる「書殿」は麗正殿書院を指していることが判明した。さて、この二つの書殿は名称から別の建物のようであるが、『唐会要《とうかいよう》』巻六四に、唐の開元《かいげん》六年（七一八）に乾元院《けんげんいん》を麗《り》正修《せいしゅう》書院《しょいん》と号《よ》ぶ。とあり、『通典《つてん》』巻二一・職官三に、開元十三年（七二四）に麗正殿を集仙殿《しゅうせんでん》と改称し、更に集賢殿と改めた。とあるように実は名称だけが変更された同じ建物なのである。我が国の平安時代の内裏《だいり》の殿舎《でんしゃ》の一つである校書殿《こうしょでん》とほぼ同じであるが、『王海《ぎょくかい》』巻一六七・宮室・院上に、天子が学問を修め研《みが》く所で、文学の士を置いて侍講させた。とあるから中国の書殿は単なる書籍や文書を収めるだけの建物ではない。

二

このような機能をもつ書殿を憶良はどのようにして知り得たのであろうか。考えられることは、憶良が大宝二年（七〇二）に第七次遣唐使の一員として唐に渡り、慶雲元年（七〇四）に帰国しているので、その間の中国滞在中に知ったということ。しかし、前述したように中国では書殿と呼ばれていた麗正殿は玄宗の開元六年に乾元院を呼び換《か》えたものであり、また集賢院は開元十二年に麗正殿を集仙殿と改称し、さらに集賢殿と改称したものであるから、憶良が入唐した時にはまだ書殿という別称で呼ばれていた麗正殿書院や集賢殿書院は存在していなかったのである。そうなると、憶良が唐から帰国した後、中国で麗正殿書院や集賢殿書院を書殿と呼んでいる作品を通して知ったことになる。その製作時期についていえば、麗正殿は開元六年から開元十二年までの六年間の呼称であるから、この六年の間に作られたということになる。さらに時期を特定すると、徐安貞と王湾は麗正殿書院の書籍の撰次《せんじ》（順序だてて撰定すること）や校正に携わっており、『唐会要』巻三五によると、麗正殿で四庫（経・史・子・集）の部ごとの目録作りが始まった。とあり、『新唐書《しんとうじょ》』巻一九五の「馬懐素《ばかいそ》伝」に、「八年、四録成る」とあるから、開元八年に四庫目録が完成してその祝宴が催され、この時に作られたものであろう。この考証が正しければ、四庫の目録が完成した開元八年は、憶良が大宰府で送別の歌を詠んだ天平二年より十年前ということになるので、その間に徐氏や王氏の詩が日本に伝来したということになる。また、このほかに開元十二年に玄宗が集賢殿で中書門下《ちゅうしょもんか》及び礼官学士《れいかんがくし》らに宴を賜り、その席上、中書令《ちゅうしょれい》（首相）の張説を集賢殿書院の長官に任じ、これを祝って詠った一連の詩もある。『全唐詩《ぜんとうし》』には玄宗の御製詩をはじめ、張説以下・陸堅・賀知章《がちしょう》・徐堅《じょけん》ら十六名の詩が収録されている。この一連の作品は製作時期が明確で、天平二年より五年前であるから、この一連の詩も憶良の知り得る範囲である。

三

さきに書殿について、中国では単なる図書を収納するだけの建物ではなく、天子の学問研鑽の場でもあることを述べた。もし憶良が詩だけから「書殿」の語を知り得たとするならば、詩中には書殿の実体について詳しく記述していないので本当に書殿の実体を理解していたかどうか疑わしい。また、中国の詩に表れた書殿は唐の都の宮殿の一部であり、一方、憶良のいう書殿は「天《あま》ざかる鄙《ひな》」の九州の大宰府という辺地の書殿であって両者の立地条件が違っているので、中国の書殿の概念がそのまま通用したのかどうかも疑わしい。確かに前出の中国詩だけからでは書殿の実体を把握するのは困難であろう。そうなると、中国の詩から知識を得た憶良も書殿の実体が理解できていないことになる。もし理解できていないとなると、書殿の実体を知らない憶良が「書殿」という語を使用するのはおかしい。ところが歌題に「書殿」の語を明記しているということは書殿の内容を理解していたということになる。理解するに至るまでの経緯については知るよしもないが、憶良が中国の詩などから「書殿」の語を知った前後に、渡来人や唐からの帰国者から中国の書殿の実体を聴いたのかもしれないし、詩以外の文献によって知ったのかもしれない。ともあれ、大宰府の書殿で旅人の送別の宴を行ったことは、中国の書殿の機能や実体を知っていた証明になろう。

書殿の規模については、中国の収納図書に較べると、大宰府の図書は遙かに少なかったであろうから中国の書殿よりは小規模であったに違いない。中国の復原図や模型をみると（注8）、政庁内に多数の殿舎があるので、そのうちの一つが書殿にあてられていたのであろう。その書殿で昇官して帰京する旅人のための送別の宴が行われたのであるが、必ずしも送別の宴を書殿で行わなければならないということはなかったはずである。

そこで、憶良が送別の宴を書殿で行った背景について考えてみたい。そのためには憶良の送別歌七首の性格を知る必要がある。七首のうちの前四首について、中西進氏は、「すべてに敬語を使い、いずれも挨拶性とか口頭性、対人性をもっていて、はっきりと場を反映している」（注9）といっているように、前四首は儀礼的な歌で、後三首は歌題の「私の懐」が示すように、国守として着任以来の想いや望京の念などを赤裸裸《せきらら》に詠んだ私的な歌である。また、諸注にしたがって前四首と後三首を連作とすることについては異論はないが、憶良が七首を一まとめにせず、後三首の歌に歌題を付けて前四首と区別していることは、前四首は旅人を送る儀礼的な席で詠んだ歌であり、後三首は、尾崎左永子氏が、『『公』的な餞歌である『書殿』での宴の後などで、さらに思いきった心の底をさらけ出した『私』的な歌、という意になろうか。かならずしも対旅人と一対一の場でなく、宴の後、別れ難い人々の集う後宴などでの歌かもしれない」（注10）といっているように席が同じであっても公式な儀礼がいったん終了した後で、個人的な感情を詠んだ歌である。そして儀礼的な席では言い足りない気持ちを後三首に詠んだところに、憶良の旅人に対する友誼の深さを知ることができる。

また、このように前四首と後三首を区別していることは、書殿での公私の別を明確にするためのものであろう。中国の書殿における作詩の傾向は、前出の書殿に関する詩のほかに、張説の詩に「春晩、侍宴麗正殿。探得開字（春晩、麗正殿に侍宴す。探《と》りて開の字を得《う》）」とか「皇帝降誕日集賢殿賜宴（皇帝の降誕の日に集賢殿にて宴を賜ふ）」とか「恩勅賜食於麗正殿書院宴、應制（恩勅《おんちょく》にて食《し》を麗正殿書院の宴に賜ふ、応制）」などがあり、これらをみる限り、天子がしばしば書殿で宴を賜っているが、天子主催以外の私的な宴会は行われていないようである。一方、大宰府の書殿で行われた送別の宴は、主催者が天皇ではないが当地の最高権力者によるものであり、そこで詠まれた前四首が儀礼的な歌であることから、その歌の詠まれた場が儀礼的な場であり、儀礼的な場ということはその場に当地の高官が大勢いたことになる。このように憶良をはじめ、高官が書殿に集まって送別の宴を行った背景を考えると、中国で玄宗が自ら送別の詩を作り、張説以下、裴崔《はいさい》・程行諶《ていこうしん》・源乾曜《げんかんよう》・褚琇《しょしゅう》・李元紘《りげんこう》・李暠《りこう》・韋述《いじゅつ》・韋抗《いこう》・蕭嵩《しょうすう》・劉昇《りゅうしょう》・陸堅・蘇頲《そてい》・王翰・賀知章・趙冬羲《ちょうとうぎ》・徐堅が御製に唱和した開元十二年の張説の送別の宴が思い出される。大宰府の書殿の送別の宴もこのような文学的な雰囲気に共鳴して憶良が計画したのではないだろうか。張説と旅人の送別を比較してみると、送別の宴の主催者が、張説の場合は天子であり、旅人の場合は憶良と考えられるが、いずれもその場の長の主催であり、また、送別の内容についても、旅人の場合は地理的な距離を伴う送別であるが、張説の場合はそれとは異なり、学士（高官の大学者を寵遇して授与される官職）という地位への任官に伴う送別である。しかし、送別という点では同じである、という共通点がある。さらに張説の学士への任官は文人としては最高位を極めたことで、天子の張説への期待のほどが知れる。送り出される者が期待されている点では旅人も同じで、大納言になって帰京することは皇族以外の行政官としては最高位であると同時に、文学性豊かな旅人にとっては自動的に文人としても最高位に昇ったことになる。この点でも張説と一致する。そして宴の主催者憶良は旅人の都での活躍を期待していた。それは旅人の活躍しだいでは憶良が「奈良の都に召上げたまはね」と詠んでいるように、遅れている帰京が早まる可能性があるからである。そこで憶良は張説の送別の宴にあやかって書殿で送別の宴を行い、その宴に倣《なら》って歌を詠んだのではないかと考えるのである。

四

次に「書殿餞酒日倭歌四首」の「倭歌」について言及してみよう。武田祐吉氏は、「倭歌は漢詩に対していう。この日漢詩も作られたのであろう」(注11)と推察されているが、ここにいう「漢詩」の概念が明確でないので意味がはっきりしない。すなわち、「倭歌は漢詩に対していう」の「漢詩」が中国の詩を指していっているのか、日本人の手になる詩を指していっているのか、ということである。後の「この日漢詩も作られたのであろう」の「漢詩」が日本人の作った詩を指していっているので、前の「漢詩」は日本人の詩ということになるが、「漢詩」という場合、日本人が作った詩も指すし、中国人が作った詩も指す。『万葉集』の中で大伴池主が「倭詩」と表記しているところをみると、日本人の作った詩を「倭詩」とするのが普通のようである。「倭」は本来、中国で日本を呼んだ名称であるが、池主が「倭詩」と表記しているように、「倭」は「中国」に対する言葉として用いられ、中国を強く意識した表現となっている。もし、書殿で当日作詩がなされたのであれば、それは日本人の詩であるからその詩は「倭詩」ということになる。「倭詩」が中国の詩(漢詩)に対していうのであれば、「倭詩」は「倭歌」に対していったものではない。いいかえれば倭歌は倭詩に対する言葉でもない。かりに「倭歌」と同時に「歌」が詠まれたのであるならば、『万葉集』にみえるほかの歌題のように単に「…歌」と表記すればよいのではないか。ことさら「倭歌」とする必要はない。まして「倭歌」という語があるから当日作詩がなされたと考える必要もない。では「歌」と表記すればよいのにことさら他に例をみない「倭歌」と表記したのはなぜだろうか。「倭歌」と表記したところに、憶良にある意識が働いていたと考えられる。その意識とは、唐の書殿における送別の宴の作詩に対するものである。中国の書殿での送別といえば、前出の張説の送別が挙げられる。張説の送別は天子と一緒に厳粛なうちに参会者全員が詩を作り、文学的な雰囲気の中で進行し成功をおさめている。憶良は行政官ではあるが、文人の素養が勝っている人であるから、中国の書殿における文学的な趣《おもむき》のある送別の宴に感心をもち、見習おうとするのは当然である。張説にあやかって書殿で送別を行った憶良は、張説をはじめとする一群の送別詩に対抗して一連の送別歌を詠んだ。現存する歌は憶良の歌しかないが、当然同席した人達の歌もあったはずである。憶良としては、唐の書殿で作られた詩に対して、この一連の歌は大宰府の書殿で詠んだものであることを強調せんがために「倭歌」と表記したのではないかと考える。

五

以上、「倭歌」の表記について私見を述べてみたが、憶良が「倭歌」と表記する際に、張説の一群の送別詩を意識していたことと、「書殿」の語が張説の送別の宴での一群の詩の中にみえていることとを考え合わせると、「倭歌」の表記と「書殿」の語の出所は無関係ではない。したがって、憶良の「書殿餞酒日倭歌四首」は唐の書殿（集賢殿書院）における「送張説上集賢学士賜宴」の一連の詩を意識して詠ったものと考える。

〈注〉

(1) 契沖『万葉代匠記』
(2) 賀茂真淵『万葉考』や藤原雅澄『万葉集古義』
(3) 橘千蔭『万葉集略解』や井上通泰『万葉集新考』や土屋文明『万葉集私注』や澤瀉久孝『万葉集注釈』
(4) 武田祐吉『万葉集全注釈』や窪田空穂『万葉集評釈』
(5) 鴻巣盛広『万葉集全釈』や佐々木信綱『評釈万葉集』や小島・木下・佐竹『万葉集』（『日本古典文学全集』）や中西進『万葉集』
(6) 金子元臣『万葉集評釈』
(7) 岸本由豆流『万葉集攷證』
(8) 九州歴史資料館内に展示しているもの
(9) 中西進『山上憶良』三二〇頁（河出書房新社、一九七三年）
(10) 尾崎左永子「秀歌鑑賞・天平年間」（桜楓社、『山上憶良　人と作品』、一八六―一八七頁、一九九一年）
(11) 武田祐吉『万葉集全注釈　五』五〇一頁（角川書店、一九六七年）

熊凝のためにその志を述ぶる歌

久保昭雄

巻五・後半部のはじめに位置する山上憶良の「熊凝《くまごり》」追悼歌六首は、大典麻田連《だいてんあさだのむらじ》陽春《やす》の「大伴君熊凝歌二首」に敬和する形で詠まれている。

麻田陽春は『続日本紀』神亀元年（七二四）五月十三日の帰化系人賜姓に「正八位上、答本《たほ》陽春に麻田連を賜ふ」とあり、また麻田氏は『新撰姓氏録』に「百済国朝鮮王准之後也」ともあるから、百済系帰化氏族の一人と思われるが、大伴旅人大宰府離任の天平二年（七三〇）前後に、大宰大典の職にあった人である。その陽春歌を含めた熊凝歌の記載は次のようになっている。

大伴君熊凝が歌二首　大典麻田陽春作

国遠き道の長手《ながて》をおほほしく今日や過ぎなむ言《こと》どひもなく　（5・八八四）

朝露《あさつゆ》の消《け》やすき我が身他国《ひとくに》に過ぎかてぬかも親の目を欲《ほ》り　（5・八八五）

熊凝のためにその志を述ぶる歌に敬和する六首并《あは》せて序　筑前国守山上憶良

大伴君熊凝は、肥　後《ひのみちのしり》の国益城《くにましき》の郡《こほり》の人なり。年十八歳にして、天平三年の六月の十七日をもちて、相撲使《すまひのつかひ》某国司《それのくにのつかさ》官位姓名の従人《ともびと》となり、京都《みやこ》に参《ま》ゐ向《むか》ふ。天に幸《さき》はひせらえず、路に在《あ》りて疾《やまひ》を獲《え》、すなはち安芸《あき》の国佐伯《さへき》の郡高庭《たかには》の駅家《うまや》にして身故《みまか》りぬ。臨終《みまか》る時に、長嘆息して曰《い》はく、「伝へ聞くに、『仮合《けがふ》の身は滅びやすく、泡沫《はうまつ》の命は駐《とど》めかたし』と。このゆゑに、千聖《せんせい》もすでに去り、百賢《けくけん》も留《とど》まらず。いはむや凡愚の微《いや》しき者、いかにしてかよく逃れ避《さ》らむ。ただし、我が老いたる親、ともに庵室《あんしつ》に在《いま》す。我れを待ちて日を過ぐさば、自《おのづか》らに傷心《しやうしん》の恨《うら》みあらむ、我れを望みて時に違《たが》はば、かならず喪明《さうめい》の泣《なみだ》を致さむ。哀《かな》しきかも我が父、痛きかも我が母。一身の死に向ふ途《みち》は患《うれ》へず、ただ二親の生《よ》に在す苦しびを悲しぶるのみ。今日長《とこしなへ》に別れなば、いづれの世にか覲《まみ》ゆること得む」といふ。

すなはち歌六首を作りて死ぬ。その歌に曰はく、

うちひさす　宮へ上《のぼ》ると　たらちしや　母が手離れ　常知らぬ　国の奥処《おくか》を　百重山《ももへやま》　越えて過ぎ行き　いつしかも　都を見むと　思ひつつ　語らひ居れど　おのが身し　労《いた》はしければ　玉桙《たまほこ》の　道の隈《くま》みに　草手《くさた》折《を》り　柴取り敷きて　床《とこ》じもの　うち臥《こ》い伏して　思ひつつ　嘆き伏せらく　国にあらば　父とり見まし　家にあらば　母とり見まし　世間《よのなか》は　かくのみならし　犬じもの　道に伏してや　命過ぎなむ　一には「我が世過ぎなむ」といふ　（5・八八六）

たらちしの母が目見ずておほほしくいづち向きてか我《あ》が別るらむ　（5・八八七）

常《つね》知らぬ道の長手をくれくれといかにか行かむ糧《かりて》はなしに　一には「干飯《かれひ》はなしに」といふ　（5・八八八）

家にありて母がとり見ば慰むる心はあらまし死なば死ぬとも　一には「後に死ぬとも」といふ　（5・八八九）

出でて行きし日を数《かぞ》へつつ今日今日《けふけふ》と我《あ》を待たすらむ父母《ちちはは》らはも　一には「母が悲しさ」といふ　（5・八九〇）

一世にはふたたび見えぬ父母を置きてや長く我が別れなむ　一には「相別れなむ」といふ　（5・八九一）

（訓読は『新潮日本古典集成萬葉集』による）

熊凝歌群全体の体裁からいうと、まず先行する麻田陽春歌に、熊凝伝というべき漢文序があり、ついで憶良の追和歌があるべき所で、前の陽春歌に、作歌事情についての何の説明もないのは、たしかに不体裁の感があるが（注1）、これはおそらく、巻五巻頭の旅人の「報凶問歌」（七九三）が、次の憶良の「日本挽歌」（七九四〜九九）の作歌事情を示すように置かれているごとく、巻五では、諸々の憶良歌の前に、その作歌を触発した他者作が前置される形式が見られるので、陽春熊凝歌は、憶良熊凝歌が作歌を触発された動機を示すものとして、まず最初に掲げられたものと思われる。

陽春態凝歌が、いつ、どういう事情で作られたかは、はっきりしないが、天平二年（七三〇）七月十日付、旅人宛「吉田宜書簡」（5・八六四～六七歌前文）が、帰国する「相撲部領使《すまひのことりつかひ》」に託されたように、この時の相撲使一行が帰国の途上、大宰府に立ち寄り、大典麻田陽春に都からの諸事連絡と共に、熊凝客死の事情報告をしたと考えるのが最も蓋然性があろう。

熊凝一行の出発は、前掲憶良歌序に「天平三年（七三一）六月十七日」とあるから、途中熊凝の死を処理した一行は、七月七日の宮中相撲節会行事に参加し、七月末頃の大宰府帰着かと推定される。そうすると陽春熊凝歌の製作は、天平三年七月末から八月初めにかけてではなかったかと思われる。

天平三年七月末といえば、新大納言兼大宰帥大伴旅人薨去（『続日本紀』七月二十五日）と重なるので、時期的に見て、陽春熊凝歌が旅人に献じられた可能性は、ほとんどない（注2）。陽春は、たまたま酷暑の異郷で死んだ肥後出身の少年への惻隠の情を詩的動機として二首を作り、旅人不在の筑紫では歌壇の中心となっていた憶良に、その死の事情と共に示したのではなかったか。したがって憶良熊凝歌の作歌時は、天平三年八月初旬以降と考えられる。

たまたま、陽春歌は「大伴君熊凝歌二首」として代作形式を取って歌われた。代作は「日本挽歌」（5・七九四～九九）「七夕歌」（8・一五一八～二九）「志賀白水郎歌」（16・三八六〇～六九）等に見られるように、憶良得意の分野であり、「男子名は古日《ふるひ》に恋ふる歌三首」（5・九〇四～六）も、あるいは幼児を失った人に代っての所詠かと言われるほどである（注3）。陽春によって示された熊凝代作歌が、まず彼の歌心を強くそそって「敬和する六首并せて序」作歌の直接契機となったことは、じゅうぶん考えられることである。

もっとも、憶良熊凝歌の作歌契機については、村瀬憲夫氏（注4）が諸説をまとめて指摘されるように、

(1) 十八歳という小丁のいたいけな死
(2) 憶良自身の儒教倫理に伴う「孝子順孫」の称揚
(3) 作歌当時の「防人停止」（『続日本紀』天平二年）の発令等、無名人の労苦に同情する政治的社会的動勢の影響

など、その作歌動機の根底には、種々の要素があったと思われる。陽春にならっての代作追和が直接の詩的動機で

あったにしろ、その奥に副次的な創作契機が渦巻くことは、文芸作品の常であるからである。

ただ、こうした指摘に加えて、この肥後出身の少年熊凝が「大伴」の氏名《うじな》をもつ人であったことも、憶良敬和歌の副次的動機の一つとして挙げておくべきではなかろうか。旅人を中心とする大和大伴氏とは、ほとんど関係のない同名異氏には違いないが、寸前まで憶良の直属の上司であり、憶良の創作に多大な影響を与えた大伴旅人の名は、憶良が寸刻も忘れ得ぬ人の名であったろう。くしくも、この陽春によって示された異郷客死の少年が、同じ氏名を持っていたことは、彼の作歌意欲を少なからず刺激した可能性があるように思われる。

さて、憶良序文に「大伴君熊凝は、肥後の国益城の郡の人なり」とある熊凝については、まったく伝未詳というほかはない。ただし、昭和四十一年八月、熊本県球磨《くま》郡錦《にしき》町一武《いちぶ》の「下《さが》り山《やま》須《す》恵《え》窯《がま》跡」から発見（注5）された須恵器の一片に、

□□人　大伴公　二二　（「□□」の部分は欠損箇所。（　）の部分は推読部分。）
□□井綿夫人
□□（肥後カ）国宇土郡

と刻まれたものが出土していることは、注目すべきであろう。奈良末から平安初期にかけて、宇土郡司かと推定される「大伴公」が存在し、一武須恵窯との交渉があったと見られるからである。

また、昭和六十三年一月から三月にかけて奈良県立橿原考古学研究所（担当中井一夫、松永博明氏）が行った「東大寺大仏殿廻廊西地区の調査」（注6）の際、出土した木簡の中に、

薬院依仕奉人　大伴部鳥上　入正月□（五日カ）
　　　　　　　大伴部稲依　入正月五日
肥後国菊池郡□（子カ）養郷人

なるものも報告されている。担当者によれば「出土した木簡は、大仏鋳造の開始された天平十九年（七四七）九月から、

大仏殿の完成した天平勝宝三年（七五一）頃まで」のものと見られ「肥後国菊池郡子養郷の人である大伴部鳥上と大伴部稲依は、光明皇后の皇后宮に敷設された薬院（施薬院）に奉仕していたが、施薬院から大仏鋳造現場へ派遣されてきたことを示している」ということである。とすれば、熊凝の年代にほぼ近い頃、肥後の宇土郡、菊池郡等に「大伴公」「大伴部」と称する氏族が在住していたことは確かであろう。

「大伴君」の「君（公）」という姓は、「直《あたひ》（費）」と同じく、朝廷に帰服した九州、北関東の地方豪族に多い（注7）といわれるから、熊凝の家も肥後国司に仕える土着豪族の一つであったと思われる。『続日本紀』天平元年（七二九）七月二十二日条に、調物の貢上により、それぞれ外従七位下、外従五位下を賜った者に「大隅国始羅《あいら》郡少領、加志君和《かしのきみわ》多利《たり》、佐須岐君夜麻等久久売《さすきのきみやまとくくめ》」といった「君」姓の少領の名が見えるが、「大伴君」も益城郡少領ぐらいの氏族ではなかったか。

憶良序文に「我が老いたる親、ともに庵室に在す」とあることから、彼は片田舎の名も無い農民の子ではなかったかと推定するむきもあるが、これはあくまで憶良の文章のあやであろう。少なくとも郡家の将来を嘱目される土着豪族の若者として、広く見聞を深めるために相撲使の従人にも選ばれたものと思われる。

ところで、当時の肥後国府は、託麻（熊本市国府付近）ではなく益城（熊本県下益城郡《しもましきぐん》城南町一帯）に置かれていたことは、松本雅明氏「宇城地区の官衙と寺院」（注8）に詳しい。もともと下益城郡城南町一帯は、塚原古墳群をはじめ多くの古墳が散在し、古代九州の政治、文化の中心地の一つとして知られているが、松本氏は昭和三十二年八月から三十三年十二月にかけての同地区発掘調査で、陣内廃寺跡を発見。その調査報告によれば、同寺は肥後最古の寺院で、伽藍配置は大宰府観世音寺様式を取り、白鳳の終わり、もしくは和銅ごろの創建とみられ、同寺の存在によって、肥後国府は最初、益城に置かれ、それが天平十年（七三八）前後、国分寺の創建を機に熊本市託麻に移ったと推定する。その根拠は、

(1)『倭名鈔』巻五に「肥後国　管十四（中略）益城万志岐国府（後略）」と見えること。『倭名鈔』は九三〇年代成立と見られ、その頃の肥後国府は、託麻であったはずなのに、益城に国府と記すのは『倭名鈔』著者が、古い伝承に

よったと考えられること。

(2) 託麻国府の条理遺構は、国府推定地を起点とすると、ややずれが生じ、すでに開かれた地形の中に、後で国府が設定された可能性があること。

(3) 陣内廃寺の出土瓦は、大宰府都府楼や観世音寺の最古の瓦と同系統のもので、奈良朝以後の瓦は全然発見できない。寺院が持続する限り、補修瓦が出るはずなのに、それがないのは、この寺院が奈良末に焼亡していることを想像させ、その後廃寺となったことを示している。おそらく復興しなかったのは、国府の移動としか考えられないこと。

等が挙げられ、その他城南町周辺の古墳配置、古代交通路を考慮すると、大和朝廷の肥後最初の足場は、水島に近い八代市宮原付近に置かれ、その後肥後最初の国府が益城に開かれ、それが天平十年前後に、託麻国分寺創建を機として、現在の熊本市国府に移ったという経緯を推定している。

だとすれば、天平初年の肥後の中心は、益城だったと考えられ、憶良序にいう「相撲使某国司官位姓名の従人となり、京都に参る向ふ」という熊凝の出立は、現在の熊本市国府の「託麻国府」からではなく、その出生地に近い「益城国府」（城南町）からであったと見るべきであろう。

熊凝一行が取った旅程は不明だが、たぶん古代山陽道を東上したと思われる。彼が客死した高庭駅は、すでに『延喜式』の駅名からは消えているが、同書（兵部省諸国駅伝馬条）にいう山陽道安芸国十三駅の一つ、濃唹《のお》駅がたぶんそれではなかったかと思われる（注9）。現在の広島県佐伯郡大野町高畑に当たり、大竹市の遠管《おくだ》駅から甘日市町種箆《へら》駅へ越える古代山陽道の宿駅で、駅馬二十匹常置と記される。他に佐伯町玖島《くじま》説（注10）もあるが、山間部に寄りすぎ従いがたい。

さて、憶良熊凝歌六首、特にその長歌の文学性については、従来あまり高い評価はされていないようである。たとえば阪下圭八氏（注11）は、「志賀の白水郎歌」（16・三八六〇〜六九）と較べて、同じ代作歌でも「熊凝はみじめな失敗におわり、白水郎はユニークな成果を収めた」と言う。つまり熊凝の述志として書かれていながら、結果は熊凝のマスクをかぶった憶良自身の観念像しかあらわれていず、他者としての熊凝像を結実させていないという見方である。村瀬憲夫氏（注12）も、自己の思想を強く打ち出したきわめて憶良らしい作品ではあるが、たとえば同じく子供の死を扱った「男子名は古日に恋ふる歌」（5・九〇四～六）と較べると感銘が薄いのは、彼が作品にあまりに自己を出しすぎたこと、および、自分とは全く逆の立場（子供の立場から親をみる）に立っての代作の難しさが、熊凝自身の言葉になりきっていない未熟な表現（「己が身し労はしければ」「思ひつつ嘆き伏せらく」等）を生んだのではないかとされる。要するに「熊凝述志歌」は、熊凝自身の人間的真情が、もうひとつ迫らないという作品観が、現在の通説に近い。

しかし、憶良熊凝歌は、陽春熊凝歌に「和」して作られるという条件の制約があった点で、他の憶良作品とは同列に論じられないのではなかろうか。陽春歌の結句「言問ひもなく」（八八四）「親の目を欲り」（八八五）に示された逆縁の子の苦渋に応えるためにも、憶良は少年の口を借りて、人の世の愛別離苦を述べざるを得なかったであろうし、子を亡くした親の立場もじゅうぶん熟知する年令の人間として、仏教思想や儒教的倫理も滲ませつつ、人の親の心情を総括して序に示す必要があったのであろう。

長歌後半部の「思ひつつ嘆き伏せらく」以下は、行路死人歌特有の常套的表現も入り過ぎていて、たしかに熊凝自身の嘆きの表白としては、切迫感を欠く面はあるが、異郷客死の少年の状況説明が、こうした形で明白に設定されてこそ、以下五首の短歌の痛切な熊凝臨終の嘆きが生きてくることも思いみるべきであろう。

死を主題とする憶良作品は、「日本挽歌」以後、この熊凝歌や「志賀白水郎歌」「男子名古日恋歌」などが見られるが、そのすべてが代作様式で詠まれ、しかも日本挽歌を除けば、「凡愚の微しき者」の自己表現として表出されているところに、憶良独自の視点がある。やがては「貧窮問答歌」（5・八九二）に到達する彼の文学の一貫した志向も、そこに見ることができるが、ただこの熊凝歌は、「貧窮問答歌」へ到達する前提作品というのみではなく、肥後の少丁熊凝の死に、彼が「微しき者の死」の尊さを、はじめて強調した作品であった点に、もっと注目する必要があろう。

「作者の感動の対象と主題は、凡俗の愛の至情にあるのであろう。むしろ名も無い少年の『途にて病みて死にしばかりの事』でなくては、憶良は歌わなかったとも言える」

という井村哲夫氏（注13）の言葉は、その点で貴重な指摘で、この長文の序と、長短六首の嘆かいは、社会的に無名の者の死を特に取り上げ、少年の至孝を顕彰すること自体にあったように思われる。「他者としての熊凝像」を画くことなどは、憶良にとっては、二の次の問題だったかもしれぬのである。

というのも、熊凝客死の天平三年（七三一）前後の『続日本紀』には、種々の瑞祥記事や孝子順孫記事が散在する。当時の大和朝廷の基本的姿勢として、各地の瑞祥や孝子の報告を称揚し、管内推挙を求める趨勢があったことは「戸令」や「賦役令」に徴しても明らかであろう。

孝悌称揚記事には、熊凝当時よりやや前になるが、次のようなものがある。

「大倭《やまと》国添下《そふのしも》郡の人大倭《やまと》忌寸果安《はたやす》、添上《そふのかみ》郡の人奈良許知麻呂《ならのこちまろ》、有智《うち》郡の女四比信紗《をみなしひのしなさ》、並に身を終ふるまで事なからしむ。孝義を旌《あらは》すなり。果安は、父母に孝養し、兄弟に友あり。若し人の病み飢うること有らば、自ら私の粮《かて》をもちて、巡りて看養を加ふ。登美《とみ》・箭田《やた》の二郷の百姓、ことごとく恩義を感じて、敬愛すること親の如し。麻呂は、立性《ひととなり》孝順にして、人と怨《うらみ》なし。かって後母《こうも》にしこぢられて、父の家に入ること得ざれども、絶えて怨むる色なし。養《やう》いよいよ篤し。信紗は、氏《うぢ》直果安が妻なり。舅姑《きうこ》に事《つか》へて孝を以て聞ゆ。夫亡せし後も、積年志を守りて、自《おのづか》ら孩穉《をさなご》、并せて妾が子、すべて八人を提《ひさ》げて、撫養《ぶやう》するに別《べち》なし。舅姑に事へて、自ら婦の礼をつくす。郷里に歎ぜらる」。
（和銅七年十一月四日条。訓読は『新日本古典文学大系　続日本紀　二』による）

残念ながら天平前後の肥後国関係のものには、孝子順孫記事は見られず、すべて瑞祥記事で、神護景雲二年（七六八）九月「芦北郡刑部広瀬《をさかべのひろせ》の女、赤き目の白亀を献」じたこと。宝亀元年（七七〇）十月、即位改元詔中に「芦北郡日奉部広主売《ひまつりべのひろぬしめ》、益城郡山稲主《やまのいなぬし》」がそれぞれ白亀を献じたため「宝亀」と改元したこと。宝亀三年（七七二）十一月十一日条「肥後芦北郡、家部島吉《やかべのしまよし》、八代郡高分部福那理《たかわけべのふくなり》おのおの白亀を献ず。人ごとに絁十疋、綿二十屯、布三十端を賜ふ」等、白亀奉献に関する記事がほとんどである。これらはいずれも、大宰府を経由しての報告であったろうことは、神護景雲二年七月十九日条「八代郡正倉院北畔、蝦蟇《がま》」出現報告に「大宰府言」とあることが示している。

麻田陽春または山上憶良によって、孝子熊凝の所管報告がなされたかどうかは、さだかでないが、憶良熊凝歌序文中には「相撲使某国司官位姓名」といった省略表記が見られ、歌中にも「一云」の箇所が頻出することは、この作品が草稿的な要素を多分にもっていたことを考えさせる。あるいは公式書類と共に、これに類した成稿が何らかのルートで、在京責任者に送られ、所轄の少年が孝道に思いを致しながら、公旅中に不慮の死を遂げた悲劇を報じた可能性も、否定できないように思われる。

かつて藤原芳男氏（注14）は、この熊凝述志歌を、少年の死を讃える一種の墓碑銘として、その親たちの許に送られた「実用的挽歌」ではなかったかと推定されたが、この作品が文学作品としてだけではなく、何らかの実用的目的を持っていた点では同感だが、その方向はむしろ逆に、所管中央庁の方へ向けられたものではなかったかと思うのである。

〈注〉

(1) 藤原芳男「大伴君熊凝ノ歌」（『国語と国文学』一九七四年二月号）
(2) 村山出「熊凝歌の位置」（『帯広大谷短期大学紀要』一〇号、一九七三年三月）
(3) 吉永登「古日ははたして憶良の子か」（『万葉・文学と歴史のあいだ』創元社、一九六七年）
(4) 村瀬憲夫「熊凝の為に志を述ぶる歌」（『万葉集を学ぶ　四』有斐閣、一九七八年）
(5) 渋谷敦也「下り山須恵窯跡発掘調査報告」（高田素次編『錦町史』第二巻、錦町教育委員会、一九八八年三月）
(6) 中井一夫・松永博明「東大寺大仏殿廻廊西地区の調査」（『木簡研究』第十一号、木簡学会、一九八九年十一月）
(7) 「氏姓とその制度―君・直の項―」『時代別国語大辞典　上代篇』巻末
(8) 松本雅明『松本雅明著作集　3』（弘生書林、一九八七年）
(9) 「広島県大野町の項」他（『日本地名大辞典　34　広島県』角川書店）
(10) 永尾幹三郎『佐伯万葉史の研究』（渓水社、一九八四年）
(11) 阪下圭八「熊凝と志賀の白水郎」（『日本文学』一九六七年七月号）
(12) 注（4）に同じ。
(13) 井村哲夫『萬葉集全注　巻第五』八九一歌考（有斐閣、一九八四年）
(14) 注（1）に同じ。

大宰府圏の歌人たち

政所賢二

大宰府圏という概念は、広義においては令制官庁の一つである大宰府が統轄する西海道諸国、つまり九国（筑前、筑後、豊前、豊後、肥前、肥後、日向、薩摩、大隅）三嶋（壱岐、対馬、多褹）を指し、狭義には大宰府政庁及びそこに勤める官人達の生活空間を指すという二通りの意味を内包していると考えられる。稿者は大宰府圏の概念をこの両義を合わせ持つものと考えて本稿を進めていくことにする。

稿者は大宰府圏歌（以下、圏歌と略称）の認定を次のように行った。

㈠　作者が圏内に長期、短期に関わらず在住して

(ア)　圏内の自然風土を詠んだ歌

(イ)　作者の心情を詠んだ歌

(ウ)　作者の興味を抱いた伝説、人事を詠んだ歌

㈡　作者は圏外（京）に在住しているが、圏内在住者と親交があって、圏内の自然風土に深く関わること、或いはものを詠んだ歌

右の認定規準に基づいて万葉集を調査してみると次の歌どもが圏歌と考えられる。調査するに当たって次に記す著書並びに論稿の示唆を受けたことを記しておく。

(1)　春日政治「万葉集の筑紫歌」「万葉人の歌へる北九州」（注1）

(2)　福田良輔編『九州の万葉』（注2）

(3) 瀬古確著『大宰府圏の歌』(注3)
(4) 伊藤博「歌壇・上代」(注4)
(5) 中西進「都府文学の形成者」(注5)
(6) 林田正男「大宰府の歌人たち」(注6)
(7) 大久保廣行「筑紫歌壇」(注7)
(8) 林田正男①『万葉集筑紫歌群の研究』②『万葉の歌 11 九州』③『校注万葉集 筑紫篇』(注8)

圏歌として認定した歌は総数にして三一二首、内訳長歌一二首、旋頭歌三首、短歌二九七首である。これらの圏歌を作者の出自、職掌の二点から四グループに分けてみた。各グループの歌を表I〜Ⅸに整理し、資料として示した。各グループの分け方は次の通りである。

A群 (圏内出身者歌)〈一二首〉
　圏内に土着ないし長期に滞在していたと考えられる人物が圏内の自然風土や人事に関することを詠んだ歌
B群 (京官・人、大宰府・地方官人歌)〈一〇九首〉
　京官・人、大宰府・地方官人が圏内外で圏内の自然風土、伝説、人事に関することを詠んだ歌
C群 (遣新羅使人関係歌)〈七一首〉
　遣新羅使人達が圏内でその自然風土、人事に関することを詠んだ歌
D群 (作者未詳歌)〈一二〇首〉
　出自、作者、職掌等が未詳でA〜Cの三群のいずれにも属する強い要因が見出し難い歌で、圏内の自然風土、人事を詠んだ歌や圏内の自然風土、人事を修辞表現的に用いた歌

A群一二首の選定は特に厳密に行い、近世の主な注釈書(管見、拾穂抄、代匠記、童蒙抄、考、玉の小琴、槻乃落葉、略解、檜の杣、古義、攷証)及び近代の主な注釈書(新考、全釈、講義、総釈、口訳、窪田評釈、金子評釈、佐々木評釈、武田全注釈、土屋私注、澤瀉注釈、大系本、全集本、集成本、中西全訳注、稲岡校注、伊藤博文庫本、全注本)を参照して揺れのない歌を選

ぶという方法をとった。したがって豊前国出身の娘子である大宅女の歌（4・七〇九、6・九八四）は、前者が大伴家持を中心とした大伴氏歌群であること、後者が在京者の歌群であること、更にこの両首共に大宰府圏の風土を示す用語が用いられていないこと等によってこの両首は、大宅女在京時の歌（七〇九歌は土屋私注、九八四は全注本がそれぞれ作者を在京者と指摘）と考え、数少ない作者判明の大宰府圏内出身の女性の歌であるが、A群歌から除外した（このことはこの両首を圏歌とみなさなかったということを意味する）。同様に圏内の国名を題詞に持つ豊前国白水郎歌（16・三八七六）、豊後国白水郎歌（16・三八七七）も代匠記精撰本に「此哥ハ哥ニ豊後ノ意ハナシ。唯〈彼国ノ海人ノ〉カクヨメル由聞テ載タルナリ」と題詞の信憑性を疑問視して以来、それぞれの国の白水郎の詠んだ歌とするのに疑問を持つ注釈書が多く、窪田評釈は「京の旅行者の歌」「京の人の作」と推測していること等から右の二首をA群に入れずにD群の作者未詳の中に入れることにした。A群の全歌は表Iを参照願いたい。

一　A群（圏内出身者歌）〈一二首〉

A群の作者は一二首中一一首が女性、一首（⑤歌）が男性というように圧倒的に女性が多い（171ページ表I参照）。しかもその女性八人の中に遊行女婦（倭名鈔に遊女夜発附　楊氏漢語鈔云　遊行女兒和名宇加礼女又云阿曽比）と思われる者（①歌三首の作者は6・九六五〜六六の左注によって遊行女婦と分かる。②歌の作者玉槻には遊行女婦の注記はないが、童蒙抄以来、近代の諸注釈も遊行女婦とすることが多い。③歌の作者娘子については窪田評釈、集成本、中西全訳注、伊藤文庫本が遊行女婦と考えている。④歌の作者娘子は拾穂抄以来、近代の諸注釈も多く遊行女婦とみなしている。作者未詳の⑥歌は窪田評釈、全注釈が遊行女婦と明記している。⑦歌は考、略解、古義、新考、総釈、窪田評釈、佐々木評釈、伊藤文庫本が遊行女婦とみなしている。⑧⑨歌については遊行女婦の指摘はない）が六人いることは注意される。

次にA群の歌の場について考えてみたい。

①③⑦⑧歌は官人が上京する時に見送って詠んだ歌で旅行者を送る悲別の場が想定される。

②④歌は天平八年（七三六）の遣新羅使人関係歌で④が肥前国狛嶋の亭に船泊まりした時、②が対馬の竹敷の浦に船

泊まりした時に使人達一行が宴会を開き、その場で詠われたものである。

⑤歌は渡瀬全注に「豊後の国から東への旅立ちの際に、家郷のシンボルとしての『由布の山』を見納めようとする者の歌」、窪田評釈に「旅立ちをして、遠くは行かない頃に、家恋しさからそちらを振り返って見ると」のように故郷からさほど遠くない旅中での作と思われる。この歌が唯一男性の歌で、どういう身分の者か不明であるが、木綿山（今日の由布岳）辺りに家を持っていた人物であることは確かである。土屋私注は「木綿山辺りの民謡」としている。

⑥歌は朽網山（今日の大分県直入郡久住山）近くに住んでいた女性が離れて住んでいる男性（古義は第三句を「薄《た》ちて往なば」と訓んでこの男を旅行者としている）を夕方雲を眺めながら恋い慕ったものである。

⑨歌は羈旅発思の問答歌で豊前国の企救（北九州市の周防灘沿岸）辺りに住む女性が夫ないし思い人の訪れを家で一人寂しく待つ焦燥感を詠んだ歌である。

以上述べてきたことをまとめると、⑴A群の歌の場は⑥歌一首（この歌も古義のように捉えると例外とはならない）を除いて旅に深く関わる場で詠まれた歌ばかりであること。⑵旅行する主体者は⑤⑥の二首を除いた一〇首が官人であることのようになる。これまでに(ア)作者(イ)歌の場について考えてきたが、A群の歌の作者が圏内土着の人々でありながら、東歌のようにいかにも東の歌と思われる地の匂いが漂っているのに対してこれらのA群の歌にはそれが全くといってよいほど感じられない。つまり圏内の言葉で圏内の自然風土・人事を詠んだり、問答したりした歌がないということである。逆に言うとそれほど中央の文雅に通じるものがあったということになる。しかも作者の中に島内の遊行女婦がいたり、豊前・豊後の山麓に住む人々がいたりすることを考えるとどこで中央人（主に官人を指す）と変わらない文雅の教養を身につけたのか不思議な感じがしてならない。このことは早くからいろいろな所で指摘されていることではあるが、稿者も諸先学と同じように右の疑問の理由として、⑴圏内でも大宰府のある北部九州の地、特に筑紫の地が「遠の朝廷」と称されるように中央官庁に匹敵する政庁大宰府が置かれていて正式な職員だけで五〇名（大和・河内などの大国でも九名しかいなかった）が配置され、それらの家族等を合わせると数百人の中央から派遣された人々が居住していたこと。⑵北部九州の地は古く紀元前の昔から中国大陸との外交の門戸に当たり、大陸との頻繁な交流が行われた。大和朝廷全国統一後、天皇家は紀によると宣化元年（五三六）、確実なところでは「筑紫君磐井の没落の時期より、あまり年月が経過していない頃」（注9）に大宰府の前身那津官家を建置したと考えられている。この官家の所在地がどこであるかは今日まで確認されるに至っていないが、『太宰管内志』は三宅（福岡市南区）としている。この説は那珂川の河口から約七キロも内に入り込む地にあるため「那津」に合わないとされている。最近注目されているのは福岡市博多区博多駅南で発掘された比恵遺跡で大規模な倉庫群の遺構は、周辺に「三宅田」「官田」という官家にふさわしい地名があることとも考え合わせると那津官家に推定できる素地は充分あると考えられる。筑紫君磐井の没落は欽明天皇十七年（五五六）であるから那津官家が設置された六世紀中頃から万葉の時代末期の八世紀後半までのほぼ二世紀の間、数多くの官人、大宰府の役人達、圏内の地方官人達、唐、新羅、百済等への外交使節官人達が長・短期に渡って在住・往来して圏内の土着の人々と交わり、時には生活を共にすることもあったと考えられる。いうまでもなくその交流、往来の中心地は那の津、大宰府のあった筑紫の地であった。このことを『続紀』神護景雲三年（七六九）十月条に「大宰府言す。此府人物殷繁にして天下之一都会なり」と大宰府自讃の言葉が記されていることによって裏付けることができる。人物殷繁とは人や物が賑い、豊富に出廻るという意味で奈良時代当時の大宰府周辺の活気に溢れた都会の様子を想像することができる。このように他の地方の国とは比較にならない程の人や物の交流や出入りの豊かさは、在地の人々の社会的、文化的、経済的教養や情報を豊かにしていったことは充分に想定される。したがってA群の歌が諸官人達の歌と比較してもその出来栄えにおいて遜色ない程のものであることや、歌の場は旅に関わるものがほとんどで、しかも旅行する官人達への惜別の情や再会の希求・願いを哀切深く詠んだ歌が多いことも先記した筑紫・大宰府の政治的、地理的特異な状況を考えると自然に納得でき

表I　大宰府圏歌A群（圏内出身者歌）一二首

通し番号	巻	歌番	作者	歌種
①	3	三八一	筑紫娘子（名児嶋）	雑歌
	6	九六五～六六		
②	15	三七〇四～五	対馬娘子（名玉槻）	
③	9	一七七八	娘子	相聞
④	15	三六八二	娘子	
⑤	7	一二四四	作者未詳	羈旅
⑥	11	二六七四		寄物陳思
⑦	12	三一二六		問答歌
⑧	12	三一二七		
⑨	12	三一三〇		

るものがある。

二　B群（(ア)京官・京人歌　(イ)大宰府官人歌　(ウ)地方官人歌　(エ)官名・伝未詳の官人歌　(オ)作者未詳の官人歌）〈二一〇九首〉

B群は圏歌の四グループの中でも最も多い歌数を擁する歌群で、圏歌全体の七割近くを占める。詳細は表Ⅱ～Ⅵを参照願いたい。小項目(ア)～(オ)の順に従って歌の説明をしていく。

(ア)　京官・京人歌（一八首）

作者は手持女王（三首）、長田王（三首）、三嶋王（一首）、藤原房前（一首）、吉田宜（三首）、大伴坂上郎女（五首）、葛井広成（一首）、石上堅魚（一首）の八名である。

手持女王の三首は挽歌で夫とする説（『代匠記』）もある河内王が持統八年（六九四）四月に薨じ、王を豊前国鏡山に葬る時に作ったものである。圏歌の中でも作歌年次の確定できる最古の歌である。長田王の三首は、王が官命を受けて西下し水嶋（八代市水島町）に渡ったり、薩摩の瀬戸（阿久根市黒之浜と出水郡長嶋との間の黒ノ瀬戸）を望見したりした時の歌である。西宮全注は二四五歌は国讃め、二四六歌は土地神への航海の無事を祈願する挨拶歌と見ている。二四八歌は噂に名高い薩摩の瀬戸を海上で遠く目にして強く感動を覚え、その感慨を詠んだものである。薩摩の瀬戸は万葉故地の最南端である。三嶋王一首巻五・八八三と吉田宜一首巻五・八六五歌は大伴旅人作と考えられる遊二松浦河一贈答歌に和したものである。藤原房前の巻五・八一二歌は大伴旅人に対馬の結石山孫枝で作った日本琴一面を贈られたお礼を詠んだものである。天平元年（七二九）十一月八日の日付けがある。吉田宜の巻五・八六四歌は天平元年正月十三日に大宰帥邸で開催された梅花の宴の歌作に後に奉和したものである。八六六歌は遙か筑紫道の彼方にいて孤独の愁に沈む旅人を慰撫するために作ったものである。二首詠んでいるが第二首目の八六七歌は旅人の故郷大和・奈良路の自宅のこと（「君が行き日長くなりぬ奈良路なる木斎の木立も」）を詠んでいるため、宜の思いは旅人にあってもこの歌は圏歌から除外した。大伴坂上郎女の巻四・五六三、六四歌は相聞歌で恋の相手は不明であるが一説（略解）に大伴百代とする。巻六・九六三、九六四歌は天平二年（七三〇）十一月に帥家を発って上京の途次、宗像郡名児山を越える時に詠んだ歌と上京の海路で浜の貝を見ての作である。巻八・一四七四歌は帰京して後に大宰府の後方にある大城山（福岡県大野城市にある四王寺山）の霍公鳥の声を懐しんで詠んだ歌である。筑紫を離れての歌であるが、圏内の地名「大城山」や動物「霍公鳥」を詠んで大宰府在住時を追想している所から圏歌とした。葛井公成の巻六・九六二歌は天平二年、擢駿馬使大伴道足を歓待するために設けられた酒宴の場で、歌を所望された広成の即興歌である。石上堅魚の巻八・一四七二歌は夏の雑歌に収載され、ほととぎすと卯の花を詠んでいるが、帥大伴旅人の妻大伴郎女の死を弔うために勅使として差遣された堅魚の立場を左注から推測すると、この歌は単なる自然詠ではなく旅人の悲しみを慰め、同情する思いが裏に込められている歌と考えなければならない。ほととぎすは旅人、卯の花は亡き郎女に擬されていると考えられる。以上一八首の歌をまとめてみると帥大伴旅人に関わる歌が六首、大宰府に関係する歌が九首というように大きく捉えると旅人を長官とする大宰府関係の歌が一五首、手持女王の挽歌が三首ということになる。ただ手持女王の挽歌も主人説のある河内王が大宰帥の経歴を持ち、持統紀八年四月条に「以二浄大肆一贈二筑紫大宰率河内王一。幷賜二賻物一」とあること等を考慮するとこの歌も例外としないことになる。このようにB群(ア)京官・京人歌は大きく見ると大宰府及び帥旅人を素地にして或いは関係して作歌された歌どもであると集約できる。

表Ⅱ　**大宰府圏歌B群(ア)京官・京人歌**　一八首

通し番号	巻	歌番	作者	歌種
⑩	3	四一七～一九	手持女王	挽歌
⑪	3	二四五～四六	長田王	雑歌
		二四八		
⑫	5	八八三	三嶋王	雑歌
⑬	5	八一二	藤原房前	雑歌
⑭	5	八六四	吉田宜	雑歌
		八六五		
		八六六		
⑮	4	五六三～六四	大伴坂上郎女	相聞
	6	九六三		雑歌
		九六四		
	8	一四七四		夏雑歌
⑯	6	九六二	葛井広成	雑歌
⑰	8	一四七二	石上堅魚	夏雑歌

(イ)　大宰府官人歌（九四首）

B群二〇九首のうち、最も歌数の多いのが、この大宰府官人歌九四首である。その中心は言うまでもなく大宰帥大伴旅人歌五二首と梅花の宴の歌一七首である。両方合わせてB(イ)歌の七三％に達する。残り三割弱も帥旅人に関わる歌が、

○神亀五年冬十一月に帥旅人に随行して香椎廟を参拝した時の少弐小野老の歌（6・九五八）一首
○帥旅人が大納言に被任して上京する時の麻田陽春の餞歌二首（4・五六九〜七〇）
○帥旅人と故郷奈良への望郷の思いを贈答した防人司佑大伴四綱の歌二首（3・三二九〜三〇）
○帥旅人が大納言に被任して上京する時の大伴四綱の餞歌一首（4・五七一）
○帥旅人上京後、旅人を思慕する沙弥満誓の歌二首（4・五七二〜七三）

の計八首あり、これを先記した旅人歌、梅花歌と合わせると八割以上が帥旅人に関わる歌ということになる。このことは大宰府官人による歌群という捉え方をすれば政治的には最上司の旅人と深く関わるのは当然と言えば当然なのであるが、職場の面ではなく風流文雅の面で役所の長官とこのような形で深く関わるところに、当時武門の名家の棟梁として井村全注に記す武人政治家としての力量や名声を世上に持っていた一面と、風流文雅に己を遊ばせる生き方（一説に中央政界を追われ、西国の地に浮身を託つ我身を慰やす唯一の手段と考えられている）を兼備していた人物であったからこそ上司、下僚共になし得たことではなかったろうか。そしてここで喚起しなければないことは、これも早くから指摘されていることではあるが、歌人大伴旅人として彼の作歌活動を考えてみた場合、生年を天智称制四年（六六五）とし、没年は天平三年（七三一）であるから六十八歳の生涯で、作歌数七〇余首（遊松浦河贈答歌群、詠領巾嶺歌群等の作者が不明であるため、旅人の実作数に揺れがある）そのうち、帥時代三年間（神亀五年〜天平二年末ないし三年初まで）で五二首（表Ⅲの※の歌は厳密には不明とすべきだが諸説を勘案して稿者が考えた数）を作歌している。この作歌数は旅人が帥時代に約七割を集中して作歌したことを示している。そして単に歌数が多いということだけではなくて歌の種類も豊富（望郷、讃酒、離別、餞宴、伝説、贈答、述懐、報凶等）である。このことからいかに旅人が大宰府在住時代に旺盛な作歌意欲を持っていたか、あるいはかきたてていたかが想像される。B群の中でも最も多くの歌数を(イ)大宰府官人群が占めるのもこの旅人の旺盛な作歌意欲に根ざすものであることは自然に了解される。ただここで指摘しておきたいことは、旅人の作歌した五二首のうち、純粋に圏内の自然風土、人事を詠んだ歌が少なく五首（6・九五七、九六一、8・一五四一〜四二、一六四〇）であるのに対して望郷歌は一四首（3・三三一〜三五、四三八〜四〇、5・八〇六〜七、八四七〜

四八、6・九六〇、8・一六三九）詠まれていることである。望郷歌が純粋に圏内の自然風土・人事を詠んだ歌に比べて三倍の歌数を擁する事実に対していろいろな考えが今日まで言われているが、西宮全注の四四〇歌の〔考〕作歌事情のところで簡単に「旅人にとっては大宰府も『旅』の身空であった」と述べていることは、望郷歌の多さの要因が何に由来するのかということに対する一つの見通しを与えているものと思われる。したがって旅人一行が神亀五年冬十一月に香椎廟に参拝し、香椎浦で詠んだ歌、

帥大伴卿歌一首

いざ子ども香椎の潟に白たへの袖さへ濡れて朝菜摘みてむ　（6・九五七）

大弐小野老朝臣歌一首

時つ風吹くべくなりぬ香椎潟潮干の浦に玉藻苅りてな　（6・九五八）

をみると帥旅人も大弐（実は少弐の誤記）老もいかにも海人の生活に親しむようなはずんだ心意気が感じられるが、実は海人の生活とは遠くかけ離れた「朝菜摘む」「玉藻苅り」という優雅な気分を味わうという現実の厳しい、荒々しい海人の生活とは全く無縁で上品な遊びの世界の創造であった（注10）。そうすることが旅の身空の自分たちの生きがいでありまた故郷を遠く離れた淋しさを慰さめる手段でもあったわけである。

帥旅人と直接関わらない歌が二割程あるが、まずはじめに旅人赴任以前に大宰府に在任していたと考えられる石川大夫（慶雲二年（七〇五）十一月から和銅元年（七〇八）三月までの間、大弐として在任。宮麻呂と考えられる）のB群(ア)の項に記した長田王の「被ㇾ遣ニ筑紫一渡ニ水嶋一之時歌二首」に和した歌（波の荒れないのを願う予祝歌（3・二四七））石川少郎（神亀元年（七二四）から二年（七二五）までの間、少弐として在任）の志賀の海人の歌（3・二七八）、林田正男氏は先記した長田王と石川少郎（君子）が巻七、十、十一、十二に収載されている筑紫歌を蒐集し、万葉集編纂のための資料としたと推察している（注11）。大監大伴百代の恋歌四首（4・五五九〜六二）はこの歌の後続の大伴坂上郎女歌（4・五六三〜六四）と贈答をなすものと考えられている。大典麻田陽春の大伴君熊凝歌二首（5・八八四〜八五）は相撲使某国司官位姓名の従人熊凝に代って死の直前に故郷を慕んだ歌。沙弥満誓の歌四首は（3・三三六、三五一、三九一、三九三）綿を詠

表Ⅲ　大宰府圏歌B群(イ)大宰府宮人歌（旅人兼官を含む）九〇首

通し番号	巻	歌番	作者	歌種
⑱	3	三三一～三五 三三八～五〇	帥　大伴旅人	雑歌
		四三八～四〇		挽歌
	4	五五五		相聞
	6	七九三、八〇六～七 八一〇～一一、八二二 九五六～五七 九六〇～六一		雑歌
	8	一四七三		夏雑歌
		一五四一～四二		秋雑歌
		一六三九、一六四〇		冬雑歌
	5	八四七～四八、八四九 ～五二、八五三～五 四、八六一～六三	※帥　大伴旅人	雑歌
	4	五七四～七五	大納言兼帥　大伴旅人	相聞
	6	九六七～六八		雑歌
⑲	5	八二五	大弐　紀卿	雑歌
⑳	3	三二八	少弐　小野老	雑歌
	5	八一六		
	6	九五八		
㉑	5	八一七	少弐　粟田大夫	雑歌
㉒	6	九五五	少弐　石川足人	雑歌
㉓	3	三九二	大監　大伴百代	譬喩歌
	4	五五九～六二		相聞

む歌、無常を詠む歌、相聞的寓喩歌である。中でも綿を詠む歌は、

　しらぬひ筑紫の綿は身に著けていまだは着ねど暖けく見ゆ

（3・三三六）

を含めて集中に三首あり、この綿は九州地方特産の真綿（絹綿）であったとされている。

　最後に表Ⅲに示した旅人の※符号をつけた遊二松浦河歌一序及歌群（5・八四七～六三）の作者について説明しておきたい。この歌群の作者については代匠記が序文を六項目の理由を示して旅人として以来諸説が錯綜し、近代以降の注釈書は土屋私注を除いて表Ⅲに示した歌を旅人の作とすることが多い。表Ⅲに示さなかった六首（5・八五五～六〇）は旅人、憶良以外の第三者（作者未詳の官人、例えば大宰府官人など）の作とする方向に、原田貞義氏、稲岡耕二氏等の考察（注12）によって決まりつつある。最後の後人追和歌三首帥老は憶良とする説と旅人とする説とが両立していて作者未詳とすべきであろうが、帥老の注記は後人が付したものとして無視すべきではないという井村全注の主張に従って旅人作とした。

(ウ)　地方官人歌（六五首）

　この歌群の中心が山上憶良であることは、表Ⅳを見ると一目瞭然である。憶良も不思議なことに旅人と同様に筑前守在任時代（ほぼ神亀三年（七二六）～天平三年（七三一）の約六年間）に憶良の全作歌数（諸説あるが七六首～八〇首）の七割前後を集中して詠んでいる。憶良

㉓	4	五六六	大監　大伴百代	相聞
	5	八二三		雑歌
㉔	5	八二四	少監　阿部奥島	雑歌
㉕	5	八二五	少監　土氏百村	雑歌
㉖	4	五六九～五七〇	大典　麻田陽春	相聞
	5	八八四～八八五		雑歌
㉗	5	八二六	大典　史氏大原	雑歌
㉘	4	五六七	少典　山口若麻呂	相聞
	5	八二七		雑歌
㉙	5	八二八	大判事　丹氏麻呂	雑歌
㉚	5	八三三	大令史　小野宿奈麻呂	雑歌
㉛	5	八三四	小令史　田氏肥人	雑歌
㉜	5	八三六	陰陽師　磯氏法麻呂	雑歌
㉝	5	八二九	薬師　張氏福子	雑歌
㉞	5	八三五	薬師　高氏義通	雑歌
㉟	5	八三七	算師　志氏大道	雑歌
㊱	5	八三二	神司　荒氏稲布	雑歌
㊲	3	三二九～三三〇	防人司祐　大伴四綱	雑歌
	4	五七一		相聞
㊳	3	三三六、三五一	造筑紫観世音寺別当　沙弥満誓	雑歌
	5	八二一		雑歌
	3	三九一、三九三		譬喩歌
	4	五七二～五七三		相聞
㊴	3	二四七	（大弐）石川大夫	雑歌
㊵	3	二七八	（少弐）石川君子	雑歌

の生年を斉明六年（六六〇）とすると六十七歳～七十二歳という大変な高齢になっての旺盛な作歌意欲である。この点も旅人と共通している。旅人と憶良が中央から圏内への派遣官人として共に圏内に在住していたのは三年間であるが、上司↔下僚としての公務上の交流はいうまでもなく風流文雅の友としての交流が厚かったことは早くから言及されている。高木市之助氏は旅人と憶良の「反発が二連の文学を生み、二人の詩人的素質を形成していった」（注13）というように歌友と同時にライバルの存在として捉えている。憶良の歌五一首の中で旅人と直接関わらない歌は熊凝の歌（5・八八六～九一）六首、志賀白水郎歌（16・三八六〇～六九）十首の二作にすぎない。残りは全て旅人と直接、間接に何らかの形で関わって作歌されたものである。※歌は作者に揺れのある歌であるが、鎮懐石歌（5・八一三～一四）は拾穂抄、代匠記以来ほとんど（全釈、総釈、窪田評釈は旅人作）憶良作としていて定説化している。書殿餞酒日倭歌四首（5・八七六～七九）は代匠記初稿本に「これは天平二年十二月、帥大伴卿、大納言に任せられて都へのほらるゝ時、憶良、書院にむまのはなむけせらるゝ時の哥なり」と示して以来、今日まで憶良作に反対する注はない。筑前白水郎歌十首は諸説あって定まらないが、大体の所、憶良が志賀の地を巡行し、当地で荒雄に関する悲話と悼歌を白水郎達から聞いて憶良が心を動かし、自作も交えて最終的に十首の連作にまとめた歌とする傾向（注14）が強いので十首ともに憶良の歌に

表Ⅳ　大宰府圏歌B群(ウ)地方官人歌　六五首

通し番号	巻	歌番	作者	歌種
㊴	5	七九四～九九、八〇〇～五	筑前守 山上憶良	雑歌
	8	一五二〇～二二		秋雑歌
	5	※八一三～一四、八一八		雑歌
	8	一五三七～三八		秋雑歌
	5	八六八～七〇、※八七六～七九、八八〇～八二、八八六～九一、八九二～九三		雑歌
	16	※三八六〇～六九		有由縁并雑歌
	3	三三七		雑歌
㊵	5	八三〇	筑前介 佐伯直子首	雑歌
㊶	4	五六八	筑前掾 門部石足	相聞
	5	八四五		雑歌
㊷	5	八三九	筑前目 田辺史真上	雑歌
㊸	5	九五九	豊前守 宇努男人	雑歌
㊹	5	八一九	豊後守 大伴大夫	雑歌
㊺	4	五七六	筑後守 葛井大成	相聞
	5	八二〇		雑歌
	6	一〇〇三		雑歌

入れた。(ウ)歌の中で旅人に直接関わらない歌は先記した憶良の歌を除くと当時筑後守であった葛井大成の「遥見⼆海人釣船⼀作歌一首」

海人娘子玉求むらし沖つ波恐き海に舟出せり見ゆ　（6・一〇〇三）

である。この歌は純粋に海人の生業に驚嘆の心を起こして作歌されたものと捉える窪田評釈の解釈が首肯され、圏内での貴重な叙景歌の中の一首である。上記以外の官人の歌は梅花の宴時の歌か旅人上京時及び香椎廟奉拝時に関わる歌である。

(エ)　官名・伝未詳の官人歌（一三首）

(エ)歌群のうちで旅人に関わる歌が五首、非関係歌が六首である。前者の中、梅花歌が三首（5・八四三、八四四、八四六）、旅人上京時の歌が一首（17・三八九〇）、旅人への悲別歌一首（4・五七八）である。非関係歌では圏内出身者の娘子（A群③の作者）の贈歌に和え、名欲山を詠んだ藤井連歌（9・一七七九）、豊国の鏡山を詠んだ桉作益人歌（3・三一一）、豊前国娘子紐児を娶ったことを喜ぶ抜気大首歌三首（9・一七六七～六九）等が注目される。

(オ)　作者未詳歌（一九首）

(オ)の未詳歌には官人作と考えられる歌を選定した。この歌群は四グループに分けられる。①大宰府官人の餞宴歌六首（4・五四九～五一、8・一五三〇～三一、17・三八九一）、②遊⼆於松浦河⼀序・歌群の六首（5・八五五～五七、八五八～六〇）、③松浦佐用姫歌群の五首（5・

通し番号	巻	歌番	作者	歌種
㊻	5	八三一	壱岐守 板氏安麻呂	雑歌
㊼	5	八四二	薩摩目 高氏海人	雑歌
㊽	5	八三八	大隅目 榎氏鉢麻呂	雑歌
㊾	5	八四〇	壱岐目 村氏彼方	雑歌
㊿	5	八四一	対馬目 高氏老	雑歌

表Ⅴ　大宰府圏歌B群（エ）官名・伝未詳の官人歌　一三首

通し番号	巻	歌番	作者	歌種
51	3	三一一	桉作益人	雑歌
52	4	五五二、五七八	大伴三依	相聞
53	4	五五七～五五八	土師水道	相聞
	5	八四三		雑歌
54	5	八四四	小野国堅	雑歌
55	5	八四六	小野淡理	雑歌
56	9	一七六七～一七六九	抜気大首	相聞
57	9	一七七九	藤井連	相聞
58	17	三八九〇	三野石村	

表Ⅵ　大宰府圏歌B群（オ）作者未詳歌　一九首

通し番号	巻	歌番	作者	歌種
	4	五四九～五五一	未詳	相聞
	5	八五五～八五七、八五八～八六〇、八七一～八七五		雑歌
	8	一五三〇～一五三一		秋雑歌
	9	一七一〇		雑歌
	11	二七四二		寄物陳思
	17	三八九一		

八七一～七五）④或云の左注を持つ二首（9・一七一〇、11・二七四二）である。②の六首は旅人、憶良の両者でない大宰府官人等の第三者を作者とする説が有力。③の五首は拾穂抄、代匠記から今日の注釈書まで旅人、憶良・第三者説と分かれて決していない。④の二首は柿本人麻呂を作者とする一首、この歌に倉無の浜が詠まれ、この浜を大分県中津市瀧王町の海岸とする説によって圏歌に入れているが、伝未詳にするとこの歌は圏歌から除外される。もう一首は石川君子作とする志賀の海人を詠み込んだ歌である。君子は先記したように神亀元年から二年にかけて大宰少弐として大宰府に在住したことがある。志賀の海人は集中に二〇首詠まれていて地名＋海人の中では最も多い（注15）。全国的に有名な志賀の海人の歌と大宰府在住の経験を持つ石川君子との結びつきは故なしとしない。

三　C群（遣新羅使人歌）＜六四首＞

遣新羅使人歌群については別稿が予定されており、約束の紙数も残り少なくなったので歌を作者判明歌と未詳歌に

表Ⅶ　大宰府圏歌C群(ア)遣新羅使人歌（作者判明歌）二二首

通し番号	巻	歌番	作者	歌種
㊾	15	三六五六、三六六八、三七〇〇、三七〇六、三七〇八	大使　阿部継麻呂	三六五六（七夕歌）
⑥⓪	15	三七〇一、三七〇七	副使　大伴三中	
㊻	15	三六六九、三六七四、三六七五、三七〇二	大判官　壬生宇太麻呂	
㊽	15	三七〇三	少判官　大蔵麻呂	
㊿	15	三六五九	大使之第二男	
㊹	15	三六四四	雪宅麻呂	
㊺	15	三六六〇	土師稲足	
㊸	15	三六八一	秦田麻呂	
㊼	15	三六九一～九三	葛井子老	挽歌
㊷	15	三六九四～九六	六鯖	挽歌

表Ⅷ　大宰府圏歌C群(イ)遣新羅使人歌（作者未詳歌）四九首

通し番号	巻	歌番	作者	歌種
	15	三六四五～五一	未詳	
	15	三六五二～五五		
	15	三六五七～五八		（七夕歌）
	15	三六六一～六七		
	15	三六七〇～七三		
	15	三六七六～八〇		
	15	三六八三～八七		
	15	三六八八～九〇		挽歌
	15	三六九七～九九		
	15	三七〇九～一七		

分け、表ⅦⅧにまとめるだけにして言及を避け、本歌群に登場するはずの対馬竹敷浦在の娘子玉槻のことに関連して遊行女婦のことと八人の女性が圏内出身の女性であることについて「一」の補足説明をしておきたい。遊行女婦に関しては倭名鈔に「宇加礼女、阿曾比」とあり、万葉集巻十八・四一〇六他二首（大伴家持の長短歌）に遊行女婦の字として「左夫流兒」（『時代別国語大辞典 上代』には「たおやかな美女の意か」と説明）とあること等から諸国を遊行、流浪して芸謡を持ち歩く一所不住の女と考えられる反面、A群①に挙げた児嶋は遊行女婦でありながら筑紫娘子と呼ばれていること、②の玉槻は遊女説が多く、倭名鈔に郷名として玉調郡がありそこ出身の女性とする説（注16）は該然性が高いこと、③歌の娘子は巻九相聞歌群の女性名表記が豊前国娘子、播磨娘子（地方在住の女性）となっていて次に③歌の娘子で名欲山（大分県直入郡の山か、一説に竹田市の木原山とする説がある）付近に住んでいた女性と考えられること、④歌は②歌の玉槻と同じ境遇の女性で肥前国松浦郡狛嶋出身かその土地に在住する女性とする諸注が多く稿者もそのように思われること、⑥⑦⑧⑨歌はそれぞれ地名朽網山、荒津、企救を詠み込んだ相聞歌で、離れている、あるいは遠く去って行く男性を偲び、再会を強く願うという真率な心情が

窺え、一所不住の遊女にも別れて行く男に思いはかけようが、稿者にはそういう遊女の歌というよりも、土地の女がなかなか会い難い、またもう二度と会えないかもしれない男（主に京の官人）に詠んだ歌と考えた方が歌の底に流れている早く会いたいという思いや再会への願いを汲みとることになると思われることの諸点から⑤歌（男歌）を除いた①〜⑨の八人の女性を圏内出身の遊行女婦か土地の女性と捉えた。

四　D群（作者未詳歌）〈二〇首〉

D歌二〇首（表Ⅸ参照）を圏歌に認定した理由を表Xにまとめてみた。二〇首中、巻十・二一九七の大城山を詠む歌は大宰府官人とする説が多いのでB群(イ)へ、巻十二・三一九一の木綿間山を詠む歌は留守居の女、遊行婦、土地の民謡と考える注釈書が多いことから圏内出身者の歌としてA群へ、巻十二・三二一五の荒津浜を詠む歌は上京者、新羅使、大宰府官人、国司、旅人とする説の多いところからB群(オ)へそれぞれ入れてよい歌とも考えられるが、今は明確に決定し難いということでD群に入れておいた。表XからD群の作者未詳歌に見られる特徴は、相聞歌が多いこと、作歌の場に羇旅中が多いこと等である。このことは大宰府圏の歌ということを考えると当然ともいえる。海（港）浜が多く山野が極めて少ないということは何を意味するのか。D群だけの偏りなのかそれとも何らかの相関関係があるのか今後の課題にしたい。

巻それぞれの構成を持った歌群から歌を切り取ることは歌相互の関連性を無視することになるという危惧の念を抱きながら敢えて本稿のような資料を作ったのは、大宰府圏歌という複雑な総合体をできるだけ捉え易く

表Ⅸ　大宰府圏歌D群作者未詳歌　二〇首

通し番号	巻	歌番	作者	歌種
	7	一二三〇、一二三一、一二四五、一二四六、一二七九	未詳	雑歌
	7	一三九三		比喩歌
	10	二一九七		秋雑歌
	10	二三四一		冬相聞
	11	二六二二		寄物陳思
	12	三一三〇、三一五五、三一六五、三一七〇、三一七七		羇旅発思
	12	三一九一		悲別歌
	12	三二一五、三二一八、三二一九		問答歌
	16	三八七六、三八七七		有由縁并雑歌

表X　D群作者未詳歌表IXの補説表

巻	歌番	歌種	地名	作者考
7	一二三〇	羈旅作	金の岬	『全釈』以来、東方への旅人　『口訳』は地方官帰任時
	一二三一		岡の水門	土地勘のある者
	一二四五		志賀白水郎	旅人、京官人、遊行婦、土地の謡物
	一二四六		志賀白水郎	窪田『評釈』は京官人
7	一二七九	旋頭歌	引津	大宰府官人、柿本人麻呂、旅行者、土地の謡物
7	一三九三	比喩歌	企救の浜	旅行者、土地の謡物、企救を知っている者
10	二一九七	秋雑歌	大城山	大宰府官人説が多い
10	二三四一	冬相聞	木綿山	官人、京人、地方の謡物
11	二六二三	寄物陳思	志賀白水郎	土地の謡物
12	三一三〇	羈旅発思	企救の浜	京人、柿本人麻呂、旅行者、土地の謡物
	三一五五		悪木山	地方官人、旅行者、大宰府官人
	三一六五		飛幡の浦	旅行者、遊行婦、土地の民謡
	三一七〇		志賀白水郎	旅行者、京官人、筑前の民謡
	三一七七		志賀白水郎	大宰府官人、旅行者、地方官人、土地の民謡、遊行女婦、女歌
12	三一九一	悲別歌	木綿間山	留守居の女歌、遊行女婦、土地の民謡
12	三二一五	問答歌	荒津浜	上京者、新羅使人、大宰府官人、国司、旅行者
	三二一八		筑紫	上京者、帰京の官人
	三二一九		企救の長浜	大宰府か筑前の官人、旅行者、土地の謡物
16	三八六六	有由縁并雑歌	豊前国白水郎	海人の船歌、海人間の謡物、海人の職業歌、京の旅行者の歌
	三八六七		豊後国白水郎	海人の職業歌、京人の作、遊女の歌を海人が謡ったもの、豊後の海人の民謡

し、作者の資料と索引を簡便にするという目的からであった。大宰府圏歌人に関する先行論文と重ならないために取った行為でもあった。上記の趣旨をお汲み取りいただければ幸甚である。

（一九九二年九月十六日稿）

〈注〉

(1) 春日政治著作集第8『青靄集』所収（勉誠社、一九八五年）
(2) 福田良輔編『九州の万葉』（桜楓社、一九七七年）
(3) 瀬古確『大宰府圏の歌』（桜楓社、一九七七年）
(4) 和歌文学講座3『歌壇・歌合・連歌』所収（桜楓社、一九七二年）
(5) 中西進『万葉集の比較文学的研究』中第九章（桜楓社、一九七二年）
(6) 『萬葉集講座』第六巻所収（有精堂、一九七二年）
(7) 上代文学会編『万葉地理の世界』所収（笠間書院、一九七八年）
(8) ①『万葉集筑紫歌群の研究』（桜楓社、一九八二年）②『万葉の旅 11 九州』（保育社、一九八六年）③『校注万葉集筑紫篇』（新典社、一九八五年）
(9) 田村圓澄「那津官家とその時代」八頁（吉川弘文館、『大宰府探究』一九九〇年）
(10) 拙著『万葉論考と吉野歌集』第一編四「大伴旅人等の思京意識」三八頁（武蔵野書院、一九八七年）
(11) 前掲書（8）の①二二〇〜二二一頁
(12) 原田貞義「『遊於松浦河歌』から『領巾麾嶺歌』まで」（『北大古代文学会報』一五号）、「『詠鎮懐石歌』から憶良の『七夕歌』まで」（『萬葉』八十二号）、稲岡耕二『萬葉表記論』巻五の論（塙書房、一九七六年）
(13) 『萬葉集大成』9「作家研究篇」上―憶良と旅人―（平凡社）
(14) 村山出『大伴旅人・山上憶良』日本の作家2「志賀の白水郎」二〇五頁（新典社、一九八三年）
(15) 拙稿「万葉集の現実性」（古都大宰府を守る会『都府楼』十三号）
(16) 土橋寛『古代歌謡の世界』第三章二、「遊女の歌」二五二頁、吉井巌氏『全注』二五二頁

蘆城の駅家

平山城児

集中の蘆城にかかわる歌をまず掲げておく。

五年戊辰大宰少貳石川足人朝臣遷任餞㆓于筑前国蘆城駅家㆒歌三首

天地の神も助けよ草枕旅行く君が家に至るまで　（4・五四九）

大船の思ひたのみし君が去《い》なば吾は恋ひむな直に逢ふまでに　（4・五五〇）

大和道《やまとぢ》の嶋の浦廻《うらみ》に寄する浪間《あひだ》も無けむ吾恋ひまくは　（4・五五一）

右三首作者未詳

大宰帥大伴卿被㆑任㆓大納言㆒臨㆓入㆑京之時㆒府官人等餞㆓卿筑前国蘆城駅家㆒歌四首

み崎廻《み》の荒磯《ありそ》に寄する五百重浪《いほへなみ》立ちても居ても我思《も》へる君　（4・五六八）

右一首筑前掾門部連石足

唐人《からひと》の衣《ころも》染むと云ふ紫の情《こころ》に染みて思ほゆるかも　（4・五六九）

大和辺に君が立つ日の近づけば野に立つ鹿も動《とよ》みてそ鳴く　（4・五七〇）

右二首大典麻田連陽春

月夜《つくよ》よし河の音《と》清しいざここに行くも去《い》かぬも遊びてゆかむ　（4・五七一）

右一首防人佑大伴四綱

大宰諸卿大夫并官人等宴㆓筑前国蘆城駅家㆒歌二首

女郎花《をみなへし》秋萩まじる蘆城の野今日を初めて万代《よろづよ》に見む　（8・一五三〇）
珠匣《たまくしげ》蘆城の河を今日見ては万代までに忘らえめやも　（8・一五三一）
右二首作者未詳
蘆城山木末《こぬれ》ことごと明日よりは靡きてありこそ妹があたり見む　（12・三一五五）

一

このように、万葉集によれば、蘆城の駅家というものが実在したことが明らかであるけれども、兵部式諸国駅伝馬の条にこの駅家は記載されていない。
従来、この駅家の位置についてさまざまな推測がなされてきた。現在も残る「阿志岐」または「吉木」（注1）という地名以外には頼りになる証拠もなく、五七一番歌を刻んだ万葉歌碑は、蘆城川（宝満川）のほとりにあたる六本松に昭和四十八年三月設置された。
ところが、昭和五十四年（一九七九）二月に、吉木の水田から掘立柱建物の跡が発掘され、同十六日付読売新聞（西部本社版）は、「万葉歌の『駅家』発掘」という大きな見出しのもとにその模様を報道した。その記事の一部を次に引用しておく。

掘っ立て柱建物群が出土したのは、県道吉木―関屋線沿いの吉木小から約二百メートル東へ入った市道わきの水田。大宰府政庁から約三・五キロ、米山峠から約五キロ離れた王朝の昔をしのばせる小盆地の一角。約七百平方メートルを約一メートル掘り下げたところ、九棟の掘っ立て建物跡と二棟の竪穴式住居跡がみつかった。一緒に出土した土師器や須恵器の破片から同住居跡は六世紀末のもので建物跡は七世紀後半のものとみられる。／建物跡九棟のうち一棟は倉庫跡で、東側と北側だけに軒があったとみられる建物跡（三間、五間）も出土した。

この発見によって、蘆城の駅家がどこかという長年の疑問はいちおう解決した（注2）。その後、この発掘調査は、『御笠地区遺跡』第15集（筑紫野市教育委員会、一九八六年三月）という書物としてまとめられた。右の新聞の速報で扱われているのは、この調査報告書によると、ＡⅠ地区にあたっている。同書に報告されているＡⅠ地区の住居跡・建物跡の棟数と規模とを列挙しておく。

住居跡2軒（東西5.8ｍ×南北4.9ｍ、東西4.6ｍ×南北3.0～3.85ｍ）

掘立柱建物9棟（SB01―2間×5間、3間×5間［推定］、2間×2間［推定］、SB05―2間×2間、3間×5間、3間×5間［推定］、3間×4間［推定］、3間×4間、2間×3間）

「建物はこのほかにもいくつか建つ」ていたのではないかという推測もつけ加えられており、そのほかに、Ａ地区第2トレンチ、ＡⅢ地区第5～16トレンチなどにも、多くの建物跡や住居跡が発見されている。

二

坂本太郎は『上代駅制の研究』（至文堂、一九二八年五月）において、上代における駅家の規模を推測して、「意外に広大であつた」とし、「そこには駅稲貯蔵の倉庫を要しよう。馬をつなぐ厩舎もあらう。行人の為の宿舎もあらう。而してこれらは一の区劃内に体よく配置されたことと思ふ」と記し、さらに、『続日本後紀』や『類聚三代格』などの記述を参考にして、次のようにのべている。

院倉八宇、屋二宇より多くとも少からぬ舎屋を持つた駅家は、堂々としたものではないか。例の山陽道駅家は「瓦葺粉壁」と記される。地方にあつては、寺院より外に瓦葺はあり得まいと思はれる時代、駅家がこれをそなへたことは珍しき極みである。単に建築の上より見ても、駅家は正に地方文化の中心であつた。度会郡駅家も倉壱宇、屋四宇を下らない。駅家が一の区劃をなしたらうことは、「駅門」といふ語の存在によつて想像される。最後に、誇張と修飾との十分（マヽ）を認めるにしても、尚「駅楼」の語の存するを看過し難いことをつけ加へておく。

これより後に書かれた田名網弘の『古代の交通』（吉川弘文館、一九六九年十一月）には、同様の点についてより詳細な推測が記されている。

駅の直接の運営にあたるのは駅長であるが、駅長の執務の場所はなくてはなるまい。……（中略）……二〇疋・三

○疋という多数の馬が常時厩舎で待機しているとも限らないが、とにかく相当数の駅馬は常に待機させておかなければならない。／駅子も駅馬の数だけの人数は少なくとも駅舎に待機し、駅馬の養飼に当らなければならなかった（注3）から、駅子の控室・休養室ともいうべき溜り場の設備もあったにちがいない。／駅使と従者などの休息・宿泊の部屋や、これに伴う湯沸しなど、炊事の簡単な設備も必要であったと思われる。／そのほか、駅使供与のための稲・酒・塩などの飲食料や、駅馬替買料にあてる駅稲を収納する倉庫・物置きといった、駅舎に付随する建物も必要であった。

以上いずれの推測も、主に文献を捜索することによって立証しようとした試みであったが、先に述べた発掘調査の報告に接してみると、これらの推測が一段と現実味を帯びてくるように思える。たとえば、ＡⅠ地区のSB01の建物は、調査書によると、「2間×5間の本棟に南側を除く三面に庇が施《（ママ）》けられ、西側にはさらに孫庇のつく建物」であったということである。実測図に基づいて少なくとも屋根で覆われている部分の建坪を計算してみると、75.6㎡（22.8坪）となる。これは相当大きな建物である。南側に庇がないのは板壁で日光を遮っていたからではないか。また、西側にだけ孫庇がついているのは、こちら側がこの建物の入口だったからで、おそらくは道路に面していたと思われる。これだけの広さがあれば、一度に何十人かの人間が休息をとったり、雨宿りをしたりすることも可能である。また、SB05の建物はまさに倉庫であり、ＡⅢ地区にも小さな倉庫らしき建物が何棟も建てられていたこともわかる。それに、ＡⅣ地区からは平瓦の、第56トレンチからは丸瓦の破片が出土しているということは、この区域内のいずれかの建物が、立派な瓦葺でもあったことをも物語っている。

『上代駅制の研究』では、駅家の設置場所について、それは駅間距離の標準を守るよりも、もともと集落のある場所を選んだに違いないといっている。

そこには、数十戸の人家がなければならぬ。然も、経済的に余力ある土地でなければならぬ。原野の中央、一戸の人家もない所が、いかに卅里《（ママ）》の地点だからとて、駅家の位置となり得ようや。四里、五里は、先に進むも、後に戻るも、田園開けて一つの部落を形作る所にこそ、駅は初めて設けられる。

『太宰府市史』考古資料編（太宰府市、一九九二年四月）を参照すると、目下問題にしている吉木・阿志岐一帯の地域は、旧石器時代・縄文時代の遺跡にも事欠かないけれども、弥生時代の遺跡も数多く、古墳時代に至っては、宮地嶽だけでも八〇基の古墳が確認されており、菖蒲浦古墳群、吉ケ浦古墳群、御笠地区遺跡群、阿志岐古墳群、塚口古墳、峠山遺跡といったように、おびただしい遺跡を見ることができる。この一帯が古くから多くの人々が居住していた、開けた田園地帯であったことが証明されるわけである。『御笠地区遺跡』によると、調査地域はA地区にとどまらずG地区にまで及んでおり、それぞれの地区で、数多くの竪穴住居跡、掘立柱建物跡や無数の土器類が発見されている。今日この地域一帯はほとんど水田で人家を見ることはできないのだが、右のようなほんの僅かな発掘調査によってさえも、これほど多くの痕跡を見出すのであるから、全面的に発掘した結果は想像を絶するであろう。

考古学の成果から考えてみても、吉木、阿志岐一帯は『上代駅制の研究』の推測にぴったりあてはまる土地といってよく、その点だけを問題にするならば、蘆城の駅家がここに設けられていたということは妥当であったといえる。しかし、厩牧令の規程（注4）によると、駅間の距離は「卅里」である。これは約一三・四キロである。大宰府政庁から吉木・阿志岐までは直線距離で約四キロ、多く見積っても四・五キロほどである。これではいかにも近すぎるといわれるのも当然である。そこで、その点に関する論議が行われてきた。

『全釈』（一九三〇年七月）は、「府から水城の方へ向はむとする者が、何故に寧ろ反対の方角にある蘆城駅へ行くか」という素朴な疑問から発して、博多方面から水城を経由して政庁に達する「幹線道路」を問題にするならば、蘆城は考慮の外となるという。ただ、『続紀』広嗣の乱の記事に記されている、いわゆる「田河道」を上京する者が選んだとすれば、蘆城はその通り道に位置するから妥当であるとする。だが、ここまで推理を働かせても、『全釈』はなお結論をためらっていて、

この地は蘆城川・蘆城山等の好景を控へてゐた為、官人等遊宴の地として喜ばれ、都へ還らうとする者は此処で馬の餞を受けて旅立ち、更に大路に戻つて水城方面へ向かつたものであらうか。さうでも考へる他に判断がつかないのである。

と結んでいる。

井上通泰の「蘆城駅」（『万葉集追攷』一九三八年三月）は、蘆城駅が大宰府政庁からは近すぎるという疑問点を、政庁から社埼《みさき》（門司）（注5）に至るには北路と南路とがあって、蘆城駅を米の山峠を越えて田川に抜ける南路の一駅と考えればおかしくないという解釈を打ち出して解決しようとしたものである。土屋文明の『旅人と憶良』（一九四二年六月）には、「此の水城の上を過ぎて次の蘆城（之に都府楼址の東南一里許りに部落名（ママ）として阿志岐が残って居る）へ出るとすると現在の交通路からひどく迂廻のやうに見えるがこれは更に豊前に田川郡に出る所謂田川道の方を取ったと解すれば一つの順路だとのことである」と、井上説を容認しているかの如く説かれている。

これらの諸説を紹介した上で、井上説を援用し、旅人はまず水城のあたりで餞別された後に、さらに蘆城で部下との別れを惜しみ、米の山峠を越えて田川へ出る南路を取ったのであろうとの説が、宮本喜一郎氏の「大伴旅人の帰京行程」（『万葉』一九五八年七月）であった。

その後、林田正男氏の「旅人の帰京行程—宮本氏説に関連して—」（『万葉』一九七六年三月）が発表された。林田氏はまず、巻四・五六八の題詞に含まれている「臨入京之時……餞……」の表記を取り上げ、集中に見られるこれと類似した表記を吟味したうえで、この形式で書かれた場合の「宴」は「出発前の予餞の宴」であるとした。次に、井上説に登場した、いわゆる「田川道」は、宗祇の筑紫道記に記された記述が最も古いが、それとてもそこを万葉の古道と称しているわけではなく、「田川道」を万葉時代の古道であるかのごとくのべたのは、近世の地誌類の曲解であったとする。また、広嗣の乱時の『続紀』の記事に見える「田河道」は、いわゆる「田川道」とは異なる進路を指す名称であって、これも「田川道」の利用を証する資料とはなしがたいとする。そして、さまざまな実例や令の規定などを示した上で、「陸路の場合、律令官人の京師と太宰府との往還は、山陽道を通って北九州市→福岡市→太宰府という行程」を取ったのであるから、旅人の場合も、蘆城で予餞を受けたあと、改めて水城から上京したのだと結論づけている。『全注』（一九八三年十二月）は以上の説を受けて右の林田説を要約し、全面的に肯定している。

三

　さて、私自身も旅人の帰京行程には常に深い関心をもっている者のひとりであり、その点に触れた論文を書いたこともある（注6）。ただ、私のこれまでの関心は、九州を離れた後の旅人が陸路を取ったのか海路を取ったのかという点に集中していた。その点は本稿とかかわりが少ないので、ここでは当面の問題についての私の考えを記しておく。

　米の山峠を越えて田川へ抜ける、井上説における南路は古くから開けていたであろうし、実際に利用もされていたであろう。けれども、いわゆる府の大道は、あくまでも水城から博多へ出て、宗像から遠賀川河口をかすめて行く、井上説における北路であったから、大宰帥が大納言に遷任してゆくという公的な行事の経路としては、これ以外に考えられない。だとすれば、蘆城の駅家における餞宴は、林田説の定めたように予餞でなければならない。今日でも身分の高い人物が転任する場合は、さまざまなレベルでの送別の宴が催されるように、古代においても、大宰帥ほどの身分であれば、送別の宴も一度や二度ではなかったであろう。山上憶良が七首の歌（八七六〜八八二）を残した「書殿」における餞宴も一連の催しのひとつであった。

　そのように考えてくると、蘆城の駅家での送別は予餞で、水城での送別があったあと、旅人は都を目ざして府の大道を行ったとする林田説にはなんの異論もない。だが、それにしても、政庁から僅か四キロばかりの所に、なぜ駅家が設けられたのかという疑問への解答はまだなされていない。その点についても、実は林田氏の論文中にひとつの示唆がある。

　天平時代の蘆城駅家は、太宰府から筑後や肥後方面に通じる府側の第一番目の駅家ではなかったか（延喜式の長丘駅にあたる）と考えられることである。巻八（一五八一）に詠まれた蘆城川は南方に流れ、旅人の詠んだ安の野（巻四・五五五、現朝倉郡夜須町）を経て筑後川に合流している。この地勢から見てもその可能性が強いが、今は詳しく触れない。

　この指摘には一理あるけれども、「延喜式の長丘駅」は、蘆城の駅家ではなくて、蘆城よりもう少し南側にあって独立した駅家で、藤岡謙二郎氏の『古代日本の交通路』(Ⅳ)（大明堂、一九七九年）にのべられているように、政庁から肥前方面、筑後方面あるいは筑後経由豊後方面への重要な分岐点であったと思われる。同書によれば、その道を旅人が帰京の際に利用しなかったとしても、蘆城の駅家は米の山峠を越えて田川方面へ抜ける古道の第一番目の駅家であった、ということには変わりがないわけであるから、井上説はここで再び息を吹きかえすことになるものの、依然として、政庁からあまりに近い駅家としての蘆城の位置を説明する理由が必要である。

現在、さきにのべたＡＩ地区あたりに立って四方を見渡すと、この小盆地全体の光景を支配しているのは、どう考えても、北方に堂々と位置を占める宝満山（八六九メートル）と、その方向から流れてくる宝満川である。南東に見える宮地嶽（三三九メートル）も決して低い山とは言えないのだが、宝満山の威容が何よりも目立つので、宮地嶽はより低く感じられる。だからといって、宝満山を蘆城山とみなすわけにはいかないようである。

中野幡能氏の『筑前国宝満山信仰史の研究』によると、この山は、古くは御笠山と呼ばれ、その後竈門山と言われる時代があってから、宝満山の呼称が一般になったのだという。御笠という地名は、そもそも神功皇后摂政前紀に見える、皇后の「御笠」が風によって吹き落とされたという伝説に登場しているので、古い地名であることは確かである。ただ、宝満山が古代に御笠山と呼ばれていたという文献上の証拠を示すことができないので、はなはだ心もとないのだけれども、とりあえず中野氏の説を信ずるとすれば、宝満山は古代には「御笠山」であったのだから「蘆城山」ではありえない。となれば、宮地嶽を「蘆城山」を考えるよりほかに手だてはないことになる。今日までの諸説のうち、宮地嶽を「蘆城山」とするものが最も多い。三松荘一『九州万葉手記』、筑紫豊『九州万葉散歩』、滝口弘『九州の万葉』、古典全集本、福田良輔編『九州の万葉』などがそうで、犬養孝『万葉の旅』も「宮地嶽か」とする。そのほか、全釈、窪田評釈は、太宰府の東南方にある山などと漠然とのべている。

蘆城の駅家は、いわば間道とも言うべき米の山峠越えの最初の駅家としての意味を担っていたのであろう。米の山峠は高く険しい峠というものではないが、登りばかりのだらだらと長いアプローチを歩むのは相当きつかったであろうから、その麓に駅家が存在するのは当然である。政庁からの距離を問題にするよりも、この場合は峠道への足ごしらえの場として、廬城は適切な位置にあったと考えてよいのだろう。

それにしても、米の山峠越えの道を利用しなかった大伴旅人や石川足人を、大宰府の官人たちがわざわざ廬城の駅家へ招待して餞別の宴を張ったというのは、どういう意味があったのだろうか。それは、今日でも風光の美しい廬城野に、駅家も兼ねたかなりの規模の施設がしつらえてあって、駅家としてだけではない別の機能も果たしていたとでも考えなければ説明がつかないのである。その駅家も延喜年間に至るまでの間に廃絶し、昭和の代まで地下に埋もれていたのである。

〈注〉

（1）「悪《ア》シキ」という呼称を忌んで「吉《ヨ》シキ」と改称したという意味において。

（2）滝口弘『九州の万葉』には次の記述がある。「廬城の駅家は今日のどの辺りにあったかということについては、今までになおはっきりと分っていない。しかしながら、私は現在の中阿志岐と下阿志岐との部落境《（ママ）》辺りではないかと思う。ここには、駅馬を繋いだと思われる場所がある。昔から土地の人々が『ごんばんはる』と呼ぶ所であって、林続きのなだらかな傾斜をした宮地嶽の山裾も、ここだけは平で広い草原である。『ごんばんはる』は『お馬の原』の意味である。駅馬飼育の場と考えられる。しかもその隣が『ぶちかけ』という所であり、更にぶちかけの隣が寺屋敷で、古代大きい寺のあった所ということである。『ぶちかけ』は『鞭掛け』の意味で、駅馬のむちを揃えておいた所と考えられる」。この記述は、なおも尊重されなければなるまい。

また、寛政十一年の「筑前国分間一郡切之絵図　御笠郡」には、「廬城駅跡有」と注記がある。その場所は、宝満川が宮地嶽の山裾にぶつかり、大きく西へ湾曲している地点（ヤクジンブチ）の少々北のあたり、現在の小字でいうと、「返り」とか「宮の前」のあたりである。

こうした伝承の残っている場所の発掘調査の結果も出てからでなければ、真の意味での駅家趾かどうかの判定は保留とすべきであろう。

（3）この点に関しては、福田和憲氏の慎重かつ精密な論文（「駅戸に関する二、三の考察」『信濃』一九七〇年五月）がある。それによると、駅馬は「法意通り駅戸で養飼させられたとしてよいと思う」が、「低い等級駅戸にとっては、この義務は相当の負担」であったろうとされ、「大宝令下では駅長戸も養飼していたとする方が妥当である」とのことである。

（4） 凡諸道須㆑置㆑駅者。毎㆓卅里㆒置㆓一駅㆒。

（5） 五六八番歌に詠まれた「み崎」はこの「社埼」ではないかと私は考えている。集中に「××の崎」を詠んだ歌は多いが、「み崎」と詠まれているのは三例のみで、しかも、上に「××の」という地名のつかない「み崎」はこの一例だけである。安閑紀にも「豊国滕碕《みさき》屯倉」と出てくる古くからの重要な地点であった。旅人がここまでは陸路を取り、「社埼（門司）」からは乗船することを知っていたからこそ、石足は「み崎」の地名を送別歌に詠みこんだのだと私は考えている。『古代日本の交通路』(Ⅳ)によれば、「社埼駅」は北九州市門司区古城山西南麓に設けられていたと推定している。

（6） 「旅人の妻の死亡時期推定に関する再論」（『立教大学日本文学』40号）、「大伴旅人の足跡をたどる」（笠間書院、上代文学会編『万葉の歌びと』、一九八四年）。

貧窮問答歌のなりたち

辰巳正明

はじめに

憶良の「貧窮問答の歌」は、貧窮にある者がその貧窮について問答をするという作品である。これは万葉集の全体から見れば異質な主題であり、そこにはこの作品のなりたちを複雑にする問題が存在する。従来、それは筑前の国司の体験によって得られた、百姓の苦しみを訴えた歌だという考えが通説化しているが、しかし、貧窮という主題はそれほど単純な問題ではない。むしろ、貧窮は貧窮困苦という苦海の観想の中に捉えられているのだという指摘があるのは、明らかに貧窮を思想の問題として指摘するものであるといえるし、あるいは、それが因果への慚愧によるものであるともいわれるとき、貧窮はいっそう深刻なものとなるに違いない。憶良の主題とする作品の内容が人間の根本的な苦しみにあることからもそれは知られる筈だが、その貧窮の苦しみである貧窮困苦は生苦の中の一つの苦のありようを示すものでもあったからである。

この「貧窮問答の歌」が、貧窮という社会的な主題によって百姓の苦しみを歌っているように見えながらも、そこには仏教によって示唆された人間の根本とする苦の問題を抱え込んでいることが推測されるだろう。それは、憶良が儒教に身を置くことで奈良朝の〈士大夫〉たり得たこととどのような関わりを持つのかという問題でもある。結論的にいうならば、ここには儒教や仏教の思想を同時的に取り込むことにおいてはじめて「貧窮問答の歌」の成立する状況が現れているということである。それは憶良という個人の表現の営みのようだが、しかし、奈良朝初頭という時代はすでに儒教や仏教という国際的な思想の理解の中で、万葉集も東アジアの表現世界に組み込まれていくことを示唆していたのである。

一　貧窮と孝養

「貧窮問答の歌」（5・八九二〜九三）の長歌は、貧窮者が自らの貧窮にある飢寒を嘆きながらも、自分よりもさらに貧しい男に問いかけることから始める。その貧しい男の答えは、天地は広いといわれながらも自分には狭く、世間は明るいといわれながらも自分には照ってくれないことを嘆き、父母妻子が粗末な家の中で飢えと寒さに苦しむ姿を深く嘆きながらなす術のない世の中を悲しむのである。この長歌に対する反歌は「世間を憂しとやさしと思へども飛び立ちかねつ鳥にしあらねば」（八九三）（注1）と歌うように、この世間を「憂しとやさし」と思うのだが鳥ではないので飛び立つことが出来ないのだと嘆く。それは答えの貧窮者の嘆きでもあるのだが、あるいはまたそれは衆生一般の姿としての嘆きでもあると思われる。この世間を飛び立つことのできない理由というのは、おそらく父母妻子への思いからであると思われ、その父母妻子は伏廬や曲廬の内に直接土に藁を解き敷いて、「父母は　枕の方に　妻子どもは　足の方に　囲み居て　憂へ吟ひ」という貧しさの中で、竈には炊事の煙も上がらず、甑には蜘蛛の巣が張り悲惨な貧窮に呻吟しているという。しかも、里長は寝屋戸にまでも笞をもって税の取り立てに来るのだというのである。

　このような貧窮は、そのまま古代社会の実態を写し出したようにも見える。だが、それが当時の人々の生活の実態であったとしても、貧窮がそのようであるということの発見は日常性の問題ではない。それは、歴史的に見れば儒教的な政治思想の中にあることを窺わせる。すなわち、貧窮というのは徳のある天皇によって救済されるべき対象として現れるという特徴をもつということであり、そのことは明らかに儒教的な徳に照らし出されて見いだされたところの貧窮であることを教えている。そこには貧窮が思想の問題としてあることが確かめられる筈である。たとえば、仁徳天皇は百姓の貧窮を救済したことによって〈聖帝〉といわれた天皇であったが、その物語によれば、

　天皇の曰はく、「其れ天の君を立つるは、是百姓の為になり。然れば君は百姓を以て本とす。是を以て、古の聖王

は、一人も飢ゑ寒ゆるときには、顧みて身を責む。今百姓貧しきは、朕が貧しきなり。百姓富めるは、朕が富めるなり。未だ有らじ、百姓富みて君貧しといふことは」とのたまふ（注2）。

というのであり、明らかに儒教の政治思想として成立している聖帝物語である。これは奈良朝初頭の天皇の詔にも繰り返されるように、〈貧窮〉によって天皇が儒教的聖王に大きく書き換えられることと対応しているのである。おそらく仁徳天皇の聖帝像は律令時代の儒教思想を反映した物語であったと思われる。

しかしながら、律令的に貧窮が救済されるのだとするならば、それは天皇から下される貧窮救済の詔や律令の令文に従って国郡司らがその救済に努めることで完了する問題であった。にもかかわらず、憶良がそれを歌によって表現することの意味は、国司として貧窮の実態を写すことにあったからでないことを教えている。伏廬や曲廬の中で土の上に藁を解き敷いている生活と、そこに父母妻子が食べ物も無く飢えて呻吟している様子や、里長が笞をもって税を催促する苛酷さなどをもって貧窮という状態が描かれることの中から推測されるのは、貧窮が人間存在の苦の一つの姿であるということなのであり、その貧窮という苦がこのような具体像を持つのだということに外ならない。

ここに描かれる貧窮は、天皇の儒教的な徳によって照らし出された救済されるべき貧窮としてのそれではない。『令集解』によれば貧窮というのは「貧しくて資材の無い者をいう」（戸令）というのだが、むしろ、ここにいう貧窮というのは、律令的に救済されるべき貧窮ではなく、いかにしても救済されることのない貧窮というもののもつ苛酷さから窺われる、人間の尊厳の否定であり（注3）、さらには人間の存在する意味の絶望的なまでの無価値性への問いかけである。そのようなものとして人間の存在することを説明しているのは、まさに〈世間〉なのだということではないか。

その世間を憂い〈飛び立つ〉ことを願望しながらも、鳥ではないから飛び立つことができないのだという。ここには一つの飛躍があるように思われる。それは飛び立つことのできない理由を鳥ではないことに求めたことである。もちろん鳥であれば容易に飛び立つことができたということなのだが、それはむしろ結論を放棄して不可能な状態を提示したに過ぎない。何よりもこの貧窮者の迷いは、父母妻子を捨てて飛び立つことへの願望にあるといえる。父母妻子というこの家族との恩愛を捨てて飛び立つことを願望しているのがここでの貧窮者なのであり、もし、鳥であったならその恩愛の絆を切って飛び立つはずなのだという願望が見えてくる。

貧窮が人間の尊厳や価値を否定するものであるとともに、それは父母への孝養も妻子への慈しみも不可能なほどの状況を齎《もたら》す。飢えと寒さに呻き泣く父母妻子の苦しみの中で、答えの貧窮者の心に現れたのは、父母妻子を捨てて鳥のように飛び立つという願望――いわば〈惑情〉ではなかったか。しかし、貧窮者は「飛び立ちかねつ鳥にしあらねば」と留まるのである。その限りにおいては貧窮者の惑情の行方は知られないのだが、そこには貧窮者の非常に不安定な心が除かれないままに留められていることを記憶すべきであろう。

それはすぐに憶良の嘉摩において作られた三作の一つである「惑へる情を反さしむるの歌」（5・八〇〇〜一）を思い出させる筈である。むしろ、この作品に登場する「倍俗先生」とは、この貧窮者が鳥となって飛び立った姿であるということができるのではないか。序文によるとこのように記されてる。

或は人あり。父母を敬ふことを知りて、侍養を忘れ、妻子を顧みずして、脱屣《だっし》よりも軽みす。自ら倍俗先生と称ふ。意気は青雲の上に揚るといへども、身体は猶塵俗の中に在り。いまだ修行得道の聖を験さず。蓋しこれ山沢に亡命する民ならむ。所以、三綱を指示し、更五教を開き、遺るに歌を以ちてして、その惑を反さしむ。

この〈人〉のそれが惑いであるとして儒教の徳目である三綱・五教を教え、家に帰り生業に努めるよう〈惑情〉を解こうとするのがここでの主旨ではあるが、しかし、いま倍俗先生と呼ばれた男の立場に身を置いて考えることも必要ではないか。

彼が父母妻子を捨てて〈得道修行の聖〉となろうとしたことの理由は、おそらく先の貧窮者のように伏廬や曲廬の中に藁を敷いて、父母は枕の方に妻子どもは足の方にあって、飢えと寒さに呻き泣く悲惨な〈世間〉のありようにあったと見るべきであろうと思われる。男は幾度となく繰り返して世間の無常を嘆き、幾度となくこの世間から鳥のように〈飛び立つ〉ことを願ったのではなかったか。むしろ、倍俗先生というのは、あの貧窮者がついに父母妻子との恩愛を捨てて、鳥のように飛び立った姿だというべきではないのか。

もっとも、それは作品の流れから見れば逆転していることになるのだが、むしろここには世間にあること（飛び立ちかねつ）と、世間から逃れること（修行得道の聖）の二つの対峙が、繰り返し問われているのだと見られる。そのような二つの葛藤の姿を認めることによって、そこに憶良内部の主題の葛藤の姿が見えてくるはずである。そのことは憶良晩年の作である「老いたる身に病を重ね、年を経て辛苦み、及、児等を思へる歌」の反歌にも、「術も無く苦しくあれば出で走り去なと思へど児らに障りぬ」（5・八九九）のように詠まれることで、この主題の葛藤が繰り返されていることを知る。

その葛藤の具体相は父母妻子を捨てることとの相克にあるのだが、それは明らかに恩愛の絆を断つことの相克を意味するものであった。憶良の倍俗先生への批判が、儒教的徳目の三綱（君臣・父子・夫婦）五教（父義・母慈・兄友・弟順・子孝）によって説かれることの本質は、それをもって儒教の教化を目的としているというよりも、それは倍俗先生の〈修行得道の聖〉という強固な仏教の論理に対する、儒教側の論理による対決の姿勢であったというべきかも知れない。それは、儒教の論理でいえば、〈孝〉と〈不孝〉という対立する問題の定位に外ならないからである。しかし、倍俗先生の論理によれば、世間の苦しみ（三界流転）の中に生を続けるのか、そのような世俗を捨てる（倍俗）のかという問題の定位であったのである。

これは〈孝〉をめぐる儒教と仏教との激しい対峙の姿だということになるだろう。そのような〈孝〉をめぐる対峙が中国の六朝から唐以後においても激しく存在したことは知られるところであるが（注4）、あの道元の時代にも母を捨てて籠居することの意味が孝の問題として問われていることによっても（注5）、それは儒教と仏教との間における未決の重い問題であったからに外ならない。そして、この主題が「貧窮問答の歌」の答えの貧窮者の内部においても確かめられるのは、貧窮について問うことはまた儒教的な孝の主題とも深くかかわる思想の問題であったということを教えているのである。

二　貧窮と因果応報

この「貧窮問答の歌」は、貧窮に関する問答体の意味であり、貧者と窮者との問答ではない（注6）。しかも「貧窮」を〈びんぐ〉あるいは〈びんぐう〉と訓むのは（注7）仏典語の慣用による訓みであり、「貧窮」を『法華経』譬喩品に見られる「貧窮困苦」から求め、それは世の中を苦海と見る観想によっているのだと見たのは井村哲夫氏であった（注8）。ここに「貧窮」が仏教的な生の苦しみとして見えてくる問題がある。

それは「貧窮問答の歌」のなりたちの問題とも深くかかわる。ここに登場する問の貧窮者は、雨や雪の交じる夜の寒さと飢えの中で糟湯酒を啜りながら、「しかとあらぬ　鬚かき撫でて　我を措きて　人は在らじと　誇ろへど　寒くしあれば」というのであるが、〈自分を除いて他にすぐれた人間はいない〉と自負するこの貧窮者とは、〈貧窮〉であることを誇りとしている存在であることが知られよう。

これは貧窮を理念として生きる人間の登場を意味するものであろう。すでに中国においては揚雄の「逐貧賦」や陶淵明の「詠貧士」によって知られるように、彼らが理想としたのは貧士であった（注9）。陶淵明の「貧士を詠ず」の「其の一」では、

万物それぞれ身を寄せる所があるのに、ちぎれ雲だけはよるべがない。はるかにかすんで大空に消えると、二度とふたたびその輝きを見せぬ。朝やけに夜来の霧がはれるとき、もろもろの鳥はうちつれて飛び立つ。ただ一羽おくれて林を出た鳥は、日も暮れぬのにまた帰って来た。力を知っておのれの道を歩みつづけるものに、凍えと飢えのつきまとわぬことがあろうか。真の友がいないからには、やむをえぬこと悲しむまいぞ。（注10）

のように、固窮の節を守ることとその深い孤独が現れてくる。貧窮に安んじまた貧窮を守ること（「安貧守賤」陶淵明同上）は、もちろん〈士〉としての理想である清廉を意味したのであるが、そのような貧窮も一つの思想として中国の伝統の中に定着した（注11）。問の貧窮者はまさにこの〈貧士〉としてここに登場したのであり（注12）、その貧窮の現れも思想的であることは否定できない。

したがって、「貧窮問答の歌」というのは、まず貧窮に安んじ貧窮を理念として生きていることによって、自らの清貧の存在を誇り自負するという男（貧士）の登場によって始まるということなのである。そのような男が自分よりも貧窮である者に対して父母妻子の飢寒を推し量り、その時はどのようにして世間を渡るのかと問うのである。それに対する答えの貧窮者が次のようにのべているのは注意される。

天地は　広しといへど　吾が為は　狭くやなりぬる
日月は　明しといへど　吾が為は　照りや給はぬ

天地は広く日月は明るいというのは、おそらく一つの慣用的な言い方であったのであろう。契沖は『文選』欧陽建石の臨終詩の「恢々たる六合の間、四海一何寛」や『詩経』邶風の「日居月諸、下土に照臨す」を引いている（注13）。だが、これはたとえば、

四大洲と日月と、蘇迷盧と欲天と、梵世と各一千なるを、一小千界と名付け、此の小千の千倍を、説きて一中千と名付け、此れの千倍は大千なり。皆な同一に成壊す（「阿毘達磨順正理論　巻第三十一」毘曇部）（注14）
如来世間に出でたまはずんば、一切の衆生は邪道に入り、永く甘露を離れて毒薬を飲み、長く苦海に溺れて出期無からん。仏日は三千界に出現し、大光明を放ちて長夜を照らす。衆生は睡れるが如く覚知せざれども、光を蒙れば無為の室に入ることを得ん（「大乗本生心地観経巻三　報恩品」同上）

というところから見れば、「天地は広し」「日月は明し」とは、仏の世界の広大無辺と仏による衆生救済が譬えられているように思われる。このような思想が広く仏教思想の中で説かれていたのではないかと考えられるのであり、それが慣用句のようになって憶良の中にも現れたのだと考えられる。そのことは、唐の時代に人々に仏の真理を説いた禅僧といわれる王梵志の詩の中からも窺うことができる。

秋の長夜は甚だ明るく、長夜は衆生を照らす（〇五三）
世間は日も月も明るく、皎々と衆生を照らす（〇五八）

だが、現実には金持ちは車馬に乗り、貧乏人は地べたを這って行くことになるのだというのが王梵志である（注15）。

この天地は広く日月は明るいというのは、『文選』や『詩経』の言葉が慣用化したというよりも、仏の世界や衆生救済を説くことの広く行われていた教えの慣用語だと思われ、それを王梵志も用いているのだと思われる。だが、答えの貧窮者は天地は広く日月は明るいのだと教えられても、自分のために天地は狭く日月は照らないのではないかと疑うのであった。それは自分だけなのか、あるいは他人もそうなのかという疑いの中から、「わくらばに人とはある」ことと「人並みに吾も作れる」ことを主張するのである。〈わくらばに〉人としてあるとは、この世にたまたま人としてあることであり、契沖以来仏教の思想によるものと考えられている（注16）。そのように偶然に人として生まれるのは前世の〈業〉によるものであるから、このときに仏道へ入るべきことを説いたのは先の道元であったが（注17）、答えの貧窮者は、むしろ貧窮であることを深く嘆くのである。

その嘆きが、海松のような着物を着て、崩れかけた家の直土に藁を解き敷いて、父母は枕の方に妻子は足の方に囲み居て、寒さと飢えに呻吟する姿によるものであった。しかも、その上に笞を持った里長は寝屋戸までもやって来ては大声で叫ぶのである。そのような貧窮の行き着くところは、「かくばかり　術無きものか　世の中の道」という深い嘆きであった。

おそらく、答えの貧窮者の疑問は、自分のみがなぜこのように苛酷な貧しい生活を強いられるのかということにあろう。この疑問が当時の一般的な農民生活者の疑問としてあったと考えることはできない。むしろ、この疑問は〈貧窮とは何か〉という問の中から現れるものであろう。その答えは貧窮とは〈世間の苦〉であるということであり、それはまさに〈世の中の道〉の姿でもあったということに外ならないのである。

それは先に掲げた反歌の、「世間を憂しとやさしと思へども飛び立ちかねつ鳥にしあらねば」と呼応する。世間を憂うべきところであるというのは、天地は広く日月は明るいとはいっても、このように苛酷な貧窮にあることから見れば、決して人として生まれたことは幸運でもなく、むしろ世間が苦しみのみの世界であることを認識した結果である。それゆえに、世間の苦しみである貧窮を〈やさし〉ともいったのであろう。〈やさし〉とは恥ずかしいという意味であるが、貧窮にあることが恥ずかしいというのも極めて特殊なことである。生活の貧しいことが恥ずかしいというのであれば、当時の農民生活者はほとんどが恥ずかしいということになる。だが、それでは貧窮が世間における苦しみなのだと理解した問題からは遠ざかることになるであろう。

ここにいう〈やさし〉とは、『日本霊異記』の作者である景戒の慚愧してのべたという「ああ、耻しきかな、羞しきかな」にあるのと等しいことを指摘したのは中西進氏であった（注18）。

僧景戒、慚愧の心を発し、憂愁へ嗟きて言はく「ああ耻しきかな、羞しきかな、世に生まれて命活ひ、身を存ふること便なし。等流果に引かるるが故に、愛網の業を結び、煩悩に纏はれて、生死を継ぎ、八方に馳せて、生ける身を炬く（注19）。

その貧窮は、景戒が俗家にあった折りに、妻子を持ちながら養う物は無く、塩も衣も薪もなく、昼も夜も飢寒したということにある。それは「我、先の世に布施の行を修せず」ということにあったからだとする。そのような貧窮の苦しみは、前世の〈業〉によって生じたのだというとき、貧窮とは何かという問いはあらたな問題を提起することになるに違いないのである。

このような景戒の貧窮の考えは景戒に孤立しているものではない。貧窮に苦しむことは、凡夫としてあることへの深い内省を促すことになる。貧窮とはまさに凡夫そのものの姿でもあったのである。それは、すでに先に挙げた王梵志もまた、次のように歌っていることからも知られる。

「世間は日月が明るく、皎々として衆生を照らす」というが、貴い者は車馬に乗り、貧しい者は地べたを這って行く。金持ちは前世の種であり、貧しい者は慳貧の生まれである。貧富にははじめから区別があり、業報は自ずから相迎えるのだ。（〇五八）

貧富にははじめから区別があり、業報は自ずからそのように迎えるのだというのは、貧富は前世の〈業〉によるのだということに外ならない。だから、貧しい者は前世において「布施」を行わず、吝嗇であったということになる。それは景戒が「布施の行」を行わず貧窮に嘆くことと同じではないか。貧窮を嘆くというのは、このような凡夫のありようの中から出発しているのだということになる。

それは、憶良の「貧窮問答歌」と似ていると指摘されている（注20）、王梵志の田舎の貧窮者のことを詠んだ歌からも窺える。

田舎の貧しい人は、草ぶきのあばら屋でひどい生活。二人の貧しさは前世が原因で今の世に夫婦となった。女房は稲舂きに雇われ、夫は畑の耕しに出稼ぎ。日が暮れて家に帰ると、米も無くまた薪も無い。子供たちはおなかを空かし、まるで断食をしているようだ。里首は庸調を催促、村首も一緒に催促。破れた頭巾からは頭が丸見え、破れた服からは腹が丸見え。体には下着もズボンも無く、足には履物も無い。不細工な女房は罵り、わめいては白髪頭を掻き毟る。里首には蹴飛ばされ、村首には拳固で殴られる。たまらず役所に訴えると、役人からはどやされて逃げ帰る。租調を出せなければ、里首が償うことになる。門前には取り立て屋、家に入るとやつれた女房。家の中から子供の泣く声、重ねがさね苦しみに逢う。こんな貧乏人は、村の中に一人二人はいる。（二七〇）

王梵志という詩人は化俗僧であったらしく（注21）、それゆえに＜世間＞というものが＜因果応報＞の＜五濁の地＞であることを説き、人々にはやく逃れるべきであることを教える歌を多く残している。この貧窮もまた世間という五濁の地の中に生起する一つの姿であると考えていたようである。だから、この夫婦の貧乏は前世の種（因果）によるものだと教えるのである。そこに見られる貧窮のありようは、まさに無明の中に身を置く凡夫としての貧窮である。ここには語句の上ばかりではなく、貧窮に対する捉え方や思想に至るまで憶良に近いものであることを窺うことができるように思われる（注22）。

このように考えるならば、「貧窮問答の歌」のなりたちは、貧窮を誇りとしている＜貧士＞と、前世の因縁によって貧窮の中に生まれた＜凡夫＞との、貧窮に関する問答体の歌であることを示唆しているように思われる。

おわりに

＜貧窮＞というものをこのように考えてきて、はじめてここに憶良のとらえた貧窮が、東アジアの思想情況の中から表現された世界であったということが理解されてくるのである。

かかる〈貧窮〉の像の中から現実の人間の営みを見れば、それはまさに〈世間の苦〉としての貧窮が実態として現れるに違いないであろう。しかし、だから憶良はここから人々の貧窮の救済に向かったということではもちろんない。むしろ、これは貧窮の思索にかかわるものであり、このような〈貧窮〉の思索は、有徳の天皇による貧窮の救済とは激しく対立するところの貧窮のありようを示すものである。それは、〈前世の業〉としての貧窮であり、それゆえにこそ、それは〈世間の苦〉なのであり、この〈苦〉によって迫られることは、自ずからこの世間から飛び立つべきか（仏教）、あるいは、父母妻子との孝や恩愛にかかわるべきか（儒教）という、二律背反の激しい問いかけの中に自らを追い込むことになるということである。この問いかけがあらためて倍俗先生に回帰することの意味はここにあるのである。それは、〈貧窮〉を考えるということが、明らかに東アジアの中から考えることを意味したということなのであり、憶良の時代に筑前（大宰府）が東アジアともっとも近く向き合っていた場所であることは、誰もが知ることである。

〈注〉

（1）本文は、『万葉集歌人集成』（講談社）による。以下同じ。
（2）本文は、日本古典文学大系本『日本書紀』（岩波書店）による。
（3）中西進「貧窮問答」（河出書房新社、『山上憶良』、一九七三年）参照。
（4）道端良秀『仏教と儒教倫理—中国仏教における孝の問題—』（平楽寺書店、一九六九年）参照。
（5）『正法眼蔵随聞記』。なお、憶良における孝と出家の問題については、拙稿「道理論」（笠間書院、『万葉集と中国文学第二』、一九九三年）参照。
（6）武田祐吉『万葉集全註釈』では、「貧窮」は貧と窮に区別すべきではなく、「貧窮人の問答の歌」であるとしている。
（7）今日「貧窮問答歌」を〈びんぐ（う）もんだふのうた〉と訓んでいるものに、日本古典文学全集本・講談社文庫本などがある。全集本には〈びんぐう〉は中古・中世の音によるのだという。
（8）井村哲夫「貧窮問答歌の論」（桜楓社、『憶良と虫麻呂』、一九七三年）
（9）揚雄には「逐貧の賦」があり、貧乏神との問答を通して貧乏がいかに良いものであるかが説かれて、貧乏神と共に暮らすという内容が見られる。また、陶淵明には古来から貧窮でありながらも、道を貫いた者を取り上げて詠んだ「詠貧士七首」という詩がある。
(10) 現代語訳は、世界古典文学全集『陶淵明・文心雕龍』（筑摩書房）による。
(11) 拙稿「貧窮問答歌論」（笠間書院、『万葉集と中国文学』、一九八七年）参照。
(12) 鴻巣盛広氏は「清貧に安じてゐる隠士のやうな人」（『万葉集全釈』）といい、西郷信綱氏（『万葉私記』）高木市之助氏（『大伴旅人・山上憶良』）は「貧士風の男」といっている。
(13) 岩波書店版『万葉代匠記』巻五。
(14) 『国訳一切経』による。以下同じ。
(15) 張錫厚『王梵志詩校輯』。作品の番号は張氏の整理番号による。以下同じ。
(16) 日本古典文学全集頭注では「前世の業により再び人間に生まれ来ったことを幸運としていう」と解いている。
(17) 道元は「今生人身を受けて仏教にあへる時捨てたらば、真実報恩の道理なり」（『正法眼蔵随聞記』）という。
(18) 中西進注（3）に同じ。
(19) 本文は、朝日古典全書による。以下同じ。
(20) 菊池英夫「山上憶良と敦煌遺書」（『国文学』第二十八巻五号）
(21) 人矢義高「王梵志について」（『中国文学報』第三冊・第四冊）
(22) 拙稿「王梵志の文学と山上憶良」（『万葉と中国文学　第二』）参照。

遣新羅使と筑紫 ——筑紫の山々——

清原和義

一

天平八年（七三六）夏六月、難波津に於いて出航の準備をしていた遣新羅使の一員である秦間麿は、出港までのわずかの時間を利用し、その頃、都と難波とを結ぶ主要道ではあるが迂回路の龍田越えではなく、難波から最短の生駒山の直越えをして平城京の私宅に帰った。その途次に詠んだ、

夕されば　ひぐらし来鳴く　生駒山　越えてそ我が来る　妹が目を欲り　（15・三五八九）

は、夕刻に難波と平城との隔てとなる山を越える慌ただしい状況をよく伝えるところである。間麿のように生駒山を実際に越えた場合でも、あるいは暫時の帰京もかなわずに難波から生駒山の彼方の都を望んだ場合でも、遙か新羅へと旅立つ一行にとって、河内国と大和国との境に聳える生駒山は、爾後心に絶えず残る山であったに違いない。

額田王が大和を去る日に我が思いを三輪山に集束したように、あるいは常陸国の防人が旅立つ時に家人に筑波山を見て自分の事を思い出してほしいと願い、土佐に流される石上乙麿が紀和国境の真土山に望郷の思いを託したように、遣新羅使たちにとって生駒山は、後に述べる龍田山とともに、まさに大和島根の一角として都を象徴する山であった。

難波を出た一行は瀬戸内海の旅を続け、海人の営みを歌い、潮干に鳴く鶴の声を詠み、行き交う舟を歌いつつ、武庫の浦（兵庫県西宮市）・明石の浦・藤江の浦・玉の浦・長井の浦・風早の浦・長門の浦・麻里布の浦を経て、熊毛の

浦（山口県柳井市付近）までの航海を続けた。その歌から推して実に平穏な旅であったと思われる。その間、淡路島、飾磨川、家島、長門の島、粟島、可太の大島、鳴門の渦潮、祝島など各地の島や川を歌うことはあっても、瀬戸内の山々を、その固有の地名により歌うことは唯の一度もなかった。内海を通過する遣新羅使の一行は、地名を詠出することによって、その土地土地の地霊に挨拶を捧げたが、山名を詠出することによりそれを行うことは一度もなく、内海ではひたすら通過する浦と島との固有の地名によってその通過儀礼を行っていた。その後、防府市付近の佐婆の海で暴風に遭い、豊前の分間の浦（大分県中津市）に漂着した時も、その事情に変化は見られない。なお、分間の浦で遣新羅使一行が詠んだ歌の変容のさまについては、すでに別稿で述べたところであるので（注1）本稿では改めて触れない。

二

福岡城址に建つ平和台球場のバックスクリーン裏に、平安以降の鴻臚館の遺構が保存されている。遣新羅使たち一行が天平八年の七夕の前後の日々を過ごした筑紫の館も、ほぼこの鴻臚館と同じ所にあったという（注2）。この地で故郷を望んで「筑紫の館に至りて本郷を遙かに望み悽愴して作れる歌四首」を一行の者は歌った。

志賀の海人の　一日もおちず　焼く塩の　辛き恋をも　我はするかも　（15・三六五二）
志賀の浦に　いざりする海人　家人の　待ち恋ふらむに　明かし釣る魚　（15・三六五三）
可之布江に　鶴鳴き渡る　志賀の浦に　沖つ白波　立ちし来らしも　（15・三六五四）
今よりは　秋付きぬらし　あしひきの　山松陰に　ひぐらし鳴きぬ　（15・三六五五）

巻十五では、この歌群の直前に「佐婆の海中にして忽ち逆風に遭ひ、漲浪に漂流せり。経宿りて後に幸に順風を得、豊前国下毛郡の分間の浦に到着す。ここに艱難を追ひて怛み、悽惆して作る歌八首」が配列されているので、事実上、筑紫到着第一声を筑紫の館で歌ったことになる。ところで、自然の脅威にさらされた直後で心定まらず、這這の態であった分間の浦での八首には、地名の詠出がまったく見られなかったが、筑紫でもっとも安全な土地である筑紫の館に於いての歌四首には、初めの三首に「志賀、志賀の浦、可之布江」と、博多湾付近の志賀の地が次々と歌われている。麻里布の浦に於ける八首のまとまりのある詠歌の中にもすべて地名が詠まれていたが、それは安全な内海の旅の途次の麻里布の浦を中心とした風光を愛でる心が麻里布の浦及び周辺の地の詠出の根本にあったからである。そして危機感溢れていた分間の浦八首に地名詠出が皆無であったことを兼ねて推測すると、地名豊富な筑紫の館での歌は、一行が七夕という年中行事の好日に、ひさしぶりに寛いでいる姿をそこに想像させる。その三首を受けて、第四首目で「あしひきの山松陰」が登場するのである。内海では、わずかに安芸国の長門の島に於いてのみ「山川の清き川瀬」(三六一八)、「磯の間ゆ激つ山川」(三六一九)や「山の端に月傾けば」(三六二三)と「山」を詠んだ歌を残しているに過ぎないが、いずれの場合も、たとえば山川は小川に中心が置かれ、山の端の月は、あくまでも月が中心であった。筑紫の館での山松陰も、ほぼ同じ意識の流れの中に於ける、いわば副次的な山の詠出ではあるが、ただ筑紫に於ける最初の山の詠出として特筆されるところである。

大伴の三津の松原、住吉の松原や姫島の松原、角の松原などの松原がうち続く大阪湾を出て、広島湾口の長門島(現、倉橋島)の松原に遊び、今七夕の頃に筑紫の館に憩う時、松という永遠を保障する木の下で、しかも「待つ」という音の通いで故郷を思い出させる木の下で、遣新羅使一行が九州に漂着して以来、初めての安堵感に浸っている姿をそこに見る。その上、ひぐらしの声は、秦間麿が寸時を惜しんで難波から暫時帰京した時、生駒山に鳴き騒いでいたものである。先の長門の浦でも山川近くの島陰に鳴くひぐらしを歌い、ここ筑紫でもひぐらしの声に耳を傾ける。安全な状況の中で、間断なく鳴くひぐらしの声は、もちろん奈良の都に夏から秋の到来を告げる風物であったので、望郷の心の格好の拠り所となった。それらの背後に筑紫の山々が控えているのである。

三

夏から秋へのひぐらしの声に対して、鹿鳴は秋の声である。ひぐらしとともに奈良の都を想起させるその声は、筑紫に於いても、韓亭で風待ちをした後、糸島半島を西へと巡り、引津亭で船泊まりした時の詠歌七首の中に、「さ雄鹿鳴く」声として三度歌われている。当時、筑紫の沿岸各地に鹿は生息していたであろう。今日の五島列島福江島三井楽町に見る野性の鹿の群れを引用するまでもなく、唐津にも壱岐にも対馬にも鹿は屯していたにちがいない。ところが、一行によって季節の雄鹿の声が歌われるのは、筑紫に於いては引津亭に於いてのみに過ぎない。

この引津亭の位置についても諸説あり（注3）、概ね糸島郡志摩町の岐志、船越、加布里の三地に大別される。いずれにせよ、三地はほぼ隣接する位置にあり、それはいずれも糸島半島の西側に位置しているので、これら三地とは、特に、西及び南西から見る小富士との異名を持つ可也の山の存在が問題となる。標高三八五メートルの秀麗な山容を誇る可也の山は、特にその南及び西斜面は裾野の傾斜も緩やかで、奈良東郊の春日山や高円山に似たところがある。その裾野に鳴く雄鹿の声、風景風物の類似の中に、一行は望郷の思いを強くしたにちがいない。さらに、鶴でも、ひぐらしでも、雁の鳴き声でもない、ただ雄鹿の声のみを遣新羅使一行が歌ったのは、可也（カヤ）の音と鹿（カ）との音の通いによる点もあったろう。鹿を連想させる音を持つ山、その山容が都の山に似ている山の山麓で雄鹿が妻を呼び求めて鳴くところに、一層妻恋いの思いをかきたてたことと思われる。

しかも、「引津の亭に船泊まりして作る歌七首」の第一番歌と第七番歌とが、

草枕　旅を苦しみ　恋ひ居れば　可也の山辺に　さ雄鹿鳴くも　（15・三六七四）

夜を長み　眼の寝らえぬに　あしひきの　山彦とよめ　さ雄鹿鳴くも　（15・三六八〇）

であって、可也の山のさ雄鹿の声で始まった歌群は、可也山麓に山彦となって響きわたる雄鹿の声で結ばれている。この遣新羅使一行全体を包む鹿鳴と望郷の思いの中心に可也の山が悠然と存在するのである。この歌群にも、奈良を出て、難波から瀬戸内を航海し、分間の浦に漂着するまでは一切用いられず、筑紫の館に至って初めて用いられた「あしひきの」が歌群の最後の歌に使用されており、都を遠ざかるにつれて、厳然とそこに存在する不動の「山」への意識、いや山への依存心を見ることができよう。難波を出航して以来、遣新羅使一行が初めて固有の地名として口にした山が、他ならぬこの「可也の山」であった。

四

肥前国（佐賀県）に進んだ一行は、松浦郡狛島亭（現、唐津湾内の神集島か）に船泊まりして、引津亭と同様にやはり七首の望郷の歌を詠んだ。その心は、萩や雁、あるいは秋の夜長や月の経過に寄せており、もちろん旅とその旅の対極である故郷にいる妹も、当然、詠歌の素材となっていて、先の引津亭での詠歌と素材的には何ら変わるところはない。ただ、狛島亭や引津亭での詠歌に於いては、瀬戸内での詠歌素材の中心であった海人や舟や玉などの海辺の景への興味にとって代わり、都を離れれば離れるほど、興味の中心は海辺の独特の風物よりも、いかにも都風のものへと移行している。服部喜美子氏の言を借りればこれらは「都でうたいなれた貴族の風雅の世界の素材」であるという（注4）。そして、この一連の歌の最後も、

あしひきの　山飛び越ゆる　雁がねは　都に行かば　妹に逢ひて来ね　（15・三六八七）

であって、筑紫の館や引津の亭に於いての歌群と同様に、「あしひきの山」の意識が全体の歌群の結びとなっているのである。筑紫の沿海部の地が内海に比して、特に際立って山を印象づけるところというわけでもない。ところが、筑紫での一行の詠歌は、風待ちを余儀なくされ「月光皎々として流照」という条件下に詠んだ韓亭での歌群を除けば、すべて筑紫の山の詠で歌群が結ばれている。ただ、可也の山が、その秀麗な山容と山麓の広がりとから、鹿鳴く都の山辺を彷彿とさせるものであったのに対して、松浦の山々は、山名の同音から「待つ」を連想させ、遠く離れた人に便りを伝えると言われる雁が、その「待つ」山を越え行くのを見て、都への思いを馳せているのである。

いずれにしても、いよいよ玄界灘を乗り切らねばならない恐れと「待つ」という土地から離れて行かねばならない不安とを抱く遣新羅使一行にとって、松浦の山々は、可也の山と同様に不動の山として、そしてまた待つ妹の象徴として存在していたのである。

五

漠然とした恐れは、現実の形象となってあらわれた。松浦の海を出て、玄界灘を横切り、壱岐島の南端、恐らくは今日の印通寺（壱岐郡石田町）辺りに上陸した時、一行の一人である雪宅麻呂が、突然の鬼病で死去してしまった。壱岐島の石田野に宅麻呂を葬り、後に残された一行の弔意は、それぞれ二首の反歌を伴った三首の長歌によって表された。第一長歌は、遣新羅使一行の出発から家島帰着までの歌を筆録した筆録者某との説もあるが（注5）、作者未詳であり、第二長歌は葛井連子老、第三長歌は六鯖の作である。その中で、挽歌の一つの特色として当然ではあるものの、徹底して山を詠んでいる第二長歌を取りあげることとする。

さて、一連の長歌の末尾のみを抜き出すと、第一長歌は「岩が根の　荒き島根に　宿りする君」であり、第二長歌は「露霜の寒き山辺に　宿りせるらむ」であり、残る第三長歌は「夢のごと　道の空道に　別れする君」となっている。いずれの長歌も今は亡き雪宅麻呂に呼び掛ける形で終止していて、岩に囲まれた君、寒い山辺の住人となってしまった君、道それも空道に旅立った君のイメージは、いずれも幽冥境を異にしてしまった友人の姿にほかならない。

中でも第二長歌は、

天地と　ともにもがもと　思ひつつ　ありけむものを　はしけやし　家を離れて　波の上ゆ　なづさひ来にて
あらたまの　月日も来経ぬ　雁がねも　継ぎて来鳴けば　たらちねの　母も妻らも　朝露に　衣手濡れて　幸く
しも　あるらむごとく　出で見つつ　待つらむものを　世間の　人の嘆きは　相思はぬ　君にあれやも　秋萩の
散らへる野辺の　初尾花　仮廬に葺きて　雲離れ　遠き国辺の　露霜の　寒き山辺に　宿りせるらむ
（15・三六九一）

反　歌

はしけやし　妻も子どもも　高々に　待つらむ君や　山隠れぬる　（15・三六九二）
もみち葉の　散りなむ山に　宿りぬる　君を待つらむ　人し悲しも　（15・三六九三）

と、長歌の末尾も二首の反歌もともに山に帰って行った宅麻呂の姿を歌う。この全編を山で統一した第二長歌とその反歌に歌われている山は、筑紫の他の土地での遣新羅使一行が歌う望郷の心を託した山とは異なる性格を持っている。「露霜の寒き山」「もみち葉の散りなむ山」は、都との結びつきなどとは離れ、ただ宅麻呂一人が葬られている、都とはまったく隔絶した寂しい秋の壱岐の山にほかならない。玄海灘に浮かぶ孤島の山という非情なところ、山という無機質なものの中に入って行った友を思う悲しみが、すべてを覆い尽くしている歌である。鎮魂を主眼とした挽歌に於いて、むしろ、宅麻呂の死を契機とした個々の望郷の思いは、引津亭や狛島亭の詠出と同じく、特に先にあげた第二長歌の素材となっている雁、朝露、夕霜、秋萩、初尾花、露霜などの都の歌の素材を思わせる表現に溢れている。

かつて周防灘で遭難し、豊前の分間の浦に漂着した時、一行の誰よりも早く、

大君の　命恐み　大舟の　行きのまにまに　宿りするかも　（15・三六四四）

と歌って、ともすれば萎えてゆく一行の士気を高めた雪宅麻呂が、まだ大君の命を果たさない間に突然死亡したことに、壱岐島での大使以下は大きい戸惑いを抱いたことであろう。しかも、一説では、雪宅麻呂は「壱岐連と同じ氏族であろう」（注6）と見られ壱岐出身とも言われ、また天下卜筮を知ることのできる家系の人で遣新羅使人の卜部かともいう（注7）。その人物が分間の浦で歌った歌詞に「行きのまにまに宿りするかも」とあったことは、一行の人の記憶に新しい事であり、宅麻呂が死んでしまった今、一行の人々の心には、玄海のただ中で理性ある判断力を失い、ただ暗澹たる何かが重くのしかかっていたと思われる。

六

壱岐から対馬海峡を横断し、対馬に着いた一行は、その第一声を浅茅の浦で歌った。この浅茅の浦については、浅茅湾の中と見る説が有力であるが（注8）、後の竹敷の浦との関わりから、厳原や阿須とする説もある（注9）。

百舟の　泊つる対馬の　浅茅山　しぐれの雨に　もみたひにけり　（15・三六九七）

天離る　鄙にも月は　照れれども　妹そ遠くは　別れ来にける　（15・三六九八）

秋去れば　置く露霜に　あへずして　都の山は　色付きぬらむ　（15・三六九九）

ここでも、三首の中の二首に山を歌うほど、一行の意識の中心は山にあり、しぐれの雨、月、露霜などという木々の葉を色づかせる因となり、いかにも都風の素材を間に置いて、対馬の浅茅山と都の山とをオーバーラップしている。島の最高峰が岳の辻の二一三メートルであった壱岐に比べて、平野が少なく標高五五八メートルの有明山をはじめ峨々とした山の続く対馬に於いては、山が意識されることも当然ではあるが、その中でも特に、かつての難波に於ける生駒山と同様に対馬の浅茅山（浅茅の浦を、今の浅茅湾と見る説に従えば、湾内東北に聳える大山獄となる）（注10）が一行の望郷のよすがとなっているのである。

浅茅、それは特に葉が黄葉する頃、比較的安全な旅をする人たちにとって格好の歌の素材となり、奈良の都に於いても、秋の遊びの興や恋心を浅茅とともに歌う事が多い。名前からその浅茅を連想させる対馬の浅茅山、この山こそ遣新羅使一行が筑紫に於いて、可也の山に次いで二度目に詠出した固有の山名である。

なお、可也の山が、その音と山容から都の山を想像させたように、浅茅山もまた浅茅という柔らかさや美しさを主とし、しぐれの雨によってすっかり草もみちした都の山辺を思わせるところがある。しぐれの雨に漏れ全山もみちした浅茅山、それは都で見慣れていた高円山・三笠山・春日山を思わせる山である。本来、長い旅を続ける遣新羅使人や防人たちにとって、雨などは厭うべき現象であったろうから、このような状況では一切雨など口にしないはずである。それを「しぐれの雨」と遣新羅使人歌一四五首中に唯一度さいはての対馬で歌うのは、その心がすっかり都の山へと回帰している事を証している。

あるいは対馬の船越で、舟を陸路、東から西へと移動させたか、あるいは対馬の東海岸と西海岸とで舟を乗り換えたか、あるいは船のみ豆酘崎を曳航迂回させたか、いずれ一つににわかに定めることはできないが、一行は、上対馬と下対馬との境に深く湾入している浅茅湾の、対馬最後の泊地となった竹敷に於いて風待ちをする。ここで、遣新羅使の一行は新羅への往路最後の歌を歌っている。それは折から山々を美しく彩っている黄葉を見ての歌である。「竹敷の浦にして船泊まりする時に、各心緒を陳べて作る歌十八首」の題詞が示すように、記録された一行の宴では最大の規模の歌群といえよう。第一声はもちろん大使阿倍継麿で、以下、副使・大判官・小判官と面々の歌が続く。その中で、一貫する素材が黄葉であるとはいうものの、そこにはやはり山の意識が支配しており、大使は「山下光るもみち葉」を小判官は「宇敝方山」を歌い、遊行女婦児島は「もみち葉の散らふ山辺」を受けるというように全体で五首にわたって秋の山を歌っている。

中でも、小判官の歌う、

竹敷の　宇敝方山は　紅の　八入《やしほ》の色に　なりにけるかも　（15・三七〇三）

は、遣新羅使一行にとって筑紫で三度目となる固有の山名「宇敝方山」を詠んでいる。この歌の前後に「竹敷の黄葉」「竹敷の浦回の黄葉」「竹敷の玉藻」と歌い始める歌が続くので、あるいは、竹敷の宇敝方山もまた「竹敷の山」という意識が強かったかと思われる。一行がこれほど竹敷の地名を口にするのは、日本の最後の泊地である竹敷の地霊に十分の挨拶をして無事を願うとともに、全山、紅に黄に色濃くもみちした竹敷の山に、浅茅山がそうであったように、今は遠く離れてしまった都の秋山を重ねたからであろう。あるいは、「竹敷（タカシキ）」の音が立派な建物を連想させる「高敷き」に通じていたからかもしれない。いずれにしても、遣新羅使人にとって、いよいよ朝鮮海峡に向かう最後の竹敷の宴で、これほど「山」を歌うことを繰り返したのは、不安な心には不動の山こそが頼りがいのあるものとして映じたからであろう。そしてまた、最後の山を美化して出発しようとする心も動いていたからであろう。

同じ竹敷の宴で、副使大伴三中は、

秋山の　黄葉をかざし　我が居れば　浦潮満ち来　いまだ飽かなくに　（15・三七〇七）

と歌い、やはり今回の旅に於いて初めて「秋山」を口にしている。一行の秋という季節の直接表現は、筑紫の館での「秋萩」「秋風」に始まり、引津亭での「秋の野」、狛島亭での「秋の夜」、壱岐島での「秋萩」と続き、さいはての対馬島の周囲を山また山に囲まれた竹敷の浦で、いま「秋山」と歌う。いわば、万葉の「秋」と結びつく主要な語が「秋田」を除いてすべて歌われているのである。秋風・秋野・秋夜・秋山そして秋萩、いずれ一つを取り上げても都の貴族や官人の生活と結び付かないものはない。遠ざかれば遠ざかるほど心が都へと回帰してゆくさまがそこからうかがえる。一方では、あまりの秋の揃い過ぎや時間的困難さから「時間的には『秋』をモチーフとした虚構である」（注11）との指摘もあるが、それらのまさに総仕上げとして次の歌が歌われた。

天雲の　たゆたひ来れば　九月の　黄葉の山も　うつろひにけり　（15・三六一六）

とすれば、まさに竹敷の宇敞方山こそ、一行にとって「九月の黄葉した秋山」であり、いよいよ難関の海峡に向かう者にとって見納めとなる日本の秋山の代表であったと述べても過言ではないだろう。

七

新羅に至った遣新羅使一行は、所期の目的を果たすことができず、その上に、大使阿倍継麿が帰途対馬で病没し、副使大伴三中も病により一行よりも遅れて上京するという結果の中で、帰路の遣新羅使の歌はわずか五首しか残されていない。それでも、播磨灘（兵庫県）に浮かぶ家島で作られた五首の歌の最後、いや、この天平八年の遣新羅使一行の作った一四五首の歌全体の最後を飾る歌は、

大伴の　三津の泊まりに　舟泊てて　龍田の山を　いつか越え行かむ　（15・三七二二）

であって、やはり「龍田の山」によって終わろうとしている。想像を絶する艱難の後、やっと家島まで帰って来た遣新羅使一行の脳裏には、今はまだ淡路島の彼方に隠れて見えないけれど、やがて難波に着き、その難波と都とを結ぶ主要道の隔てとなる龍田の山が、大きく浮かんでいたであろう。龍田の山こそ大和国のいや奈良の都の入口でもあり、出口でもあった。

かつて藤原宇合が西海道節度使として下った時、高橋虫麻呂が送別の歌（九七一）で、龍田の山を越え筑紫に赴き、無事、龍田を通って帰って来てほしいと歌ったように、旅に出る者も見送る者も、龍田山を通常の西の境の山として意識していたのである。

天平八年の遣新羅使一行が歌った山は、出航直前の生駒山、筑前の可也の山、対馬島の浅茅山、同じく竹敷の宇敞方山、帰航直後の龍田山の五山ではあるが、生駒山と龍田山は、いわば奈良の都の象徴の山であり、残る筑紫の山々

はすべて望郷の心をかきたてる山にほかならない。そしていずれも予想される危険に立ち向かう時、またその危険から解放される時に強くその山の存在が意識されている。比較的安全な瀬戸内の旅の道中にただの一度も地名としての山を歌わず、筑紫の館に到着以来対馬を発つまでの、筑紫での全詠歌六十三首の中で、十三首に及ぶ歌に於いて、ある時は固有の地名で、ある時は一般的な「山」という呼称で、またある時は「あしひきの」という枕詞で、いずれ形こそ異なれ「山」の存在を歌っているところにも、その心が理解されよう。

遣新羅使と筑紫との関わりは、さまざまな点から論ずることが可能であるが、以上、山という風土に焦点をあてて、天平八年の遣新羅使一行の旅の心を探った次第である。

〈注〉

(1) 拙稿「遣新羅使人と内海・筑紫」(雄山閣、『万葉の風土と歌人』、一九九一年)
(2) 林田正男「筑前国の万葉歌」(保育社、『万葉の歌—人と風土 11 九州』、一九八六年)
亀井明徳「鴻臚館」(葦書房、朝日新聞福岡総局編、『鴻臚館の時代』、一九八八年)
(3) 林田正男「筑前国の万葉歌」『万葉の歌—人と風土 11 九州』に詳しい。
(4) 服部喜美子「遣新羅使人たち」(有精堂、『萬葉集講座』第六巻、一九七二年)
(5) 吉井巌『萬葉集全注』巻第十五(有斐閣、一九八八年)
(6) 注(5)に同じ。
(7) 武田祐吉『萬葉集全註釈』(角川書店、一九五六年)
(8) 犬養孝『万葉の旅 下』(社会思想社、一九六四年)
(9) 注(7)に同じ。
(10) 注(8)に同じ。
(11) 伊藤博「万葉の歌物語—巻十五の論—」(塙書房、『萬葉集の構造と成立 下』一九七四年)

筑紫万葉の作者未詳歌

遠藤　宏

一

筑紫万葉の作者未詳歌というテーマには、後に述べるように種々の問題点が含まれており、それらの諸問題を検討することが求められることになるのだが、その諸問題検討の前に前提を明確にしておかなければならない。その前提の第一は、「筑紫万葉」の概念を規定することであり、第二は、「作者未詳歌」の概念を定めることである。この二点を確定しておかないと、具体例が流動的・不安定となり、従って問題点の検討も曖昧になる危険性が多分にあることになる、ということはいうまでもあるまい。

そこで、まず第一の前提について述べることにする。林田正男氏は「筑紫」を「九州地方の総名」とした上で、「万葉集筑紫歌群」を「九州に関係する万葉歌の全部」（注1）と規定した。林田氏のいう「万葉集筑紫歌群」を「筑紫万葉」と同義であるとしていえば、「関係する」という枠のはめかたは全てを包括して万全のごとくであるが、かえって曖昧さを残している。事実、林田氏は細かい具体例の「筑紫万葉」認否に関して一例ずつに理由づけをせざるをえない状況になっている。私が「筑紫万葉」の概念を規定すれば、左記のごとくになる。

先ず「筑紫」を、全九州の意として用いることをここでは前提とする。その上で、

一、筑紫の地において詠出され、または生み出された万葉集の歌（「生み出された」というのは筑紫の歌謡・民謡の類を想定していることによる）

二、（右以外の歌で）筑紫の地、筑紫にいる人を含む筑紫の事物に対して何らかの感情（それが一首の中の部分にしか含まれていなくとも）が詠み込まれている万葉集の歌

と、規定する。これは要するに、何らかの形で筑紫に関わる万葉集の歌ということになり、一はともかくとして二はかなりの広範囲に及ぶことになる（注2）。このように「筑紫万葉」を設定したのは、左に述べるようなことを私は考えているからである。

一体、万葉集全体を筑紫という、地域で区分して特出させるのはいかなる意味があるのか。「筑紫万葉」と限定する意味は、万葉人にとって筑紫という地がいかなる意味をもっていたのかを問うことであり、ひいては、万葉集にとって「筑紫万葉」はいかなる意味をもっているかという、万葉集全体の中に「筑紫万葉」を位置づけるということになろう。

以上に基づき、筑紫万葉の作者未詳歌の問題に進むこととするが、「筑紫万葉の作者未詳歌」というテーマには、右に述べたことによれば、次のような問題が設定されることになる。

一、筑紫万葉全体にとって、筑紫万葉の作者未詳歌はいかなる意味をもっているか
二、万葉集作者未詳歌にとって、筑紫万葉の作者未詳歌はいかなる意味をもっているか
三、万葉集全体にとって、筑紫万葉の作者未詳歌はいかなる意味をもっているか

いずれも大きな問題であって、簡単に答えの出せる性質のものではない。本稿では、その概略あるいは序論といったものになろう（注3）。

二

ここで、筑紫万葉の作者未詳歌について述べるに際しての基礎となる、対象となる歌を限定しておくこととする。先ず、筑紫の地において詠出され、または生み出されたもの（「筑紫万葉」の概念を述べた部分の一に該当する）は次のごとくである。

A　巻四・五四九〜五五一（天平五年、遷任する大宰少弐石川足人を芦城駅家で餞する時の作）
B　巻五・八五三〜八六〇（「松浦河に遊ぶ序」の序をもつ作）
C　巻八・一五三〇、一五三一（大宰の諸卿大夫・官人等が芦城駅で宴した時の作）
D　(イ)　巻十五・三六四五〜三六五一（豊前国下毛郡分間浦に漂着した遣新羅使人の作）
(ロ)　巻十五・三六五二〜三六五五（筑紫館に着いて大和を思っての遣新羅使人の作）
(ハ)　巻十五・三六五七、三六五八（七夕に天河を仰いでの遣新羅使人の作）
(ニ)　巻十五・三六六一〜三六六七（海辺に月を望んでの遣新羅使人の作）
(ホ)　巻十五・三六七〇〜三六七三（筑前国志摩郡韓亭での遣新羅使人の作）
(ヘ)　巻十五・三六七六〜三六八〇（引津亭での遣新羅使人の作）
(ト)　巻十五・三六八三〜三六八七（肥前国松浦郡狛島亭での遣新羅使人の作）
(チ)　巻十五・三六八八〜三六九〇（壱岐島で雪宅満が急死した時の挽歌）
(リ)　巻十五・三六九七〜三六九九（対馬島の浅茅湾での遣新羅使人の作）
(ヌ)　巻十五・三七〇九〜三七一七（竹敷浦での遣新羅使人の作）
E　巻十六・三八六〇〜三八六九（筑前国志賀白水郎の歌）
F　巻十六・三八七六（豊前国の白水郎の歌）
G　巻十六・三八七七（豊後国の白水郎の歌）
H　巻十七・三八九一〜三八九三（天平二年、大宰帥大伴旅人が帰京する時、従者たちの作）

右記につき、コメントを付しておく必要がある。Aは、左注に「作者未詳」とある。作者が大宰府の官人達であることはまず間違いないところであろうが、作者の固有名を知りえないという点で、採り上げた。Bは、序文も含めて作者に関して説が分かれていて、その説の如何によって、作者未詳歌の対象となるか否かが決まる。全体を大伴旅人なり山上憶良なり、あるいは麻田陽春なりに作者として想定する説は、それらのいずれも確説として未だに定まっていないという点において、厳密にいえば作者未詳であろうが、現在のところ作者未詳ということであって、むしろ作者未定というべきであろう。とすると、本稿の対象からは除外すべきものとなる。しかし、八五五番歌ないし八五八番歌から八六〇番歌までは、旅人・憶良とは別の大宰府官人の作とする説によれば、作者の固有名が特定されないという点において、Aと同様に作者未詳ということになる。本稿では、Bに示した六首を大宰府官人の作として対象とすることとした。なお、梅花歌三十二首に続く「員外、故郷を思ふ歌」二首（5・八四七、四八）および「後に追ひて和ふる梅の歌」四首（5・八四九～五二）にも、Bの場合と類似の問題があるが、これらについては旅人作説に従って本稿からは除外した。次に、Cの状況はAと同様である。Dは全て遣新羅使人たちが筑紫の地で作ったと判断される歌のうち、作者として固有名を記したものおよび「大使」「大判官」「娘子」などの作者を左注に記したもの以外の歌である。このケースもAと同じである。Eは、左注によれば志賀白水郎荒雄の妻子等の作であり、「或云」によれば山上憶良の作であるが、作者について憶良説・民謡説・憶良と民謡説などがあって定まっていない。本稿では、作者未詳の可能性があるものとして、一応掲げておくこととする。F・Gは題詞に従ったが、個人の作か否かむずかしいところである。HはAと同様である。

　次に、筑紫万葉の作者未詳歌の概念を定めた際の二に当る、筑紫の地、筑紫にいる人を含む筑紫の事物に対して何らかの感情が詠み込まれているもの、を例示することとする。この場合、作者名明記歌においては微妙な点があって判定に苦しむものが多々存するが、作者未詳歌においては、歌中の地名が判断の主たる材料となる。左に、例歌の歌番号を記すが、かっこ内に、判定の基準とした地名その他の語句を掲げておく。

①　巻三・三八五（霰降り吉志美が嶽）　②　巻七・一一四三（松浦船）　③　巻七・一二三〇（ちはやぶる金の岬）
④　巻七・一二三一（水茎の岡の水門）　⑤　巻七・一二四四（木綿の山）　⑥　巻七・一二四五（志賀の海人）
⑦巻七・一二四六（志賀の海人）　⑧　巻七・一二七九（引津の辺）　⑨　巻七・一三九三（豊国の企救の浜辺）
⑩　巻十・一九三〇（引津の辺）　⑪　巻十・二一九七（大城の山）　⑫　巻十・二三四一（豊国の木綿山雪）
⑬　巻十一・二四九六（肥人の額髪）　⑭　巻十一・二四九七（隼人の名に負ふ夜声）　⑮　巻十一・

二六二二（志賀の海人）　⑯　巻十一・二六七四（朽網山）　⑰　巻十一・二七四二（志賀の海人）　⑱　巻十二・三一三〇（豊国の企救の浜松）　⑲　巻十二・三一五五（芦城山）　⑳　巻十二・三一六五（ほととぎす飛幡の浦）　㉑　巻十二・三一七〇（志賀の海人）　㉒　巻十二・三一七三（松浦船）　㉓　巻十二・三一七七（志賀の海人）　㉔　巻十二・三二〇六（筑紫道の荒磯）　㉕　巻十二・三二一五（荒津の浜）　㉖　巻十二・三二一六（荒津）　㉗　巻十二・三二一七（荒津の海）　㉘　巻十二・三二一八（筑紫の方）　㉙　巻十二・三二一九（豊国の企救の長浜）　㉚　巻十二・三二二〇（豊国の企救の高浜）　㉛　巻十三・三三三三（我が心　筑紫の山）　㉜　巻十四・三四二七（筑紫なるにほふ児）　㉝　巻十四・三五一六（対馬の嶺）

以上の①〜㉝について多少のコメントを付しておく。①は「吉志美が岳」を「杵島岳」と同じとする解による。④と類似の表現をもつ「水茎の岡の草葉も色づきにけり」（10・二一九三）「水茎の岡の葛葉は色づきにけり」（10・二二〇八）の「岡」は普通名詞と解する通説に従って、この二例は除外した。以上の他に、筑紫万葉の作者未詳歌として認定する手掛りとなりうる地名で、筑紫の地名とする説がありながらも、なお未定といわざるをえないものがある。倉無の浜（9・一七一〇）、梶島（9・一七二九）、名欲山（9・一七七八、七九）、木綿間山（12・三一九一、14・三四七五）、比治奇の灘（17・三八九三）、その他がそれである。これらについては参考資料程度として扱い、以下の考察の対象からは除外しておく。

また、右の例のうち、④〜⑦は古集、⑧・⑬・⑭・⑱は人麻呂歌集のそれぞれ所収歌で、他は出所不明である。なお、⑰は左注に、「或は云ふ」として石川君子作とある。この左注は考慮外のものとして扱う。

三

右に掲げたごとく、A〜Hおよび①〜㉝を以後の考察の対象とする。ただ、これらの歌どもの中には本書の他の項目が対象とする歌がある。A〜E、H、㉜、㉝がそれである。本稿と重ならざるをえない部分があるということになるのだが、これから述べようとすることは、他項目の内容とはあまり重複しないであろうことをあらかじめ記しておく。

本稿の対象とする「筑紫万葉の作者未詳歌」において、歌中に詠み込まれている筑紫の地名および、題詞・左注によって判明する作歌の場である筑紫の地にはどのようなものがあるかを、左に掲出してみる。地名の下に記したアルファベットおよび数字は、先に示した用例の記号である。また、地名の頭に付した○印は、その地名が「筑紫万葉の作者未詳歌」以外にも万葉集中に用例が存することを示す。

○筑紫　㉔・㉘・㉛
〔筑前国〕
飛幡　⑳
岡　④
金の岬　③
○志賀　Dロ・Dニ・E・③・⑥・⑦・⑮・⑰・㉑・㉓
可之布江　Dロ
○荒津　H・㉕・㉖・㉗
能許　Dホ
○韓亭　Dホ
○引津　Dへ・⑧・⑩
○大城山　⑪
○芦城　A・C・⑲
〔豊前国〕
○豊前　Dイ・F
企救　F・⑨・⑱・㉙・㉚
○分間浦　Dイ
〔豊後国〕
豊後　G
木綿山　⑤・⑫
朽網山　⑯
〔肥前国〕
○松浦　B・Dト・②・㉒
○玉島　B
○狛島　Dト
杵島岳　①
〔肥後国〕
玖磨　⑬
〔薩摩国〕
隼人　⑭
〔壱岐国〕

○壱岐　　　　　　　　Dチ　　　　　　○対島　　　　　　Dリ・㉝
　石田野　　　　　　Dチ　　　　　　　浅茅山　　　　　Dリ
〔対島国〕　　　　　　　　　　　　　○竹敷浦　　　　　Dリ

右の地の分布は、筑紫十一か国のうち、筑後・日向・大隅の三か国を欠くが八か国に及んでいる。およそ筑紫全域に近いといえよう。一方、作者明記歌をも含む筑紫万葉全体では筑後・日向も加わってくる。作者未詳歌のみに見える国はないので、作者名明記歌の範囲の方が大きいということになる。このことは、以下に記す作者未詳歌の傾向（あるいは特徴）を暗示しているように思われるのである。

右の一覧の中で、○印を付した地名は全体の半分になる。このことは、筑紫万葉の作者未詳歌（歌本文および題詞）に現れる地名の半数（注4）が、筑紫万葉の作者明記歌のそれと同じであることを示していることになる。これは、あまりにも自明のことであって、ことさらに指摘する必要のないことのごとくではあるのだが、あえて記したのは次に述べるような理由によるからである。

筑紫万葉の作者名明記歌の作者は大部分が都の官人階級または上流貴族であって、少数の残余が彼等と関わった歌の場を共にしている在地の官人か遊行女婦である。つまり、筑紫万葉の作者名明記歌の作者は都の官人たちおよび彼等と関わった人びとである。従って、筑紫万葉の作者未詳歌の半数の地（および歌数）は何らかの点において都の官人たちの関心を背景にした地（および歌）であるとの推定が可能になり、その推定は個別例に徴してみれば誤たないのである。即ち、まずA〜D・Hは官人たちによる歌の場において官人たちによって詠まれている作である（後にも述べるが、○印の付されていない「可之布江」「能許」「石田野」「浅茅山」はDであり、実質的には○印が付されているのと同じである）。次にEは、歌そのものは全体あるいは部分が非官人作の可能性を有しているかもしれないとはいうものの、「或云」の形で山上憶良という官人の名が顕現しているところからうかがえるように、Eがまとめられるに際しては大宰府官人が関与していることは明らかである。では、①〜㉝の場合はどうか。

㉔筑紫道の荒磯の玉藻刈るとかも君が久しく待てど来まさぬ　　　　　　　　　　　　（12・三二〇六）

⑦志賀の海人の塩焼く煙風をいたみ立ちは昇らず山にたなびく　（7・一二四六）

㉒松浦舟騒く堀江の水脈速み梶取る間なく思ほゆるかも　（12・三一七三）

全例を掲げる紙幅がないので便宜上示した右の三例のうち、㉔は「悲別歌」という分類の中の一首である。都を発って筑紫に赴く夫か恋人かとの別れを悲しむ女性の作と思われる。次の⑦は「羈旅作」という分類の中の一首であることから判明するように、都から筑紫に下って来た官人の、風疾い異郷の景を通しての旅愁をにじませた作である。また㉒は、「羈旅発思」という分類の中の一首である。恐らく難波の堀江での作と思われる。この作者も官人と見て誤りはないであろう。また、「問答歌」の分類の中に並ぶ二首、即ち、

㉕白栲の袖の別れを難みして荒津の浜に宿りするかも　（12・三二一五）

㉖草枕旅行く君を荒津まで送りそ来ぬる飽き足らねこそ　（12・三二一六）

は、大宰府（または筑前国）官人と女性（恐らく遊行女婦）とによる作であろう。右に掲げ得なかった他の例も、官人および官人と関わる人びとの作と、およそはいうことができる。

では、○印を付さない、筑紫万葉の作者未詳歌全体の半数を占める、筑紫万葉の作者未詳歌独自とでもいってよい地名を詠み込んだ歌の場合はどうであろうか。作者名判明歌には見えない地に関わる歌なのだから、右に述べてきたようなこととは異なった独自の歌世界が展開されていて然るべきであろうとは思うのだが、事の大勢は同前である。○印の付されていないもののうち、「可之布江」「能許」「石田野」「浅茅山」はDである。③（金の岬）・④（岡の水門）・⑤（木綿の山）は「羈旅作」であり、⑱（豊国の企玖）・⑳（飛幡）は「羈旅発思」である。また、

⑬肥人の額髪結へる染木綿の染みにし心我忘れめや　（11・二四九六）

⑭隼人の名に負ふ夜声いちしろく我が名は告りつ妻と頼ませ　（11・二四九七）

の場合、共に、辺地の者の異様な風俗に対する都人の違和感が発想の基になっている。

以上のように、筑紫万葉の作者未詳歌は、筑紫の地に赴任している都人および彼等と交わった在地の人によって筑紫で詠まれたもの、都にあって筑紫の地に対するさまざまな思いを詠んだものなど、都人およびその周辺による作が

大部分であって、都人と関わらないところで筑紫の在地の人が歌ったものと確認できるものは皆無に等しい。①（吉志美が嶽）にしても歌そのものは筑紫を離れてしまっているし、F（豊前国白水郎歌）・G（豊後国白水郎歌）も海人の作と断言はできない。

そして、歌自体も都人の眼を通して映った筑紫が歌われている。もっとも、上述のようなことは筑紫万葉の作者未詳歌のみの特異な現象ではない。万葉集における地方和歌におしなべて言及し得ることなのである（注5）。

〔付　言〕

本稿は私にとっての「筑紫万葉の作者未詳歌」というテーマの序論とでもいうべきものであって、述べ得なかった点は多い。御寛恕を願う。

〈注〉

（1）林田正男『万葉集筑紫歌の論』七頁（桜楓社、一九八三年）

（2）結果的には、林田氏の規定と同様のようなものになっているが、規定を一と二に区分した点が異なる。

（3）万葉集における作者未詳歌全体が万葉集および古代和歌史の中でいかなる問題をもつかということに関しては、拙著『古代和歌の基層　万葉集作者未詳歌論序説』（笠間書院、一九九一年）において提示した。本稿での問題設定もそれに基づいている。

（4）歌数は地名の数と一致するわけではないが、用例記号の数だけで単純に計出すれば、○印を付したものと付さないものとの比は二対一になる。

（5）この点に関しては、拙稿「地方和歌としての防人歌」（『日本学』6、一九八五年）において述べた。

族を喩す歌

小野　寛

一

万葉集巻二十に大伴家持作「族を喩す歌」がある。

族《うがら》を喩《さと》す歌一首 并せて短歌

ひさかたの　天《あま》の戸開き　高千穂の　嶽《たけ》に天降《あも》りし　すめろきの　神の御代より　梔《はじ》弓を　手《た》握り持たし　真鹿《まか》児《ご》矢を　手《た》挟み添へて　大久米の　大夫健男《ますらたけを》を　先に立て　靫《ゆき》取り負《おほ》せ　山川《やまかは》を　岩根さくみて　踏み通り　国覓《ま》ぎしつつ　ちはやぶる　神を言《こと》向け　服従《まつろ》はぬ　人をも和《やは》し　掃き清め　仕へ奉《まつ》りて　あきづ島　大和の国の　橿原《かしはら》の　畝傍《うねび》の宮に　宮柱　太知り立てて　天の下　知らしめしける　すめろきの　天《あま》の日《ひ》嗣《つぎ》と　継ぎて来る　君の御代御代　隠さはぬ　赤き心を　皇辺《すめらへ》に　極め尽して　仕へ来る　祖《おや》の官《つかさ》と　言立《ことだ》てて　授けたまへる　子孫《うみのこ》の　いやつぎつぎに　見る人の　語りつぎてて　聞く人の　鏡にせむを　あたらしき　清きその名そ　おぼろかに　心思ひて　虚言《むなこと》も　祖《おや》の名断つな　大伴の　氏《うぢ》と名に負へる　大夫《ますらを》の伴　（20・四四六五）

磯城島《しきしま》の大和の国に明らけき名に負ふ伴の緒心努めよ　（同・四四六六）

剣大刀《つるぎたち》いよよ研《と》ぐべし古《いにしへ》ゆ清《さや》けく負ひて来にしその名そ　（同・四四六七）

右、淡海真人三船《あふみのまひとみふね》の讒言に縁《よ》りて、出雲守大伴古慈斐宿禰《おほとものこしびのすくね》任を解かる。是を以ちて家持此の歌を作れり。

左注によれば、淡海三船の讒言によって出雲守大伴古慈斐が解任されるという事件があったので、家持がこの歌を作ったというのである。この事件は『続日本紀』天平勝宝八歳（七五六）五月十日の条に次のように記されている。

　出雲国守従四位上大伴宿禰古慈斐・内竪《ないじゅ》淡海真人三船、朝庭《みかど》を誹謗して、人臣の礼無きに坐《つみ》せられて、左右衛士府に禁せらる。

そして続いて十三日の条に、

　詔《みことのり》して、並《ならび》に放免《ゆる》したまふ。

とある。二人そろってゆるされたというのである。天皇は孝謙天皇で、この事件の八日前、五月二日、聖武太上天皇が崩御された。事件は文武百官をはじめ国中が喪に服しているさ中であった。『続日本紀』は大伴古慈斐と淡海三船の二人が朝廷を誹謗して罪せられたというのに対して、万葉集のは淡海三船が大伴古慈斐を讒言して古慈斐が陥れられたとよめる。

大伴古慈斐は宝亀八年（七七七）八月十九日に従三位大和守で薨じた。それを伝える『続日本紀』の記事に、

　少《わか》くして才幹ありて略《ほぼ》書記に渉る。家を起して大学大允たり。贈太政大臣藤原朝臣不比等、女を以てこれに妻《めあは》す。勝宝年中、累りに遷りて従四位上衛門督たり。俄に出雲守に遷る。疎外せられてより意常に欝々たり。紫微内相藤原仲満《なかまろ》、誣ふるに誹謗を以てし、土左守に左降し、促して任にゆかしむ。

とある。古慈斐は若くしてその才能を認められ、藤原不比等の娘を妻にもらい、天平勝宝年間に従四位上衛門督にまで昇進した。『続日本紀』に天平勝宝元年（七四九）十一月二十九日、従四位上に叙せられたとあり、衛門督任官のことはないが、万葉集巻十九・四二六二の題詞に天平勝宝四年閏三月、古慈斐の私邸に遣唐副使大伴胡麻呂の餞宴を設けたとあり、時に衛門督とある。その後、思いがけず出雲守にうつされて、その納得のゆかない遷任には大いに不満であったらしい。その言動に慎重さを欠き、その不平を口にしたのを仲麻呂一派に聞かれたのだろうか。朝廷を誹謗していると誣告されたのである。淡海三船については、そのかかわりは分からない。三船のその後の経歴に、この事件の影響は特に見られないが、古慈斐は土左守に左降されたとある。やはり無罪放免ではなく、拘禁は解かれたが土佐

へ左遷されたのである。『続日本紀』の薨伝は続いて、

　未だ幾《いくば》くならず勝宝八歳の乱に便《すなは》ち土左に流さる。天皇、罪を宥《ゆる》して入京せしめ、其の旧老なるを以て従三位を授く。薨ずる時、年八十三。

とある。古慈斐は家持の祖父安麻呂の叔父吹負《ふけい》の孫である。古慈斐の父祖父麻呂が安麻呂と従兄弟、古慈斐と家持の父旅人とが又従兄弟《またいとこ》ということになる。享年八十三歳とあるから、この年六十二歳。家持は三十九歳であったから、古慈斐こそ大伴氏一族の長老格であった。

　聖武太上天皇崩御後の諒闇中のこの事件は、家持を驚愕させるに十分だった。家持と親しい左大臣橘諸兄が前年冬十一月、酒宴の席の言辞が不敬であったと密告され、危く失脚するところであったが、それが原因でこの年二月致仕していた。そして聖武崩御と続いて、家持は前途に不安を抱いていた矢先である。大伴氏に矢が向けられた。家持の受けた衝撃は大きかっただろう。『続日本紀』宝亀八年八月の古慈斐の薨伝には、この誣告が藤原仲麻呂によるものだとある。それはその時、家持も察していただろう。家持は大伴宗家の主《あるじ》として、大伴一族の者どもが、仲麻呂の牽制球や隠し球にひっかからないように願って、「族を喩す歌」を作ったのである。

二

　家持にこの「族を喩す歌」を作らしめた、大伴古慈斐の事件の真相はどうであったか。契沖が『代匠記』初稿本に、

　孝謙紀によれは、勝宝八歳五月に、古慈悲も三船も、共に罪有て、左右衛士府に禁せらると見えたるを、こゝにはいかて三船の讒言にて古慈悲は任を解るとかゝれけん、知かたし

と記す通りである。鹿持雅澄『古義』は「契沖云く」として右の全文を写すのみであった。

　近代になって鴻巣盛広『全釈』は、

　　蓋し三船も古慈悲を讒したことが因をなして、共に罪せられたのである。

と考えた。万葉集左注の通り三船の讒言があって古慈斐が罪せられ、同時に三船もその讒言が原因で罪になったのか。

後に新潮集成本に、

仲麻呂に求められて讒言した三船が、直後仲麻呂に讒言されたものか。

と記しているのも同趣の考え方で、これを第一説としたい。

第二は、窪田空穂『評釈』に『続日本紀』の記事が事実で、万葉集左注は家持の誤聞によると見る。これも後に有斐閣『全注』（木下正俊氏）に、家持はそう信じていたに違いないと思うと書かれたのが同趣と思われる。

第三は、『総釈』（豊田八十代）に、

三船が古慈斐を讒したのではなく、三船が朝廷を誹謗したのに連座したものと見える。

というものである。佐佐木信綱『評釈』もこれに同じく、武田祐吉『全註釈』にも、

讒は、人の悪をいう意の字であるから、続日本紀の伝のように、朝廷を誹謗した罪を問われ、古慈斐もこれに座したのであろう。

とある。これも後に川口常孝氏『大伴家持』（桜楓社、一九七六年）が、「三船の讒言に縁りて」の「縁りて」を「縁坐して」と解してよいとし（これは下記の土屋文明『私注』に詳しい）、

仲麻呂の忌諱に触れる言動が三船にあって、三船処罰の巻き添えが古慈斐にも及んだということであろう。

とある。「仲麻呂によって仕組まれた縁坐劇であったと解しておいてよかろう」という。

第四は、土屋文明『私注』に、「三船讒言」は三船の受けた讒言と解すべきだとして、

左注の意は「淡海三船が不當の訴告を受けたのに連坐して、出雲守大伴古慈悲が解任されたので、家持が此の歌を作つた」と解すべきである。「縁」は因縁などの縁ではなく、縁坐の縁である。縁坐は連坐と同じく、共犯同罪の意の法律用語であるが、唐律は専ら此の語を用ゐ、日本律又踏襲して居るから、律令官僚たる家持には慣用の語であつたらう。

とある。「讒言」の「讒」は「譖」に通用される字で、譖は誣を交えた訴、すなわち不当な告訴の意であるという。岩波大系本が、この説ならば『続日本紀』の記事にも合うとして、「文章構成上やや無理があるが」としながらこの連坐

説によっている。

第五は、岸俊男氏『藤原仲麻呂』（吉川弘文館、一九六九年）に、藤原仲麻呂の第六子刷雄《よしお》と淡海三船との親交の過程を論じて、

このころすでに仲麻呂の子息刷雄と三船の親交が成立していた可能性が多いから、そうすると三船が連坐したのは少し不可解である。三船のその後の経歴をみても、とくにこの事件が強く影響したようにはみえないから、捕えられたのは二人でも、三船のみは刷雄との関係などから不問に付され、それを家持は同族古慈斐に同情して三船が讒言したものと解したのではなかろうか。

とあるものである。後に直木孝次郎氏が『万葉集を学ぶ』第八集（有斐閣、一九七八年）にこの歌群を担当して、岸説に従いたいといい、「ただし古慈斐個人に対する単なる同情からではなく、大伴一族の名誉をまもろうとする心から、このように記したのであろう」という。

第六は、小学館全集本に万葉集左注の家持の言を信じ、『続日本紀』の記載こそ仲麻呂誅滅後の曲筆だという。

第七は、講談社文庫本（中西進氏）に、

恐らく、朝廷誹謗は三船の責任で、共謀者として古慈斐を讒言したのだろう。

という。第三に近いが、三船の讒言を文字通り解したものである。

『続日本紀』に古慈斐と三船が朝廷を誹謗したとして拘禁され、三日後に二人とも無罪放免されたとあるのによれば、万葉集左注の「三船の讒言に縁りて」というのは家持が加えた判断で、わが古慈斐の油断があって、三船のために陥れられたということになる。右の第七の説によりたい。

三

家持は「族を喩す歌」を天孫降臨の神話から歌い起こした。

ひさかたの　天の戸開き　高千穂の　嶽に天降りし　すめろきの　神の御代より……

ひさかたの天の岩戸を開いて高千穂の嶽に天降ったという、その降臨の地について小論は考えてみようと思う。

『古事記』（上巻）は天照大御神が日嗣の皇子である天忍穂耳命《あめのおしほみみのみこと》に葦原中国が平定されたので天降るように命じたところ、降臨の支度の間に子が生まれたので、この子を天降らすべしと答え、その子日子番能邇邇芸命《ひこほのににぎのみこと》を天降らせることになったと記し、

故爾《かれここ》に天津日子番能邇邇芸命に詔《の》らして、天《あめ》の石位《いはくら》を離れ、天の八重たな雲を押し分けて、いつのちわきちわきて、天の浮橋にうきじまり、そりたたして、竺紫《つくし》の日向《ひむか》の高千穂のくじふるたけに天降りまさしめたまひき。

（傍点は一字一音表記の箇所）

とある。こして天照大御神の孫、邇邇芸命が天照大御神の命をうけて、高天原の自らの御座を離れて、天上の八重にたなびく雲を押し分けて、威風堂々と道をかきわけかきわけて、天の浮橋を渡って浮島にそり立ち、筑紫の日向の高千穂のくじふる嶽に天降ったという。

『日本書紀』神代下の天孫降臨の条は、

皇孫《すめみま》、乃《すなは》ち天磐座《あめのいはくら》を離《おしはな》ち、且《また》天八重雲を排《おし》分けて、稜威《いつ》の道別《ちわき》に道別《ちわ》きて、日向《ひむか》の襲《そ》の高千穂峯《たかちほのたけ》に天降ります。既にして皇孫の遊行《いでま》す状《かたち》は、槵日《くしひ》の二上《ふたがみ》の天浮橋より、浮渚在平処《うちじまりたひら》に立たして、……（中略）……吾田《あた》の長屋の笠狭碕《かささのみさき》に到ります。

とある。続いて「一書に曰はく」の第一は、天孫降臨せんとするところに猿田彦大神が登場し、詰問する天鈿女命《あめのうづめのみこと》に、自分は天孫降臨をお迎えし先導するために来たと言い、天孫をいずこへ先導するのかという問いに答えて、

天神《あまつかみ》の子《みこ》は、当《まさ》に筑紫の日向の高千穂の槵触《くじふる》の峯《たけ》に到りますべし

と言い、その約束の通りにしたとある。

続いて一書第二は、

故、天津彦火瓊瓊杵尊《あまつひこほのににぎのみこと》、日向の槵日《くしひ》の高千穂の峯《たけ》に降到《あまくだ》りまして、

とある。一書第三にはその記述がないが、一書第四は、

則ち天磐戸を引き開け、天八重雲を排分けて、降《あまくだ》し奉る。時に大伴連の遠祖天忍日命、来目部の遠祖天槵津大来目を帥《ひき》ゐて、……（中略）……天孫《あめみま》の前《みさき》に立ちて、遊《ゆ》行き降来《くだ》りて、日向の襲の高千穂の槵日の二上峯の天浮橋に到りて、浮渚在之《うきじまり》平地《たひら》に立たして、……（中略）……吾田の長屋の笠狭の御碕に到ります。

とある。これが『古事記』と同じ伝承であったと思われる。一書第六には、

時に、降到りまし処をば、呼《い》ひて日向の襲の高千穂の添山峯《そほりのやまのたけ》と曰ふ。

とある。また『古語拾遺』は『日本書紀』の一書第一と同じ内容を伝えている。

天孫降臨の地について述べるのは以上で、家持の『族を喩す歌』と比べると次のようになる。

高千穂の嶽（万葉集巻二十「族を喩す歌」）
竺紫の日向の高千穂のくじふるたけ（古事記）
日向の襲の高千穂峯（日本書紀本文）
筑紫の日向の高千穂の槵触の峯（同一書第一）
日向の槵日の高千穂の峯（同一書第二）
日向の襲の高千穂の槵日の二上峯（同一書第四）
日向の襲の高千穂の添山峯（同一書第六）

天孫瓊瓊芸命が降臨したのは高千穂という名の山と伝えていたことは疑いない。では、それはどこにあったというのか。それは『古事記』『日本書紀』には「筑紫の日向」「日向の襲」「日向の槵日《くしひ》」とある。「筑紫」を冠するものは二例のみで、すべての伝承にあるのは「日向」である。

「筑紫」は『古事記』の伊耶那岐命《いざなきのみこと》・伊耶那美命《いざなみのみこと》の国生みに、「次に筑紫の嶋を生みたまひき」とあるように、九州の総名であった。そしてその「筑紫の嶋」は、『古事記』に次のように記されている。

此の島も亦、身一つにして両四つ有り。面毎に名有り。故《かれ》、筑紫国を白日別といひ、豊国を豊日別といひ、肥国《ひのくに》を建日向日豊久士比泥別といひ、熊曽国を建日別といふ。

「筑紫」は国名でもあったが、「日向」の国名はここにはない。熊曽国が九州の南半部をさし、日向・大隅・薩摩の三国と肥後の南部を含んでいた。津田左右吉『日本古典の研究 上』に「かの古事記に見えるオホヤシマ生成物語のツクシ四面の話に於いて、ヒムカといはずしてクマソと称してあるのも、そこが一種特別の地として見られてゐたからであり、さうしてそれは、其の服属が比較的新しいことであつたからであらう、と考へられる」と言っている。

また、伊耶那岐命が黄泉国《よみのくに》に死んだ伊耶那美命をたずねて逃げ帰り、身の穢《けが》れを清めるために禊祓《みそき》をしたのも「竺紫の日向の橘の小門《おど》の阿波岐《あはき》原」であった。『古事記』上巻に「日向」はこの二例のみである。「竺紫の日向」は『古事記』神話の重大な場面に登場する重要な場所をいうことばであった。本居宣長『古事記伝』に「日向は二ツの義《こころ》あるべし」として、

一ツには比牟加比乃《ひむかひの》と訓《よみ》て、日の向ふ地《ところ》を云《いへ》るなり。……（中略）……上ツ代には日向ふ地《ところ》を賞称《めでたたへ》たること多し。……（中略）……今一ツには、比牟加乃《ひむかの》と訓て、即《すなはち》日向ノ国のことなるべし。

とある。この二つの考えに今も分かれている。例えば西郷信綱氏は『古事記注釈』に、「竺紫の日向」は一つの決まり文句になっていたと見て、この「日向」は現実の日向国をさすのではなく、「日に向える地」という神話的な意味に用いられているという。岩波古典大系『日本書紀』に「筑紫の日向の小戸の橘の檍《あはき》原」の「日向」を「ヒムカは朝日の射す所」と注し、岩波思想大系『古事記』（小林芳規氏）も「日向は朝日・夕日がよくあたる所」という。

しかし、この「竺紫の日向」こそ九州の東海岸に朝日のよくあたる日向国をさすのではないか。日向国は、『日本書紀』景行天皇十七年三月十二日の条に、日向国子湯県《こゆのあがた》（児湯郡）の丹裳《にも》の小野に行幸し東方を望んで供の者に「是の国は直く日の出《いづ》る方に向けり」と言われたので、その国を「日向」と名づけたという。この「日向」でなしに「筑紫の日向」と言うことはありえない。

四

ひさかたの天の岩戸を開いて皇祖邇邇芸命が天降ったという「筑紫の日向の高千穂の嶽」は、日向国のどこにあっ

たというのだろうか。

『日向国風土記』（逸文）に、

臼杵郡《うすきのこほり》の内、知鋪郷《ちほのさと》。天津《あまつ》彦々火瓊々杵尊《ひこひこほのににぎのみこと》、天の磐座を離れ、天の八重雲を排《おしわ》けて、稜威《いつ》の道別《ちわ》き道別きて、日向の高千穂の二上の峯に天降りましき。時に、天暗冥《そらくら》く、夜昼別かず、人物《ひと》道を失ひ、物の色別き難たかりき。ここに、土蜘蛛《つちくも》、名を大鉏《おほくは》・小鉏《をくは》と曰《い》ふもの二人ありて、奏言《まを》ししく、「皇孫《すめみま》の尊《みこと》、尊の御手《みて》以《も》ちて、稲千穂《ちほ》を抜きて籾《もみ》と為《な》して、四方《よも》に投げ散らしたまはば、必ず開晴《あか》りなむ」とまをしき。時に、大鉏等の奏《まを》ししが如、千穂の稲を搓《ても》みて籾と為《な》して、投げ散らしたまひければ、即ち、天開晴《そらあか》り、日月《ひつき》照り光《かがや》きき。因《よ》りて高千穂の二上《ふたがみ》の峯《みね》と曰《い》ひき。後《のち》の人、改めて智鋪《ちほ》と号《なつ》く。

とある。『倭名類聚鈔』に「臼杵郡智保郷」とあるのがそれである。

本居宣長『記伝』に「それとおぼしき、二処に有て、いとまぎらはし」として、其の一を右の『風土記』の地とし、今一つは「諸県郡にありて、霧島山と云」という。その一は日向国の北のはて、その二は南のはてにある。

北のは今、宮崎県西臼杵郡高千穂町で、延岡から高千穂鉄道（旧国鉄高千穂線）で西へ五〇キロメートル、終点が高千穂である。日本一の峡谷美と称えられる高千穂峡はまことに神々のふるさとである。高千穂の嶽はその高千穂町を囲む山々の中にあるといい、例えば神代の昔、神々がここで国見をしたという国見ケ丘（標高五一三メートル）をさすかという（集成本）。『続日本後紀』仁明天皇承和十年（八四三）に「日向国無位高智保皇神に従五位下を授け奉る」とあり、『三代実録』に清和天皇即位の天安二年（八五八）、同神に従四位上を授けたとある。この地を皇祖の降臨の地と定めての叙位であろうが、それは平安時代に入ってからのことで、その高智保神の社は『延喜式』神名帳に記されていない。西郷信綱氏『注釈』はこの解釈が一時のものにすぎなかった消息を示しているという。

南の霧島山は日向国諸県郡と大隅国囎唹《そお》郡とにまたがっているが、大隅国は『続日本紀』に和銅六年四月三日、「日向国の肝坏《きもつき》・贈於《そお》・大隅・姶羅《あひら》の四郡を割きて、始めて大隅国を置く」とある。その贈於郡は『日本書紀』景行天皇十二年十二月の条の「熊襲討伐」の記事にある「襲国《そのくに》」の地で「日向の襲《そ》の高千穂」の「襲」こそここであろうか。

霧島山は北寄りの韓国岳（標高一七〇〇メートル）から南へ新燃岳（一四二一メートル）を経て高千穂峰（一五七四メートル）までつらなっていて、「日向の襲の高千穂の二上峯」というのはこの南北の峰をいうのだろうか。その高千穂峰の西の斜面に高千穂河原があり、ここを天孫降臨の地と伝え、ここから南に下って霧島神宮がある。祭神は天津《あまつ》日《ひ》高《こ》彦《ひこ》火瓊《ほのに》々《に》杵尊《ぎのみこと》で、『延喜式』神名帳に日向国諸県郡に「霧島神社」とあるのはこれだという。その旧記によれば、霧島神社の本宮はもと高千穂峰にあり、山上噴火によって高千穂河原に下り、更に下って現在地は鹿児島県姶良郡霧島町となっている。

高千穂の名は稲の穂をたくさん高く積み上げた所を意味する。高千穂の嶽はそのように高く秀でた霊山であっただろう。そして同時にその山の如く高く積み上げた稲穂を暗示した。そしてそこが筑紫の襲の国、日向であることは、大和の王権にとって最も弱い所、御機嫌をとらねばならない所がそこだったのである。

五

高天原の岩戸を開いて高千穂の嶽に天降った天孫邇邇芸命の遙かな神の御代から、弓矢を取って大久米部の勇士たちに先導させ、山も川も巖も押し分けて踏み通り、荒ぶる神々を鎮め、手向かう者どもを服従させ、この国土平定にお仕え申し上げて来たのが大伴の祖先であると家持は歌う。そして、大和の橿原の畝傍の宮で天下をお治めになった皇祖以来の天皇の御代御代に、隠すところのない誠の心を捧げ尽くして仕えて来た祖先以来の家の役目であると、言葉に示して賜わったのが「大伴」の名なのだと家持は歌う。それは子々孫々に承《う》け継ぎ、見る人は語り伝え、聞く人は手本にしようという、名誉ある清い名なのだというのである。だから、おろそかに思って、かりそめにもこの伝統ある名を絶やしてはならない、大伴の氏を名乗るますらおたちよ、と家持は歌ったのである。

この歌には作歌月日が記されていない。三首あとに「以前の六首、六月十七日に作る」とあるが、私は、「六首」は「三首」の誤りとして、この歌は五月十日の事件の直後に作られたと考える。家持はそれを公表できなかったのである。日付のないのはそのためだと、私は考えている（拙稿「『喩族歌』と大伴家持」『国語と国文学』昭和43・3）。

東歌・防人歌と筑紫

加藤静雄

一

大和朝廷の支配する西の果ての筑紫と、遙か東の果ての鄙の国東国とを結ぶものに防人たちがあった。そして、東国から防人が筑紫に派遣されていたということが、万葉集巻十四の東歌にその影を落とし、巻二十に天平勝宝七歳に差遣された防人たちの歌を残すことになったのである。

大和朝廷を支配する貴族たちの目から見れば、筑紫の国は「天離る鄙」であり、東国もまた草深い田舎であった。しかし、筑紫に派遣された東国の農民たちにとっては、筑紫は都の延長上にある土地と思われていたことであろう。つまり、東国の農民たちにとって、防人に差され、とりあえずの目的地として旅立ったのは、集合地である難波の津であり、そこからさらに遠く筑紫へと運ばれたのである。おそらく東国の農民の意識では、都自体が遙かに遠い西方の地であり、それよりも西方の筑紫は、都というフィルターを通して見られていたに違いない。実際、筑紫の文化は、自分たちの東国の文化とは異質なものであり、それは「進んだ」ものと目には映ったことであろう。

まず、筑紫に差遣された「防人」について、簡単に見てみることにする。

文献の上に防人という語が初めて見えるのは、六四六年、いわゆる大化改新の翌年の正月に出された「詔」の中で、

其の二に曰はく、初めて京師《みさと》を修《をさ》め、畿内《うちつ》国《くに》の司、郡司・関塞《せきそこ》・斥候《うかみ》・防人・駅馬・伝馬を置き、鈴契を造り、山河を定めよ。

（日本書紀大化二年条）

とある。しかし、ここでただちに防人の制が施行され、諸国に防人が配置されたという記録は見当たらない。その後、大陸との緊張関係が生じた六六三年ころに、対馬・壱岐・大宰府に防人を置かねばならない状況が生まれた。

唐・新羅の連合軍に攻められて、滅亡した百済の復興を熱望していた遺臣たちに要請されて、六六二年には百済の王子豊璋に兵五千人余りをつけて帰国させ、さらに六六三年の三月には二万七千の兵を送り、合わせて三万二千の大和の百済救援軍は、六六三年の八月、唐・新羅の連合軍と、百済の都扶余の近くを流れる錦江の河口近くの、白村江に戦って大敗した。この直後に天智天皇（正式には、まだ即位はしていない）は、

　是年（六六三）、対馬《つしま》嶋・壱岐嶋・筑紫国等に、防《さきもり》と烽《とぶひ》とを置く。また、筑紫に、大堤を築きて水を貯へしむ。名けて水城と曰ふ。　（日本書紀天智三年是年条）

と、国防の準備を急ピッチで進めている。多分この時に防人は置かれることになったのであろう。この簡単な記事からは、防人が東国からのみ差遣されていたことは判明しないが、天平九年（七三七）九月の書紀の記事には、

　筑紫の防人を停めて本郷に帰し、筑紫の人を差して壱岐・対馬を戍らしむ。

とあり、翌十年の筑紫国・周防国・駿河国の正税帳には、郷に還る防人の通行に関する記録があるので、これ以前の防人が東国出身であることが推定できる。また、この記事によれば、東国の防人は停止されたのであるが、いつのころか、また防人は東国の兵が当てられることになっていた。天平宝字元年（七五七）には、

　大宰府の防人には頃年《としごろ》坂東諸国の兵士を差して発遣す。是に由りて、路次の国、みな供給に苦しみて防人の産業もまた弁済し難し。今より已後、宜しく西海道七国の兵士合はせて一千人を差して防人司に充て、式に拠りて鎮戍せしむべし。

とある。この処置に対し大宰府は天平宝字三年（七五九）三月に、

　東国の防人を罷めしより辺戍日に以て荒散せり。如《も》し不慮の表《おもて》、万一変あらば、何を以てか卒《にはか》に応じ、何を以てか威を示さむ。　（『続日本紀』）

と、不安を訴えている。しかし、この大宰府の訴えは、

東国の防人は衆議して允《ゆる》さず。

と、認められなかった。ともあれ、防人の制度が出来て以来、時には九州の兵に変えようとする試みはなされながら、基本的には東国の兵をもって防人に当てられていたのである。

二

わが背なを筑紫は遣《や》りて愛《うつく》しみ　帯は解かなな　あやにかも寝も　（20・四四二二）

これは、天平勝宝七歳に差遣された武蔵の国の防人の妻、服部呰女の歌である。愛する人を筑紫におくって、家に残った自分はゆっくりと帯を解いて寝ることなどはしない、と可憐にも彼女は歌っている。

万葉集巻二十には、この天平勝宝七歳に差遣された防人の歌が、八十四首記録されている。たまたま大伴家持が兵部少輔であったことが、防人歌を万葉集に記録させることになったのである。防人に差された人たちは、

水鳥の発《た》ちの急ぎに　父母にもの言はず来《け》にて　今ぞ悔しき　（20・四三三七）

防人に発《た》たむさわきに　家の妹《いも》がなるべき事を　言はず来《き》ぬかも　（20・四三六四）

と、父母とゆっくり別れを惜しむ時間もなく、妻に後の生業《なりわい》のことをはかることも出来ず、慌ただしく出発の準備をして、いったん国府に集まり、十人で「一火」という班を編成し、国府の役人に引率されて難波に向かった。

わが妻も絵に書きとらむ暇《いつま》もが　旅行く吾《あれ》は　見つつ偲はむ　（20・四三二七）

果たして「発ちの急ぎ」に追われたこの防人に、妻を描く時間があったかどうか。父母を、愛しい妻や子を後に残して、防人たちの望郷の思いを込めた旅は難波から筑紫へと続くのである。防人歌の大部分は望郷歌である。「大君の命かしこみ」（20・四三二八等）つつ、「障《さ》へなへぬ命」（20・四四三二）と観念しながらも、心は常に家郷に向かっていた。

忘らむて野行き山行き吾来れど　わが父母は忘れせのかも　（20・四三四四）

家風《いへかぜ》は日に日に吹けど　吾妹子が家言《いへごと》持ちて　来る人もなし　（20・四三五三）

故郷への募る思いを秘めて、防人たちは難波に向う。難波までの食料は自弁である。難波に集合した諸国の防人た

ちは、ここから船に乗せられて筑紫へと船出する。

筑紫方に舳《へ》向《むか》る船の　何時しかも　仕へ奉りて本郷《くに》に舳《へ》向《む》かも　(20・四三五九)

と、ここにも体は西に向かっていても、心は決して西には向かっていない彼らの歌声がある。それは「闇の夜の行く先知らず行く」(20・四四三六) 旅であった。

天平勝宝七歳の防人歌は、出発から難波までの歌であって、筑紫の現地で歌った歌はない。兵部少輔大伴家持が防人を難波で検校し、そこで蒐集した歌だからである。

筑紫の現地に配属された防人たちは、三年間の任期で国境防備の任務に就いた。概ね三千人の防人は、毎年二月頃にその三分の一が交替していたと考えられる。防人たちは配属された近くの土地を分け与えられ、そこを耕すという、自給自足が原則であったようである。しかし、対馬などは米が収穫できないので、大宰府から船で送っていた。巻十六には「筑前国の志賀の白水郎《あま》の歌十首」という歌群の左注に山上憶良の作かとする歌がある。大宰府から対馬に米を送る船の舵取に、大宰府は筑前国宗像郡の宗形部津麻呂を指名したが、年老いているので長年同じ船で漁をしていた粕屋郡志賀の荒雄という男に交替を頼み、荒雄は暴風雨で船と共に沈んでしまったというのである。この歌群などから、対馬の食料事情も知ることができる。また、対馬に派遣された防人などにも、海を渡るという事実において、この荒雄と同じような悲惨な状況の中におかれたものもあったことであろう。

遙かに遠い故郷を慌ただしく出発し、筑紫の地に配属された防人たちは、望郷の念に駆られながら、厳しい生活を続けたのであった。

三

大和朝廷に最も新しく服属したためか、東国は防人を差遣するという厳しい条件が課せられていた。東国農民は、

韓衣《からころむ》裾に取り付き泣く子らを　置きてぞ来ぬや　母《おも》なしにして　(20・四四〇一)

と、幼い子を残し、愛しい妻と別れ、父母を心配しつつ筑紫に出発したが、防人という厳しい任務が、東国という地

にのみ課せられたことが、東国の地に歌われた東歌の中にその影を落としている。

　万葉集巻十四は東歌という総タイトルを持っている、つまり東国の歌を集めたものである。そこにいう東国とは、国別に分類された九十五首の歌を見る限り、遠江・信濃以東の国々とされていたようである。そしてこの範囲は、天平勝宝七歳に差遣された防人たちの出身国と合致する。筆者はこの天平勝宝七歳の防人歌に基づいて、東歌の国別分類がなされたと考えているが、それはともかくとして、東歌は東国の地に歌われた歌であり、その中には東国民衆の歌も多く含まれている。そして、東国農民であるがゆえにという、彼等にとってはまことに理不尽な理由の下に、もちろん彼等自身が理不尽と自覚していたかどうかは別の問題であるが、防人に差遣されるという大きな負担が課せられ、その生活にも大きな影響を与えていたのである。だからこそ東歌の中には、「防人」の影響を色濃く落とした歌が歌われていたのである。防人たちが歌い、東国に持ち帰った歌、防人を主題にした歌など、防人に関する歌は何首かある。その幾つかを挙げて見よう。

　筑紫なるにほふ児ゆゑに　陸奥《みちのく》の香取《かとり》をとめの　結《ゆ》ひし紐解く　(14・三四二七)
　大君の命かしこみ　愛《かな》し妹が手枕《たまくら》離れ　よだち来《き》のかも　(14・三四八〇)
　対馬の嶺《ね》は下雲《したぐも》あらなふ　かむの嶺《ね》にたなびく雲を　見つつ偲はも　(14・三五一六)

　これらの東歌は、「防人」という課役が東国の民衆に課せられなかったならば、絶対に生まれなかったものであろう。「筑紫」「対馬」という地名は、普通では東国の人々には無縁なものである。防人に徴発されてこそ、東国の人々の意識の中に入ってきたのである。また「大君の命かしこみ」という言葉も、「防人」という制度の中で、彼等の語彙の中に加わったのである。もし東国農民が、東国の片田舎にあって、ひたすらに農に勤《いそ》しんでいることが許されていたならば、彼等の生活の中に「大君」は登場しなかったであろう。彼等の生活を直接に支配していたのは、

　都武賀野《つむがの》に鈴が音《おと》聞こゆ　かむ志太《しだ》の殿《との》のなかちし　鷹狩《とがり》すらしも　(14・三四三八)

と歌われた「殿」であった。公地公民というタテマエはあっても、かつての国造の制度を色濃く残していた東国では、「殿」とよばれた地方豪族こそが彼等にとって、最も直接的な、最も身近な支配者であったと考えられるからである。

さて、「筑紫なるにほふ児」のために「陸奥の香取をとめ」の愛を裏切ったという歌には問題がないわけではない。香取は下総である。香取の神を陸奥国のどこかに勧請して、そこをも香取といったとしても、陸奥国から防人が徴発されたという記録がないのである。また、陸奥国を拡大解釈して下総国をも含めていったとしても、他国の人ならばとも角も、東国の人が、東国の地で歌い得たとは考えられない。

ここの「陸奥」は普通名詞と考えてみてはどうであろうか。「東国の片田舎」というような意味で用いられたのではないか。たしかに万葉集の用例を見る限り、「みちのく」は、「真野の草原」(3・三九六)、「安達太良真弓」(7・一三二九、14・三四三七)と、ともに福島県の地名、あるいは「小田なる山」(19・四〇九四)と、宮城県の地名とともに用いられており、行政的な「陸奥」の中で用いられている。しかし、「みちのく」という言葉自体が、「道の奥」であって、元来が普通名詞なのである。この歌、国別分類され「陸奥国歌」の中に入っているが、それは「美知能久《みちのく》」という語に引かれて分類されたまでであって、この歌に「陸奥国歌」という限定が先にあったわけではない。筆者は東歌の国別分類は、大伴家持が蒐集した天平勝宝七歳の防人歌に基づいて行った仕事と考えているのである。

この歌は、筑紫の地にあって、自分たちの故郷とは違う「進んだ」筑紫を意識した防人たちの間に歌われたものであろう。自分たちの故郷、東国の片田舎を「みちのく」と呼び、筑紫をとめに「にほふ児」と憧れをこめて歌ったのであろう。そして、防人の帰郷とともに東国に持ち帰られたのである。

　対馬の嶺は下雲あらなふ　かむの嶺《ね》にたなびく雲を　見つつ偲はも　(14・三五一六)

この歌も、「あらなふ」、「かむの嶺」の解釈が難しい。今は一般的に行われているように、「下雲がない、大宰府の近くの背振の山々にたなびく雲を見つつ偲ぼう」としておくが、「対馬の嶺」に、「下雲がない」という状況と、「かむの嶺にたなびく雲」との関係をどのように考えたらよいか、今一つはっきりしないところがある。ともあれこの歌の直前に、

　吾が面《おも》の忘れむしだは　国溢《はふ》り嶺《ね》に立つ雲を　見つつ偲はせ　(14・三五一五)

の歌があり、さらにまた三首おいて、

面形《おもかた》の忘れむしだは　大野ろにたなびく雲を　見つつ偲はむ　（14・三五二〇）

とある。かつて筆者は、この三首は防人を主題にした、連節の民謡ではなかったかと考察したことがあった。東国の民衆にとって辛い課役である「防人」を運命的に背負わなければならなかった人々に、防人を主題とする民謡があっても不思議ではない。民謡は常に恋のみを歌うとは限らない。嶺に立つ雲に、恋しい人の面影を見るのは東国人だけではないが、防人に恋を絡ませた歌は東国民謡に相応しい。もちろん「対馬の嶺は」の歌は、対馬で成立したものである。これもまた防人たちによって、筑紫の地から東国に持ち帰られて、東国の民衆の中で歌いつづけられたのである。

さらに、巻十四の非国別分類歌一四三首の中には、「防人歌」という分類の下に五首の歌がある。

置きて行かば妹ばま愛《かな》し　持ちて行く梓の弓の　弓束《ゆづか》にもがも　（14・三五六七）

おくれ居て恋ひば苦しも　朝狩の君が弓にも　ならましものを　（14・三五六八）

右二首問答

防人に立ちし朝けの　金門《かなと》出《で》に手《た》放《ばな》れ惜しみ　泣きし児らはも　（14・三五六九）

葦の葉に夕霧立ちて　鴨が声《ね》の寒き夕《ゆふべ》し　汝《な》をば偲《しの》はむ　（14・三五七〇）

己妻《おのつま》を人の里に置き　おほほしく見つつぞ来ぬる　この道の間　（14・三五七一）

この五首をことさらに「防人歌」と分類したのは、大伴家持であろう。あるいは家持が入手した東歌の資料に、既に「防人歌」とあったのかも知れない。ともあれこれらの歌は、東国の地で人々の間に歌われており、防人たちもまたその耳に馴染んでいたことであろう。そして、さらに広く東歌という豊かな歌の世界があった。それらをバックとして、巻二十の「天平勝宝七歳乙未に相替りて筑紫に遣はさるる諸国の防人等」の歌は成立したのである。前述した歌ではあるが、巻十四の、

吾が面《おも》の忘れむしだは　国溢《はふ》り嶺《ね》に立つ雲を　見つつ偲はせ　（14・三五一五）

と、巻二十の常陸国茨城郡出身の防人占部小龍の、

吾が面《もて》の忘れもしだは　筑波嶺をふりさけ見つつ　妹は偲はね　（20・四三六七）

を比較して見れば、東国という社会集団の生活の中に歌いつづけられた歌が、占部小龍という一個の防人の場の歌に変容していることを容易に窺い知ることができよう。

この「防人歌」五首の最初の二首は、「問答」である。成立の当初から、問答の歌であったかどうかは問題のあるところではあるが、万葉集に定着する以前に、すでにこの形で享受されていたであろう。出来ることなら一緒に連れて行きたい、付いて行きたいという叙情は、本来甘い雰囲気を醸し出すものであるはずだが、「持ちて行く梓の弓」「君が弓にもならましものを」という語句が、その感情を拒絶する厳しい状況を彷彿とさせる。

東国の民衆の生活に、防人の制度が落とした深く暗い影を、われわれは東歌の中に見るのである。

四

東歌は東国民衆の歌声であるという。その歌の中に、幾山河を隔てた遥かな西国、遠く筑紫の地に関わる歌を見る時、われわれはあらためて万葉時代の民衆の生活の厳しさを知らされるのである。「旅」という語の持つイメージは、現代の我々とは全く異質のものであった。出来ることならば、「旅」はしたくなかったのが、万葉時代の民衆であったのである。しかもその旅は、自らの要求に基づくものではない。万葉の時代に民衆が自らの意思で旅をするということはまず考えられない。旅は苦役とともにあった。旅という移動する生活空間は、民衆にとって異質なものでしかなかった。彼等は大地に密着して、大地と共に生活していたのである。

吾《わ》ろ旅は旅と思《おめ》ほど　家《いひ》にして子持《め》ち痩《や》すらむ　吾が妻愛《みかな》しも　（20・四三四三）

と駿河国の防人玉作部広目は歌う。その旅は「闇の夜の行く先知らず行く」ものであった。しかし、彼は「自分の旅は、旅と観念すればよい。家に残していく妻が、子供を育て、苦労をして、痩せてしまうであろうのが愛《いと》しい」と歌うのである。何と可憐な民衆であろうか。この民衆の心を思うとき、権力の冷酷さを思わずには居られない。

しかも彼等の赴いた異国筑紫の地は、東国とは全く異なる言葉の世界であった。筑紫の人々との間の、意思の疎通も容易ではなかったであろう。だからこそ「筑紫なるにほふ児」も、彼等の「憧れの目」の中にのみ存在したのであった。

吾《わ》が家ろに行かむ人もが　草枕旅は苦しと　告げやらまくも
(20・四四〇六)

上野国の防人大伴部節麻呂の歌である。「旅は苦し」と切実に歌う中に、東の果ての国と西海の筑紫とを結ぶ声を、われわれは聞くことができる。

防人にとって唯一の救いは、彼等が実際に活躍する場がなかったことである。大陸からの侵攻の脅威は、幸いにして一度もなかった。大和朝廷の百済に送った救援軍が、三万二千であったことを思うとき、もし大陸からの侵攻があったとしたら、僅か三千人の防人が、どれほどの防御ラインたり得たであろうか。

万葉集は、筑紫の地に山や海を遠く隔てて、「障へなへぬ命」のままに、遥か東国から差遣された防人たちの率直な、素朴な声によって、より広く豊かな歌の場を持つことが出来たのである。

男子の名を古日といふに恋ふる歌

森　淳司

一　古日に恋うる歌の哀感

万葉集巻五は大伴旅人と山上憶良の大宰府在任中の歌を中心とした特異な一巻であるが、その巻五の巻末に次のような「古日に恋ふる歌」がある。後の論述の便を考えて、長歌の方は章節に番号などを付して掲げる。

男子《おのこ》の名を古日《ふるひ》といふに恋ふる歌三首 長一首短二首

(1)世の人の　尊《たふと》び願ふ　七種《ななくさ》の　宝も我は　何せむに
(2)我が中の　生まれ出でたる　しらたまの　我が子古日は
(3)Aあかぼしの　明くる朝《あした》は　しきたへの　床《とこ》の辺《へ》去らず　立てれども　居れども　ともに戯れ　Bゆふづつの　夕《ゆうへ》になれば　いざ寝よと　手を携《たづさ》はり　父母も　うへはなさかり　さきくさの　中にを寝むと　うつくしく　しが語らへば
(4)いつしかも　人となり出でて　悪しけくも　良けくも見むと　おほぶねの　思ひ頼むに
(5)思はぬに　横しま風の　にふふかに　覆《おほ》ひ来ぬれば
(6)せむすべの　たどきを知らに　しろたへの　たすきを掛け　まそかがみ　手に取り持ちて　天つ神　仰ぎ乞《こ》ひ禱《の》み　国つ神　伏してぬかづき　かからずも　かかりも　神のまにまにと　立ちあざり　我乞ひ禱《の》めど
(7)しましくも　良けくもなしに　やくやくに　かたちくづほり　朝《あさ》な朝《さ》な　言ふこと止み　たまきはる　命絶えぬ

れ
(8)立ち躍《をど》り　足すり叫び　伏し仰ぎ　胸打ち嘆き　手に持てる　我が子飛ばしつ
(9)世間《よのなか》の道　（5・九〇四）

反　歌

若ければ　道行き知らじ　賂《まひ》はせむ　したへの使ひ　負ひて通らせ　（5・九〇五）
布施《ふせ》置きて　我は乞《こ》ひ禱《の》む　あざむかず　直《ただ》に　率《ゐ》行きて　天路《あまぢ》知らしめ　（5・九〇六）

右の一首は、作者未だ詳らかならず。ただし裁歌《さいか》の体《すがた》の山上《やまのうえ》の操《さま》に似たるを以て、この次《つぎて》に載す。

まず長歌の構成と内容について一言しておきたい。

(1)の冒頭部分は、多くの論者が指摘しているように、憶良の嘉摩郡三部作の第二部の「子等を思う歌」の反歌、

銀《しろがね》も　金《くがね》も玉も　何せむに　優《まさ》れる宝　子に及《し》かめやも　（5・八〇三）

に深いつながりをもつ。(1)では、七種の宝に対して、何が人の世の宝であるかを述べないが、憶良の神亀五年七月の嘉摩三部作を見聞きしていたであろう人達には、それが子であることは、自明であった。また前歌を知らぬ人達をも配慮し、「何せむに」と下に続くかたちを取り、(2)のはじめに「我が中の　生まれ出でたる　しらたまの　我が子」と、愛児に言及する。これまたすでに指摘されているように（注1）、「我が中の」は「我が中に」でなく、「しらたまの　我が子」と共に、「我」と「子」の愛による結びつきを強める表現、ことによるとこの子は、我にとっての、長く出生を期待された、最愛のひとり子だった可能性が強い。(2)はこの歌の課題、主人公「我が子古日」を登場させた。しかし、古日が生まれたといい切りにしないで、主格表現の格助詞「は」を使って、(3)に続ける。(3)はこの「しらたまの　我が子古日」のいとけなく幼き姿とその言葉を、生き生きと描出して、二句の長い対句にわたって、「我」と「父母」との間の、いかにも幼な児らしいあどけない動作と声を描出する。

(3)Aの「あかほしの　明くる朝」Bの「ゆふづつの　夕」の、いかにも平穏な、愛児をめぐっての、明るく健康な家庭が日常的に、まさに一家団欒のなごやかさで描かれ、ほほえましく心を打つ。朝、温い床の辺で、立っても居て

も、ともに戯れ遊ぶその子、夕、さぁ寝ようと催促して、両親の間にと、せがむ古日、歌文中に愛児のことばをそのまま入れて、より具体的、直接的に、古日の愛らしさを描く。そして(4)で、そのいとし子に対する「我」の立場からの将来への不安と期待を述べる。その「悪しけくも　良けくも見む」と思い頼む時、思いもよらぬ「横しま風」が「にふふかに　覆ひ来ぬれば」と(5)で述べる。(3)の明るくなごやかな風景は、(4)の不安と期待の中で、「悪しけく」悲しい状況の方に、急転直下する。しかし、そのことも終止形にしないで、(6)に続け、天つ神、国つ神に「乞ひ禱」む以外、人為如何ともせざる状を訴える。この部分も対句を多く使って、古日を思う「我」の悲嘆の情を、鮮明に印象づける。にもかかわらず、せっかく生まれ出でた人の子の命――わが子の命も、やがて空しくなる。(7)では、病魔は進行し、「かたちくづほり」「言ふこと止み」「命絶えぬれ」と、(3)で、ともに戯れたその愛児の姿、「いざ寝よ」と床に誘ったその声、つい昨日元気で一家の中心だった古日の、そのかたち、言うこと、すべてが失せて、(6)の天神地祇への祈りも空しく、(4)で期待した「いつしかも　人となり出で」ることもなく、永遠に帰らぬものとなったことを、「命絶えぬれ」と、直接的に絶命の事実を告げる。(8)の前半の「立ち躍り　足すり叫び　伏し仰ぎ　胸打ち嘆き」は、復活蘇生への所作とも、痛憤慨嘆の慟哭ともどちらとも取れるが、「命絶え」に直続し、しかも「……胸打ち嘆き（て）」と下に続く文脈からいえば、「我」の慟哭の情を八つの動詞を駆使して、その烈しさを強調したととる方がよかろう。その情に連接する「手に持てる　我が子飛ばしつ」はその悲痛な慟哭の激情に対して、きわめて対称的で、比喩的である。

私はここで、「貧窮問答歌」の反歌、

世間《よのなか》を　憂しとやさしと　思へども　飛び立ちかねつ　鳥にしあらねば　（5・八九三）

の一首を頭に浮かべる。憶良自身は、自らの老残を嘆きつつ、しかも眼前に迫り来る死の予感におののく。それにもかかわらず、一方、古日歌の直前の「老身重病」云々の長歌の反歌六首の末尾の歌二首に「みなわなす　もろき命もたくなはの　千尋にもが」（5・九〇二）「しつたまき　数にもあらぬ　身にはあれど　千年にもが」（5・九〇三）と詠み、一方「生まるれば必ず死あり……死を若し欲《ねが》はずは、生まれぬに如《し》かず」（5・俗道仮合云々の詩の序）といい、自身の命と、世間の理の間を真摯に問いつめ、また貧窮者に代わって、現実の窮乏生活者の苦悶を歌った憶良。そして、それにもかかわらず、鳥ならぬ身故に「飛び立ちかねつ」と結んだ。それに対し、天寿をも全うせず、ましてや「悪しけくも　良けくも」見ぬ幼児、自らの罪業でなく、「横しま風」の一度覆うことによって「我が中の　生まれ出でたる　しらたまの　我が子古日」その「手に持てる　我が子」を無惨、悲情にも、「飛ばしつ」と嘆く。そして、この長歌は、ここではじめて終止する。このありようこそが、結びの(9)で空しい「世間の道」だと、我が子古日を例として、「世間は　憂しとやさし」と思う、一般論に転換し、この長歌を結ぶ。(1)の「世の人の……」ではじめ、子こそ宝だとし、(2)で我が子古日を主人公とし、(3)で明るく、いとしい父と子の愛情を描き、(4)で将来の不安と期待を叙し、(5)で突然の病魔の到来、(6)でそれに対する天地の神への祈禱を描写、(7)でさけ難い死の事実を認知し、(8)でそれへの悲嘆を訴え、我が子を自らの手でかえらぬ人として飛ばしたという。そこでこの長歌ははじめて結ばれ、これらすべてが「世間の道」だと添える。この長歌一首はきわめて整序された叙述であり、一貫した我が子古日への愛惜の詩を奏でた稀にみる秀作といえよう。

二　「右一首」の資料性

簡略に先に歌そのものに対する私解の一端を述べたが、この古日歌の長歌一首と短歌二首、併びに題詞、左注をめぐっていくつもの問題が山積されている。以下それらのいくつかについて述べたい。

まず、左注の問題から入ってみよう。左注の「右一首」は、直前の反歌九〇六の一首をさすか。あるいは、長歌一首以降の三首一組をさすかに説がわかれている（注2）。もし前の長歌一首反歌一首をさすとすると、題詞には「……三首長一首短二首」とあるのでその表記に矛盾をきたす。また、直前の一首九〇六番歌のみをさすとすると、その前の長、短二首（5・九〇四、五）に作者名のないところから、左注の後半「ただし裁歌の体山上の操に似たるを以て、この次に載す」という記載が落ち着かない。もとより左注の注記者は、前の長、短歌二首を山上憶良作と確認していたとしても、歌集という、享受者に向けての作品としての性格を考える時、作者名の欠ける作に続けて、その作者の作風、作法に似る故に、それに続けて載せるということは理に合わない。左注「右一首」が従来その範囲をめぐってしばしば論が蒸し返されるのは、注者の不用意な態度に起因している。

元来巻五は、万葉集全巻の雑纂的な傾向の中にあっても、作者名を記したり、欠いたりし、とりわけ題詞などの歌数表示に、巻としての一定の基準をもたない巻といえる。たとえば「日本挽歌一首」（5・七九四～九九）は、序や反歌を無視し、長歌一首、反歌五首を単に「一首」とのみ記す。嘉摩郡三部作（5・八〇〇～五）は「一首并びに序」として、序は記しながら、反歌はそのなかに含めしめているごとくである。一方憶良の熊凝歌（5・八八六～九一）は「六首并びに序」と記して、六首の中に長歌一首反歌五首を入れ、長短を対等に扱う。「老身重病云々」の歌では「七首長一首短六首」と長短を一括しておきながら、割注でその内訳を付す。また「好去好来歌」（5・八九四～九六）は「……一首反歌二首」と一首は長歌を示し、反歌は小書する。「鎮懐石歌」（5・八一三～一四）などに至っては、題詞もなく、歌数も記さず、作者名も記すことがない。「古日歌」の直前の「老身重病云々」も、更にその前の「俗道仮合云々」の詩と序も作者名は記していない。これらのその場その時での、多分に気まぐれとも思われかねない歌数表記などは、他者への提供を意図したはずの歌巻としては、あまりにも不用意との誹りを免れまい。このような巻五の状況にあって、古日歌の左注の右一首の示す範囲について、巻五全般、更には万葉全体から、その妥当性を論じようとすることは、なかば無用な努力を繰り返すことともなろう。その場、その時の左注者のかなり気ままな歌数表示だとすれば、他用例から帰納的に判断することを諦めて、常識的な認定こそが、かえって効果的ともいえるのではなかろうか。とすれば、右一首は素直にそのまま、九〇六番歌一首をさすとするのが穏当といえよう（注3）。それは、題詞でも、「……古日といふに恋ふる歌三首長一首短二首」とあるにも対応する。

左注の結びの「この次に載す」のこのは問題視されることは少なかったが、漠然と当然のこととして、直前の九〇五、あるいは九〇四、五をさすと考えられてきた。しかしそれには作者名がない。これでは「山上の操に似たるを以て」という巻五読者への説明とはいえない。「この次」とは、もしそれが他者への説明だとすれば、その前の「老身重病云々」にも「俗道の仮合即離の詩にも作者名を記さないので、更にその前の「山上憶良作」と題する「沈痾自哀文」まで遡らざるを得ないのだろうか。しかし「自哀文」の主題は別である。集中「この次に載す」という記載は、「茲に載す」よりは、「この」にあたる部分は広いが、何組かの部分を超えることはない。ちなみにその用例を検してみると、この表現は作中他に六例で、

① 右の一首の歌は、……旧本この次に載せたり。故以に猶し載す。（1・一九）
② 右の一首（或本の歌）の歌は……古本この歌を以てこの次に載す。（1・二二七）
③ 右、……すでに上に見えたり。ただし、歌辞相違、是非別き難し。よりてこの次に載す。（3・四三七）
④ 右、先後を審らかにせず、ただし、便を以てすなはちこの次に載す。（6・九二七）
⑤ 右、作歌の年月未だ詳らかならず。ただし、類を以てすなはちこの次に載す。（6・九四七）
⑥ 右の一首、譬喩歌にあらず。ただし、闇の夜の歌人の所心の故に、並にこの歌を作る。よりてこの歌を以て、この次に載す。（7・一三七五）

①・②は旧本、古本に従う由を記したもの。③は河辺宮人の姫嶋松原の美人の屍を見ての四首の歌であるが、巻二の二二八・九番歌二首の既出を考慮しての注記。④は、赤人吉野賛歌二首二組（6・九二三～二五、九二六～二七）計、長歌二首と反歌であるが、前の笠金村作（6・九二〇～二二）の神亀二年作に続けて置いたもの。⑥は前の一首との関連でここに載せることを断ったものなどである。古本などに従ったことを注するか、あるいは内容上類を同じうするか、既出の由を断ったり、作年を考慮して、そこに位置づけたことを注する。これとは別に「茲に載す」の方は、集中八首（5・九〇三、10・一九二七、11・二六三四、二八〇八、13・三二五七、17・三九一五、19・四二六一～六二）、それらは重出を断ったり、聴くに随って記したというものなどで、巻十九の二首を例外として、各一首をそこにおいた理由を説明する。このような万葉一般例からすれば、古日歌の場合、「この次」の「この」は沈痾自哀文まで遡り得るとは考え難い。とすれば、直前一首の反歌九〇五番歌のみか、更にその長歌九〇四番歌をさすかということになるが、「裁歌の体云々」とあるによれば、直前の反歌一首よりは、その前の長歌を含めて、長、反歌が「山上の操」に似ていると判断する方が穏やかであろう。

さて、そうすると、少なくとも左注者は、長歌九〇四、その反歌九〇五の長反二首の作者を、まぎれもない憶良作

と見ていたこととなろう。この認識は更に延長して、沈痾自哀文以降の作者不記の部分、俗道仮合云々の詩一首、老身重病の長歌一首反歌六首にも及んで、憶良作とみることを当然のこととして、作者名を、読者にとってはきわめて不用意なこととはいえ、欠落のままにしてしまったと考えられる。次に九〇六番歌に「作者未だ詳らかならず」と記したことは何を意味するか。古日歌の長歌一首と反歌一首は、はじめから一組の歌としてあったのであろう。あるいは沈痾自哀文以降の一連、老身重病云々の歌などと共に、憶良作と認められる資料中のものだった。ところが、最後の九〇六番歌は、それとは別の資料から採られた。「この次に載す」の前掲の①を除く②、③、④、⑤、の例のすべては、その前の資料とは別な資料から採られていたことも、この注が別資料性を示していることを物語る。すなわち、②は、人麻呂石見臨死歌群中の末尾にあって、唯一、「或本歌に曰く」と題されていた。(3)の四首も、巻二のものと題詞は類似するが、巻二は干支の上に「歳次」と記し巻三の③はそれを欠き、互いに「歌辞相違」するということは、巻二の資料とは別だったと思われる。④も、その前の金村吉野作歌では「神亀二年乙丑夏五月云々」と吉野離宮行幸の年、干支作月まで付すが、赤人歌は「赤人作歌二首并短歌」とあり、左注で「先後を審らかにせず」とある以上、金村作とは別資料だったことを証する。⑤の金村作も「三年丙寅の秋九月十五日云々」と年、干支、作月日まで付すが、赤人歌（6・九三八～四七）はそれら一切を欠き、金村歌資料とは別な資料だった。⑥のみは、同一資料だった一首を歌句に「月」の語を欠くが、それと共に詠まれた歌として譬喩歌でないがここに加えた由を付した。以上みてきた②より⑤の例と等しく、古日歌九〇六番歌は別資料から採られ、それには、作者名を欠いていた。それでは先の長歌一首反歌一首は作者名が原資料の時に憶良作とあったか、というと、必ずしもそうとはいえまい。ではなぜそれを作者未詳としなかったか、少なくともなぜ「山上」の作としたかというと、もともとこの長反歌の方は、憶良歌群中のものだったにちがいあるまい。たとえば沈痾自哀文など一連と同一の資料中のものだったと判断すべきであろう。故に注者も安心して「山上の操」とみたものだったろう。

三　憶良とその子

左注の記載者は九〇六番歌を、憶良歌にその歌いぶりが似ているとして、九〇四、五番歌の次に載せた。九〇六番歌は別ルート、――前項では別資料としたが、作者を伴わないまま伝えられていた伝誦性をもっていた歌の可能性もある――から加えられた。万葉集には、その前の九〇四、五番歌にも作者名は付されていない。更にその前の「老いたる身に病を重ね、年を経て辛苦《たしな》み、また児等を思ふ歌七首」（5・八九七〜九〇三）にも作者名は記されていない。それは更に、「俗道仮合云云」の詩にもいえる。それにもかかわらずこれらはすべて、「山上の操」であることを当然のこととして認めていた。作者明記の「沈痾自哀文」以降のそれらは、巻五編録以前の憶良歌収録の歌稿に一括されていたものといえよう。現今でも、巻五の作者についての不備な記載にもかかわらず、それらがみな憶良作として扱われているのは、万葉以前の憶良歌巻中のものと暗に理解しているからであり、それはきわめて至当なことといえよう。

それにしても憶良は子等に執して作品を形成する。古日を恋うる歌の外にも、第一にあげられるものに、嘉摩郡三部作中の「子等を思ふ歌」がある。

(1)瓜食めば　子ども思ほゆ　栗食めば　まして偲はゆ……　（5・八〇二）

反　歌

(2)銀も　金も玉も　なにせむに　優れる宝　子に及かめやも　（5・八〇三）

更に、「老いたる身に病を重ね……また児等を思ふ歌」がある。

(3)……さばへなす　騒ぐ子どもを　打棄てては　死には知らず……　（5・八九七）

反　歌

(4)すべもなく　苦しくあれば　出で走り　去《い》ななと思へど　子らに障《さや》りぬ　（5・八九九）

(5)富人の　家の子どもの　着る身なみ　腐《くた》し捨つらむ　絁綿《きぬわた》らはも　（5・九〇〇）

(6)あらたへの　布衣をだに　着せがてに　かくや嘆かむ　せむすべをなみ　（5・九〇一）

これらは、真正面から子等を歌ったものであるが、それ以外でも、罷宴歌で、(7)「憶良らは　今は退《まか》らむ……」(3・三三七)嘉摩三部作中の「惑《まど》へる情を反《かへ》さしむる歌」では、(8)「父母を　見れば尊し　妻子見れば　めぐし愛《うつ》くし……」(5・八〇〇)と、また、「日本挽歌」でも、亡妻を悲傷する歌で、(9)「……なく子なす　慕ひ来まして……」(5・七九四)と表現する。「貧窮問答歌」でも、(10)「……我よりも　貧しき人の……妻子《めこ》どもは　乞ひて泣くらむ……」と問い、(11)「……　父母は　枕の方に　妻子どもは　足《あと》の方に　囲み居て　憂へ吟《さまよ》ひ……」(5・八九二)と答えている。「筑前国志賀白水郎十首」中にも(12)「……妻子の産業《なり》をば　思はずろ　年の八年を……」(16・三八六五)と誦む。「竹取翁歌」を憶良作とすれば(注4)、そこでも(13)「みどり子の　若子《わくご》が身には……」(16・三七九一)とその冒頭で叙している。

古日歌はもとよりとして、憶良は何故にこれほど作歌にあたって子らに執し、子に思いを馳せたのだろうか。まずこれらの歌における憶良の子のあり方をみてみよう。

各歌はそれぞれの主題をもってはいるが、それらには相通うものがいくつかある。(7)(9)(10)では、子の泣く姿が描かれ、(3)では「騒く子」が表現されている。これらは古日歌同様、幼児とみることができる。(1)(4)〜(6)も同じく幼な子といえる。また、(8)(10)(11)(12)は「妻子」と熟合して、更に、(7)(13)では「母」と共に、(8)(10)(11)は「父母」と共に表現されている。更に、(1)(10)は食生活とかかわり、(5)(6)(10)は衣に関連し、(11)は住生活の貧しさを強調している。嘱望の意味合いでの(13)を例外とすれば、これらはみな、衣食住の貧しさ、厳しさの中にある児らへのいとしさから表出された歌句といえるし、その中で、子らと共にある父母の嘆きがその基底にあり、しかもそれらは、(8)(10)で「世間」「世」と、また貧窮問答歌の反歌でもいうように、「世間は憂しとやさしと　思へども　飛び立ちかねつ　鳥にしあらねば」(5・八九三)とか、(3)(4)で「……ことことは　死ななと思へど　さばへなす　騒く子どもを　打棄てては　死には知らず……」とか、「……去ななと思へど　子らに障りぬ」といったような、窮乏や重病のさ中に子等への愛が歌われているのだ。子は憶良にとって、何物にも代え難い宝だった。何故憶良はとりわけ幼い子、貧しい生活の中にある子を歌い続けたのか。それは、「我が中の　生まれ出でたる」「手に持てる　我が子飛ばしつ」の悲痛にして、生ある限り忘れ得ぬ実体験があったが故とみることができるのではないか（注5）。第一項で述べたように、古日歌の生々しさ、あの迫真の創作は、たとえそれが古日という子を失った父の心情になり切ってのものだったとしても（注6）、自らの老境、死を見すえてなおますます、昨日のことの如くに思われる愛児を手離した日の悲嘆の衝撃が、古日歌に込められていたのではなかろうか。「男子の名を古日といふに恋ふる」と題詞に記された、古日の名については論があるが（注7）、代作だったとしても、ことによると古日は実名でなかったかもしれない。憶良にとっては、実は古き日の「我が子」の意を重ねたともとることもできよう。筑前国守時代、領内の某氏の追善の供養などで、この歌が披露されたとすれば、国守憶良の真情に全き理解と感銘をもって、残された某氏へのまことにふさわしい追悼の歌詠として、いっそう深く参会者の胸を打つものがあったのではなかろうか。

阪下圭八氏は、全万葉に子を歌う作を求めて、憶良の「子等」は唯一、それは防人歌に近いという（注8）。氏は万葉に子をよむ歌の稀少な事情、そして憶良作を特殊たらしめる社会的、精神的背景を探られている。憶良は渡唐使の一員に加えられる四十二歳の頃までは無位だった。父母と共に戯れ、三枝の中に寝むとせがむ子、「父母は枕の方に、妻子どもは　足の方に」のそのような生活は、「家《いは》ろには　葦火焚《あしぶた》く（20・四四一九）防人たちの実生活と通う。一般知識層の妻問婚の状況下でない、単一家族生活者の貧しいかつての憶良の生活の実態が、その後、伯耆守、東宮侍講、筑前守と、立身したにもかかわらず、あるいはそれが故にかえって、貧窮者や子等への、片時も忘れ得ぬ実体として、老境の憶良の脳裏に刻まれていた。憶良は一人子をかって失ったとした場合、前出罷宴歌の「子泣くらむ」が問題となるが、それは「俳諧歌」の系譜につながるものとみるのが穏当であろう（注9）。とすればかえって、子を亡くした憶良が、子や家庭をもつ、宴の参会者たちに対してよんだものとして反語的役割を加味しているととることもできよう。また、巻十八に、射水郡の駅舘の屋の柱に記してあったという歌（18・四〇六五）の左注に、「右の一首、山上臣の作。名を審らかにせず。或は云ふ、憶良大夫の男と。ただし正名未だ詳らかならず」とあって、憶良に子息があったともとれる注があるが、その注の真偽はわからない。今は不問に付しておくしかない。「山上臣の作。名を審らかにせず」とあるによれば、歌に「山上」とのみ付されていたのであろう。山上は当時、山上王があり、山上臣船主などもあり（注10）、決して稀有な姓ではなかったろう。仮に憶良に一子が居て、憶良四十歳の時の子とすれば、家持より十二、三歳の年長となる。家持は憶良の沈痾臨死の歌に追和している（19・四一六四〜六五）ほど、憶良を敬慕しているところからみて、憶良の子息の名を知らなかったとするのも合点がいかない。「或は云ふ」以下は家持以外の人によって山上から類推されて、後に付加されたものかもしれない。その他、憶良がかつて子を亡くしたとみて、錯誤するところはなく、むしろ異常なほどの子への愛着と哀惜の情が歌に表出されていることの理解に役立つものと思われる。また憶良の詠む歌の子は、熊凝などを除けば、他は多くは幼児、それもみな貧しい生活の中に育まれた幼児であることも、憶良前半生の生活が投影しているのではなかろうか。後に、従五位下筑前国守となった折も、志賀白水郎の「妻子の業《なり》」に同情し、その後貧窮問答歌を作る。一般官人が五位の位録の特権の上に、それら貧窮者に目を向けなかったことと彼は異なる。ただひとり憶良のみが、律令制下の底辺の庶民の声を代弁したのは、その前半生の生活の苦があったが故ではなかろうか。

四　むすびに代えて

この古日歌ならびに巻五との関連を含めて、ほかにさまざまな問題がある。憶良作であろうことは、その作品自体からほぼ確認されようが、その作歌時期については、一般に憶良帰京後の作とされているが、確たる証はない。またこの巻五の巻末三首が追補かどうかも、その用字法などと関連して（注11）、今後ますますの研究がなされるべきものであろう。また、巻五全体の編録や追補筆録にあたって、どの程度に家持の手が加えられているか、あるいは否か、といった問題など、いまだ定説を得ない課題も山積されている。更に、巻五は家持日記歌巻のありようときわめて近い（注12）。なぜそうなのか、その点なども今後の研究のいっそうの進展が期待されるところである。古日歌独自の孤語、たとえば、「横しま風」「にふふか」「くつほり」などの語義についても（注13）、的確な理解に達しているとは思われない。なお歌中の諸語句と中国文献との比較より出典やその影響について、さまざまな指摘があり、その間の関係の深い点が解明されつつあるが（注14）、それらが憶良の意図的な、あるいは歌の享受者への効果をどの程度狙って作歌されたものかなどについての、いわば憶良文学の論としての立場での立言が課せられているのではなかろうか。

〔追　記〕

本稿執筆後に「憶良と白楊」(『迯水』一一八号、平成四年十二月)の一文を草した。掲載が前後したが、それでは、憶良が愛児を失ったのは彼の渡唐の前ではないかと推測した。併せお読みいただければ幸いである。

〈注〉

(1) 伊藤博『万葉のいのち』(塙書房、一九八三年)
(2) 村山出「恋男子名古日歌覚書」(『帯広大谷短期大学紀要』第八号)などに諸説の紹介がある。
(3) 中西進『山上憶良』(河出書房新社、一九七三年)
(4) 中西進氏は『万葉集の比較文学的研究』で「最も有力な作家は憶良」とされておられる。
(5) 稲岡耕二氏は「憶良は現実に『古日』という名の男子を失ったという方向に理解することの方が、より多く根拠を待つ」(『国語と国文学』昭和四二年三月号)といわれている。
(6) 中西進氏は「筑前の鄙の幼子」の夭逝を「昔日に幼子を喪失した経験」にもとづき憶良が、その鎮魂のために詠まれたとされている(『山上憶良』)。また、服部喜美子氏も「作者が子を失った経験を土台にしている」という。
(7) 中西進『山上憶良』、稲岡耕二、注(5)論。
(8) 「山上憶良における『子等』の問題」(『文学』第三五巻四号)
(9) 西角井正慶「俳諧歌とその作者」(平凡社、『万葉集大成』9 作家研究篇 上)
(10) 『日本古代人名辞典』(吉川弘文館)参照。
(11) 福永静哉「恋男子名古日歌三首の用字法」(『女子大国文』四三号、昭和四一年十一月)、稲岡耕二前掲論文等。
(12) 稲岡氏前掲論文など。
(13) 小関清明「男子名は古日に恋ふる歌の『横風』について」(『高知国文』第十号、昭和五四年十二月)では「病魔の風―魔風―」とされている。
(14) 辰巳正明『万葉集と中国文学』『同第二』(笠間書院、一九八七年・一九九三年)など。

好去好来の歌

橋本達雄

一

山上憶良は生涯のテーマとして生・病・老・死など人生の苦悩を歌い続け、万葉史上稀有な文学的達成を果たした歌人として有名である。が、そうした系列の作品群とは類を異にする作品を一篇、晩年に制作している。「好去好来《かうきょかうらい》の歌一首反歌二首」と題する長・反歌がそれで、天平五年（七三三）、第九次の遣唐大使丹比広成《たじひのひろなり》に贈った祝福の歌である。題詞の意味は、小島憲之氏によれば、「好去」は別れの言葉「さようなら、ごきげんよう！」の意で、初唐時代の口語、「好来」は漢籍の例はないが、「好去」に対して「来」の上に「好」の字を憶良が加えたのか、あるいは口語の世界に生きていた言葉で文献に残ることが少なかったのかもしれぬといわれる（注1）。すなわち、「御無事で行って御無事で帰っていらっしゃい」の意となる。作品は左のごとくである。

神代《かむよ》より　言ひ伝て来《く》らく　そらみつ　大和《やまと》の国は　皇神《すめかみ》の　厳《いつく》しき国　言霊《ことだま》の　幸《さき》はふ国と　語り継ぎ　言ひ継がひけり　今の世の　人もことごと　目の前に　見たり知りたり　人さはに　満ちてはあれども　高光《たかひか》る　日《ひ》の大朝廷《おほみかど》　神《かむ》ながら　愛《め》での盛《さか》りに　天《あめ》の下《した》　奏《まを》したまひし　家の子と　選《えら》ひたまひて　勅旨《おほみこと》反《かへ》して「大《おほ》命《みこと》」といふ　戴《いただ》き持ちて　唐《もろこし》の　遠き境《さかひ》に　遣《つか》はされ　罷《まか》りいませ　海原《うなはら》の　辺《へ》にも沖にも　神《かむ》づまり　うしはきいます　もろもろの　大御神《おほみかみ》たち　船舳《ふなのへ》に反して「ふなのへに」といふ　導きまをし　天地《あめつち》の　大御神たち　大和の　大国霊《おほくにみたま》　ひさかたの　天《あま》のみ空ゆ　天翔《あまがけ》り　見渡したまひ　事終り　帰らむ日には　またさらに　大御神たち　船舳に　御手《みて》うち掛け

て　墨縄《すみなは》を　延《は》へたるごとく　あぢかをし　値嘉《ちか》の崎より　大伴《おほとも》の　御津《みつ》の浜《はま》びに　直泊《ただは》てに　御船《みふね》は泊てむ
障《つつ》みなく　幸《さき》くいまして　早《はや》帰りませ　（5・八九四）

反　歌

大伴の御津《みつ》の松原かき掃《は》きて我《わ》れ立ち待たむ早帰りませ　（5・八九五）
難波津《なにはつ》に御船泊《は》てぬと聞こえ来《こ》ば紐解《ひもと》き放けて立ち走《ばし》りせむ　（5・八九六）

長歌は六三句、三段から成る。万葉集には遣唐使を送る際の長歌がこのほかに五首あるが、そのもっとも長いもの（19・四二四五）でも二九句であり、この歌はその二倍を越える長大な作品となる。憶良がいかに委曲を尽くし、懇切に遣唐使の無事を祈ろうとしていたかが、まず長さの面からもうかがうことができる。

二

第一段は冒頭から一四句「目の前に見たり知りたり」までで、わが大和の国は神代より言い伝えてきていることとして、統治する神の威力が厳然と顕れている国で、言霊の幸を与える国であると言い継いでおり、それは今の世の人も現に見聞していることである、と力強く確信をもって歌い起こす。「言霊」は言語に宿る霊力（呪力）で、祭式や儀礼の場で発する特定の格式ある言語や詞章に霊が宿り、その霊力によって目的を達することができるとする信仰である。

しかし、かかる呪的な世界観は大化前後以来の開明的政策と文明の発達に伴い、次第に後退し、すでに万葉時代には、それをまともに信じる環境は消失していたのである。言霊の語は古い詞章に見えず、万葉時代に入って現れるが、それは言霊の呪力が信じられていた時代にあっては普通のことであったのでとくに意識されることはないのであり、それが意識されるのは、言霊がわが国古来の独特のものとすることを強烈に自覚した際に覚醒されたものであることを物語る。万葉集の「言霊」の語は、このうたのほかは二例、ともに人麻呂歌集の歌に出る。

(1)言霊の八十《やそ》の衢《ちまた》に夕占《ゆふけ》問ふ占《うら》まさに告る妹は相寄らむ　（11・二五〇六）

(2)葦原《あしはら》の　瑞穂《みつほ》の国は　神ながら　言挙《ことあげ》せぬ国　然れども　言挙ぞ我がする　言幸《ことさき》く　まさきくませと　恙《つつみ》なく
幸くいまさば　荒磯波《ありそなみ》　ありても見むと　百重波《ももへなみ》　千重波《ちへなみ》しきに　言挙す我は　言挙す我は　（13・三二五三）

反　歌

磯城島《しきしま》の大和の国は言霊の助くる国ぞま幸くありこそ　（13・三二五四）

(1)の歌はいわゆる略体歌で、民衆的レベルの世界を反映していると思われ、さすがに古い信仰をふまえて言霊の活動する八十の衢（歌垣などの行われる聖地）を歌っているが、言霊の呪的発動を直接歌ったものではない。(2)の歌は言霊の語が出るのは反歌であるが、長歌の言挙げが言霊の発動を促すためのもので、憶良の歌とも関係するので掲げた。私は以前、これが遣外使を送る歌であることに触れて、次のように述べたことがある。

> 簡潔ながら、憶良作品と同様、わが国古来の信仰をふまえつつ、単純に事の核心を力強く、堂々と押し出し、無事を祈っており、反歌に至って「倭の国は言霊の佑はふ国ぞ」と述べているなど、日本を中心にした外国に対する明確な意識が流れている。「言霊」の語の使用も憶良の当該歌に見え、集中他に一例しかないことも、憶良の歌とこの歌とのつながりを思わせて、遣唐使を送る歌としてふさわしいと思われる。そう見ることが許されるならば、この歌は人麻呂が大宝元年に憶良たち一行を送る時に作ったものとも考えられよう（注2）。

この見解は今も変更するつもりはないが、そうだとすると、言霊の意識は遣唐使派遣という事態を契機として、外国に対する自国言語の優秀性に目覚め、喚起されたものであったということができよう。そしてその信仰を「今の世の人もことごと目の前に見たり知りたり」と断定的に普遍的であると述べることにより、いっそう言霊の加護をもたらせようとするのである。憶良たち第七次の遣唐使は、人麻呂の歌う言霊の加護によって無事唐土に渡りつき、二年後に帰国する。憶良が理性的にはともかく、ここで人麻呂の歌を踏まえ、それをより荘重に、すでにわが国が皇神の厳しき国であることの上に、言霊信仰を信念にまで高めて歌っているのは理由のあることであった。

第二段は、「人さはに」から「罷りいませ」までの一六句で、ここでは遣唐大使に任命された広成の家柄、人柄を、国見歌など讃《ほ》め歌に見られる、多くの中から讃美する唯一のものを特出する型をふまえ、「人さはに満ちてはあれども」と歌い起こし、以下天皇の恩寵が深く、持統・文武朝の大臣として宮廷の重鎮であった丹比島《たじひのしま》の子として、広成が大使に選任され、勅旨を戴いていくに値する十分な資格のあることを讃美しつつ述べる。

ここで述べているような内容は、他の遣唐使を送る歌には見えず、きわめて特殊であるが、それには左注（のちに触れる）で述べているように、大使じきじきに憶良を訪問していることと関係があろう。

この長歌は各段にわたり、祝詞《のりと》、宣命《せんみょう》のことばの多いことが澤瀉『注釈』などに指摘され、さらに具体的に細かく中西進氏が言及しているが（注3）、この第二段には集中してその関連が認められる。従来指摘されている語句としては「愛での盛りに」（二二詔）、「戴き持ちて」（一四詔）があるが、この二つは用字的にも「愛能盛尓」「戴持弖」（万葉）と「愛盛尓」「戴持而」（宣命）のように深い関係がある。その他にも万葉に例のあるものも含めると、「神ながら」（神奈我良）は宣命に多く、一三詔、五九詔には用字まで同じものが四例も指摘できる。「天の下」「奏す」も万葉にもあるが宣命に頻出し、「家の子」（二五・五一詔）「選びたまふ」（七・一一・一三詔）も宣命に多く、万葉ではほかに用例はない。続く「勅旨」（大命）は宣命に頻出するのは性格上当然だが、祝詞（春日祭・平野祭・久度・古関）にも見えながら、万葉にはほかに例がない。しかも「勅旨」の用字は六〇詔に見える。続く「唐」も「遣唐使時奉幣」の祝詞および遣唐使人に下した宣命（五六詔）に出て、万葉ではほかにない。また「遣はす」の語も今の五六詔に六例も見える（万葉にも用例はある）。最後の「罷りいます」の句も五一詔に二例あって、万葉にはこれだけである。

すなわち第二段は一、二の句を除き、ほとんど祝詞・宣命的な言辞によって構成しているのである。祝詞は天皇が神に奏上する詞章、宣命は天皇が臣下に宣下する詔勅の一種であって、性格を異にする点はあるが、倉野憲司氏が「両者は本原的に一に帰するものであって、唯祝詞が神祇を対象とするものとして祭事に、宣命が臣民を対象とするものとして政事に分化したに過ぎないのである」（注4）といわれるごとく、両者は本来同じ性格のものであった。しかし、なおこの部分を、多く宣命に拠りながら構文していることはいかなるわけがあったのであろうか。中西進氏はその理由について、

叙述の内容が天皇や神々の行為なのだから、その関係で応用してきたということは、必然の結果でもあったわけ

だが、そのさらに根本には、同じような派遣使への祝詞や宣命が同時に存在したことがあろう。と述べ（注5）、その例を挙げ、そうした習慣や心理が、「憶良の制作に当っても作用した結果」の導入であろうとしている。たしかにそのとおりであろうが、中西氏が同時に、宣命との親しさについて、長歌の用字が部分的に正訓字を多用し、宣命ふうな口ぶりを感じさせるというのがこの第二段であるとすれば、一歩進めて、第二段は天皇が直接広成に賜った口頭の言葉に拠っているのではないかという想像に駆られる。もとよりそのような宣命的な言葉が残っているわけではないので、憶測の域を出ないが、天皇が「愛での盛りに」天下の政事を奏上した左大臣島の子としてお選びになったというくだりのごときは、何らかの拠り所があったように思われるもので、憶良の独断的想像によったものとは考えにくい。また、この第九次の一つ前の第八次の遣唐押使は広成の兄県守であった。が、歌はそのことに触れていない。憶良がもし自由に作文したのであれば、何らかの言及があってもよいと思うところである。この段のほとんどを宣命の口ぶりで綴っていることも、宣命的な天皇の言葉があり、広成から伝え聞いた憶良が、その大枠にそって、あたかも宣命のごとく、他の遣唐使送別歌には例のない一段を加えたのではないかと想像するのである。

いうまでもなく、さきに挙げた憶良の歌句と類似または一致する語句をもつ祝詞・宣命は、この歌より後代に定着したものか後代のものであり、憶良がそれらを直接ふまえたものではないが、祝詞の形成は古いものは飛鳥時代以前にさかのぼり、宣命もまた断片ではあるが、藤原宮址出土の木簡が最古のものとして注目されている（注6）。同様の語句や言いまわしは由来の古いもので、憶良の当時存在していたことは疑いない。

三

さて、第三段は「海原の」から終わりまでの三三句で、第二段の「唐の遠き境に遣はされ罷りいませ」に続き、大海原に漕ぎ出すことを述べる。第一段の「皇神の厳しき国言霊の幸ふ国」と直接照応しつつ、それを具体的に華麗に展開させた一首の中心となるところである。

神々を支配する神のなかの神としての天皇の勅旨を戴き持って行く大使は天皇と同格であり、それゆえ大海の辺にも沖にも（航路全体）留まって支配されている大御神たちはこぞって船のへさきに立って先導申し上げ、また、あらゆる天つ神国つ神、わけても大和の大国霊は高い大空を飛び翔って見渡され、加護なさるのである。「天翔り見渡したまひ」のここまでの一六句は往路について述べ、続けて大任を果たして帰るその日には、またさきの大御神たちが船のへさきに御手をかけて引っぱり、大工が墨縄の糸をぴんと張って直線を引くように、値嘉の崎から大伴の御津の浜まで一直線に御船は到着するであろうというのである。「御船は泊てむ」までの一四句は帰路についていう。そして最後の三句は「御無事でごきげんよくいらっしゃって、早くお帰りなさいませ」と題詞の「好去好来」をそのまま強調して結んでいる。

わが国はすでに第一段でいう「皇神の厳しき国」であって、遣唐船はその加護と奉仕を受けて往還するのは当然のことであるが、憶良はその神々の加護・奉仕のさまを、あたかも眼前に見るかのごとき想像力をもって具体的に生き生きと叙述する。その皇神は、海原を支配する神々、天地の大御神たち、そして大和の大国霊として皇室や大使広成にゆかり深い大和神社の神で、それらを総動員して船を導くさまを述べ、往復の無事を描き上げるのである（注7）。

遣唐使を送るにあたって神を祈り、加護を願う歌は、たとえば同じ天平五年の作者未詳歌に、

……かけまくの　ゆゆし恐《かしこ》き　住吉《すみのえ》の　我が大御神　船《ふな》の舳《へ》に　領《うしは》きいまし　船艫《ふなども》に　み立たしまして　……
平らけく　率《ゐ》て帰りませ　もとの朝廷《みかど》に　（19・四二四五）

とあり、遣唐使ではないが海路の安全を祈る天平十一、二年ごろの歌、

……かけまくも　ゆゆし恐し　住吉の　現人神《あらひとがみ》　船の舳に　領きたまひ　……　つつみなく　病あらせず　すむやけく　帰したまはね　本《もと》の国辺《くにへ》に　（6・一〇二〇、一〇二一）

がある。この二首がほとんど同じ内容を述べていることから、海路の無事・安全を祈る一つの型のあったことがわかり、憶良の歌もその類型をふまえていることは共通の語句・表現のあることによって知られる。しかし、憶良の歌とこれらの歌とでは思想的に決定的に異なるところがある。それは上の二首に傍線を付したように、住吉の大御神（現人神）は船のへさきに「領き（支配する・鎮座する）」いますのに対し、憶良の歌の場合はこの住吉の神を含むもろもろの

大御神たちが、船へさきに立って先導申し上げており、神々の行動は大使の船に対してへり下った立場で述べられている点である。また上の二首が、「率て帰りませ」「帰したまはね」と神に対してひたすら祈願しているのに対し、憶良の歌は神に祈る言葉が見えないことである。すなわち憶良は神に祈ってはいないのである。この三段こそ、「皇神の厳しき国」であることを前提として繰り広げた憶良の言挙《ことあ》げであり、その言挙げにこもる言霊によって、神々もそのごとく行動し、航海の安全が保障されようという思想・信念にもとづくものであった。したがって末尾の三句も、さきの二首の祈願とは異なり、「障みなく幸くいまして早帰りませ」と、やはり言霊の発動を促す言葉で閉じているのであった。

長歌の終り近くに出る「値嘉の崎」の値嘉の島は長崎県五島列島、平戸島などの総称といわれる（『古事記伝』五）。肥前国風土記松浦郡値嘉郷の条に、遣唐使は福江島（五島列島南端）の美弥良久《みみらく》の埼（三井楽町《みいらくちょう》）から出航したとある。おそらくここが値嘉の崎かと思われる。すなわち値嘉は遣唐船が日本を離れる最後の地で、帰路はここへ来てはじめて故国日本に帰ることになる。憶良は渡唐の経験者としてそのことをよく知っており、その値嘉の崎から一直線に大伴の御津の浜辺に帰ってくることを歌っており、「墨縄を延へたるごとく」の比喩以下の叙述はじつに実感にあふれ、憶良の切なる願いを反映している。

当時の造船技術はきわめて未熟で、大船であるにもかかわらず底が偏平であったため、波を切ることができず転覆しやすかったといわれており、航海術もまた、季節風に対する知識がまったくなく、逆風をついて船出することが多く、みすみす死地に赴くような場合が多かったという（注8）。

遣唐船はこのような危険を冒して就航したのである。しかも憶良はこれに近い体験をして幸運にも渡唐に成功した人なのであった。このみずからの体験をまざまざと想起しつつ、背後において描く憶良の言挙げ（言霊）が心を尽くして壮麗をきわめているのは当然であった。これを例えば、天平勝宝四年（七五二）、入唐使藤原清河に酒肴を賜う時の孝謙天皇御製、

そらみつ　大和の国は　水の上は　地《つち》行くごとく　船の上は　床《とこ》に居《を》るごと　大神の　斎《いは》へる国ぞ　四つの船

船の舳ならべ　平らけく　はや渡り来て　返り言　奏さむ日に　相飲まむ酒《き》ぞ　この豊御酒《とよみき》は（19・四二六四）

と比較する時、これはこれで御製らしくおおらかで、簡潔にやはり言霊の発動を信じる形で詠まれてはいるが、形式的・概念的であることは免れがたく、到底憶良の歌と同日に論じがたいのである。

四

第一反歌は長歌の結句「早帰りませ」をうけてくり返し、自身の立場を強調したものである。「大伴の御津」は遣唐船の泊てる終着の地であり、その松原は三十年以上も昔、憶良が唐土にあって日本を憶い、

いざ子ども早く大和へ大伴の御津の浜松待ち恋ひぬらむ（1・六三）

と第一に思いをはせた忘れがたい風景であった。胸中には必ずやこの歌が感慨ぶかく去来していたにちがいない。憶良はその松原をかき掃いて清め、ひたすら待とうというのである。「かき掃く」のは村山出氏が「祓いと同じ意味で神霊を迎える呪術的行為をいうが、ここは神の加護を得た大使の船を迎える儀礼的表現」（注9）と述べているごときものであろう。長歌が個人的感情を抑えていたのに対置させ、「われ」の立場を表に出して組み合わせたものである。

第二反歌はいっそう自己の感情を表面に強く押し出している。この長・反歌は、長歌末尾を承けて第一反歌を同じ句で歌い収めていることからすると、第一反歌までで一応完結していると考えられる。しかるにさらに一首をつけ加えたのは、長歌と第一反歌の儀礼的表現だけでは言い足りぬ思いがあったところから、やや時を置いて詠み加えたのであろう。この詠み加えについては、すでに中西氏が第一反歌と第二反歌では用字・字数を大きく異にしていること、同じ場所を「大伴の御津」と「難波津」のように別に表現していることなども加えて述べているところである（注10）。

「紐解き放けて」は、「うれしさのあまり紐を解き放したままで（紐を結ぶひまもない程に）急いで」（注11）の意とするのが一般的であり、中国の「倒屣《タウシ》」（履物を逆にはくこと）「倒裳」（裳をさかさまに着ること）などに暗示を得た新しい表現とする小島憲之氏の指摘もあって（注11）、そうしたニュアンスも帯びているようであるが、紐はやはり呪的に用いられるのが普通で、ここは「再会を期しての斎いの紐結び」（注12）で、再会の時まで固く解くことをしなかった斎いの

紐を解き放しての意とする見解がよく、「立ち走り」も喜びのあまり躍り上がる意と見るべきであろう（注12）。
これは第一反歌で「早帰りませ」とことほいだことが現実となる時点に想像を進め、無事帰国した際の再会の喜びに焦点を合わせて予祝したものである。かくして憶良の言霊は完結するのであった。

五

最後に左注について触れておきたい。原文は、

天平五年三月一日良宅対面献三日　山上憶良謹上

大唐大使卿記室

であって、二様に読むことができる。一つは、

天平五年三月一日。良が宅に対面し、献るは三日なり。

であり、もう一つは、

天平五年三月一日に、良が宅に対面し、献るは三日なり。

である。諸注によって多少の訓み方の相違はあるが、要は、三月一日を歌を制作した日と見るか、憶良が広成と対面した日と見るかが大きな相違となる。「良」は憶良の略称。

最近では後説による注釈書が多いが、私は以前、前説によるべきことを述べた（注13）。今もこれによっておきたい。
また、その稿では、憶良がなぜこのような歌の制作を依頼されたのか（自発的であったとしても）について、若いころ人麻呂を中心とする宮廷歌人グループの一員としてあって、その歌才が高く評価されており、自らも自負をもっていたことに起因し、渡唐の成功者によってことほがれることは二重の祝福を受けることにつながる意味をもつものではなかったか、ということについても言及している。併せて御参照いただけるならば幸いである。

広成は、天平四年八月十七日、遣唐大使に任命され、翌五年、この歌を受領した十八日後の三月二十一日に「拝朝」、

同二十六日に節刀を授けられ、四月三日、一行は四つの船に乗りこんで難波津を出航した。広成が皇神の加護と言霊の幸いを受けて無事任を果たして帰朝したのは、天平七年三月のことであった。「紐解き放けて立ち走りせむ」と再会を夢みていた憶良は、その願いも空しく、この歌を作った天平五年中に七十四歳で世を去ったものと思われる。

〈注〉

(1) 小島憲之『上代日本文学と中国文学』中、八二九―八三〇頁(塙書房、一九六四年)
(2) 拙著『万葉宮廷歌人の研究』三七四―三八〇頁(笠間書院、一九七五年)
(3) 中西進『山上憶良』三九一―四一二頁(河出書房新社、一九七三年)
(4) 倉野憲司『日本文学史』第三巻、三二八頁(三省堂、一九四三年)
(5) 前掲書(3)
(6) 稲岡耕二「続日本紀における宣命」『新日本古典文学大系13　続日本紀二』所収(岩波書店、一九九〇年)
(7) 井村哲夫『万葉集全注　巻第五』二〇三―二一一頁(有斐閣、一九八四年)によれば「倭の大国魂は、住吉の神と同様に航海の神としての性格も有していたらしく、この歌にも登場する所以である」という。
(8) 森克己『遣唐使』三一―六八頁(至文堂、一九五五年)
(9) 村山出『大伴旅人　山上憶良』二四一―二四二頁(新典社、一九八三年)
(10) 前掲書(3)
(11) 前掲書(1)九六五頁
(12) 前掲書(7)
(13) 前掲書(2)

万葉集を訓むための国語学

鶴　久

はじめに

文学は言語芸術である。したがって、文学には言語が先行するのは言うまでもない。言うなれば、コトバは人間であり、精神的血液と見なされるから、人間の理解なくして言語の理解や文学の理解はあり得ない。つまり、言語の本質・機能・意味などのあらゆる一切の現象を体系化し解明することを目的とする言語学（国語学は特殊言語学）と人間の言語によって創造・産出される文学は表裏一体をなすもので、国語学なくして文学の理解はあり得ないし、人間の多様な現象を描き出す文学が理解出来ずして国語の本質に迫ることも出来ないであろう。ただし、「万葉集を訓むための国語学」と言っても、関連していることは音韻・語法・語彙（意味を含めて）等のあらゆる分野に亘っており、与えられた乏しい紙数ではとても述べ尽し得べくもないので、任意に幾つかの事例を取り挙げて言及してみることにする。

一

万葉集をはじめ記・紀の歌謡に見られる歌はもともと唱《うた》われたものであり、口誦によって伝承されていき、時には即興的に唱われたものである。古今和歌集でも唱って鑑賞するのが本来のものであり、文字に書きとどめ視覚によって味わうというのは第二義的なものであった。古代歌謡というべき記・紀・万葉の歌に対句や句の繰り返しが多いのも口誦によっていた名残と言うことができる。されば、句の繰り返しはおくとしても、対句や動詞の反復の訓みにも留意すべきことは当然である。動作の継続を表す場合に、今日でも「行く行く考える」「行き行き考える」と両用されるが、このように連用形は連用形と、終止形は終止形と重ねて用いる用法は上代からの遺影と見なされる。上代では連用形と終止形を重複させて継続を表す用法は管見に入る限り見当たらない。

大和には群山あれどとりよろふ天の香具山登り立ち国見をすれば国原は煙《けぶり》立龍海原は鷗《かまめ》立多都　(1・二)

において対句をなしている「煙立龍」「鷗立多都」は煙タチタツ・鷗タチタツと訓まれ、今日まで踏襲され定説化した通説となっている。しかし、集中は勿論、上代では継続を表す場合には、たとえば、「阿里佐利《ありさり》て(17・三九三三)」「居々《をりをり》て(16・三八八五)」「引かば奴流奴留《ぬるぬる》(14・三五〇一)」「かく須酒《すす》ぞ……奥を可奴可奴《かぬかぬ》(14・三四八七)」「玉藻苅苅《かるかる》(11・二七四二或本歌)」「春雨はやまず零零《ふるふる》(10・一九三二)」の如く、連用形は連用形、終止形は終止形と連ねるのが定石である。したがって、通説のようにタチタツと施訓するが如き連用形に終止形を連ねるような表現は洵《まこと》に定石を佚した施訓と言わねばならない。ここは「立龍」「立多都」と下がタツであること動かし難く、立もタツと訓むべきことは至極当然と思われる。しかも、両者は対句にのことであったと見なされ、煙《けぶり》タツタツ・鷗《かまめ》タツタツと訓むべきことは至極当然と思われる。しかも、両者は対句になっており、かかる場合は、

さ野つ鳥岐芸斯婆登与牟《きぎしはとよむ》庭つ鳥迦祁波那久《かけはなく》　(記・上)
父母を美礼婆多布斗斯《みればたふとし》妻子見れば米具斯宇都久志《めぐしうつくし》　(5・八〇五)
汝《なれ》をぞも吾尓依　云《われによすといふ》吾をぞも汝尓依　云《なれによすといふ》　(13・三三〇九)
草こそは取而《とりて》飼旱《かひなめ》水こそは挹而《くみて》飼旱《かひなめ》　(13・三三二七)
いらなけく曽虚珥於聖比《そこにおもひ》かなしけく虚虚珥於聖比《ここにおもひ》　(仁徳紀)
己《な》が母を取久乎不知尓《とらくをしらに》己が父を取久乎思良尓《とらくをしらに》　(13・三二三九)
つつじ花尓太遙越売《にほえをとめ》桜花佐可遙越売《さかえをとめ》　(13・三三〇九)
いきらむと許許呂波母閇杼《こころはもへど》い取らむと許許呂波母閇杼《こころはもへど》　(記・中)
その潮の伊夜益升二《いやますますに》その波の伊夜敷布二《いやしくしくに》　(13・三二四三)

の如く、活用形においても連用形は連用形、終止形は終止形、連体形は連体形……と対をなし、体言は体言とシンメトリカルに対句が構成されており、主として対語が用いられる傾向が極めて強いことも決して見落すことのできない事実である。しかして、「かほ鳥は間無《まなく》数鳴……さ雄鹿《をしか》は妻呼《つまよび》令動（6・一〇四七）」の如き対句において、「しばなき……とよむ」のように施訓することが非常に適切を欠いていることは明らかであり、対をなしている後句を終止形でトヨムと訓むならば前句をも終止形でシバナクと訓むべく、上代の事例を検討考察して多く改訓したのである（注1）。かかる事実は平安時代中期頃までは命脈が保たれ、訓点資料や倭漢朗詠集等においてもその遺影は残存しているのである。しかも、韓国の十四・五世紀の文献（『龍飛御天歌』『月印千江之曲』など）や蒙古の文献にも同様な事実が認められることはあながち無関係で偶然の一致とばかりは速断されない面があり、刮目・留意されるのである（注2）。

二

ま玉つく遠近《をちこち》かねて言歯《いひは》五十《い》戸《へ》常《ど》逢ひて後こそ悔には有跡《ありと》五十《い》戸《へ》　（4・六七四）

は上代に用いられた特殊な強調表現である。「言ひは言へど」「ありと言へ」は「言へど」「あれ」と同意であって、これを強調しているのである。五十《い》戸《へ》は二例とも已然形言へを表記したもので、戸《へ》が乙類であるから特殊仮名遣にも抵触しない。「我に寄るべしと言跡《いふと》云莫《いはな》苦荷《くに》（4・六八四）」「見すべき君が在常不言尓《ありといはなくに》（2・一六六）」「百船人《ももふなびと》も過迹《すぐと》云莫《いはな》国《くに》（6・一〇二三）」「をはくるわざを知跡《しると》言莫《いはな》君二《くに》（2・九七）」も「言はなくに」「あらなくに」「過ぎなくに」「知らなくに」を強調した特色ある表現形式である。

このように、上代には今日からみて非常に興味ある特殊な表現法がある。別の一例を挙げれば活用形である。

雨は零《ふる》仮廬《かりほ》は作《つくる》　（7・一一五四）

の終止形零《ふる》・作《つくる》は「雨は降るし仮廬は作るし」というほどの意であり、同様に、

冬木《ふゆこ》もり春さり来れば鳴かずありし鳥毛《とりも》来《き》鳴奴《なきぬ》咲かずありし花も咲けれど　（1・一六）

も「来て鳴いているし」という意である。

連体形でも主語が顕在する場合、係助詞ぞ・なむ・や・かの結びとしてではなく、

菅畳いやさや敷きて我がふたり泥斯《ねし》　(記・中)
わが衣手の乾《ふ》る時も名寸《なき》　(10・一九九四)

の如く、の・がを伴って言外に詠嘆を表す。已然形にも係助詞こその結びでなく、

かなし妹《いも》をいづち由可米《ゆかめ》〈ヤ〉と　(14・三五七七)
山隠都礼《やまがくしつれ》〈バ〉心どもなし　(3・四七一)
大船を荒海《あるみ》に漕《こ》ぎ出《で》や船多気《たけ》〈ド〉　(7・一二六六)

のように、已然形で言い放つ用法がある（注3）。助詞ヤ・バ・ドモを伴わず、已然形だけで順接・逆接の確定条件を表しているわけである。

一重だに未だ藤柯祢婆《とかねば》みこの紐とく　(天智紀)
秋風も未吹者《いまだふかねば》かくぞもみてる　(8・一六二八)

なども已然形で言い放った表現に係助詞ハがつき濁音化したもので、平安以後では僅かの化石的遺影を除けば順接の確定条件を表すのであるが、これ亦ド・ドモを伴わず逆接の確定条件を表していた名残と言える。

嘆きも未過尓《いまだすぎぬに》憶ひも未尽者《いまだつきねば》　(2・一九九)

の対句でも十二分に首肯されるように、ネバは逆接の意を表すヌニと同意で用いられている。連用形には、

萩の花にほへる宿を朝庭に伊泥多知奈良之《いでたちならし》夕庭に踏み平らげず　(17・三九五七)

の如く、後の打消「平らげず」のずが「出で立ちならし」まで影響を及ぼし、「朝《あした》の庭を踏み平《なら》すことも、夕《ゆうべ》の庭を踏み平すこともしないで」と解すべき用法もある。また、連用形の終止用法とも言うべき用法も見られ、

三島野に霞多奈妣伎《たなびき》しかすがに昨日も今日も雪は降りつつ　(18・四〇七九)
磐代《いはしろ》の浜松が枝《え》を引結《ひきむすび》ま幸くあらばまたかへり見む　(2・一四一)

の多奈妣伎《たなびき》・引結《ひきむすび》は「たなびいている」「ひき結ぶことよ」というほどの意である。

ちなみに、有間皇子の一四一番歌「ま幸《さき》くあらばまたかへり見む」の表現には謀反の疑いで囚《と》らわれの身とは言え、まさか殺されはすまい〈生き長らえさえすれば〉という願望と希望が強く看取される。第三十六代孝徳天皇と左大臣阿部《あべ》椋椅麻呂《のくらはしまろ》の娘小足媛《おたらしひめ》との間に生をうけた皇子の背後には蘇我入鹿滅亡後隠然たる勢力を有していた阿部一族の存在は否めないであろう。だからこそ、「吾年始可《テキ》レ用《フ》レ兵《ヲ》時《ナリ》矣（斉明紀）」の如き発言もあったものと見なされる。牟漏温泉《むろのいでゆ》までは約十粁の磐代で何故に他ならぬ旅の安全を祈念して松が枝を結んだのか、これこそ生命保持のための執念に他ならない。磐は人間の寿命を支配し司る神聖なものという俗信があった。草を結んだり、木の枝を結んだりするのは息災延命即ち健康長寿がかなえられると信じられていた当時の一種の呪術である。それゆえにこそ、

　君が歯《よ》も我がよも所知哉《しるや》磐代の岡の草ねをいざ結びてな　（1・一〇）

のような中皇命の歌も詠まれているのである。「所知哉」はシレヤと訓み反語とする説もあるが、それは当を得ない解釈であって、前漢の『国語』の注に「歯年寿也」とあるように、歯《よ》は年寿・寿命を意味しており、「あなたの寿命《よわい》も私の寿命も支配している磐という縁起の良い名をもった磐代の草をさあ結びましょうよ」というのである。シルヤのヤは「天飛《あまと》ぶや雁」「岩見のや高角山」のヤと同じく、単に調子を整える間投助詞であって、支配する・司るという意をもつシルは直接磐を修飾しているのである。つまり、有間皇子にとっては他の何処よりも磐代でなければならなかったのであり、あえて磐代を選定されたものと思われる。「ま幸くあらばまたかへり見む」と詠まれた有間皇子の歌と同じような状況におかれた大津皇子がすでに諦めきった心境を詠まれた歌、

　ももづたふ磐余《いはれ》の池に鳴く鴨を今日のみ見てや雲がくりなむ　（3・四一六）

とを比考・勘案すれば、その間の事情はよく理解されるであろう。

三

　我妹子《わぎもこ》が結《ゆ》ひてし紐を解かめやも絶えば絶ゆとも直《ただに》ニ相左右《あふまでに》ニ　（9・一七八九）

の結句は傍訓の通り訓まれているが、全く疑念の余地はない。ただし、タダニアフマデでなく、タダニアフマデニで

あるのはどのような意味があるのであろうか。単に助詞ニの有無に過ぎないのか、あるいは単独母音アを含む定数音であるから準不足音になるのを忌避したためなのか、それとも一首の意味やニュアンスの相違のためであろうか。一首は「私の愛しい妻が結んでくれた紐を解こうか、決して解きはしないよ。＜たとえすり切れるならすり切れてしまおうとも＞直接逢うまでは」という意である。紐は夫婦が別れる時にお互いに相手の衣の紐を結びあい、再会した折にまた互いに相手の紐を解きあうのである。したがって、紐を結ぶ折には全身全霊の愛情と魂をこめて結び、同時に相手に対しても貞操を要求したのである。紐は当時一種の貞操帯みたいなもので、アイヌが体に巻きつける貞操帯にもなぞらえられるものであった。

　人妻に言ふは誰《た》が言さ衣のこの紐解けと言ふは誰が言　(12・二八六六)

　筑紫なるにほふ児ゆゑに陸奥《みちのく》の香取娘女《かとりをとめ》の結ひし紐解く　(14・三四二七)

　我妹子が下にも着よと送りたる衣の紐を我《われ》解かめやも　(15・三五八五)

の如き、二・三の事例を参照しても容易に首肯できるであろう。なればこそ、作者は旅の丸寝で着ている衣もよれよれに萎えてしまっても、愛妻が結んでくれた紐は直接逢ってお互いに解きあうまでは絶対に解かないと言うのである。とは言っても、マデとマデニは意味が酷似して実質的意味にさしたる差異はないと思われがちなため、看過される憾《うらみ》がなくもない。現在でも、

(1)　授業料は○月×日まで収めて下さい。

(2)　授業料は○月×日までに収めて下さい。

と両用されるように非常に似ているからである。しかし、マデは○月×日という決着点を示しているのであり、マデニは○月×日という決着点をも含めた、それまでの時間的拡がりを意味しているのであって、タダニアフマデとタダニアフマデニにおけるニュアンスの違いは見落すことが出来ず、場合によっては解釈にまで関係してくるのである。ここは詠まれている通り、タダニアフマデニでなければならないのであって、現代語では「直接逢ふまでは」となるのである。したがって、集中、

白妙のあが下衣失なはず持てれわがせこ多太尓安布麻低尓《ただにあふまでに》　（15・三七五一）
別れなばうら悲しけむあが衣下にを着ませ多太尓安布麻弖尓《ただにあふまでに》　（15・三五八四）

の如く、ほとんどタダニアフマデニであり、助詞ニの表記がなくてもタダニアフマデニに限って補読すべきであって、諸注釈のように、

見つつも居《を》らむ及直相《ただにあふまでに》　（11・二四五二）
衣も脱《ぬ》かじ及直相《ただにあふまでに》　（12・二八四六）
ゆゑもなく我が下紐を解けしめて人にな知らせ及正逢《ただにあふまでに》　（11・二四一一）

と施訓すべきである。そうして、

ひとりして我は解きみじ直相及者　（12・二九一九）
我妹子が形見の衣下に着て直相左右者我脱《ぬ》かめやも　（4・七四七）

の傍線部もタダニアフマデハと訓まれているが、既述してきたことと相俟って、者字は一首の意味内容にふさわしく強調・詠嘆を表す漢文の助字と見なし、つとにタダニアフマデニと改訓したところである（注4）。

語の解釈にしても分かりきったこととしてか、案外に見逃されていることもある。

ひさかたの天路は遠し奈保奈保尓《なほなほに》家に帰りて業《なり》をしまさに　（5・八〇一）

の第三句「奈保奈保尓」は従来「すなおに」と解され、疑念をさしはさんだ注釈書はほとんど見られなかった。鹿持雅澄の『古義』が「黙々《なほなほ》なり」「すべて奈保は事を起したつることなくして、ただあるを云ことなり」と述べていることは刮目され、鎌倉暄子「上代語の原義を求めて『万葉集』の訓詁に及ぶ―『モダ』と『ナホ』の関連において―（『香椎潟』三十五号）」が言及考察されているように、綺麗事ばかりツベコベ並べたてて実行の伴わない識者ぶった自称「倍俗先生」を諫めた歌であるから、「つべこべ言わずに本来の生活に戻って生業に励みなさい」と解すべきであろう。「令レ反二或情《まとへるこころ》一歌一首并序」の反歌であるから、序と歌との内容が一致していることは巻五の憶良歌に見られる常套手段であり、「日本挽歌一首」「思二子等一歌一首并序」「哀二世間難一レ住歌一首并序」「敬下和為二熊凝一述二其志一歌上六首并序」

等にも同様に見られるところであって、序に即した解釈であることは否定できないであろう。

四

題詞によれば仁徳天皇の妹君が大和にいらっしゃる仁徳天皇に奉った歌として、

一日《ひとひ》社人母《こそひとも》待吉長《まちよきながき》　気《け》乎《を》如比所待者有不得勝《ありかつましじ》　（4・四八四）

が見られる。第四句を除けば他は傍訓の通りで誤っていないと言ってよかろう。ただし、第二句の待吉《まちよき》はコソの係りに対する結びであるから、平安朝の規範文法からすると已然形ヨケレと訓まねばならないが、已然形は動詞及び動詞的活用をする助動詞の場合であって、上代における形容詞及び形容詞的活用をする助動詞の場合には、

難波人葦火たく屋の煤《す》してあれどおのが妻許曽《こそ》常目頬次吉《とこめづらしき》　（11・二六五一）

野を広み草許曽之既吉《こそしげき》　（17・四〇一一）

玉くしろまき寝《ぬ》る妹もあらば許増《こそ》夜の長けくも歓《うれしく》　有倍吉《あるべき》　（12・二八六六）

古《いにしへ》もしかにあれ許曽《こそ》うつせみも妻を相挌良思吉《あらそふらしき》　（1・一三）

のように連体形で結んでいるのである。したがって、字余りまで犯してヒトモマチヨケレと訓む必要はなく、ヒトモマチヨキと施訓して当を得ていると言うべきである。さらに、文献時代以前の語法の痕跡とも言うべき、

兒ろがおそぎの有ろ許曽要志《こそえし》も　（14・三五〇九）

みかの原ふたぎの野辺を清み社大宮處《こそおほみやところ》　定《さだめけ》　異等霜《らしも》　（6・一〇五一）

の如き終止形で結んでいた事例も存在する。かかる事例は「射喩鹿《いゆしし》（斉明紀）」「とり与《あた》ふ物しなければ（2・二一〇）」「帰り久《く》までに（20・四三七二）」「おきて曽来怒《ぞきぬ》や（20・四四〇一）」などの終止形の連体用法と共に、活用形の成立の一端が明示されているというべく、形容詞の連体形は終止形に次いで成立したことを暗示している。上代ではまだ形容詞の已然形は存在していなかったようである。

第四句の「如此所待者」は古写本一致して異同がなく、則字的にカクマタユレバ（注釈）・カクマタルレバ（全註釈）

と訓まれているが、マシジは、

玉くしげ三室の山のさねかづら佐不寝者《さねずは》つひに有勝麻之自《ありかつましじ》　（2・九四）
いや遠く君が伊《い》座者《まさば》有不勝自《ありかつましじ》　（4・六一〇）
いや日けに恋乃《こひの》増者《まさらば》在勝申自《ありかつましじ》　（11・二七〇二）
かくばかりもとなし恋者《こひば》故郷にこの月ごろも有勝益士《ありかつましじ》　（4・七二三）

の如く、確定条件をうけることなく仮定条件をうけており、カクマタユレバ・カクマタルレバと訓むことは当を得ないと言わねばならない。とすればカクマタエバ・カクマタレバと訓むことになるが、これまた六音の字足らず句となり、穏当でないという懸念は払拭できない。本居宣長『玉の小琴』が所と耳との草体の類似から、所は耳の誤写として本文を「如此耳待者」と定め、カクノミマタバと施訓したのも如上の点を考慮してのことと推察される。以来、多くの注釈書が『玉の小琴』に従い、今なおこの訓を踏襲しているのである。しかし、古写本一致している「如此所待者」を「如此耳待者」とすることは誤字説であることに変わりはなく、書写に誤写は付きものとは言え、一沫の懸念は覆い難い。したがって、大野晋「上代語と上代特殊仮名遣」（『万葉集大成』3、「訓詁篇上」）が宣長説を補強されたにも拘わらず、佐伯梅友『朝日古典全書　万葉集五（月報）』は「誤字説を可とされるのは勝手であるが、『さういふ訓法は他に例がない』といふのには承服できない」と実例を挙げて反論されている。ところで、副詞カクにはノミもシもつくことは、

世の中は迦久能尾《かくのみ》ならし　（5・八〇四）
加久能未《かくのみ》や息づきをらむ　（5・八八一）
世の中は都祢《つね》可久能未《かくのみ》と　（15・三六九〇）
可久能未《かくのみ》や君をやりつつあが恋ひをらむ　（17・三九三六）
可久斯《かくし》こそ梅を招《を》きつつ楽しきをへめ　（5・八一五）
可久之《かくし》こそ見る人ごとにかけて偲はめ　（17・三九八六）

可久之《かくし》あらば梅の花にもならましものを　（5・八一九）
わがせこし可久之《かくし》きこさば　（20・四四九九）

の如き多数の用例によって納得でき、カクノミマタバ・カクシマタエ（レ）バの両訓にもその可能性は認められるが、四八四番歌にはシの表記がなく疑念が起るやもしれない。しかし、副詞カクの下に強意の助詞を補読すべき例も、

万代に如此シ毛欲得《もがも》とたのめりし　（3・四七八）
如此《かく》シ許曽《こそ》浦漕ぎ廻《み》つつ　（19・四一八八）
如是《かく》シモ鴨《がも》と鳴くかはづかも　（9・一七三五）
常如是《かく》シ恋ふれば苦し　（12・二九〇八）
万代に如是《かく》シモ将有《あらむ》と　（13・三三〇二）
如是《かく》シ己曽《こそ》見しあきらめめ立つ年のはに　（19・四二六七）

のように存在し、巻四にもシを補読した、

如此《かく》シ有者《あらば》しゑやわがせこ奥もいかにあらめ　（4・六五九）

の如き例が見られることは、カクマタユレバ・カクマタルレバの訓は認め難いとしても、第四句の「如此所待者」の如此《かく》の下に助詞シを補読することは可能であり、カクシマタエ（レ）バと施訓しても齟齬抵触はないと言って差し支えない。したがって、『朝日古典全書』・『萬葉集全注四（木下正俊）』などの施訓が正鵠を得ていると言うべきである。

おわりに

既述してきたように、万葉集を訓み理解していくには、当然、当時の語法・音韻・語彙などと共に表現形式・発想法・作歌事情・歴史的背景……等、多くの面にも目を向け考察しなければならない。しかし、そのためには与えられた紙数では到底及びもつかず、また、論証もままならず、省略せざるを得なかった。すでに紙数も尽きており、擱筆するに当たって一例だけ取り挙げて結びとしたい。

　膝に伏す玉の小琴の事なくは甚幾許吾将恋也毛《あれこひめやも》　（7・一三二八）

の第四句には従来、イトカクバカリ（代精）、イトココバクニ（考）、ハナハダココダ（古義・全註・注釈）、イトココダクニ（大系）、イタクココダク（塙本・桜楓社本・全注七〔渡瀬昌忠〕）などの訓がある。意味は「玉の小琴（娘女の譬喩）に事故・障りがないならば我は恋うることがあろうか、ありはしない」というのであり、第四句は結句に対して連用修飾をなしていると解すべきである。ココダ（ク）・ココバ・コキダは程度の甚だしいことを意味しているのではなく、上代は勿論、少なくとも平安中期頃まではまだ指示性が強く、「こんなに」「これほどに」という意で用いられ、程度の甚だしい意を担ってくるのは多少時代が下るのである。ここは甚がそれを表している。甚字はイト・イタク・ハダ・ハナハダと訓まれる文字であり、いずれの訓でも可能のようではあるが、

　ほととぎす来鳴きとよめば波太古非米夜母《はだこひめやも》　（18・四〇五一）

　わがゆゑに波太奈於毛比曽《はだなおもひそ》命だにへば　（15・三七四五）

とあるように、一三二八番歌の「甚幾許」はハダココダクモ・ハダモココダクなどと施訓すべきところである。そうして、

　あしひきの山桜花日《け》並べてかく咲きたらば甚恋目夜裳《はだこひめやも》　（8・一四二五）

もイトコヒメヤモ・イタモコヒメヤモと訓まれているが、傍訓の通り施訓するのがより穏当であろう（注5）。

〈注〉

（1）拙稿「万葉集における対句の場合の訓について」（『語文研究』八号）参照。

（2）拙稿「古代の表記法について―比較文化・文学の視点から―」（汲古書院、和漢比較文学研究会編『和漢比較文学叢書』2・「上代文学と漢文学」、一九八六年）参照。

（3）佐伯梅友「已然形で言ひ放つ法」（晃文社、『万葉雑記』、一九四二年）参照。

（4）拙稿「万葉集における者字の用法(二)」（『熊本女子大学研究紀要』十五巻一号）参照。

（5）森山隆「上代ハダ・ハナハダ私考」（桜楓社、『上代国語の研究』、一九八六年）参照。

万葉集と民俗学 ——鎮懐石の歌をめぐって——

櫻井　満

一　『万葉集』と民俗学と

万葉の時代は律令制の古代国家が成立する前後の時代である。中国の制度や文化を大いに学びとった時代であるから、日本人の生活の歴史の転換期でもあった。それは文学の歴史にあっても同じであって、文学意識が明確になってくる。文学以前から文学への転換期であった。文学以前の伝承世界を伝えることが、他の古典にくらべて『万葉集』が民俗学とかかわるところが大きい理由である。

『万葉集』が伝える歌には、個人的な創作とともに民俗的な場があり、伝承に深くかかわるものがある。たとえば「東歌」のようにその多くが古代東国地方の民衆によってうたわれた歌謡に根ざしているものがある。そのなかには民衆の生活を伝えるものがあり、また「東遊び」というべき芸能にうたわれた歌もあることであろう。「東歌」のような民衆の歌ではなくても、筑紫万葉の世界でいえば、たとえば鎮懐石を詠む歌のようにその伝説を記録し、その伝承者の名を伝えるものがある。その歌は創作といってよいが、その発想は伝説に根ざしている。こうした『万葉集』のもつ伝承性が民俗学と深くかかわるのである。なお、民俗的な語句を民俗学によって説くのは当然のことであろう。

民俗学という学問は、柳田国男の監修になる『民俗学辞典』（東京堂、一九五一年）に、「民間伝承を通して生活変遷の跡を尋ね、民族文化を明らかにせんとする学問である」と定義されている。民間伝承を資料にして民族文化を明らかにすることを目的にする民俗学を補助学にして、日本文学の民俗学的研究を唱導した折口信夫は、日本人のための自己認識の学問であるととらえている。

民俗学の方法は「現代生活の中にどれだけ古い慣習が残っているかを見極めることである」（同辞典）という。日本各地から生活事象を採集し、これを比較研究して生活変化の各段階を順序づける（重出立証法）。そこから民族文化を明らかにするのである。つまり空間（民俗）から時間（歴史）を再現するという方法であって、魅力があるが限界もある。

民俗学がいう民間伝承とは、現代の生活における民間伝承である。その点、基層文化の本質を究明するいわば考古の学であるとともに考現の学としての性格をもつ。たとえば、正月や三月三日、五月五日、七月七日などの行事はすでに万葉の時代の「雑令」に定められている。宮廷儀礼として中国文化の影響を受けていることはいうまでもないが、これを受けとめる季節の祭りや行事があったのだ。現代に伝えられる節供を比較研究し、より古代的な事象を万葉の時代の節会と比較・分析して、その本質を明らかにする。同時に、外来文化の影響による変化と、現代にいたる変遷を跡づける。こうして基層文化の本質にせまり、万葉の時代の文化を明らかにし、さらに歴史的に現代の生活文化の意義をただすことができるであろう。

「万葉集と民俗学」のかかわりは、三つに分けてみることができる。一つは、現代と『万葉集』とをつなぐところにある。われわれは民族の古典というべき『万葉集』に学ぶべきことが多い。『万葉集』を読むことの現代的意義を見出すことにもなろう。

次には民俗学の方法を万葉の歌の伝承世界に及ぼし、他の文献や考古学上の資料などを参考にし、民俗資料と比較しながら、万葉の時代の人びとの生活を明らかにする。さらに万葉びとの生活文化を通して民族の基層文化の本質を究明するところにある。これは「万葉集の民俗学」であって、〈万葉民俗学〉というべき分野を古代学と万葉学のために確立しなければならない（注1）。万葉の歌を生み出した人びとの生活・思想・文化などを明らかにすることは、万葉の歌の正しい解釈に不可欠である。

次に、民俗学の方法を万葉集の研究に援用する。『万葉集』を民俗学的方法によって研究するのであって、要するに「万葉集の民俗学的研究」である。研究の目的は『万葉集』にある。文献学的基礎や文学の歴史を無視してはならないことはいうまでもなく、歴史にも風土にも、さらには文化の歴史にも関心を寄せていくことが充全な方法であるにちがいない。

二　鎮懐石の原形

さて、『万葉集』巻五の目録に、

山上臣憶良、鎮懐石を詠む一首短歌を并せたり

とある作品が次のように伝わる。

筑前国怡土《いと》郡深江村子負《こふ》の原に、海に臨める丘の上に、二つの石あり。大きなるは、長さ一尺二寸六分、囲み一尺八寸、重さ十六斤十両。並《とも》に皆楕円にして、状《かたち》鶏子《とりのこ》の如し。其の美好《うるは》しきこと、論《あげつら》ふに勝《た》ふ可からず。所謂径尺の璧是なり。或るひと云はく、此の二つの石は肥前国彼杵郡平敷の石なり、占に当りて取るといふ。深江の駅家を去ること二十許里《りばかり》にして、路の頭《ほとり》に近く在り。公私の往来に、馬より下りて跪拝せずといふこと莫《な》し。古老相伝へて曰はく、往者《いにしへ》、息長足日女命、新羅の国を征討し給ひし時に、茲《こ》の両《ふた》つの石を用ちて、御袖の中《うち》に插着《さしはさ》みて、鎮懐《しづめ》と為し給ひき。実は御裳の中なり。所《そゑ》以《に》行人《たびひと》此の石を敬拝すといへり。乃ち歌を作りて曰はく、

かけまくは　あやに畏し　足日女　神の命　韓国を　向け平げて　御心を　鎮め給ふと　い取らして　斎《いは》ひ給ひし　真玉なす　二つの石を　世の人に　示し給ひて　万代に　言ひ継ぐがねと　海《わた》の底　沖つ深江の　海上の子負の原に　み手づから　置かし給ひて　神ながら　神さびいます　奇《く》しみ魂《たま》　今の現《をつつ》に　尊きろかむ　（5・八一三）

天地の共に久しく言ひ継げと　此の奇しみ魂敷かしけらしも　（5・八一四）

右の事を伝へ言ふは、那珂郡伊知郷蓑島の人建部牛麻呂なり。

まず、筑前国怡土郡深江村子負の原にある鎮懐石とその伝説を記す。そしてその伝説に寄せて詠んだ歌がある。左注には伝説の伝承者を記している。

左注に「右の事を伝へ言ふ」というのは、歌を伝承したというのではなく、鎮懐石のことを伝承したとみてよかろう。伝説の筆録と作歌は憶良の手になるものとみてまず間違いないであろう（注2）。「那珂郡伊知郷蓑島」は現在の福岡市博多区美野島あたりとみてよかろう。西方三〇キロほどのところに子負の原の地がある。建部牛麻呂は伝未詳である。建部氏というのは日本武尊の伝承を管理した氏族とみられるが、ほんらい軍事的職業部だったようだ。牛麻呂には姓《かばね》を記さないが、九世紀後半に筑後国司になった建部公貞道がいる。あるいは、筑紫を本拠にする軍事関係の氏族の一員として、神功皇后の新羅征討伝承にも関心を寄せていたのかも知れない。

憶良が牛麻呂の話に関心を寄せ、これを記録し、歌を詠んだ動機は、『古事記』や『日本書紀』には記録されていない部分があるからだけではなかろう。憶良が伝承者の名もていねいに伝えているのは、自らの目では見ていないのではないかとも思われるが、作者の名を記さないこととかかわるのではなかろうか。

鎮懐石のある場所と個数は、「筑前国怡土《いと》郡深江村子負の原に、海に臨める丘の上に、二つの石あり」と伝える。「怡土郡」のイトは『魏志』倭人伝にいう「伊都国」に当たるようだ。同郡は明治二十九年に志摩郡と合併して「糸島郡」になっている。その二丈町に「深江」の地名が伝わり、いかにも海に臨む丘の上に、鎮懐石を御神体とする鎮懐石八幡宮が鎮座している。なお、元禄十六年（一七〇三）に成った貝原益軒の『筑前国続風土記』によると、貞享二年（一六八五）の創祀といい、神功皇后の石は盗まれてしまったが、村民が捨てられていた石の一つをみつけてきて社を建てたと伝える。

『古事記』は「筑紫の国の伊斗の村にあり」といい、『日本書紀』は「今、伊覩《いと》の県の道の辺にあり」と記している。こうした記・紀の記録にくらべて『釈日本紀』所引「筑紫風土記」は、「逸都の県。子饗《こふ》の原。石両顆《ふたつ》あり」と記し、同所引「筑前国風土記」には、「怡土の郡。児饗野郡の西にあり。此の野の西に白き石二顆あり」とあり、詳しくなっているが、牛麻呂の話はさらに具体的である。

次に大小二つの石の大きさと形状を伝える。当時の尺貫法は定かではないが、一尺は約三〇センチの曲尺、一斤は約一八〇匁の大和目で換算すると、大きい方は長さ三七、八センチ、まわり五五、六センチ、重さ一一、二キロになる。小さい方はこれよりやや小さいという程度である。それを「鶏子」すなわちタマゴのようだといい、「径尺の璧」というのはこのことかとその美しさを記している。

さらにある人の伝えとして「この二つの石は肥前国彼杵郡平敷の石なり、占に当りて取るといふ」という注がある。『肥前国風土記』は「彼杵《そのき》郡」はりっぱな玉が多くある「具足玉《そなひだま》の国」の転訛であるという。現在の長崎県に東彼杵郡・西彼杵郡があり、長崎市・大村市など一帯の地であるが、平敷の地は不明である。「占に当りて取る」（当レ占而取レ之）というのは、「取る」は手でしっかり持つこととみれば、石を持ちあげてみて、あがるかあがらないか、その軽重の感じによって占う「石占」である。神社の境内などに置いてあり、オモカルイシ・ウカガイイシ・タメシイシなどと呼ばれている。しかし「取る」は採取するとも受けとれる。そうすると、不漁か凶作かにみまわれた村びとたちの占にあらわれて、平敷の石を迎えてきてまつったという伝承があったことになる。

とにかく、彼杵郡平敷の石であるというのは、りっぱな石であることをいうのであろう。それだけのことであったのかもしれない。

子負の原の二つの石は、民間伝承では神霊の宿る石神としてまつられ、神意をうかがう石にもなっていたのであろう。その丸石に対する神聖視から神功皇后の鎮懐石の伝説が語られることになったものと思われる。その伝説が広まると、「筑前国風土記」逸文が「皇子産の石」が訛って「児饗《こふ》の石」というのだと説くようにもなるであろう。

石の大きさと形状については、『古事記』と『日本書紀』には伝えないが、「筑紫風土記」逸文には、「一は片長《なが》さ一尺二寸、周り一尺八寸、一は長さ一尺一寸、周り一尺八寸なり。色白くして鞕《かた》く、円《まろ》きこと磨き成せるが如し」とある。また、「筑前国風土記」逸文には、「一顆は長さ一尺二寸、大きさ一尺、重さ卌一斤、一顆は長さ一尺二寸、大きさ一尺、重さ卅九斤なり」とあり、「大きさ」とは何かわからないが重量が記されている。牛麻呂の伝えの倍以上の重さになる。鎮懐石のある場所とその大きさ・形状は、『万葉集』と「筑紫風土記」逸文とはほぼ同じように伝えている。おそらく「筑前国風土記」逸文にいう鎮懐石も同一のものとみてよいであろう。なお、『筑前国続風土記』は、「横七寸、高六寸、径五寸、色は少赤青也。石は唯一也」と記し、万葉や風土記の時代から長い時を経ているのに、小さくなっているのはおかしい、と疑っている。万葉や風土記の伝説を知る者がまつった石なのであろう。

さて、「状鶏子の如し」は、「色白くして鞕く、円きこと磨き成せるが如し」という形状と一致するであろう。しかし、「径尺の璧これなり」というのは飛躍がある。これは憶良の漢籍の知識による表現なのであろう。いずれにしても「鶏子」すなわち卵に特別の意味を感じていたことがわかる。タマゴはカヒゴの俗語として室町時代の末ころから使い出されたといわれる。カヒゴはすでに万葉にも「うぐひすの　かひ卵《ご》の中に　ほととぎす　ひとり生れて」（9・一七五五）とみえる。カヒは殻の意でその中に子がいるのでカヒゴといったとみられている。これをタマゴとよぶのは、母胎から遊離した霊魂が宿るもの、すなわち母の魂を宿した子とみたからで、室町時代の文献以前に民俗語彙としての歴史があるとみるべきであろう。鶏の子の誕生は人の子の誕生とは異なるので、きわめて神秘的に霊的にみられたにちがいない。

その点『古事記』応神天皇条に伝える新羅の国王の子天之日矛渡来の伝承は重要である。中西進氏は早くに、鎮懐石の原形を女媧・卵生伝説に広く大きく求められたが（注3）、まずはわが『古事記』の伝承からである。新羅の国の阿具奴摩で昼寝をしていた女が日光を受けて身ごもり、「赤玉」を産んだ。それが天之日矛のもとでおとめに化し、妻になったが、「すべて、吾は汝の妻となるべき女にあらず。わが祖の国に行かむ」といってひそかに小船に乗って難波に渡って来たという。注に「こは難波の比売碁曽の社に坐す阿加流比売神といふ」とある。天之日矛は妻のあとを追ってきて難波の港に入ろうとしたが、その渡の神にさえぎられて但馬の国に行ったという。そして常世の国に橘をとりに行った多遅麻毛理や息長帯比売命の母葛城之高額比売命の祖になったことを記している。要するに日光感精によって「赤玉」が誕生し、その赤玉から比売神が生まれたという卵生神話である。

その比売神の夫である新羅の国王の子天之日矛の渡来によって鎮懐石伝説の主人公である神功皇后の母方の出自を伝えている。それが御子応神天皇の条に伝えられるのであって、新羅を親征して来たという神功皇后に海の彼方から寄り来る阿加流比売神の影がうつっているようだ。さらには応神天皇は鎮懐石の霊威によって無事に誕生したと伝えるのであるから、卵生神話を背景にした始祖神話的な伝承があったのではないかと思われる。とりわけ新羅の始祖には卵生神話が多い。とくに第四代脱解王《トヘ》は、竜城国の王妃が生んだ大きな卵から化したと伝える。しかも、その卵は櫃に入れて海に流され、鶏林の東の下西知村の阿珍浦の老婆に迎えられたという（『三国遺事』）。海の彼方から寄り来るタマから誕生したということである。

鎮懐石も海を渡ってきたタマである。応神天皇は「和気」を継承する河内朝廷の始祖として、その出生が神話的に伝えられたのであろう。鎮懐石の原形は寄石であり、応神天皇の誕生にこそ卵生神話の要素を求めることができるであろう。

三　鎮懐石の信仰

次に鎮懐石の民俗と伝説が記されている。「深江の駅家を去ること二十許里《りばかり》にして、路の頭《ほとり》に近くあり」という。「駅家」は原則として三十里（約一六キロ）ごとに置かれ、駅馬が配されていた（「廏牧令」）。『筑前国続風土記』は、「今里民の子負原と称する所は、深江の駅より五町許西に在」と記し、万葉の「二十許里」とのちがいを疑っている。憶良が伝承者から聞いた話を記録したことによる誤りかとみられたり、誤字説、脱字説もあるが、伝説の世界の表現とみるほかはないであろう。

鎮懐石には道行く人びとは誰もが馬をおりて跪拝して行くという。要するに手向けをして行くのであり、道の神としての信仰も生まれていたものと思われるが、「古老相伝」として、昔、息長足日女命が新羅国征討の時に、この二つの石を御袖のうちにはさんで「鎮懐」としたからだ、と説明している。「御袖の中」というところに「実は御裳の中なり」という注がついている。それは『古事記』に「その懐妊《はら》みませるが産れまさむとしき。すなはち御腹を鎮めたまはむとして、石を取りて御裳の腰に纏かして、筑紫の国に渡りまして、その御子はあれましぬ」とあるような伝承を知っていての注であろう。「筑紫風土記」逸文の伝えもほぼ同じ内容である。胎中の御子の出産を鎮めるというのが目的であって、これを「鎮懐」といったことになる。まさに「鎮懐は、鎮魂の一方面」であって（注4）、鎮懐石は「延産」というより、「安産」を目的にしているのであった。歌詞に「御心を鎮めたまふと」とあるように、鎮魂の石とみてよかったのである。

『日本産育習俗資料集成』（恩賜財団母子愛育会編、第一法規、一九七五年）の尨大な資料によると、産育習俗のなかでとくに石がかかわるのは安産祈願である。たとえば奈良県郡山では、「神功皇后陵の北域から小石を頂いて来て妊婦の腰にはさませておくと安産する」というような、神功皇后の鎮懐石伝説にあやかろうとする習俗が伝わったりする。福岡県にあっては、神功皇后が応神天皇をお産みになった地と伝える宇美八幡宮（粕屋郡宇美町）に安産を祈願するところが多い。福岡県において、安産祈願に石がかかわる習俗には、次のようなものが報告されている。

宇美八幡宮より石を借りて来て出産後別の石を添えて返納する。〔粕屋郡〕

子安観音に参拝し力石をお受けする。〔早良郡〕

川原より前もってまるい小石を拾って来て産の時その石に向かって飯その他を供える。〔福岡地方〕

産土神に祈ってお守りを身につける。宇美八幡より石をもらって来る。〔直方地方〕

産土神に安産を祈り、神域からまるい石を借りてきて神棚にまつり、出産すると別のまるい石を添えて返納する、というような民俗は、福岡県に限ったことではない。

さて、鎮懐石は、袖のうちにはさむにしても裳の腰にまくにしても、大きすぎるし重すぎる。事実であろうはずはないのであるが、いわば信じて語り信じて聞く伝説の真実なのであって、聞き手は神功皇后の霊威の大きさに感動したことであろう。事実として信じ難い伝説は亡びていくのが早いものである。鎮懐石の場合は、旅びとがかならず手向けて行く道の神の信仰の力によって、その伝説は語り継がれ、広められたとみるべきであろう。

鎮懐石は寄石としての信仰があって、さまざまな祈りを生み、伝説と結びついたのであった。

四　憶良作の動機

次に憶良の作歌である。序文に「息長足日女命」とあるのを「足日女　神の命」と表現している。この表現は憶良が旅人にたてまつった歌にもう一例ある（八九六）。「神の命」という表現は、近江荒都歌に柿本人麻呂が亡き天智天皇に対して用いたのが早い例である。大伴氏の祖神（3・三七九）と海神（19・四二二〇）に対する例があるほかは、亡き天皇に対して用いられたとみてよいが、聖武朝になると現天皇に対しても用いられるようになる。作者は息長足日女命を天皇に準じて神格化したとみてよかろう。神功皇后の和風諡号は、「息長足日広額天皇」（舒明天皇）とその皇后であった「天豊財重日足姫天皇」（皇極斉明天皇）とによく似ている。その時代はまた対新羅関係が険悪になった時代であった。神功皇后伝説は、核になる民間伝承があったはずであるが、その大綱はこの七世紀に成立したという直木説は動かないであろう（注5）。序文に「新羅の国」とあるのを「韓国」と表現している。「新羅の国」「韓国」といって朝鮮半島全体を表現するのは新羅による六六八年の統一後のことでなければならない（注6）。

次に序文に「鎮懐」すなわち胎動を鎮めるための石とするのに対して、「御心を鎮め給ふ」とあり、明らかに鎮魂のための石になっていることはすでにふれた通りである。その「真玉なす二つの石」は世の人に示し万代に語り伝えよ、と手づから置かれたという。これも序文にはない。記紀にも風土記逸文にもみられないところであって、一種の文学化といってよかろう。そしてこれを「奇しみ魂」であるという。ここに筑前国守山上憶良の神功皇后鎮懐石に寄せる思いがこめられている。

鎮懐石を詠む歌は、前後の作から推して、天平元年（七二九）の冬から初春のころの作とみてよかろう。聖武天皇天平元年は、二月に長屋王の変があり、八月に天平と改元し、藤原夫人光明子を立后した。光明子には神亀四年（七二七）閏九月に皇子が誕生し、同年十一月に皇太子に立てられたが、翌年九月に亡くなっている。聖武天皇東宮時代に侍講をつとめた憶良は今筑前国守である。光明子立后に無関心であったはずはない。憶良は光明子立后をはるかに思いやって神功皇后鎮懐石伝説を記録し、詠みあげたと推測される。しかし、長屋王に心を寄せ、大宰府に遠ざけられた帥大伴旅人の心中を思い、作者としての名を記さず、伝説の伝承者の名を記したのであろう。

鎮懐石は美しく大きな丸石であった。海の彼方から深江に寄り着いた神霊の宿る石とみられたにちがいない。寄石としてまつられたことであろう。深江の人びとはこの寄石を御神体としてまつり、祈願し、神意を占いながら生きてきたのだ。とりわけ安産の祈願がさかんだったのであろう。美しく大きな寄石であることが筑前の海村に知れ渡っていた。それが神功皇后伝説を呼び寄せることになり、神功皇后安産祈願の石神として伝えられるようになったのではなかろうか。こうした民間伝承が朝廷における応神天皇誕生の神話化とも結びついて、記紀にも伝えられることになったのであろう。

『万葉集』の鎮懐石の伝説や歌は、光明子立后のときに憶良が筑前国守をつとめていなかったなら伝えられなかったと思うのである。

〈注〉

(1) 拙稿「万葉集の民俗学」(桜楓社、『万葉集の民俗学』、一九九三年)
(2) 稲岡耕二「巻五の論」(塙書房、『万葉表記論』、一九七六年)・村山出「鎮懐石歌――作者と作歌意図」(桜楓社、『山上憶良の研究』、一九七六年)・大浜厳比古「巻五について考へる――旅人か、憶良か」(澤瀉博士喜寿記念刊行会編、『澤瀉博士喜寿記念万葉学論叢』、一九六六年)
(3) 中西進「鎮懐石伝説」(桜楓社、『万葉集の比較文学的研究』、一九六〇年)
(4) 折口信夫「漂著石神論計画」(『古代研究　民俗学篇』。後に中央公論社、『折口信夫全集』第三巻、一九五五年)
(5) 直木孝次郎「神功皇后伝説の成立」(塙書房、『日本古代の氏族と天皇』、一九六四年)・塚口義信「大帯日売考――神功皇后伝説の史的分析」「神功皇后伝説の形成とその意義」(創元社、『神功皇后伝説の研究』、一九八〇年)
(6) 拙稿「国際感覚――カラとコマと」(雄山閣、『万葉びとの世界』、一九九二年)

万葉歌碑探訪 ——志賀島・能古島——

安保博史

万葉歌碑の探訪というと、一見、万葉研究とは関係のない物見遊山のことのように思われるかもしれない。また、「古代に建立したわけでもない歌碑など見て何になるのか」という声も聞こえてきそうだ。しかし、文学の成立に時代や風土が無縁であるはずがなく、ゆかりの地を歩くことが無意味であるはずがない。例えば、松尾芭蕉が『おくのほそ道』の旅に出立する時に、「耳にふれていまだめに見ぬさかひ、若生《もしいき》て帰らば」と、敬慕する能因や西行の足跡を辿ろうと決心したのは、自分の肌で古典の世界を実感しようとしたからであった。その意味で、万葉歌碑のある地を訪ね、その和歌が「野に山に海にいまもいきづいている実相をたしかめ得て、あらたなる糧として清新によみがえり得るところ」（犬養孝『万葉の旅』上巻、社会思想社、一九六四年）を感じとることは、万葉歌のより深い理解にもつながっていくだろう。

「万葉歌碑探訪」では、歌碑のあるゆかりの地に立って万葉歌を実感することを目的として、筑紫万葉の主要な歌碑を紹介し、若干の解説を加えるとともに、利用の便を考えて万葉歌碑案内図も付した。なお、歌碑については、①歌碑建設地　②碑文（適宜振り仮名を施した）　③原文　④口語訳　⑤解説の順で記述した。また、「②碑文」が万葉仮名の場合は、「③原文」の部分にその書き下しを記した。

(1)　志賀島の万葉歌碑

白砂青松の「海の中道」（約一二キロ）とつながり、博多湾の右手にこぶしのように突き出た志賀島は、周囲約一二キロ、南北約四キロの楕円形の陸繋島である。島内には史跡が多く、古来、海の守護神としての尊崇を集めている志賀海神社をはじめとして、宝篋《ほうきょう》印塔《いんとう》・蒙古軍供養塔・火焔塚などがある。

また、志賀島は金印出土地としても著名である。天明四年（一七八四）、西海岸の叶の崎の水田で出土された「金印」（国宝）は、その印面に「漢委《かんのわの》奴国王《なのこくおう》」とあるように、漢の光武帝が、建武中元二年（五七）に日本の「奴《な》」の国王に与えた印であり、古代における日本と中国の交流を証するものとして貴重である。長く東京国立博物館に保管されたが、現在は福岡市博物館で公開されている。

博多湾周辺の地を詠んだ三七首の万葉歌のうち、志賀島を詠み込んだ歌は二三首の多きを数える。そのためか、現在、島内の万葉歌は十基に及ぶ。志賀島は、史跡や万葉歌碑の探訪の絶好の地である。

① 志賀海神社参道の歌碑

ちはやぶる鐘の岬《みさき》を過ぎぬともわれは忘れじ志賀《しか》の皇神《すめがみ》　　（7・一二三〇）

（千磐破　金之三埼乎　過鞆　吾者不忘　壮鹿之須賣神）

〔訳〕波の荒れ狂う恐ろしい金の岬を無事に通り過ぎたけれども、私は忘れまい。海の守護神である志賀の神様を。作者未詳。「ちはやぶる」は、普通「神」「宇治」にかかる枕詞であるが、ここは神霊が狂暴に荒れ狂う意で、「鐘の岬」を修飾している。「鐘の岬」（金の岬）は福岡県宗像《むなかた》郡玄海《げんかい》町鐘崎《かねざき》の北端にある岬で、古来、沖にある地島《じのしま》との間の瀬が航海上の難所として恐れられていた。

志賀島は九州海人の統率者として威をふるっていた阿曇氏の根拠地である。島内の志賀海神社には、底津少童命・中津少童命・表津少童命のワタツミ三神が海の守護神として祀られ、航海安全の祈願地となっていた。この歌は、無事に難所を通過できたことを喜び、神恩に感謝する意を詠んだものであり、海人たちの「志賀の皇神」への尊崇の情が滲む。

歌碑は、志賀海神社の参道の途中にあり、玄海灘が一望できる。志賀島万葉歌碑第一号（以下、「〇〇号碑」と記す）。揮毫者は志賀海神社前宮司阿曇磯興氏。

② 潮見公園展望台の歌碑

志賀《しか》の浦に漁《いざり》する海人《あま》明けくれば浦み漕ぐらしかじの音きこゆ
(15・三六六四)

(之可能宇良介　伊射里須流安麻　安氣久礼婆　宇良未許具良之　可治能於等伎許由)

〔訳〕志賀の浦で漁をする海人は、明け方になってきたので、海辺を漕いでいるらしい。櫓《ろ》の音が耳に響く。

作者未詳。「志賀の浦」は志賀島付近の海で、現在の博多湾のことを指している。作者は、早朝、波を渡って響いてくる櫓のしきる音に、志賀の浦で漁をする海人に思いを馳せている。

歌碑は、沿岸一帯を眺望できる海洋展望台にある。第四号碑。揮毫者は書家の古賀狂輔氏。

③　国民休暇村前下馬ヶ浜沖津宮渡り口の歌碑

志賀《しか》の海人《あま》は藻刈り塩焼きいとまなみ髪梳《くしげ》の小櫛《をぐし》取りも見なくに
(3・二七八)

(然之海人者　軍布苅塩焼　無暇　髪梳乃小櫛　取毛不見久尒)

〔訳〕志賀の海女は、海草を刈ったり塩焼きをしたりして休む暇がないので、髪の毛をとかす櫛を手にとって見ることもないよ。

作者は石川少郎、『万葉集』巻三の左注に「石川朝臣君子《いしかはのあそみきみこ》、号《な》を少郎子《おといらつこ》」とある万葉第三期の歌人。播磨守・侍従・兵部大輔を経て、神亀三年(七二六)正月従四位下、神亀年中大宰少弐。「風流侍従」と称されたという。

「藻刈り」は、ワカメ・アラメ・ニギメなどの海藻を刈ること。「塩焼き」は、海水を煮つめて塩を作ること。どちらも志賀の海人の日常の漁労行為であったことは、志賀島に通じる海の中道(塩屋)での遺跡発掘調査の結果、海の中道遺跡が大規模な藻塩焼きの製塩遺跡と判明したこと(注1)から証される。つまり、この歌に詠まれている、製塩の仕事が忙しく櫛を手にとって身なりを整える暇もない海人の姿は、当時の志賀島の風土と海人たちの生活の実態に即していることがわかるのである。

歌碑は、下馬ヶ浜の中津宮の杜を背に建てられている。第十号歌碑。揮毫者はデザイナーの松岡誠造氏。

④　国民休暇村宿舎東側の歌碑

大船《おほぶね》に小船引きそへかづくとも志賀《しか》の荒雄《あらを》にかづきあはめやも　（16・三八六九）

（大船尓　小船引副　可豆久登毛　志賀乃荒尓　潜将相八方）

〔訳〕大船に小船を引き連れて潜って捜しても、志賀の荒雄に会えようか。いや、会えはしないのだ。

山上憶良作とされる「筑前《つくしのみちのくち》国の志賀《しか》の白水郎《あま》の歌十首」の十首目の歌。『万葉集』巻十六の左注は十首の歌群の作歌事情を次のように記す。対馬《つしま》に食糧を送る船の船頭に任命された筑前国（福岡県）宗像郡の宗形部《むなかたべの》津麻呂《つまろ》は、老齢のため滓屋《かすや》郡志賀村の海人である荒雄《あらお》にその任務の交替を懇願した。荒雄は、長い間同じ船に乗っていた仲間であり兄弟とも思う津麻呂のためなら命も惜しくはないと、その願いを受け入れ、一路対馬に向けて船出した。ところが、途中で不運にも暴風雨に遭って船は沈没し、荒雄は帰らぬ人となった。そこで、妻子が、子牛の母牛を慕うように、荒雄を痛切に慕うあまりに詠んだのが十首の歌であるという。また、筑前国守山上憶良が妻子の悲しみに同情して代作したのだともいう。

「大船に小船引きそへかづくとも」は、大小の船を出して荒雄を大大的に捜索する様子を表現したもの。「かづく（潜く）とも」はどのように海中に潜って捜しても、の意。作者は、もはや荒雄の死を認めざるを得なくなった絶望的悲しみを歌って十首の結びとしている。

歌碑は、志賀島国民休暇村の宿舎東側（バス停側）にある。第五号碑。揮毫者は志賀海神社前宮司阿曇磯興氏。なお、歌碑の横には「荒雄の碑」（阿曇磯興氏揮毫）が建てられている。

⑤　国民休暇村南方開発地斜面の歌碑

志賀《しか》の山いたくな伐《き》りそ荒雄らがよすがの山と見つゝ偲《しの》はむ　（16・三八六二）

（志賀乃山　痛勿伐　荒雄良我　余須可乃山跡　見管將偲）

〔訳〕志賀の山の木を根こそぎ切り倒すなんてことはしないでくれ。荒雄のゆかりの山として、昔と変わらぬ姿を眺めつつ荒雄のことを偲ぼうと思っているから。

「筑前国の志賀の白水郎の歌十首」の三首目の歌。「志賀山いたくな伐りそ」には、志賀の山の姿が変わるほどひどく伐採しないでくれ、昔のままの姿であってほしい、という強い願いが込められている。「よすがの山」は、思い出すゆかりの山。以前には特別な関心を寄せたことがない「志賀の山」に、荒雄が帰らぬ人となってみると、にわかに荒雄を偲ぶゆかりの山として慕わしさを覚えた、というのであろう。この歌の解釈には諸説あるが、荒雄を哀惜する歌と見たい。

歌碑は、志賀島国民休暇村の「国民休暇村研修センター」の裏の開発地斜面にある。第二号碑。揮毫者は国文学者の倉野憲司氏。

⑥　叶の浜蒙古塚の歌碑

志賀のあまの塩やく煙風をいたみ立ちは昇らず山にたなびく　（7・一二四六）

（之加乃白水郎之　焼塩煙　風乎疾　立者不上　山尒輕引）

〔訳〕志賀の海人の塩を焼く煙は、激しい風のために、まっすぐにたちのぼらないで、山にたなびいている。

作者未詳。海人の藻塩焼きの叙景歌。藻塩とは、海藻に海水をかけて塩分を含ませたものを焼いて水に溶かし、上澄みを釜で煮つめて作る塩のことだが、海の中道の遺跡発掘調査に参加した山崎純男氏らが最近行った遺跡の砂浜での藻塩焼きの製塩実験によって、海藻は風が強いほど燃えやすいことが明らかになったという。この事実に着目した政所賢二氏は、「万葉集の現実性―志賀・香椎の歌を中心に―」（注2）という論文の中で、この歌が「海人の藻塩焼き

行為の実態を、恐らく京の官人が船上から実見して詠んだ」ものとする見解を示された。卓見である。「風をいたみ立ちは昇らず山にたなびく」のは、まさに絶好の藻塩焼き日和であったのである。

歌碑は、蒙古塚（文永十一年（一二七四）の文永の役で博多湾に座礁した蒙古軍船の兵を埋葬した塚と伝えられている地）にある。第六号碑。揮毫者は郷土史家の筑紫豊氏。

⑦　棚ヶ浜の歌碑

沖つ鳥鴨とふ船は也良《やら》の崎たみて漕ぎ来と聞えこぬかも　（16・三八六七）

（奥鳥　鴨云舟者　也良乃埼　多未弖榜來跡所聞許奴可聞）

〔訳〕鴨という名の船が、也良の崎をまわって漕いで帰ってくる、という知らせが聞こえてこないかなあ。

「筑前国の志賀の白水郎の歌十首」の八首目の歌。「沖つ鳥」は「鴨」の枕詞。「鴨」は、荒雄が遭難した船の名称である。「也良の崎」は、志賀島より南方の博多湾内に位置する「能許《のこの》島《しま》」（能古島）の北端の岬。絶望的な悲しみに沈みそうになりながらも、あの岬をまわって荒雄が無事に生還してほしい、という強い願いが示された歌。

歌碑は、志賀島の南部の棚ヶ浜の海岸にある。第九号碑。

揮毫者は歌人の入江英雄氏。

⑧　志賀島小学校前の歌碑

志賀《しか》の浦にいざりする海人《あま》家人《いへひと》のまちこふらんに明しつる魚《うを》　（15・三六五三）

（思可能宇良尓　伊射里須流安麻　伊敝妣等能　麻知古布良牟尓　安可思都流宇乎）

〔訳〕志賀の浦で漁をしている海人は、家の者が今や遅しと待ちこがれているだろうに、夜が明けるまで休みなく魚を釣っていることだ。

「筑紫《つくし》の舘《たち》に至りて本　郷《もとつくに》を遙かに望み悽愴《せいちう》して作る歌四首」の二首目の歌。遣新羅使《けんしらぎし》歌群の中の一首（注3）。「いざり」は、漁をすること。「明しつる魚」（明し釣る魚）は、夜が明けるまで休みなく漁をする海人の生活を表している。この歌は、「海人」の帰りを待ちわびる家族と、都で作者の無事な帰還を待っているであろう妻や子供たちを重ねて、望郷の思いを滲ませたもの。

歌碑は、志賀島小学校の体育館前にある。第八号碑。揮毫者は哲学者の干潟龍祥氏。

⑨　国民宿舎「しかのしま苑」裏の歌碑

志賀《しか》の白水郎《あま》の釣りし燭《とも》せるいざり火乃《の》ほのかに妹《いも》を見むよしもが裳《も》　（12・三一七〇）

（思香乃白水郎乃　釣爲燭有　射去火之　髣髴妹乎　将見因毛欲得）

〔訳〕志賀の海人が釣りをして燈している漁り火のように、ほのかでもいいからあの愛しい人を見る方法があったらなぁ。

作者未詳。「志賀の白水郎の釣りし燭せるいざり火乃」は「ほのかに」を意味の上から導く序詞。「釣りし燭せるいざり火」は、夜間に漁船でかがり火をたいて、魚を誘い集める漁法を指している。「いざり火」（漁り火）は、「旅情と密接に関連して歌われる場合が多い」（有斐閣選書R『万葉の歌ことば辞典』・注4）ようで、この歌も、都ではついぞ見たことがない「いざり火」を見て、自分が異郷にあることを痛切に感じ、都に残してきた愛しい女に募らせた思慕の情を表現している。なお、「乃」（の）・「裳」（も）は変体仮名である。

歌碑は、国民宿舎「しかのしま苑」の裏側の海岸にある。第三号碑。揮毫者は人形作家の鹿児島寿蔵氏。

⑩　志賀中学校校庭の歌碑

かしふ江《え》にたづ鳴き渡る志賀《しか》の浦に沖つ白波立ちしくらしも　（15・三六五四）

（可之布江尒　多豆奈吉和多流　之可能宇良尒　於枳都之良奈美　多知之久良思母）

〔訳〕かしふ（香椎）の入江に鶴が鳴き渡って行く。志賀の浦に沖の白波が立って押し寄せてくるらしい。

作者未詳。「筑紫《つくし》の舘《たち》に至りて本　郷《もとつくに》を遙かに望み悽愴《せいちう》して作る歌四首」の三首目。遣新羅使歌群の中の一首。「かしふ江」は、福岡市東区香椎《かしい》の地にある「香椎潟《かしいがた》」のことか。「たづ」は、鶴《つる》の歌語。この歌は、鶴が干潟《ひがた》を求めて香椎潟に向かって鳴き渡る様子を捉えた叙景歌である。類想歌に山部赤人の「若の浦に潮満ち来れば潟をなみ葦辺をさして鶴鳴き渡る」（6・九一九）がある。

歌碑は、志賀島に繋がる海の中道の先端部の西戸崎にある志賀中学校の校庭にある。第七号碑。揮毫者は国語学者の春日和男氏。

(2)　能古島の万葉歌碑

博多湾の真ん中に浮かぶ能古島は、周囲約一二キロ、面積約四平方キロの小島で、無頼派の作家檀一雄《だんかずお》が「人生の苅り入れに向うつもり」（「娘達への手紙」）で晩年を過ごした地として有名である。

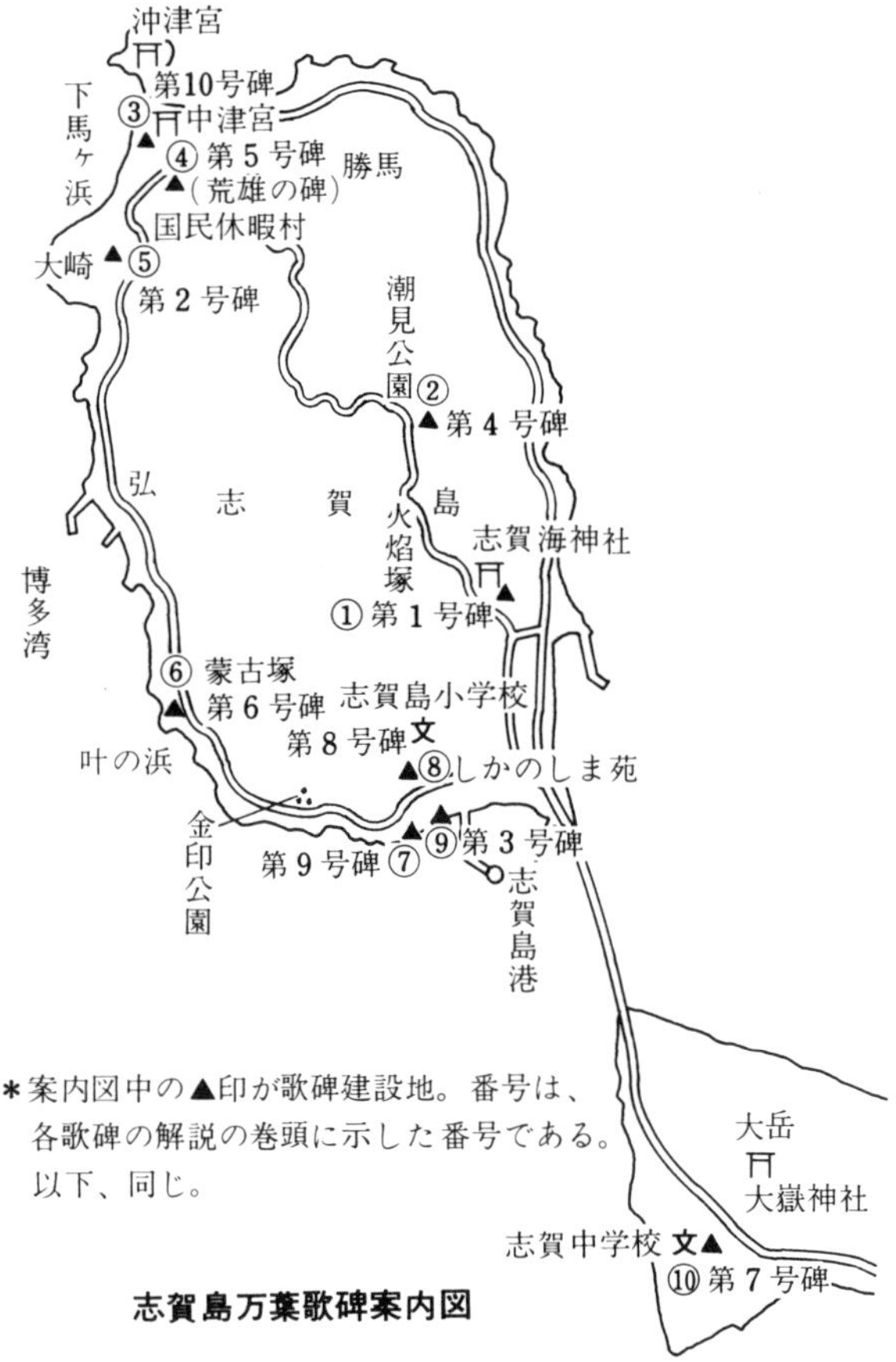

＊案内図中の▲印が歌碑建設地。番号は、各歌碑の解説の巻頭に示した番号である。以下、同じ。

志賀島万葉歌碑案内図

北端の也良崎には、約千三百年前から江戸時代にかけて、海防のため防人と烽台が配置されていたというが、防人の存在を示す唯一の文献は、也良崎の歌碑に刻まれてもいる万葉歌（16・三八六六）であることは注目したい。狼煙をあげて合図を送った烽火台が、壱岐や宇久島の烽火台を参

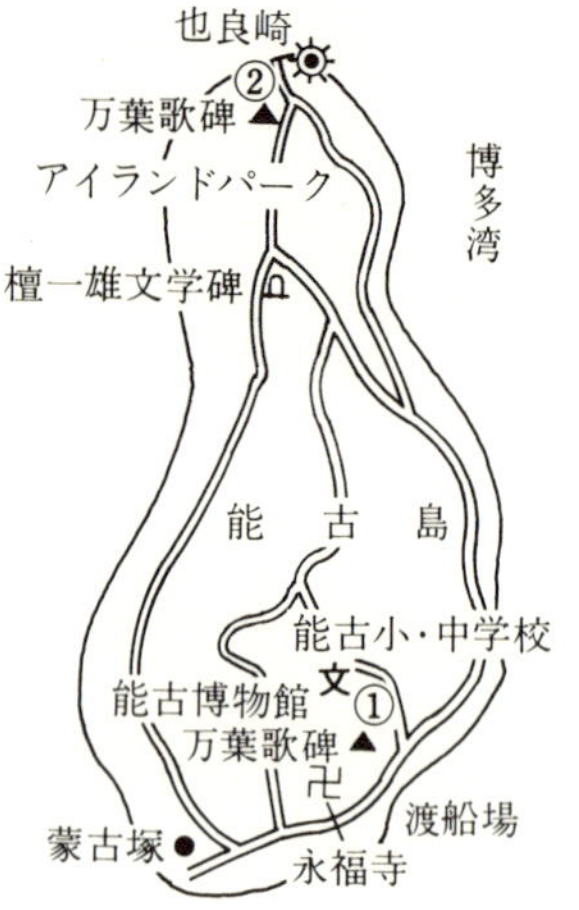

能古島万葉歌碑案内図

考にして復元されており、防人をしのぶよすがとなる。

①　永福寺裏の歌碑

可是布氣婆　於吉都思良奈美　可之故美等　能許能等麻里介　安麻多欲曾奴流　（15・三六七三）

（風吹けば沖つ白波恐《かしこ》み能許《のこ》の亭《とまり》にあまた夜ぞ寝《ぬ》る）

〔訳〕　風が吹くと、沖の白波が恐ろしいので、能許のとまり（韓亭《からとまり》）に幾晩も寝ることよ。

作者未詳。「筑前国《つくしのみちのくち》の志麻郡《しまのこほり》の韓亭《からとまり》に到りて、船泊《ふなはて》して三日を経ぬ。時に夜の月の光皎々として流照す。奄《たちま》ちにこの華《ひかり》に対し旅情悽噎《せいいつ》し、各《おのもおのも》心《おもひ》緒を陳《の》べ聊《いささ》かに裁《つく》る歌六首」の六首目の歌。「能古の亭」は、「志麻の郡の韓亭」を指し、福岡市西区宮の浦・唐泊付近のこと（糸島半島の東岸）。この歌は、題詞によると、船が韓亭に停泊して三日目の夜、白く照っている月の光に旅愁を感じて詠んだものという。都を遠く離れた異郷の荒々しい海への恐怖、航海への不安と焦りを素直に表現している。

歌碑は、能古島の南部にある永福寺の裏に建てられている。揮毫者は元福岡市長の小西春雄氏。

②　也良岬の歌碑

沖つ鳥鴨とふ船の還り来《こ》ば也良《やら》の崎守《さきもり》早く告げこそ　（16・三八六六）

（奥鳥　鴨云船之　還來者　也良乃埼守　早告許曾）

〔訳〕　鴨という船が帰って来たなら、也良の崎の防人《さきもり》よ、逸早く知らせてくれよ。

「筑前国の志賀の白水郎の歌十首」の七首目。「也良」は、志賀島と対峙《たいじ》している能古島の北端の岬。「崎守」（防人）は、筑紫・壱岐《いき》・対馬《つしま》などの辺境の地の防備についている兵士。この歌には、ひたすら荒雄の帰りを待つ妻子の防人に対するせつない懇願が示されている。

歌碑は、能古島の北側の也良岬付近にある。揮毫者は書家の八尋武人氏。

〈注〉

(1)『海の中道遺跡』(「福岡市文化財調査報告」八七集、一九八二年)
(2)『都府楼』第一三号(「筑紫万葉の世界」特集号、一九九二年三月)
(3)伊藤博『万葉集の構造と成立 下』(塙書房、一九七四年)の分類による。
(4)稲岡耕二・橋本達雄編『万葉の歌ことば辞典』(有斐閣、一九八二年)「いざりひ」の項(岩下武彦担当)

〈参考文献〉

(1)林田正男『万葉の歌』九州編(保育社、一九八六年)
(2)林田正男『校注万葉集 筑紫篇』(新典社、一九八五年)
(3)古都大宰府を守る会編『都府楼』第一三号(一九九二年三月)
(4)筑紫豊『金印のふるさと志賀島物語』(文献出版、一九八〇年)

万葉歌碑探訪 ——太宰府——

大隈和子

北に大野山を背負い、南に筑紫野の平野が広がる地に、千三百年前、「大宰府」が置かれた。九州全体を統轄し、対外交渉の窓口としての役割を担った律令制下最大の地方官衙《かんが》（役所）「大宰府」。そこは政治の中心ばかりでなく、文化も華麗に花開いた。

市内には「大宰府」の長い歴史を物語る数々の遺跡や、ゆかりの地が点在する。特別史跡大宰府跡・水城《みずき》跡・大野《おおの》城《じょう》跡、史跡筑前国分寺跡そして観世音寺《かんぜおんじ》・戒壇院《かいだんいん》、太宰府天満宮等々、今日は少し急ぎ足だが、市内の万葉歌碑を訪ねつつ、遠《とお》の朝廷《みかど》大宰府の歴史を歩き、万葉人の息づかいに耳を澄ましてみよう。

さて今日の出発地、大宰府への入口、水城へ急ごう。

①　衣掛《きぬかけ》天満宮横の歌碑

凡《おほ》ならばかもかもせむを恐《かしこ》みと振りいたき袖を忍ひてあるかも　（6・九六五）

ますらをと思へるわれや水くきの水城のうえになみだ拭《のご》はむ　（6・九六八）

（凡有者　左毛右毛将為乎　恐跡　振痛袖乎　忍而有香聞）

（大夫跡　念在吾哉　水茎之　水城之上尓　泣将拭）

〔訳〕　普通ならああもこうもしましょうものを、恐れ多くて、振りたい袖もじっとこらえているのです。

堂々とした男子と思っている私が、この水城の上で涙を拭うということがあっていいのだろうか。

天平二年（七三〇）十二月、大納言となった大伴旅人は、いよいよ都へ戻ることになった。その日、水城まで見送りに来た大宰府の官人たちに混じって一人の遊行女婦《うかれめ》がいた。この歌はその娘子《をとめ》児島と旅人の相聞の歌である。

遊行女婦といっても、後世の遊女とは異なり、官人たちの宴席によばれて歌舞を披露するとともに、和歌を詠むなど、かなり高い教養も身に付けていたらしい。児島も控え目な中に、居並ぶ府官人に少しも引をとらない歌を吟《うた》い、大夫《ますらを》と思っていた旅人を思わず落涙させるのであった。いろいろな思いを胸に旅人は水城を越えた。

水城は六六四年、大宰府を守るために築かれた防衛施設である。大野山と牛頸《うしくび》丘陵に挟まれた平野のくびれ部一・二キロを幅八〇メートル、高さ一三メートルの土塁で塞《ふさ》ぎ、前面博多側に幅六〇メートル、深さ四メートルの濠を掘った。出入は東西二カ所の門だけである。その門がつまり大宰府の出入口でもあった。

歌碑は、国道三号線の水城の信号から旧道を約一〇〇メートル進んだ衣掛《きぬかけ》天満宮のそばに建つ。揮毫者は渡辺渡氏。この神社は旅人とはまた違ったところで、失意の中に水城を越えた菅原道真が、旅の衣を着替えたと伝えられる所である。

次の歌碑は筑前国分寺跡のそばに鎮座する国分《こくぶ》天満宮だ。

② 国分天満宮境内の歌碑

大野山霧立ち渡るわが嘆く息嘯《おきそ》の風に霧立ちわたる　（5・七九九）

（大野山　紀利多知和多流　和何那宜久　於伎蘇乃可是尓　紀利多知和多流）

〔訳〕大野山に霧が立ちわたる。妻を亡くして嘆き悲しんでいる私の深い溜息で霧が立ちわたる。

作者は山上憶良《やまのうえのおくら》。憶良は当時、筑前守《ちくぜんのかみ》として大宰府にいた。

ところで、大伴旅人は大宰帥《だざいのそち》として着任後間もなく、神亀五年（七二八）最愛の妻大伴郎女《いらつめ》を亡くした。すでに六十歳を過ぎ、遠く都を離れた「天ざかる鄙《ひな》」で妻に先立たれた老官人旅人の思いは、いかばかりであったろうか。「独り断腸の涙を流」し、「世の中は空《むな》しきもの」と悲しみに沈んだ。

その旅人の悲しみを思い、旅人の気持ちになって憶良が詠み、奉った歌が、この歌を含めた「日本挽歌《ばんか》」と題する長歌と反歌五首である。一連の歌は、時を越えて私たちの胸を打つ。

楝《あふち》（せんだん）の薄紫の花が咲く頃、雨上り大野山に霧が立ち渡る時、この歌を想い出す。

ところで大野山は、今は四王寺《しおうじ》山の名で知られ、大宰府跡（都府楼跡《とふろう》）の北側になだらかな山容を見せている。万葉集では「大城《おおき》山」（8・一四七四、10・二一九七）「城《き》の山」（5・八二三）ともいわれている。山頂部には六六五年、朝鮮式山城の大野城が築かれた。百済《くだら》からの亡命貴族・憶礼福留《おくらいふくる》と四比福夫《しひふくぶ》の指導により、擂鉢《すりばち》状の頂上部を総延長約八キロの土塁で囲み、谷は石垣で塞ぎ、四カ所に城門を築いた。城内には約七十棟の建物跡が見つかり、そのほとんどが高床の倉庫と考えられている。

大野城は南に対峙《たいじ》する基肄《きい》城とともに大宰府の守りであった。ちなみに基肄城は佐賀県基山山頂にあり、万葉集では「記夷城《きのき》」（8・一四七二左注）と表記されている。

大野城内には奈良時代末、四天王が祀られその寺の名、四王寺が後世、山の名として続いている。

歌碑は大野山を正面に見る国分天満宮の境内に建つ。揮毫者は書家の池末禮亀氏。

長くなるが、国分天満宮の北には奈良時代、聖武天皇の詔《みことのり》によって全国に建立された国分寺の一つ、筑前国分寺跡がある。大きな心礎が残る塔跡、講堂跡そして平安時代後期の伝薬師如来座像（重要文化財）など、歌碑探訪の折には是非見学をお勧めする。

近くに国分《こくぶ》瓦窯《かわらがま》跡があるが、今は池に水没して見ることはできない。

家々を抜け、竹林を曲がると大宰府政庁跡の後に出る。政庁跡と逆、山の方へ少し登るとオカッテンサマと呼ばれる鬼子母神《きしも(ぼ)じん》を祀るお堂がある。その境内にも歌碑が建つ。

③　オカッテンサマ境内の歌碑

しろかねもくがねも玉も何せむに優れる宝子にしかめやも　（5・八〇三）

（銀母　金母玉母　奈尒世武尒　麻佐礼留多可良　古尒斯迦米夜母）

〔訳〕銀も黄金も宝玉もいったい何になろう。これら優れた宝も子に及びはしない。

あまりにも有名な山上憶良の歌。神亀五年（七二八）七月二十一日、筑前国嘉摩《かま》郡（現在の嘉穂《かほ》郡）で撰定した、いわゆる「嘉摩三部作」といわれる歌の一つである。揮毫者は書家城戸筑山氏。

お堂の前の道を下ると大宰府政庁跡。

④　大宰府政庁跡背後地の歌碑

やすみしわご大君の食国《おすくに》は倭《やまと》も此処《ここ》も同じとぞ思ふ　（6・九五六）

（八隅知之　吾大王乃　御食国者　日本毛此間毛　同登會念）

〔訳〕わが天皇が安らかにお治めになる国は、都の大和も、この大宰府も同じで、変わることはないと思う。

作者は大宰帥大伴旅人。この歌は大宰少弐《しょうに》石川足人《いしかわのたるひと》に「さす竹の大宮人の家と住む佐保の山をば思ふやも君」（6・九五五）つまり奈良の都は恋しくないかと尋ねられたのに対し、和《こた》えたものである。果たしてこれは旅人の本心だろうか。旅人には立場があった。大宰府の長官としての立場が。彼ら官人は都人である。都から赴任して来た。「倭も此処も同じとぞ思ふ」と言ったものの心の底は望郷「わすれ草わが紐に付く香具山の故《ふ》りにし里を忘れむがため」（3・三三四）。

歌碑は「都府楼跡」の名で親しまれている特別史跡大宰府跡の後背地に建つ。揮毫者は書家の池末禮亀氏。

大宰府跡は近年の発掘調査により、数々の新事実を明らかにした。現在、史跡公園として整備復原されている政庁域は大きく二度の建替えがあったとか、役所域は考えられていたよりももっと広範囲である等々。

まあ、難しいことはさておき、政庁の正殿跡には見事な礎石が残り、在りし日の大宰府の壮麗さを想像させる。北に大野山を背負い、南に開けた政庁跡は、その日、その季節で見飽きぬ姿を楽しませてくれる。

しかしそれも旅人には何の慰めにもならなかったのであろうか。万葉人に思いを馳せながら、次の観世音寺に向かう。途中、大宰府の官吏養成機関であった大宰府学校院跡がある。

⑤ 観世音寺境内の歌碑

しらぬひ筑紫の綿は身につけていまだは著《き》ねど暖かに見ゆ

（白縫　筑紫乃綿者　身著而　未者妓祢杼　暖所見）　（3・三三六）

〔訳〕 筑紫産の綿は、まだ身につけて着てみたことはないけれども、暖かそうに見える。

作者は沙弥満誓《しゃみまんせい》。観世音寺は、筑紫に下り朝倉の宮で亡くなった斉明《さいめい》天皇追善のために、子の天智《てんぢ》天皇が発願した寺である。満誓は造営の責任者、造観世音寺別当として養老七年（七二三）に赴任した。観世音寺は発願以来すでに数十年を経るも今だ完成せず、催促の詔が出る有様であった。そこで出家前は能吏として木曽（吉蘇）路を開通させた満誓を、造営の責任者に起用したのであろうか。しかし彼も強力な助っ人にならなかったのか、寺の完成はそれから二十五年後の天平十八年といわれる。

現在の観世音寺は、元禄年間に再興された講堂、金堂が残るだけだが、鐘楼に下がる日本最古の梵鐘（国宝）と、宝蔵に並ぶ平安時代後期から鎌倉時代に作られた十数体の仏たちに、有りし日の「府の大寺」を偲ぶことができる。西隣には戒壇院。今は別々の寺だが、もとは天平宝字五年（七六一）に観世音寺に置かれた僧尼の授戒場。大樟に隠れそうなお堂の佇いは、私たちにホッと安らぎを与えてくれる。

ところで歌にある「筑紫の綿」は真綿（絹綿）のことで、当時は良質で知られ、重要な税の一つとして都にも送られた。ちなみに木綿は記録によると延暦十八年（七九九）に渡来したと伝えられる。

歌碑は講堂の東、池の奥に建つ九重の石塔の傍にある。揮毫者は書家池辺松堂氏。

ナンキンハゼの白い実が印象的な境内は、長塚節《たかし》や河野静雲などの歌碑や句碑も建つ。それらを眺めて、樟のトンネルを県道に出よう。憶良の碑が建つ市役所はすぐそこだ。

⑥ 太宰府市役所前の歌碑

春さればまづ咲く宿の梅の花獨り見つつやはる日暮さむ　（5・八一八）

（波流佐礼婆　麻豆佐久耶登能　烏梅能波奈　比等利美都ゝ夜　波流比久良佐武）

〔訳〕春になれば最初に咲く家の梅の花を、ひとり見ながら春の日を暮らすのであろうか。

天平二年正月十三日に帥の宅で催された宴は、後世「梅花の宴」と称され、『万葉集』中に輝かしい一ページを残した。この歌はその時、筑前国守山上憶良が詠じたものである。

梅花の宴については、本書別の項に詳しいので、ここでは略させていただくが、中国渡来の珍しい花であった梅を題に宴を張り、歌を詠むのは、大陸との玄関口大宰府ならではの趣向といえようか。

歌碑は太宰府市役所玄関前の植込の中に建つ。揮毫者は書家の前崎南嶂氏。

七十歳を越えた老官人憶良を労るように、歌碑には梅の花が寄り添っている。

次は二基の歌碑がある太宰府天満宮。川沿いの道を行こう。大宰府の青龍・御笠《みかさ》川も最近はすっかり元気がない川になってしまった。土手を辿り、大駐車場を越えると賑やかな参道が続く。途中、西鉄太宰府駅前の石灯籠の竿石の一面には大伴坂上郎女《さかのうえのいらつめ》の歌を刻む。

⑦　西鉄太宰府駅前広場の歌碑

今もかも大城の山にほとゝぎす鳴きとよむらむわれなけれども　（8・一四七四）

（今毛可聞　大城乃山介　霍公鳥　鳴令響良武　吾無礼杼毛）

〔訳〕ちょうど今ごろは大城の山にホトトギスが高音を響かせて鳴いている事であろう。私はもうそこにはいないけれど。

坂上郎女は異母兄である旅人一家の世話のため、大宰府に下っていた。この歌は帰京後に大城山（大野山）を懐かしんで詠んだ歌である。

揮毫者は太宰府天満宮前権宮司御田《みた》良清氏。

⑧　太宰府天満宮境内の歌碑

わか苑に梅乃花散る久方の天より雪の流れくるか毛　（5・八二二）

（和何則能介　宇米能波奈知流　比佐可多能　阿米欲理由吉能那何列久流加母）

〔訳〕　わが園に梅の花が散る。それともはるかな天空から雪が流れてくるのであろうか。

梅花の宴の歌三十二首の中の主人大伴旅人の歌である。のびやかな広がりと流動感が溢れる。

歌碑は太宰府天満宮境内にある遊園地「だざいふえん」前の芝生の中に建っている。揮毫者は書家宮崎正嗣氏。

もう一基が建つ菖蒲池は、すぐ近くだ。

⑨　太宰府天満宮境内菖蒲池畔の歌碑

よろつよにとしはきふともうめのはなたゆることなくさきわたるへし　（5・八三〇）

（萬世介　得之波岐布得母　烏梅能波奈　多由流己等奈久　佐吉和多流倍子）

〔訳〕　はるかな世まで永遠に年は来ては過ぎ去ってゆこうが、梅の花は絶えることなく咲き続けることであろう。

梅花の宴で、筑前介《すけ》佐《さ》氏《じ》子首《のこおびと》が詠んだ歌である。介というのは長官の次の役職で、子首は守《かみ》山上憶良の部下ということになる。佐氏は姓を中国風に一字で表し「氏」をつけた形で、本来の姓が何といったか、佐伯氏という説もあるが、確証はない。

歌碑は、菖蒲池畔の梅林の中にスマートな姿を見せている。揮毫者は書家古賀井卿氏。

子首の願い通り、百七十年後には梅に縁《ゆかり》の天神様が下向し、筑紫の梅はますます咲き渡っている。

太宰府天満宮は菅原道真の廟所として発展し、現在の本殿は四百年前の天正十九年（一五九一）に小早川隆景《こばやかわたかかげ》によって再建されたものである。華麗な桃山文化を今に伝える。

文道の神を祀る社にふさわしく、境内にはこれら二基の万葉歌碑の他、多くの歌碑や句碑が建てられている。梅花の中に、樟若葉にそれらを訪ね歩くのも楽しい。

天満宮の南に、静かな寺がある。天神様が禅を学ぶために中国へ渡ったという渡唐《ととう》天神ゆかりの光明寺《こうみょうじ》。今は石庭と紅葉の苔庭が美しい。寺前の道を東へ登ると九州歴史資料館。

⑩　九州歴史資料館前の歌碑

ここにありて筑紫や何處《いづく》白雲のたなびく山の方にしあるらし　（4・五七四）

（此間在而　筑紫也何處　白雲乃　棚引山之　方西有良思）

〔訳〕ここ都にいて、はるかに眺めやれば筑紫は何処であろう。あの白雲のたなびく山の方であるらしい。


作者は大伴旅人。大納言に任ぜられて都に帰った旅人へ、筑紫に残った満誓が贈った二首「まそ鏡見飽かぬ君に後《おく》れてや朝《あした》夕《ゆうべ》にさびつつ居《を》らむ」（4・五七二）他に和《こた》えた歌の一つである。

妻を亡くし、悲しみに沈みつつも、憶良や満誓らに出会い、文人旅人として見事に結実した時を過ごした大宰府。

そして歌碑探訪の初めに訪ねた水城を娘子《をとめ》児島との別れに涙し越えた旅人も、都に戻れば筑紫は遙か、あの山の向こうの遠い国であった。

大伴氏の行末を暗示するかのような旅人の人生も、まもなく終焉を迎えようとしていた。

歌碑は九州歴史資料館の前庭にある。揮毫者は書家前崎南嶂氏。

九州歴史資料館は大宰府発掘の成果を中心として、県内の遺跡からの出土遺物、仏教美術などを展示している。（月曜休館）

資料館の上の峠を越えると蘆城野《あしきの》。

⑪　筑紫野市阿志岐の歌碑

月夜よし河音さやけしいざここに行くもゆかぬも遊びてゆかむ　（4・五七一）

（月夜吉　河音清之　率此間　行毛不去毛　遊而将帰）

〔訳〕照る月は明るく、河の水音は澄んではっきり聞こえる。さあここ蘆城野で都へ帰る者も、大宰府に残る者も、共に心ゆくまで遊んでいこう。

「大宰帥大伴卿、大納言に任ぜられ、京に入らむとする時に、府の官人ら、卿を筑前国の蘆城の駅家《うまや》に餞《せん》する歌四首」と題詞が付く歌の一つ、防人佑《さきもりのすけ》大伴四綱《よつな》の歌である。

四綱は防人たちを管轄する防人司の次官で、巻三には三二九、三三〇と旅人に詠みかけた歌も残っている。

ところで駅家とは官道に三十里（約一六キロ）ごとに置かれ、急用で往来する公使等に馬や食料・宿舎などを提供した官営の施設。しかしこの蘆城の駅家は他に大宰府官人たちの宴の場としても使われたらしく、前の大伴卿の送別の宴の外、大宰少弐石川足人の送別（4・五四九～五一）、官人たちの宴遊（8・一五三〇、三一）など、合わせて九首の歌が残されている。

蘆城駅家の所在地は今だ明らかではないが、昭和五十三年、筑紫野市教育委員会が行った調査で、奈良時代の掘立柱建物群が発掘された。歌碑が建つ地の東北約一キロの大字吉木《おおあざよしき》の水田である。駅家の可能性を秘め、今はまた田圃の下に眠っている。

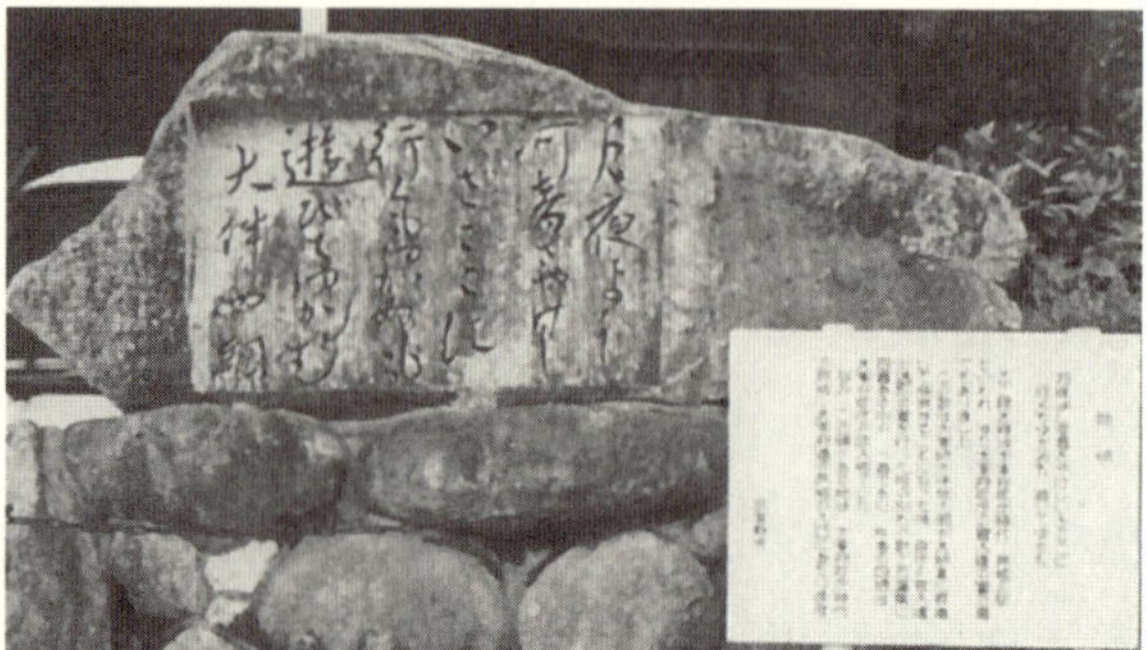

歌碑は筑紫野市阿志岐の六本松というバス停の傍にある。揮毫者は書家古賀井卿氏。歌碑の左手の小道は大宰府に通ずる旧道だったと聞く。

近くの蘆城（宝満）川べりに佇むと、眼の前に神名備《かむなび》の宝満《ほうまん》山が聳《そび》え、万葉人が愛しんだ蘆城野はその想い出とともに静かに横たわる。

⑫　筑紫野市二日市温泉の歌碑

湯の原に鳴く芦田鶴はわがごとく妹に戀ふれや時わかず鳴く　（6・九六一）

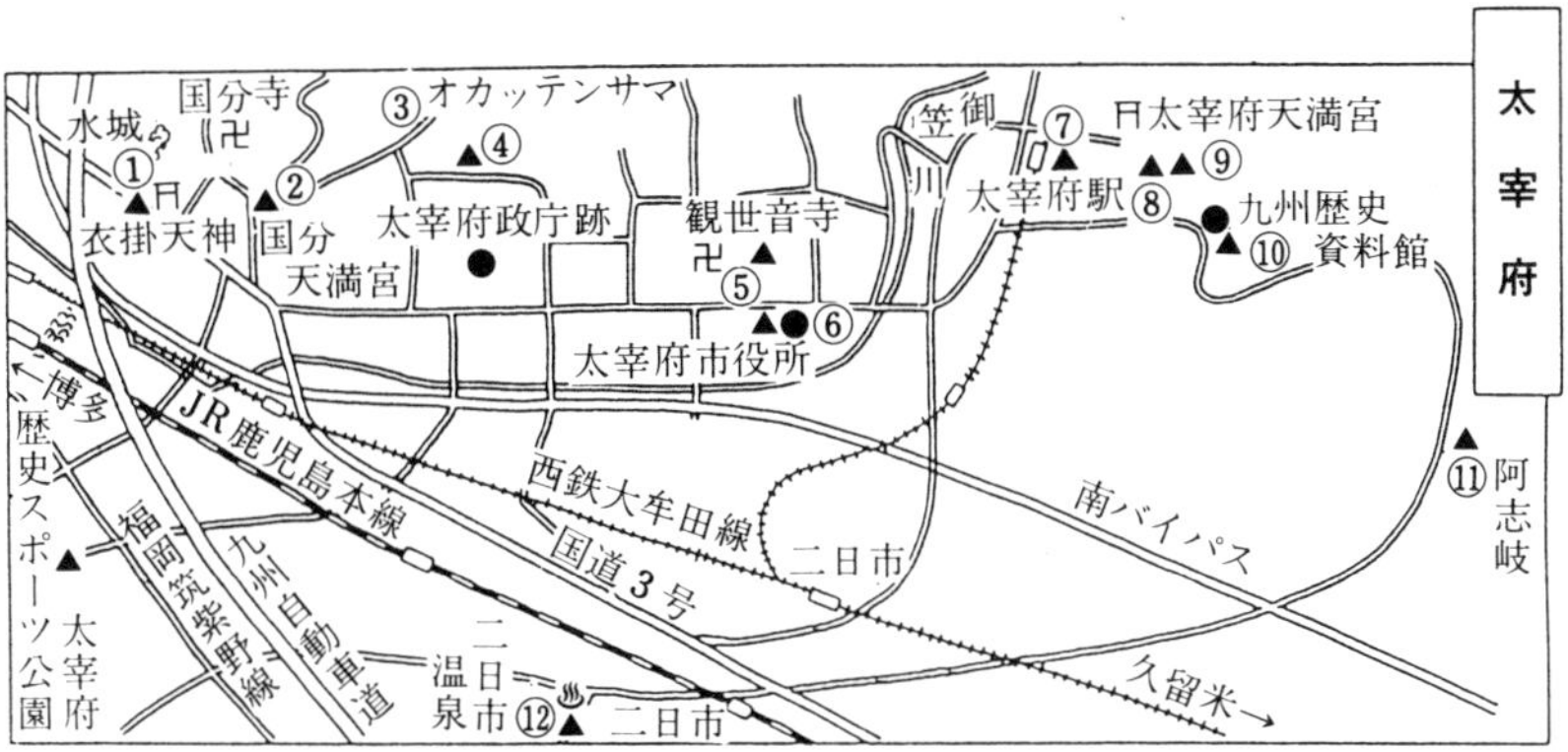

（湯原尒　鳴蘆多頭者　如吾　妹尒戀哉　時不定鳴）

〔訳〕湯の原で鳴いている鶴は、私のように妻を恋い慕うのであろうか。時の区別なくしきりに鳴いていることよ。

作者は大伴旅人。旅人は亡妻への思慕強く、事あるごとに妻を偲び、切ない心を歌いあげた。この歌もその一つで「次田《すきた》の温泉《いでゆ》に宿りて、鶴《たづ》が音《ね》を聞きて作る歌」。

次田の温泉は、かつては薬師温泉とか武蔵《むさし》温泉などと呼ばれていた現在の二日市温泉のこと。薬効は温泉発見の伝承にも、江戸時代の地誌にも、おできに効くとあり、天平二年六月、旅人は一時重態に陥るほどの瘡《かさ》を脚に作っているので、その療養に来たのかもしれない。しかし鶴の季節だと秋冬になるが。

歌碑は筑紫野市湯町の二日市温泉街の中ほど、ニューサカイヤホテル横の駐車場の前に建つ。揮毫者は書家古賀井卿氏。

近くには長者の藤で有名な武蔵《ぶぞう》寺、菅公ゆかりの天拝《てんぱい》山など史跡も多い。

さて、今日の万葉歌碑めぐりはここらで終わりにしよう。二日市温泉には共同浴場もあるので、お湯につかりながらしばし万葉の世界に遊ぶのも楽しい。

太宰府市内には他に、大字吉松《よしまつ》の歴史スポーツ公園内に十基の歌碑がある。また少し足を延ばせば、朝倉郡夜須《やす》町の公民館前に旅人の「安の野」の歌碑、大野城市山田には大伴百代《ももよ》の「御笠《みかさ》の森」の歌碑が建つ。

蘆城野より宝満山をのぞむ

あとがき

本書は『筑紫万葉の世界』という書名が示すように九州に関する『万葉集』の研究書で、二十五名の研究者の方にご執筆いただきました。

出版の趣旨としましては、万葉はわが国の数ある古典の中でも、もっとも重んじられ、誰にでもよく知られている最古の歌集です。しかし、近年の万葉研究は隣接諸学の研究の発展ともあいまって多面的になり、広い分野にわたり専門的に細かく深く掘り下げられてきているため、一般の人々にとっては、とりつきにくい面も多く生じているかに思われます。したがって、ややもするとこの貴重な民族の文化遺産が、一部の研究者の狭い範囲に埋もれて、本当の価値やおもしろさが広く理解されなかったうらみがあるように思われます。

本書では、そのような現状に対する反省もふくめて、小・中・高の先生、社会人、主婦、学生など幅広い層の人びとが、興味をもって『万葉集』を読み進めることができるように、最新の万葉研究の成果をふまえて、現在万葉研究の第一線に在る方がたに高度の内容を、なるべくわかりやすく読者に抵抗感のないように叙述していただくことを意図しました。したがって、地域文化研究のためにも貴重な研究文献となることと自負しております。

国際化がさけばれている今日ですが、千三百年前の万葉の時代の九州（大宰府）は当時、世界最高の文化を誇った唐朝に向かってひらかれた門戸でした。すなわち海外交通の要衝であったから奈良の都をはるかに離れた天離る鄙の地であるとはいえ、大陸を中心とする東アジア世界の文化文物はすべて大宰府に陸揚げされ、おもむろに都に向かうのである。古代日本の唯一の渉外機関であった大宰府を中心に多くの万葉歌がこの地で詠まれています。これは巻十四東歌・巻二十防人歌を合わせた数より多い。このことを一般の人々にもぜひとも知ってもらいたい。というより、それは九州在住の私ども万葉研究者の義務であると考えます。

右のような意図をもって編集・制作にかかりました。しかし、いろいろの都合で出版が延引し、早くに原稿を提出いただきました各執筆者の方がたに大変ご迷惑をおかけ致しました。ここに改めて衷心よりおわびいたします。

最後になりましたが、雄山閣出版編集部長芳賀章内氏、同編集部の垂水裕子氏に大変にお世話になりました。深く感謝申し上げます。

平成六年一月十日

林田正男

■編者紹介

林田正男（はやしだ まさお）

1934（昭和9）年、福岡県に生まれる。大東文化大学卒、九州大谷短期大学助教授、九州産業大学教授を歴任。2000年「万葉集と神仙思想」で九州大学博士（文学）。2005年より九州産業大学名誉教授。

主な編著書

『万葉集筑紫歌群の研究』（桜楓社・1982）『万葉集筑紫歌の論』（桜楓社・1983）『万葉防人歌の諸相』（新典社・1985）『恋ひて死ぬとも 万葉集相聞の世界』（共編 雄山閣・1997）『筑紫古典文学の世界 上代・中古』（編 おうふう・1997）『筑紫古典文学の世界 中世・近世』（編 おうふう・1997）『万葉集と神仙思想』（笠間書院・1999）

平成6年（1994）2月5日　初版発行
令和元年（2019）5月1日　普及版第一刷発行　《検印省略》

筑紫万葉《ちくしまんよう》の世界《せかい》【普及版】

編　者　林田正男
発行者　宮田哲男
発行所　株式会社 雄山閣
東京都千代田区富士見2-6-9
TEL　03-3262-3231 / FAX　03-3262-6938
URL　http://www.yuzankaku.co.jp
e-mail　info@yuzankaku.co.jp
振　替：00130-5-1685

印刷・製本　株式会社ティーケー出版印刷

ISBN978-4-639-02648-8 C1092
N.D.C.911　312p　21cm